불모지대

FUMO CHITAI (Vol ③) by TOYOKO YAMASAKI

Copyright ⓒ 1976 by TOYOKO YAMASAKI
Original Japanese edition published by Shincho-Sha Co., Ltd.
Korean translation rights arranged with Shincho-Sha Co., Ltd.
through Shinwon Agency Co.
Korean translaton copy rights ⓒ 2010 by CHUNGJOSA publishing Co.

불모지대

3 도전

야마사키 도요코 / 박재희 옮김

청조사

국립중앙도서관 출판시도서목록(CIP)

불모지대 : 야마사키 도요코 대하소설. 3, 도전 / 야마사키 도요코 [지음]
; 박재희 옮김. -- 서울 : 청조사, 2010
　　　p. ;　cm

원표제: 不毛地帶
원저자명: 山崎豊子
일본어 원작을 한국어로 번역
ISBN　978-89-7322-315-2　04830 : ₩12800

일본 현대소설[日本現代小說]
833.6-KDC5
895.635-DDC21　　　　　　　　　　　　　　CIP2010004481

원작 _ **야마사키 도요코(山崎豊子)**
　　일본 오사카 출생 / 교토여자전문학교 졸업
　　마이니치(每日) 신문사 학예부 입사
　　「상막」으로 문단에 데뷔 이후 「지참금」「꽃상막」등을 발표
　　나오키상(直木賞) 받음
　　주요 작품 : 「하얀거탑」「화려한 일족」「大地의 아들」등이 있음

번역 _ **박재희(朴在姬)**
　　대구에서 출생
　　경북여고, 만주 신경여자사범대학 일본문학과 수학
　　주요 번역서 : 「하얀거탑」「화려한 일족」「大地의 아들」「설국」「대망」등이 있음

불모지대 ❸

초판 발행일 | 1983년 1월 10일
개정3판 2쇄 발행일 | 2013년 5월 10일

원작 | 야마사키 도요코
번역 | 박재희
펴낸이 | 송성헌
주소 | 서울 성북구 안암동 4가 41-3
등록 | 1976년 9월 27일 (제 1-419호)

전화 | 02.922.3931~5
팩스 | 02.926.7264
이메일 | chungjosa@hanmail.net
홈페이지 | www.chungjosa.co.kr

* 값은 커버에 표시되어 있습니다.
* 잘못 만들어진 책은 구입한 서점에서 바꾸어 드립니다.

이 작품은 국제 저작권법에 의해 보호받으므로
어떤 형태로든 전재 · 복제 · 표절할 수 없습니다.

차례

전우　007
아지랑이　036
공작　061
파문　098
정책타진　136
암투　169
사별　182
이역의 하늘　216
외자상륙　269
불꽃　335

주요 등장인물

이키 다다시 전 대본영 작전참모. 시베리아 귀환 포로. 다이몬 이치조에게 픽업되어 깅키상사에 들어가 제2의 인생을 시작.
다이몬 이치조 깅키상사의 사장. 과감한 결단력과 투지의 소유자.
사토이 깅키상사의 부사장. 천부적인 상재(商才)를 지님.
효도 싱이치로 일본 육사 출신의 깅키상사 사원. 이키의 심복.
가이베 가나메 깅키상사 사원.
하나와 시로 깅키상사 사원.
다부치 석유 이권에 개입된 자유당 간사장.
우에스기 이쓰비시상사 테헤란 주재원. 깅키상사와 석유 개발권에 경합.
요시코 이키의 아내.
나오코 이키의 딸. 사메지마 아들과 결혼
마코토 이키의 아들.
아키츠 지사토 전 육군장성의 딸. 이키를 사모하는 여성 도예가.
아키츠 세이키 지사토의 오빠. 종전 후 군기를 불태우고 입산.
하마다 교코 전 대장의 딸. 클럽 르보아의 주인.
후아 베니코 교코의 딸. 인도네시아 화교 재벌의 둘째 부인.
사메지마 다쓰조 도쿄상사의 상무. 이키의 라이벌.
사메지마 도모아쓰 사메지마 상무의 아들. 나오코의 남편.

전우

중동전쟁은 엿새만에 끝났다.

그날, 깅키상사의 다이몬 이치조는 신문이나 주간지의 취재기자들에게 시달림을 당했다. 꼬리를 물고 걸려오는 전화 때문에 수화기가 손에서 떨어지지 않는 다이몬은 피로한 기색도 없이 여유 있는 얼굴로 말했다.

"으음, 물론이오. 우리는 처음부터 단기결전이 되리라는 판단 하에 상업전쟁을 전개했던 거요. 아니, 정확히 엿새라고 점쟁이처럼 예상했던 것은 아니지만, 대략 1주일이면 끝날 것이라고 보고 각 해외지사와 국내 영업부문에 구체적인 대응책을 지시했던 것만은 사실이오. 물론 나도 전쟁이 터지던 날부터 줄곧 도쿄 본사에 붙어 있으면서 진두지휘를 했지. 뭐라고? 어떻게 이쓰이물산 뺨칠 정도의 정확한 정보를 입수했느냐고? 입수한 게 아니지. 업무본부가 머지않아 중동전쟁이 일어날 것이라 예측하고 정보를 수집 분석한 결과요. 그것은 업무본부장인 이키에게 직접 물어보면 될 텐데. 뭐요? 이키도 사장의 육감이었다고 말하더라고? 그래서 얼마나 벌었느냐 하면…… 그건 밝힐 수 없는걸. 기업 비밀이니까 상상에 맡길 수밖에. 핫핫핫!"

다이몬은 신바람이 난다는 듯 큰소리로 웃고 나서 전화를 끊었다. 전쟁 발발 뉴스가 전해지자, 다이몬은 도쿄에 상주하며 진두지휘했고 다른 회사가 고무 주석 등 전쟁 물자를 사들이는 동안 깅키상사만은 단기결전이라 예상하고 값이 올랐을 때 팔아버렸다.

그런 다음, 전쟁이 끝나 시세가 폭락하자 수에즈운하 봉쇄가 오래갈 것이라 내다보고 헐값으로 다시 사들인 것이 또 한 번 보기 좋게 적중했던 것이다.

"단기결전! 단 엿새 만에 아랍·이스라엘 전쟁이 끝날 줄이야."

다이몬은 신음하듯 중얼거리며 업무본부장인 이키를 생각했다. 그는 일본의 신문은 물론 군사평론가조차도 전혀 예측하지 못한 아랍·이스라엘전을 알아맞혔는가 하면, 그 기간까지도 1주일이라고 정확히 분석했던 것이다. 그러면서도 매스컴 등 외부에 노출을 꺼리면서 극도로 말을 아끼고 있었다. 그처럼 신중한 그의 자세는 다이몬으로 하여금 일종의 두려움마저 느끼게 하였다.

비서가 들고 온 우편물을 다이몬은 대강대강 훑어본 뒤,

"이젠 신문이나 잡지 인터뷰는 사절해. 그리고 이키를 불러줘."

하고 지시한 다음 여송연에 불을 붙이고 초조하게 이키를 기다렸다.

"부르셨습니까."

문 밖에서 이키의 목소리가 들렸다.

다이몬은 책상 앞에서 일어서며 말했다.

"이키 군, 아주 멋지게 해냈네. 수고 많았어. 오늘은 아침부터 신문이나 잡지는 물론 상사들끼리의 회합에서도 섬유 출신인 우리 회사가 도대체 무슨 수로 이처럼 정확한 정보 분석이 가능했냐고 꼬치꼬치 캐묻는 바람에 진땀을 뺐네."

다이몬은 만면에 활짝 웃음을 띠고 계속 말을 이었다.

"그래서 이런 일은 업무본부장인 이키 군이 담당하고 있다고 말했어. 그랬더니, 이키 상무는 사장의 육감이 들어맞은 거라고만 말하니 꼭 그 장본인을 가르쳐달라고 아우성이거든. 한데 왜 자네 입으로 말하지 않는 건가?"

이키는 다이몬의 물음에 쓴웃음을 지었다.

"정세분석은 업무본부 스태프 일동이 밤을 지새우며 해낸 것이지 결코 저 혼자 한 것이 아닙니다. 더욱이 그에 대응한 영업대책은 전사적(全社的)인 만큼 결국 사장님께 돌아가게 되는 것이 아닌가 생각합니다."

다이몬은 크게 고개를 끄덕이며 연신 여송연을 피워댔다.

"자네를 상무로 발탁하기를 정말 잘했어."

그러나 이키는 복잡한 생각들로 침묵을 지키고 있을 뿐이었다.

"별로 유쾌하지 않은 얼굴이군. 이번 일로 무슨 불만이라도 있는 건가?"

"아닙니다. 별로……"

이키가 짧게 부인하자 다이몬은 금테안경 너머로 그의 얼굴을 뚫어지게 응시했다.

"알고 있네. 사토이와의 관계가 원만하지 못한 거지?"

이키는 그 말을 부인하지 않았다.

"사토이 군이 오사카 본부로 출장 나와서, 업무본부 및 부원들에 대해 영업부문으로부터 비판의 소리가 일고 있으니 사장 직속이라는 기구를 재고할 필요가 있다고 그 나름대로 의견을 말하더군. 사토이 군은 영리한 친구니까 어느 중역보다도 자네의 역량에 대하여 가장 잘 알고 있네. 자네의 움직임을 견제하고 있다는 뜻이지."

다이몬은 거기까지 말한 다음 여송연 연기를 천장으로 뿜었다. 이키

는 조용한 눈길로 그 연기를 쫓으면서,

"후앙공사의 전표선과 관련된 일, 닛토교역 관련 일이 취소된 것은 사토이 부사장의 의향이 작용했기 때문입니까, 아니면 사장님이 대아랍 무역을 고려해서 하지 않는 편이 좋겠다고 내린 판단이었습니까?"

하고 조용하면서도 단호한 말투로 묻고 나서 곧바로 말을 이었다.

"물론 이미 끝난 일에 대해 이러쿵저러쿵할 생각은 추호도 없습니다만 취소되었을 때 사실 납득하기 힘들었습니다. 그래서 여러모로 생각해 보았습니다. 깅키상사의 역사도 무역현장도 잘 모르는 저는 입사한 지 8년이 지났는데도 존재감이 없는지 아니면 깅키상사의 체질 자체에 문제점이 있는 건지, 모두들 저의 이례적인 승진에 반발심이 생겨 취소시킨 것인지…… 조금 전 사장님께서는 각 영업부문이 업무본부에서 작성한 방침에 협력했다고 말씀하셨지만 그것은 사장님이 상경하신 이후의 일일 뿐, 잘 받아들였더라면 더 큰 성과를 올릴 수 있었을 것입니다. 아쉽습니다."

이키는 지난 10여 일 동안 마음속에서 소용돌이치던 불쾌감을 비로소 토로했다.

갑자기 다이몬의 입언저리 근육이 풀어지면서,

"이번 일로 자네 역시 상당히 힘들었던 모양이군. 역시 일찌감치 상무로 승진시켜 주기를 잘했어."

하고 말한 뒤 크게 웃었다.

"그럴까요? 제 생각은 사장님과 정반대입니다. 만약 제가 상무가 되지 않았더라면 좀 더 빠르고 원만한 일처리가 되지 않았을까 생각합니다."

이키는 정색을 하며 다이몬을 향해 잘라 말했다. 그러자 다이몬은 더욱 유쾌한 듯 큰소리로 웃었다.

"출세를 시켜주었다고 불평하는 사람은 자네가 처음이야. 상무가 아니었더라면 더 좋은 성과를 올릴 수 있었으리라는 것은 무슨 논법인가?"

"쓸데없는 감정을 갖지 않고 일할 수 있었을 것이기 때문입니다. 저는 지난 3년 동안 상사 기구 속에서 경영전략이라는 것을 생각해 왔습니다만, 앞으로는 국제정치, 외교, 경제동향 등이 상사 활동에서 더욱 큰 비중을 차지하게 되어, 그 동향을 재빨리 파악하고 신속한 대응조치를 취하는 일이 요구됩니다. 속도는 하나의 힘입니다. 그런 때에 인사 문제의 뒤얽힘으로 말미암아 실행속도가 늦어진다면 차라리 정세분석을 담당하는 사람에게 직무가 없든가, 아니면……"

거기까지 단숨에 말하고 입을 다물자, 웃음을 띠고 있던 다이몬의 얼굴 근육이 긴장되면서 날카로운 눈에 광채를 뿜었다.

"아니면 부사장의 권한을 초월할 만한 것을 갖지 않으면 곤란하다는 건가?"

부사장이라는 말이 사토이의 이름을 암시하는 것 같았다.

"그런 뜻으로 말씀드린 게 아닙니다."

사토이 부사장을 배제하지 않으면 안 되겠다는 생각이 몇 번 뇌리에 스친 적이 있었던 만큼 이키는 자기 자신에게도 타이르듯 강하게 부인했다.

"이키 군이 명예나 지위를 탐내지 않는다는 사실은 누구보다도 내가 잘 알고 있지. 하지만 나는 영업인으로서 사토이 군의 수완 또한 높이 평가하네. 파벌 싸움만은 절대로 용서할 수 없지만, 사토이나 자네가 일 때문에 서로 경합하고, 그것이 킹키상사를 이끌어가는 데 있어서 커다란 원동력이 된다면 나는 두 사람 모두 밀어주겠어."

다이몬은 막강한 힘을 지닌 사람다운 여유와 위엄을 가지고 잘라 말했다.

"일에 관한 얘기는 이제 그만하지. 자네를 부른 것은 사실 그동안 줄곧 긴장해 있었을 테니까, 회식이 끝나면 내가 단골로 삼은 아카사카의 게이샤가 이번에 가미라쿠자카에 새로 낸 고급 요정으로 같이 가서 한바탕 취해 볼까 하는데, 어떤가. 시간 낼 수 있겠나?"

사람을 압도하는 조금 전까지의 위엄과 달리 다이몬은 놀기 좋아하는 사람의 눈빛이 되어 물었다.

"죄송합니다만 오늘밤에는 저희 요원들을 위로한 뒤 볼일이……"

"취소할 수 없겠나?"

"네, 전부터 예정되어 있던 일이라……"

이키의 고집에 다이몬은 하는 수 없다는 듯 고개를 끄덕였다.

그날 저녁, 이키는 효도 싱이치로, 후와 슈사쿠, 가이베 가나메를 비롯하여 이번 중동전쟁 정보수집과 분석으로 밤낮없이 애쓴 스태프들을 유라쿠쵸 요정에서 위로한 다음, 히비야공원 쪽으로 발걸음을 옮겼다.

전투가 끝난 뒤의 고요하고 충일한 기분이었다. 히비야공원 앞을 지날 때, 몇 해 전 어느 겨울날 이 공원 양지바른 벤치에서 시베리아 장기억류자 단체인 삭풍회 회장 겸 사무원인 다니카와 전 대좌가 우유와 빵뿐인 초라하기 짝이 없는 점심을 들고 있던 광경이 머릿속을 스쳤다. 시베리아에 잠들어 있는 유골이 귀환하기까지는 진정한 귀환이란 있을 수 없다는 생각으로 지금도 다니카와는 유골 귀환 촉진과 유족에 대한 원조, 회원의 상호부조를 위해 삭풍회를 이끌어가며, 매달 발행되는 회보의 기사는 물론 편집, 인쇄소와의 연락 일까지 혼자 도맡다시피 하고 있는 것이다.

오늘은 그 회보의 발송일로서, 그 일만이라도 돕겠다고 저마다 직장 근무를 마친 회원들이 모이는 날이었다. 이키도 그 일을 돕고자 히비야공원을 지나 중국음식점 2층으로 올라갔다.

"다니카와 선배님!"

이키의 목소리에 깜짝 놀란 듯 그가 뒤돌아보았다.

"오, 이키 군, 바쁜 몸이라 못 올 줄 알았는데, 고맙네."

그의 말에 다른 회원들도 고개를 돌렸다.

"늘 출장 아니면 꼭 참석해야 할 모임과 겹쳐서 못 오곤 했습니다만, 오늘은 시간이 나서 이렇게 거들러 왔습니다."

그러자 한쪽 구석에서,

"참모님! 잘 오셨습니다. 마루초입니다. 어서 이쪽으로 와 앉으십시오."

하는 말이 들렸다. 오사카에서 이발소를 경영하고 있는, 전에 이키의 당번병이었던 마루초가 여전히 부지런하게 이키의 시중을 들어주었다.

"괜찮아. 자네야말로 오사카에서 오느라 피곤할 텐데. 또 가게를 늘렸다는 소식 들었네. 정말 잘된 일이야."

"덕분이에요. 그 모든 것이 미인 억척 여편네 덕이지요."

마루초는 사람 좋은 웃음으로 답했다. 이키는 구석에 있는 둥근 의자에 앉았다. 바로 옆에는 방위청 전사실(戰史室)에서 통막학교(統幕學校·통합막료본부의 교육기관, 우리나라의 합동참모본부에 해당함)의 교관으로 자리를 옮긴 가미모리가 앉아 있었다.

"늘 바쁜 자네지만 요즘은 특히 바쁘지 않나?"

가미모리는 아랍·이스라엘전 종결 뉴스에 관해서 말하고 있는 것이다.

"아니, 내 부서의 일은 끝났어. 다른 영업 관계부서는 아직도 한창 바쁘지만…… 그보다도 요즘 자네 통 우리 집에 안 나타나는데, 그래 부인과 아이는 잘 있나? 집사람이 가끔 자네 얘기를 꺼내곤 한다네."

가미모리가 재혼한 지 어느덧 5년이 지났다.

"응, 처음에는 딸아이 때문에 몹시 걱정했는데, 다행히도 잘 따라주더군. 그래서 나도 그럭저럭 남들처럼 평범하게나마 가정의 안정을 되찾았네."

지난날 만주에서 처자를 잃고 부모형제들과 일찍이 사별하여 혈혈단신이 되었다면서 시베리아 억류 중 가장 의지가 굳고 용감했던 가미모리였으나 이제는 그 냉정하던 얼굴이 한결 부드러워진 터였다.

"미즈시마 군도 와 있네. 그리고 데라다 군도."

가미모리가 눈짓으로 가리키는 쪽을 보니, 이키보다 육사 5기 후배인 미즈시마는 겉봉이 쓰인 회보를 라면상자에 담아 우체국으로 가져갈 준비를 하고 있었다. 관동군 청년장교 중에서도 뛰어난 수재로서 러시아어에도 능통한 정보장교였던 그는 지금 학습참고서 판매회사에 근무하고 있었다.

그리고 이키와 함께 시베리아의 최북단 라조 광산에서 심한 고생을 겪다가 오른쪽 손가락을 스스로 도끼로 찍어 신체장애자가 된 데라다 역시 고토(江東)구청에 취직하여 일하고 있었다.

너나 할 것 없이 어느 누구에게나 용서 없는 세월이 흘러, 전쟁이 끝난 지 11년이 지났다. 그러나 시베리아에서 귀환한 사람들은 거의 모두가 직장에서든 가정에서든 환영받지 못했다. 오늘 저녁 회보 일을 돕고자 이곳에 모인 사람들은 그나마 나은 편이었다. 그 일을 생각하면 이키는 너무나 윤택한 자신의 처지가 괴롭기만 했다. 물론 힘이 미치는 한도 내에서는 삭풍회에 기부를 하는 등 경제적인 원조를 아끼지 않고 있지만 회보 발송이라는 하찮은 일이나마 돕지 않고는 마음이 편치 못했다.

윗옷을 벗은 채 와이셔츠 바람으로 회보를 접으면서 이키는 회원소식란을 읽어보았다.

이름 밑에는 귀환 연도와 거주지가 적혀 있었다. 그리고 시베리아 장기억류에서 풀려나 귀환한 뒤 축복받지 못하는 속에서 안간힘을 쓰며 살아가는 모습이 구구절절이 배어 있었다. 특히 두터운 선으로 둘러싸인 부고에는 사망자와 사망일시, 병명 등이 적혀 있었다. 동포의 죽음은 늙고 젊음을 가릴 것 없이 시베리아의 억류생활이 얼마나 가혹하고 비참한 것인가를 여실히 말해주고 있었다.

이키는 회보를 넷으로 접고 모두 띠를 두른 다음 수신인 주소를 쓰기 시작했다. 전국 각지에 뿔뿔이 흩어져 사는 회원들의 주소와 이름을 쓰는 동안 이키는 오랜만에 훈훈한 인정을 느꼈다. 바로 오늘 새벽까지만 해도 아랍·이스라엘전의 전황을 분석, 해외지사로 텔렉스를 치고, 국제전화를 걸었으며 시시각각 달라지는 정세를 판단하여 영업부문과 긴밀히 협조함으로써 격렬한 상업전쟁을 벌인 그였다. 그렇지만 지금의 그는 그와 같이 다이내믹한 움직임과는 판이하게 다른 11년 억류생활을 함께 체험한 벗들의 가난한 생활 속에서 오히려 마음의 평온함을 되찾고 있었다.

"이키 군, 꽤 썼군그래."

고개를 들어보니 다니카와의 온화한 얼굴이 있었다.

"네, 33통째입니다."

"좀 쉬었다 하세. 오늘은 마루초 군이 우리 일본의 명주인 나다노키잇퐁을 가져왔다네."

그러자 마루초는,

"오사카에 있기 때문에 매번 와서 거들 수도 없고 해서, 그저 성의만 보이고자 두 병 들고 왔지요. 오징어 안주도 있고 하니 부디 한 잔씩 들어주십시오."

하면서 책상 위에 청주 두 병과 오징어 봉지를 놓았다. 이어 엽차 잔을 한 사람 앞에 하나씩 돌리고 나서 차례로 술을 따랐다.

"마루초 군, 일이 잘 되나보군 그래. 아무튼 잘 마시겠네."

"야아, 오랜만에 나다노키잇퐁을 마시니까 뱃속이 다 놀라는군."

이렇듯 모두들 찬사의 소리를 한마디씩 하자, 마루초는 정색을 하며 말했다.

"이키 참모님과는 비교도 안 되지만, 덕분에 제 장사도 번창일로에 있답니다. 열심히 벌어서 회에 기부도 할 작정입니다."

이키와 비교를 하는 바람에 모두들 한바탕 유쾌하게 웃었다. 찻잔에 따른 술과 오징어를 들면서 오랜만에 서로의 근황을 주고받는 동안 화기애애한 분위기가 넘쳤다.

이키 역시 다니카와 옆에 앉아 찻잔에 넘치는 술을 마시며 이야기에 귀를 기울이고 있을 때,

"이키 군, 이번에는 어느 정도 우리나라에 도움 되는 일을 했겠지?"

하고 다니카와는 낮은 목소리로 조용히 물었다.

이키는 얼떨결에 당한 질문이라 얼른 대답이 나오지 않았다. 지난날 군대에서 훈련된 능력으로 아랍·이스라엘전을 조기에 예측하고 종결 시기까지 내다봄으로써 깅키상사에 막대한 이익을 준 것은 사실이었다. 그러나 이러한 일들이 경제입국(經濟立國)하려는 일본에 어느 정도 연관되는지에 대해서는 곧바로 대답할 수가 없었다. 아무튼 다니카와는 상사원으로서 제2의 인생을 걷고 있는 이키에게 어떤 경우에나 나라의 이익을 위해 헌신해야 한다는 엄격한 자세를 갖추라고 은근히

요구하고 있는 것이다.

이키는 신칸센(新幹線 · 일본의 고속철도)의 창밖으로 보이는 후지 산을 바라보고 있었다.

비가 갠 후 맑은 하늘에는 후지 산의 능선이 광대한 산기슭의 완만하게 경사진 들판 쪽으로 인상 깊게 떠올라 있고 산꼭대기를 뒤덮은 잔설이 아침 햇살을 받아 하얗게 빛나고 있었다.

시야에서 후지 산이 사라지자, 이키는 교토까지 가는 동안 눈을 붙이고자 의자 등받이에 몸을 기댔다.

두 달 전에 아키츠 지사토로부터 오빠 세이키가 히에이 산으로 수도하러 들어간 뒤 결핵에 걸렸는데도 하산하지 않아 건강이 염려되므로 '이제는 아버지의 임종을 지켜보신 이키 씨가 나서서 오빠를 설득해 주세요' 하는 부탁을 받았었다. 그러나 아랍 · 이스라엘전의 발발과 전쟁 종결 후의 수에즈운하 봉쇄에 대한 대응책 등으로 숨 돌릴 틈도 없었다. 그 일이 가까스로 일단락되어 내일 월요일에 오사카 본사에서 열리는 경영회의에 참석하기 전에 교토에 들를 작정이었다.

이키는 눈을 감고 지난 2주간의 일들을 되새겨 보았다. 8년 전 촉탁으로 깅키상사에 입사했을 때에는 이대로 정년퇴직할 때까지 큰 사고 없이 지낸다면 처자식 부양하는 일은 걱정 없을 것이라고밖에 생각하지 않았다. 그런 그가 상무가 되리라고는 다른 사람은 제쳐놓고 우선 그 자신도 상상하지 못한 터였다. 이제 와서 돌이켜보니 이키의 운명의 기로는 촉탁으로 입사하여 사장실 근무를 하게 된 일로서 만약 영업일부터 시작했더라면 실무에 어두운 만큼 도저히 오늘날과 같은 지위에 오를 수 없었을 것이다. 얼핏 보기에 촉탁은 불안정한 신분이다. 그러나 자유로운 입장에서 자신 있게 일할 수가 있다. 그래서 자기 자신이 오늘의 지위에 이르게 된 것이 아닌가 싶어 새삼 운명의 불가사의를 절감하지 않을 수 없었다. 이키는 지금 찾아가고 있는 아키츠 지사토와의 만남에 대해서도 왠지 모르게 그와 같은 운명적인 것을 느꼈다.

아키츠 지사토는 자택 한구석을 개조하여 새로 마련한 공방(工房)에서 녹로 돌리던 손을 멈추고 활짝 열어둔 창밖을 내다보았다.
북쪽의 수로에 면한 다카기(高木) 거리 일대에서는 히가시산의 준수하고 시원스러운 여러 봉우리들이 바라다 보이는데, 진녹색으로 채색되어 있었다. 그 타오르는 듯한 농밀함이 마음을 들뜨게 했지만, 지사토는 다시금 녹로를 돌리기 시작했다. 앞으로 한 시간 가량 지나면 이키 다다시가 찾아온다. 그의 방문을 기다리는 설렘을 누르기 위해서 고조사카에 오래 전부터 자리한 전통적인 교토회관에 진열하게 될 쓰루쿠비(도자기의 일종)의 조형을 마무리 짓고 싶었던 것이다. 그것은 오래 전부터 심혈을 기울인 끝에 드디어 완성한 꽃꽂이용 청자였다.
지사토가 다시 작업을 시작하려고 할 때 아키츠 노리쓰구 숙부 댁에서 온, 집안일을 거들고자 자주 들르며 살림을 돌봐주고 있는 흰옷차림의 요네가 공방의 유리문을 열었다.
"지사토 아씨, 도쿄의 사에키 하루히코(佐伯春彦) 선생한테서 전화 왔어요. 빨리 나오세요."
요네는 큰소리로 말했다. 지사토의 작품을 높이 평가해 주고, 이것저것 도움말을 주는 예술대학 교수 겸 평론가로, 전람회 때마다 낯간지러울 만큼 자신의 작품을 치켜세우는 사에키 하루히코를 지사토는 별로 탐탁히 여기지 않았다.
"지금 중요한 작품을 만들고 있어요. 없다고 말해 주세요."

"그래서야 되겠어요? 사에키 선생은 지사토 아씨의……"

요네는 걱정스럽다는 듯이 말했으나 지사토는 녹로에서 눈길을 떼지 않았다.

"그냥 돌아오면 전화 드리겠다고 말씀드려 주세요."

모처럼 일에 몰두해 있었기 때문이다.

"그래요. 정 그렇다면 그렇게 말씀드리겠지만, 선생님 기분이 상하셔도 난 몰라요."

요네는 부리나케 전화 있는 곳으로 돌아갔다. 지사토는 가볍게 후회하면서 자기도 모르게 일손을 멈추고 녹로 위의 도자기를 뚫어져라 쳐다보았다.

쉰이 지나야 겨우 중견이라 불릴 수 있는 도예계에서 고작 35세로, 더구나 여자인 지사토의 작품이 교토에 진열된다는 사실 자체가 사에키의 추천 없이는 불가능한 일이었다. 지사토가 잡념을 떨쳐버리고 다시금 일에 정신을 쏟을 때 또다시 공방의 문이 열렸다. 그러나 지사토는 고개조차 들지 않았다. 겨우 완성한 뒤 땀방울이 맺혀 있는 얼굴을 닦고 나서야 옆에 서 있는 이키를 발견했다.

"어머나, 이키 씨, 그만 일에 정신이 팔려서 실례했어요. 어쩌나, 이런 꼴을 하고 있어서."

흙투성이 바지와 팔을 걷어붙인 블라우스 차림의 지사토는 얼굴을 붉히며 크게 당황하고 있었다. 이키는 그런 지사토를 조용한 눈길로 바라보았다.

"아닙니다. 일에 정신을 쏟고 있는 여자분을 보고 있으니, 마음이 절로 깨끗해지는 것 같아 좋군요. 그런데 무얼 만들고 있는 겁니까."

"청자 꽃병이에요. 몇 차례 실패를 한 끝에 간신히 모양을 잡았지만, 마음먹은 빛깔이 나올지 어떨지…… 아무튼 가마에서 꺼낼 때까지는 유약을 바르는 정도와 가마 속의 온도 같은 게 걸려 마음 놓을 수 없습니다."

"마치 살아있는 생물을 다루는 것 같군요. 형편이 그렇다면 그 작품을 저한테 주실 수 있겠습니까?"

"네, 저…… 기꺼이. 옷 좀 갈아입겠어요. 안으로 들어가세요."

교토회관의 이사장과 사에키 하루히코의 얼굴이 언뜻 뇌리에 스쳤다. 그러나 이키 가까이 작품을 둘 수만 있다면, 하고 바라던 터였으므로 지사토는 서슴없이 대답했다. 지사토는 이키를 안내하고 나서 서둘러 원피스로 갈아입었다.

이키는 불단에 향을 피우고 합장한 다음 지사토 쪽을 보았다.

"병든 오빠를 위해서라고는 하지만, 바쁘신 이키 씨를 일부러 교토까지 오시게 해서 정말 죄송합니다."

지사토는 정중하게 인사말을 했다.

"아닙니다. 저야말로 두 달 전에 약속해 놓고 지키지 못하고 있던 터라 방금 아키츠 중장의 영전에도 용서를 빌었습니다. 그보다 오빠의 상태는 좀 어떤가요?"

"아무리 편지를 드려도 답장이 없군요. 히에이 산에서 내려오는 수행승에게 물어 보았더니, 건강이 악화된 데다가 기침이 심해졌다던데요. 숙부님도 걱정이 되어 보리사(菩提寺 · 불자 집안이 대대로 장례나 공양 등을 하는 절)의 원주님께도 상의를 드렸더니, 본인을 설득하여 내려오도록 하는 방법밖에 없다, 내려와서 절 하나를 맡아 정양하면서 건강을 회복해 가는 방법밖에 없다고 말씀하셨다는데 오빠는 도무지……"

지사토는 말끝을 흐렸다.

"오빠의 결심이 그렇게 대단합니까?"

"네, 그래서 이키 씨가 오늘 히에이 산까지 올라가 주신다는 연락을 받고 숙부님도 기뻐하고 계십니다."

"오빠의 결심이 그토록 굳다니, 솔직히 말해서 오빠의 마음을 돌아서게 할 수 있을지 자신이 없군요. 아무튼 돌아가신 아버님의 임종을 지켜본 사람으로서, 일단 히에이 산까지 가보긴 하겠습니다."

이키는 지사토를 재촉하듯 얼른 일어섰다.

소나기가 멎은 히에이 산엔 잡목의 가지와 싱그러운 잎이 푸르름을 뚝뚝 떨어뜨리고, 산딸기 열매가 빨갛게 익어 반짝이고 있었다. 동탑(東塔)의 무도사 골짜기에 있는 불당으로 가는 산길은 삼목과 거대한 노송나무들이 무성하게 우거져 1천 2백 년에 걸친 천태종의 수행장다운 준엄한 분위기를 자아내고 있었다.

이키는 좁다란 내리막길을 지사토와 함께 걸으며 잠시 후면 만날 지사토의 오빠에 대한 생각에 잠겼다.

"이제 조금 남았어요. 저 앞에 보이는 메이오 당 왼쪽에 있는 작은 암자예요."

지사토는 그렇게 말하며, 안개가 자욱이 서린 나무 사이를 가리켰다. 거리에서 삼나무 숲으로 둘러싸인 조그만 암자가 보였다.

이윽고 이키는 지사토와 함께 암자 앞에 섰다. 지붕도 문짝도 비바람에 한껏 시달린, 처마조차 기울어진 초라한 암자였다.

"오라버니, 안녕하셨어요? 지사토가 왔어요."

지사토의 부름을 거부하듯 굳게 닫힌 문 안에서는 아무런 응답이 없었다.

"오라버니, 오늘은 아버님과 함께 계시던 이키 선생님을 모시고 왔어요."

다시 말을 건네자 안쪽에서 살며시 문이 열리더니 흰 행의를 걸친 겐초가 나타났다. 순간 이키는 섬뜩했다. 늘씬한 체구, 온화하면서도 타협을 거부하는 단정하고 맑은 눈길이 고 아키츠 중장을 보는 듯한 착각에 빠져들게 했다. 고 아키츠 중장과 똑같은 얼굴이면서도 병 때문인지, 44세 나이에 뺨과 눈은 움푹 패고 혈색도 어두웠다. 그러나 눈에는 오랜 수행을 마친 사람답게 준엄하면서도 포근하게 감싸는 빛을 담고 있었다.

암자는 작은 방 하나에 취사를 위한 곳과 변소가 딸려 있을 뿐이었다. 그리고 방 안에는 책상 위에 여러 권의 경전이 쌓여 있었다. 이키는 책상을 가운데 두고 겐초와 마주 앉았다.

"이키라고 합니다. 고 아키츠 중장 각하와는 시베리아 억류를 함께 겪었으며, 극동재판에 소련측 증인으로 연행되어 일본에 도착하신 그날 밤 자결하시기까지 줄곧 모시고 있었습니다."

이키는 첫 인사를 했다.

"다이센인 겐초입니다. 자세한 얘기는 누이한테서 들었습니다. 호의에 감사드립니다."

겐초는 고개를 한껏 숙이고 인사했지만 이키가 찾아온 용건이 무엇인지를 알고 입을 굳게 다물었다. 이키도 말머리를 찾지 못해 침묵을 지켰다. 지사토는 조용히 일어나 풍로에 불을 피우고 곧 물을 끓이기 시작했다.

비 그친 후 엷은 햇살이 창으로 비쳐들고 있었다. 겐초는 가슴속을 꿰뚫고 지나가는 듯한 결핵 환자 특유의 밭은기침을 하고 나서 소맷자락으로 입가를 문질렀다.

"괜찮겠습니까, 이렇게 습기찬 곳에서…… 건강도 나쁜데 무리하게 계속 수행을 하는 것보다는 일단 하산하여 체력부터 회복한 다음에 수행을 계속하시는 게 어떨까요?"

이키가 다정하고 포근한 어조로 말하자 겐초는 새삼 자세를 바르게 고치며,

"여러모로 저를 걱정해 주시는 여러분의 고마운 온정은 잘 알고 있습니다. 저 자신도 여러분에게 심려를 끼치고 있는 점을 생각할 때 결코 마음이 편치 않습니다. 하지만 오래살 것 같지도 않은 저로서는 농산비구의 수행을 쌓아 천태종의 가르침을 몸소 닦는 일이 그 무엇보다 중요합니다."

하고 단호한 어조로 말했다.

"무엇 때문에 오래 살 수 없다고 단언하십니까? 천태종의 수행은 매우 거칠고 험한 고행이라던데, 한시바삐 건강을 회복하여 도를 계속 닦아야 하지 않겠습니까?"

이키는 거듭 하산을 권고했다.

"말씀하신 바와 같이 천태종 수행은 매우 어렵습니다. 하지만 건강 상태야 어떻든 그것을 극복해내는 것이 진정한 수행이지요."

싸늘한 기운이 침묵을 지키고 있는 두 사람 사이에 흐르기 시작했을 때, 이키가 조용히 입을 열었다.

"여기서 고행을 쌓고 불도에 사는 강인한 정신으로 왜 속세에서 열심히 살려고는 하지 않으십니까?"

그러자 겐초는 이키의 얼굴을 똑바로 쳐다보았다.

"이키 선생이 종전 소식을 들으신 것은 어디서, 그리고 몇 살 때였습니까?"

"32세 때 대본영에서 들었습니다."

"저는 22세로 사관학교를 나온 지 1년 반이 되었을 때였습니다."

"그렇다면 당신은 루손 섬에서 그 소식을……"

"그렇습니다. 살아남은 병사를 이끌고 굶주림과 비바람으로 녹초가 되었으면서도 링가엔 만으로 상륙해 오는 적과 싸울 태세를 갖추면서 정글 속에 숨어 있을 때였습니다."

겐초는 그렇게 말하고 나서 입을 다물었다. 이어 멀리 창밖으로 눈길을 보내면서 조용히 말을 이었다.

"절대적이라고만 믿어오던 것이 순식간에 무너져 버렸을 때의 심정은, 대본영에서 작전명령을 내리고 계시던 이키 선배로서는 이해할 수 없을 것입니다. 그때까지 나 하나만 믿고, 내 명령을 따르다가 죽어간 수많은 병사들을 생각할 때…… 그 병사에게는 부모도 처자식도 있었습니다. 잊어버릴 수 없는 한을 간직한 채, 제각기 많은 가능성을 가지고 있으면서도 아깝게 죽어간 부하들을 대신하여 살아남은 제가 하나의 완성된 길을 닦겠다는 결심으로 천태종의 가르침에 뛰어든 것입니다."

그의 말 한마디 한마디는 숨 막힐 듯한 순수함으로 이키의 가슴속에 스며들었다.

"하지만 오라버니……"

오빠의 뒤쪽에서 말없이 다소곳하게 앉아 있던 지사토가 더 이상 듣고만 있을 수 없다는 듯 입을 열었을 때였다. 암자 밖에서 인기척이 나고 곧 문이 열렸다.

"어서 오십시오, 다이아쟈리. 이처럼 친히 오시지 않더라도 행자를 시켜 부르시면 찾아뵐 텐데요."

겐초는 상의를 바로 하고 흰옷 소매에 붉은 끈을 꿴 행의를 입고 있는 다이아쟈리를 맞이했다. 예순이 넘었는데도 오랜 세월을 고행으로 단련한 얼굴에는 준엄함 속에 자애 넘치는 너그러움이 깃들여 있었다.

"본당을 예배하고 나서 행자들을 살펴보려고 다니는 길이지."

예배를 마친 뒤 지나다 들렀다는 듯이 말하며 다이아쟈리는 자애로운 눈빛으로 지사토 쪽을 바라보았다.

"지난 봄에 만났던 누이동생이시군. 육친으로서의 심정은 우승(愚僧)인 나도 이해할 수 있소. 걱정이 많겠구려."

이어 겐초에게 눈길을 돌리며,

"겐초, 그대는 이미 7년의 회봉행을 마치고, 다시 농산비구행으로 들어갔는데, 넋이 깃들이는 육신이 병든 지금은 보다 건강한 몸으로 세상을 위해 헌신하는 것도 수행의 길이야. 일단 주위사람들의 걱정에도 자비의 마음으로 귀를 기울여야지."

하고 타이르듯이 말했다. 겐초는 다이아쟈리를 똑바로 쳐다보았다.

"법화경에 '아불애신명 단석무상도(我不愛身命 但惜無上道)'라고 하였으니, 천태의 가르침은 신명을 돌아보지 않고 오직 도를 구하라고 한 만큼, 이야말로 저의 심경을 비유할 수 있는 구절입니다."

이와같은 겐초의 대답을 들은 다이아쟈리는,

"그렇다면 유마경에 이르기를, '고원육지(高原陸地)에 연화생(蓮花生)이요, 비습어니(卑濕於泥)에 차화생(此華生)'이라 하였네. 즉 맑고 깨끗한 연꽃은 고원 육지뿐만 아니라 비습한 진흙탕에도 핀다는 뜻이니 수행이란 산에서만 완성되는 것이 아니라 하계의 현실세계, 일상생활의 실천 속에서도 구현해 나갈 수 있음을 뜻하는 것이야. 지금의 나로서는 그대에게 할 수 있는 말이 이것뿐일세."

하고 위압감이 서린 낭랑한 목소리로 말했다. 겐초는 명상에 잠긴 듯 잠시 침묵을 지키더니 이윽고 입을 열었다.

"다이아쟈리께서 말씀하시는 뜻은 잘 알겠습니다. 그러나 아직 저는 미숙합니다. 이 히에이 산에서 수행을 쌓고, 몸소 천태의 가르침을 닦는 동시에 이전부터 손대던 일본 천태의 보살도에 관한 연구도 계속해 필히 완성시키고 싶습니다. 하지만 무엇보다 고행을 함으로써, 루손 섬에서 죽어간 부하들에게 한발 한발 가까워질 수 있다는 생각이 들어 어느 정도 마음의 평정을 얻게 됩니다."

마지막 한마디는 활시위처럼 사람들의 귀를 울렸다. 누이동생 지사토와 이키는 물론 다이아쟈리조차 입을 열지 못했다.

다시 소나기가 쏟아지기 시작하고 어둑해진 암자 안에는 어렴풋하게 네 사람의 윤곽만 떠올랐다. 겐초는 신열이 나기 시작했는지 깡마르고 창백한 뺨이 불그레 물들면서 눈 또한 촉촉하게 젖어들었다.

케이블카가 히에이 산 허리를 내려가 야세 유원지 역에서 멎을 때까지 아키츠 지사토는 줄곧 산꼭대기만 올려다보고 있었다.

이키는 차츰 멀어져 가는 산꼭대기를 멍하니 바라보고 있는 지사토에게 말 한마디 건네지 못한 채 침묵을 지키고 있었다. 지사토의 단 하나 남은 혈육인 오빠를 설득하지 못한 미안함과 지난날 청년장교로서의 순수성을 불문에서 승화시키는 삶을 사는 아키츠 세이키를 눈앞에 마주 보고 자신이 제2의 인생에서 망각할 뻔한 것을 본 탓이었다.

덜커덩하고 둔중한 진동음을 일으키며 케이블카가 멎자, 그제야 비로소 지사토는 제정신이 난 듯 창밖에서 눈길을 돌렸다. 이키는 그 짙은 속눈썹 끝이 이슬을 맞은 듯 젖어 있는 것을 보자 가슴이 죄어들었다.

개찰구를 빠져 나오자 지사토가 이키를 돌아보며 말을 꺼냈다.

"여기서 아주 가까운 히라하치자야에서 니시징의 숙부가 기다리고 계신데, 혹시 시간 여유가 있으시다면 늦은 점심이라도 드실 겸 모셨으면 합니다만……"

"그건 좋습니다만 지사토 씨의 소망에 부응하지 못해서 아무래도 좀……"

미안한 마음으로 말꼬리를 흐리는 이키와는 달리 지사토는 여느 때의 표정이 되어,

"아니에요. 혈육도 어쩌지 못하는 일을 돌아가신 아버님의 인연에 매달려 무리한 부탁을 드린 제가 잘못이었어요. 제발 마음 쓰지 마세요. 오히려 제가 송구스럽군요."

하며 바로 앞에 있는 고노 강가의 오솔길 쪽으로 안내했다.

단풍나무 고목이 가지를 뻗고 있는 오솔길을 조금 가자 질박한 문이 있고, 비바람에 바래어 히라하치자야라고 간신히 읽을 수 있는 간판 곁에는 풍아스러운 목탁이 매달려 있었다.

이키는 걸음을 멈추었다.

"꽤 오래된 집 같군요."

"네. 이 일대는 옛날에 동해 일대에서 나그네들이 저마다 청운의 큰 뜻을 품고 교토로 가는 와카사 가도 변의 취락으로 발달한 곳입니다. 이 집도 에도 시대부터 이 가도의 음식점과 여인숙을 겸한 찻집을 가업으로 삼아 대대로 민물고기 요리로써 명성을 날리게 되었답니다."

바로 그때였다.

"어서 오세요. 아키츠 어른께서 아까부터 기다리고 계십니다."

대문 앞에서 물을 뿌리다 말고 찻집 여종업원이 반가이 맞았다.

안내하는 점원을 따라 3층으로 올라가자, 장지문도 마루의 유리 미닫이문도 온통 열려 있어 맑은 물이 흐르는 다카노 강의 광경이 한눈에 바라다보이는 넓은 객실에 지사토의 숙부인 아키츠 노리쓰구가 기다리고 있었다.

"오오, 이키 씨. 바쁘실 텐데 이렇게 먼 길을 와주셔서 뭐라 감사의

말을 드려야 할지. 자, 이쪽 자리로 앉으시지요."

강물이 잘 보이는 윗자리를 권하고 지사토와 숙부는 아랫자리에 나란히 앉았다.

"안됐습니다만, 히에이 산에서 내려오기를 거절하셨습니다."

이키는 자신의 힘이 미치지 못한 데 대해 먼저 용서를 빈 다음, 자신과 다이아쟈리가 설득해 보았으나 병으로 말미암아 쓰러지는 한이 있더라도 천태종의 가르침을 통달할 때까지는 전혀 하산할 뜻이 없다고 강하게 말한 점을 전했다.

굳은 표정으로 잠자코 있는 아키츠 노리쓰구의 어깨가 차츰 처지는 듯했다.

잠시 침묵이 흐른 다음 아키츠 노리쓰구는 마음을 가다듬었는지,

"무슨 말씀인지 잘 알겠습니다. 전장에서 구사일생으로 살아 돌아왔으면서 히에이 산에 틀어박혀 어머니 장례식에도 내려오지 않았으니 고행이 다 무어냐는 생각이었습니다. 그런데 결핵인 것 같다는 말을 듣고는 내버려둘 수가 없어 저도 두어 차례 세이키의 암자를 찾아갔지요. 차제에 하산하여 사카모토 근처의 절을 하나 가져라, 그것도 마음 내키지 않는다면 다른 건 몰라도 병만은 고쳐야지 그렇지 못할 경우엔 돌아가신 너희 아버님을 뵐 낯이 없다고 사정사정했습니다. 그런데도 그 녀석이 우리 곁에서 아주 멀리 떠나버린 것 같아 염치불구하고 이키 선생의 호의에 매달려 봤습니다. 하지만 조금 전에 전해 주신 말씀으로 미루어보아 세이키의 결심이 굳은 것을 알 수 있었습니다. 수고를 끼쳐드려 정말 죄송합니다."

하고 정식으로 인사를 했다.

"아닙니다. 그렇게 말씀하시면…… 지사토 씨도 낙심하신 것 같아 마음 아픕니다만, 세이키 씨의 숭고한 마음씨에 새삼 고개가 숙여집

니다. 솔직히 말씀드려서 그래도 내려가자는 말은 도저히……"

부끄러운 듯 말하는 이키를 보며 노리쓰구는 고개를 저었다.

"천만의 말씀입니다. 그러다보니 세이키 얘기에 정신이 팔려 식사 대접이 너무 늦었군요."

손뼉을 치자 간단한 안주와 술병을 들고 점원이 들어왔다.

"오늘은 무엇을 만들어 드릴까요? 아까부터 주인아저씨가 팔을 걷어붙인 채 조리대 앞에서 대기 중인데요."

"글쎄, 잉어회에 은어 소금구이, 그리고 와카사에서 무슨 맛있는 것이라도 들어와 있나?"

노리쓰구가 미식가답게 물었다.

"마침 도미 특상품이 들어와 있습니다만……"

"그럼 도미찜을 만들어 주겠어? 그 다음엔 알아서 만들어 오고……"

이어 술병을 들더니 이키의 잔에 술을 따랐다.

"자, 이 술로 히에이 산의 분향 냄새를 떨쳐버리고 히라하치(平八)의 요리솜씨를 맛보신 다음, 오늘 저녁은 교토에서 묵으십시오. 기야 거리에 있는 교토풍 여관을 잡아드리겠으니……"

이키는 정중히 사양했다.

"모처럼 오셨는데 안됐군요. 하지만 선생 덕에 이제 세이키 생각은 말끔히 정리됐습니다. 앞으로는 그 녀석이 없는 걸로 간주해야지요."

말을 마치자 노리쓰구는 잔을 들어 단숨에 비워냈다.

"이젠 지사토의 일만이 남았군요. 이 아이도 서른다섯이나 되었는데 아직도 흙이나 주물럭거리고 있으니 걱정입니다. 다행이라고나 할까, 아직도 심심찮게 혼담이 들어오긴 하는데, 이제 와서 애써 단장하고 선보는 일 따위는 마음에 내키지 않는다고 거들떠보지도 않아 어떻게 해야 좋을까 궁리하던 참이었지요. 한데 마침 근처의 가리스마 호리마쓰 거리에 있는 고전가면극을 가업으로 삼고 있는 집안에서 혼담이 들어와……"

"숙부님 괜히 그런 말씀 하시지 마세요."

지사토가 말을 가로채자,

"이키 선생한테 하는 말인데 너는 가만 있거라."

하고 이키에게 다가앉았다.

"단아미류의 가면극 의상을 저희가 짜고 있는데 그 집 둘째 아드님인 단아미 야스오(丹阿彌泰夫) 군이 아주 괴짜라 전통 가면극 세계에 만족하지 못하고 다른 별난 연극을 하는가 하면, 가면극 보급을 위해 미국에 건너갔다가 반년 전쯤에 돌아왔지요. 그런데 지사토와는 전부터 알고 지내던 터에 서로 나이 또한 30을 넘도록 자기 좋은 일만을 하는 사람들끼리니 더욱 잘됐지 않느냐고 중간에 나서서 권하는 사람이 있었어요. 사실 나도 이미 나이 70이 지난 데다 몸 성할 때 지사토가 자리잡아 주기를 바라던 참에 생긴 혼담이라……"

숙부 노리쓰구는 부모를 여읜 채 오빠와도 생이별이나 다름없이 헤어져 지내는 질녀 문제가 어지간히 마음에 걸리는 모양이었다.

지사토는 난처한 듯이 말했다.

"도예가로서 독립할 수 있게 되면 내가 원하는 대로 해주시겠다고 말씀하셨잖아요."

그때, 거북한 분위기를 환기시키듯 점원이,

"아키츠 어른에게 가게에서 전화가 왔습니다."

하고 방안에 있는 전화기에 연결시켜 주었다.

노리쓰구는 바로 수화기를 들었다.

"무슨 일이야? 이런 데까지 알려야 할 급한 일이 있나? 뭐라고? 에

리후지의 어른이 뇌졸중으로 쓰러져 돌아가셨다고? ······그래, 알았다. 바로 돌아갈 테니 그쪽에 결례되는 일이 없도록 잘하고 있어."

그러고는 급히 전화를 끊었다.

"이키 선생, 하필 이런 자리에 사람 죽은 소식이 날아드는군요. 방금 니시징의 오리모토협회 회장이 돌아가셨다 하니, 아무래도 이만 실례해야겠습니다. 지사토가 저 대신 정성껏 모실 겁니다."

노리쓰구는 지사토에게 눈길을 돌리며,

"거봐라, 내가 뭐라더냐. 너도 내가 졸지에 눈을 감기 전에 한시바삐 자리를 잡아야 한단 말이다."

노리쓰구는 말을 마치기가 무섭게 허겁지겁 일어섰다.

두 사람만 남게 되자 이키는 차려진 잉어회에 젓가락을 가져가면서 별다른 뜻 없이 조금 전 화제를 꺼냈다.

"방금 나온 혼담 얘기를 들어보니 꽤 좋은 혼인 자리가 나신 모양이군요."

지사토의 눈동자가 바짝 빛났다.

"정말 그렇게 생각하세요?"

"숙부님이 말씀하신 단아미 야스오 씨는 무척 재미있는 사람인가 보더군요. 전통적인 가면극 세계에서는 이단자 비슷한 모양이니, 어쩌면 생각보다 지사토 씨와 잘 어울릴지 모른다는 생각이 드는군요."

"그렇다면 이키 선생님 역시 여자란 결혼하는 편이 낫다고 생각하시나요?"

지사토는 따지듯 물었다.

순간 이키는 얼른 대답하지 못했으나 이내 결혼 적령기의 딸 나오코 생각이 떠올랐다.

"평범하지만 여자로서는 가장 무난하고도 행복한 길이 아닐까요?"

"저한테도 그런 길을 권하시는 건가요?"

"권한다든가 권하지 않는다든가…… 나는 지사토 씨에게 그런 이야기를 할 만한 입장이 아니지요. 부모님을 대신하여 훌륭한 숙부님도 계시는데."

이키는 이렇게 말하는 동안 왠지 자기의 말 속에 진실이 깃들여 있지 않는 듯한 공허한 느낌이 들었다.

"지사토 씨, 식사가 끝나면 지난번에 갔던 산센원을 오랜만에 찾아가 보고 싶군요. 눈 덮인 산센원이 참 좋았지만, 초여름의 산센원도 좋을 것 같지 않습니까?"

이키는 화제를 바꾸듯이 이렇게 말했다.

히라하치자야에서 산센원까지는 택시로 30분쯤 소요되는 거리였다. 다카노 강을 따라 차를 달려 산센원 앞에서 내려 완만한 경사로 돌을 깔아놓은 길을 다 올라가면 성채 같은 돌담으로 둘러싸인 산센원의 산문(山門)이 우뚝 서 있다. 겨우 4시밖에 되지 않았는데도 산문은 굳게 닫혀 있었다.

산문 안의 휴게소에 물어보니, 요즘은 수리 중이기 때문에 문을 닫는 시간이 한 시간 앞당겨졌다는 것이다.

"안타깝군요. 이곳까지 왔는데도 들어가지 못하다니."

이키는 7년 전에 와본 적이 있는 정원을 추억하며 발길을 돌리려 했다. 그런데 지사토가,

"모처럼 여기까지 왔잖아요. 여기서 조금 더 가면 호센원이라는 오래된 천태종 절이 있답니다. 별로 알려지지는 않았지만 고색창연한 대청마루 앞에서 바라보는 아름다운 석양은 이키 씨에게 한번쯤 보여 드리고 싶을 만큼 대단하더군요."

하고 말한 뒤 걸음을 옮기기 시작했다. 반 마장쯤 걷다가 시냇물을

가로지른 조그만 반월교를 건너자 갖가지 빛깔의 철쭉꽃이 만발해 있었는데, 그 앞에 조용히 산문이 입을 다물고 있었다.

안으로 들어서자 꽃이 없는 대신 젖꼭지나무, 소나무 등의 상록수가 짙은 녹음을 과시하고 있었다. 사람이라곤 그림자조차 찾아볼 수 없는 고요한 절 안으로 들어서자, 안으로 깊숙이 들어간 곳에 회양목 산울타리로 둘러싸인 현관이 있었다. 안내를 청하자 초로의 부인이 나타나 안으로 안내했다.

"어서 오십시오. 참배하시러 잘 오셨습니다. 이리로 들어오십시오."

현관 정면의 흰 벽에는 세로로 창살이 난 창문이 있고, 뿌연 어둠에 가린 복도를 지나 본존인 아미여래에게 배례를 마치자 이키와 지사토는 널따란 방으로 안내되었다. 책장 옆에 만들어 놓은 화로 앞 방석에 앉기를 권하고 곧이어 엽차를 내왔다.

"고맙습니다."

"오늘은 시간도 늦었고 하니 찾아오는 사람도 없을 거예요. 천천히 쉬어 가세요. 서쪽 마당을 넓게 잡은 것은 석양의 아름다움 때문만이 아니라 서방정토의 빛을 배려하기 위해서랍니다."

안내하는 부인의 말에 따라 서쪽 마당으로 시선을 돌린 순간 이키는 자신도 모르게 눈을 크게 떴다. 마당을 향한 넓은 마루의 5칸짜리 중방 양쪽에 굵은 기둥이 서 있고, 마루 끝에 한 자쯤 되는 마루귀틀이 만들어져 있는데, 그 커다란 액자처럼 생긴 테두리 저편의 파란 맹종죽은 곧게 힘찬 줄기를 뻗어 앞이 첩첩이 겹쳐 있었다. 간결하면서도 청아한 경관으로 마치 아름다운 한 폭의 그림을 보는 듯했다. 녹차를 다 마시자 부인은 다시 권했다.

"한 잔 더 드릴까요?"

"차 솜씨가 대단하시군요. 한 잔만 더 부탁드려요."

지사토의 말에 초로의 부인은 두 잔째 차를 따라주며,

"머지않아 석양이 비쳐들 시간이군요."

하고 나서 안으로 들어갔다.

이윽고 석양이 비쳐들기 시작하자 대나무잎이 엷은 꼭두서니빛으로 물들고, 몇 겹으로 겹친 대나무잎 사이로 반짝반짝 석양이 끼어들었다. 꼭두서니빛이 붉은빛을 더해감에 따라 마치 불꽃이 타오르듯 오렌지색으로 변했으며, 마침내는 금빛으로 휘황하게 빛나는가 싶더니 대나무숲이 온통 후광에 싸인 듯 빛을 발하며 저녁 바람에 흔들리는 잎들을 물들였다. 대나무 숲 깊숙이 빛이 빨려 들어가 그 깊고 미묘한 빛이 나오는 정적 속에 휘황하고 강렬한 것이 숨겨져 더욱더 금빛의 찬연함이 도를 더하다가 석양이 그늘지기 시작하여 마치 유현(幽玄)의 세계를 보는 것 같았다. 안개와도 같은 저녁놀이 흐르며 금빛으로 빛나던 대나무잎은 보랏빛으로 변했으며, 엷은 먹빛 황혼 속으로 녹아들 듯 저물었다. 그 사이는 불과 30분도 못 되는 짧은 순간이었다.

이키는 그 고요한 아름다움에 흠뻑 빠져들어 넋을 잃고 있었다. 지사토 역시 그 유현한 아름다움 속에 숨겨진 불꽃처럼 강렬한 그 무엇을 느끼며 세찬 감정의 동요를 느끼고 있었다.

갑자기 지사토의 목소리가 들렸다.

"저어, 숙부님 말씀대로 결혼을 생각해 볼까 해요."

유현의 세계에서 현실세계로 되돌아온 듯한 느낌으로 이키는 지사토를 바라보았다. 어둑해진 넓은 방안에서 지사토의 얼굴이 희끄무레하게 떠올랐다. 큰 눈동자가 이상스러우리만큼 반짝거리고 있었다. 마치 불처럼 활활 타오르는 마음속의 그 무엇을 꾹 눌러 참는 표정이었다.

결혼을 생각해 보겠다는 지사토의 말은, 이키에 대한 심정을 뒤집으려는 뜻을 담고 있는 것인지, 아니면 정말로 그러려는 것인지 도저히 그 마음을 헤아릴 수가 없었다. 그러나 지사토의 한마디는 유현의 세계에 매료되어 있던 이키의 마음을 생생한 현실세계로 되돌려 놓았다.

아지랑이

교토에서 오사카역에 도착하자마자, 이키는 내일의 경영회의에서의 사무를 맡아보기 위해 저녁에 오사카에 와 있을 업무본부의 가이베 가나메에게 전화를 걸었다.

"나 지금 오사카역에 있는데 이 길로 가네코 상무 댁에 좀 다녀와야겠어."

그러자 가이베는,

"아니, 이런 시간에 가네코 상무 댁엘요?"

하고 도저히 이해할 수 없다는 듯 물었다.

"음, 내일에 대비하여 사전에 섬유부문의 분위기를 파악하고 싶어서. 아마 10시가 넘어야 호텔에 돌아갈 수 있을 걸세. 그럼 그때 만나세."

이키는 공중전화를 끊고 나서 한큐 고베선으로 갈아타고 니시노미야에 있는 가네코 상무 집으로 향했다. 불과 몇 시간 전에 아키츠 지사토와 함께 바라보던 라쿠호쿠 호센원의 유연한 저녁풍경, 낮에 히에이 산에서 만났던 아키츠 세이키의 준엄하고도 청아한 모습이 뇌리에 떠올랐다.

이어 내일 있을 회의를 위해 지금부터 사전공작을 하려 하는 자기 자신에 대해 공허감마저 느꼈다.

니시노미야 역에서 내려 하나조노 거리 쪽으로 10분쯤 걸으면 가네코 상무 집이 있다. 가네코와는 도쿄와 오사카로 떨어져 있었지만 회의 때마다 자주 만났고, 집으로 찾아가는 일은 두 번째였다.

첫 번째는 지금부터 8년 전, 이키가 오사카 본사의 섬유부에 입사했던 해 5월이었다. 당시 면사부장인 가네코가 주쿄방적과의 투기매매 싸움에서 참패, 당시 금액으로 5억의 손실을 당한 바로 그날이었다. 몇 개월에 걸쳐 벌인 혈투 때문에 지칠 대로 지친 가네코가 맥없이 혼자 건물 옥상으로 올라가는 모습을 보고 슬며시 따라갔었다. 그랬더니 비틀거리며 급수탑이 있는 곳까지 걸어가 넋 놓고 빌딩 골짜기를 내려다보려 하고 있어 얼른 이키 쪽에서 말을 걸었다. 그제야 정신이 든 듯 돌아본 가네코에게 묵묵히 담뱃불을 붙여주자 왕방울 같은 진땀이 가네코의 얼굴에서 흘러내리면서 손이 떨렸다. 이키는 일찍 귀가하라고 권하며, 자기도 고베에 볼일이 있다면서 가네코를 니시노미야의 집까지 데려다주었던 것이다.

그 후 가네코는 보란 듯이 만회, 나고야 지사장을 거쳐 3년 전에 상무가 된, 이른바 사선을 넘어 온 상사원으로 온화한 성격에다 남의 뒤를 잘 돌보아주는 인물이었다. 그래서 이키는 그에게 큰 호감을 갖고 있었다.

이키는 산울타리에 둘러싸인 아담한 모양의 가네코 집 초인종을 눌렀다.

일본 옷을 입은 온후한 인상의 가네코 부인이 대문을 열며,

"어서 오세요. 자, 이쪽으로."

하고 이키를 안으로 안내했다.

"옛날에 오셨을 때는 빈터도 많이 있었는데 요즘에는 집들이 꽉 들어차 있어요. 그래서 혹시 길이라도 잃어버리시면 곤란하다고 역에 마중 나가라는 그이의 말에 지금 막 나가려던 참입니다."

"별말씀을 다 하십니다. 그보다도 이렇게 늦은 시간에 느닷없이 폐를 끼치게 되어 죄송합니다."

이키는 한밤중에 방문한 것에 대해 사과한 다음, 안사랑으로 들어가 자리에 앉았다. 조금 지나 맥주가 나오더니 집에서 입는 와후쿠 차림으로 가네코가 들어왔다.

"어서 오시오. 내일 회의에서 보게 될 텐데 이렇게 일부러 찾아온 것을 보니, 혹시 무슨 일이라도?"

"실은 그 회의에 관한 일로 상무님의 의견을 좀 듣고 싶어 이렇게 실례를 무릅쓰고 찾아왔습니다."

가네코의 잔에 맥주를 따라주고 자신도 한 모금 마신 다음, 내일의 경영회의에 제출할 3개년 계획 경영방침의 핵심으로 3년간에 걸쳐 섬유부문 인원 2백 명을 비섬유부문으로 보직이동시키는 안건을 천천히 설명했다.

"섬유로 출발해서 섬유부문 이익으로 종합상사의 터전을 닦아왔으면서, 섬유부문 축소안을 제출한다는 것 자체가 괴로운 일이긴 하지만 달리 도리가 없군요. 가네코 상무님은 우리 업무본부의 안건에 대해 어떤 생각을 갖고 계시는지요?"

가네코는 맥주를 쭉 들이켜고 잠시 침묵을 지킨 다음에야 입을 열었다.

"터놓고 말해서 불쾌하기 그지없는 얘기로군. 아무리 중공업화 노선을 위해서라고는 하지만 너무 섬유부문을 경시한 계획이라고밖에 할 말이 없소."

내뱉듯이 말하더니 가네코는 다시금 입을 다물어 버렸다.

지금은 종합상사 중 3위의 위치에 있지만 그런 깅키상사도 한국전쟁 후의 신3품(新三品)의 대폭락과 1965년의 불황으로 말미암아 경영 위기에 몰렸던 적도 있었다. 그러한 고난을 극복하는 과정에서 가네코와 현재의 부장 및 과장급의 피땀 어린 노력에 의지한 바가 컸었다. 그런 만큼 가네코의 한마디는 천금 같은 무게로 이키의 기를 꺾어 놓았다.

"그렇게까지 말씀하시는데도 불구하고 굳이 그렇게 해야 하기 때문에 더욱 괴롭습니다. 하지만 10년 후의 섬유시장을 생각할 때 일본의 섬유산업은 값싼 노동력을 앞세운 저개발국에게 시장을 빼앗기는 것도 시간문제라고 상무님께서도 말씀하셨지 않습니까? 자손에게는 옥답을 물려주지 않는다는 말이 있습니다만 기업은 영원한 것입니다. 또한 다음 세대를 위해서는 현재의 중역진이 기업백년대계를 그르치는 일을 범해서는 안 된다고 생각합니다."

이키가 호소하자, 가네코는 팔짱을 풀고 말했다.

"이키 상무의 말을 이해하지 못하는 건 아니오. 그러나 기업의 합리성만을 추구하다가 기업에 몸담고 일하는 인간을 잊어버렸을 때, 기업은 이상에 그치고 마는 거요. 섬유부문에서는 지난번의 축소로 인해 혹시 회사가 섬유부문을 포기하는 것은 아닌가 싶어 중견층 이하 직원들 사기가 크게 저하되어 있소. 나는 바로 그 점이 두려운 거요. 이치마루 전무도 업무부문에서 내놓을 안건을 대략 알고 몹시 분개하고 있어요. 뭐니 뭐니 해도 아프리카 팬츠의 이치마루 전무니까 말이오."

이치마루 전무 역시 섬유부문에서 잔뼈가 굵은 사람이었다. 그는 아프리카의 가나에 출장 갔을 때 프랑스 에어프랑스사로부터 수단에는 벌거숭이가 3, 4백 만이나 있다는 말을 듣고 프로펠러기를 타고 직접 날아가 수단의 오지를 찾아다니며 남자는 팬츠를 입고 여자는 허리에 천을 두르고 다닐 것을 역설했다. 그리하여 졸지에 상담을 성공시킴으로써, 그 후 '아프리카 팬츠'라는 별명이 붙여진 것이다.

"이치마루 전무님에게는 어떻게든 미리 말씀드리려고 애써보았습니다만, 끝내 뵐 수가 없었습니다. 내일은 상당히 심한 말을 듣게 될 것이라고 각오하고 있습니다. 그 전에 한번 진지하게 만나 뵙고 싶었습니다만 회의석상에서는 절대로 양보해 주시지 않는 분이라서."

이키는 낭패의 빛을 감추지 못했다.

"그 사람을 설득하기는 어려울 거요. 어째서 이런 큰 문제를 갖고 있으면서도 사전에 공론화 하지 않았는지, 정말 당신답지 않아요."

"그럴 작정이었지만 중동전쟁 정보를 수집하느라 바쁜 나머지 그만 기회를 놓치고 말았습니다. 게다가 이치마루 전무님도 최근 해외출장이 잦았고."

대답은 그렇게 했으나, 사실 몇 번인가 이치마루 전무에게 상담을 요청했다가 단호히 거절당했다.

"이치마루 전무님은 이제 어쩔 수 없다고 치고, 이 문제를 사장님은 어떻게 생각하고 계실까요?"

"다이몬 사장이야 당신 쪽이 더 잘 알고 있을 게 아니오?"

"그렇지 않습니다. 다른 문제라면 몰라도 섬유부문에 있어서는 저보다도 역시 가네코 상무님께 진의를 토로하시는 줄로 압니다. 뭐니뭐니 해도 가네코 상무님은 다이몬 사장님의 분신이시니까요."

가네코는 '주식거래의 귀신'이라고 불리던 다이몬 사장 자신이 직접 데리고 키운 부하로, 남이 보는 앞에서는 자주 면박을 주곤 하지만 다른 한편에서는 사토이 부사장이나 이키는 물론 이치마루 전무에게도 감추는 약한 마음을 가네코 앞에서는 거침없이 내보이는 사이다.

"솔직히 말해서 다이몬 사장으로부터 상의가 있긴 했소. 하지만 이키 상무, 그것만은 내 입으로 말할 수가 없소."

가네코는 분명한 어조로 대답했지만 딱딱했던 표정은 많이 누그러져 있었다.

"사토이 부사장하고는 아주 불편한 사이라는 소문을 들었는데 어떻소?"

"사내에 그런 소문이 퍼져 있다니 정말 어떻게 해야 할지 걱정스럽군요. 모든 게 제 불찰입니다."

"사토이 부사장 외에도 이치마루 전무, 총무담당 마사오카 상무와도 과히 좋은 사이인 것 같진 않더군요. 아무튼 이키 상무, 내일 회의는 크게 소란스러워질 것 같지만, 이제까지의 자세를 흐트러뜨리지 말고 당신답게 밀고 나가시오."

적극적으로 반대하지는 않겠다는 뜻이 은연중에 내포되어 있는 말이었다. 하지만 가네코로서도 이키편으로 기울어 악평의 표적이 되는 것만은 원치 않는 듯했다.

이키는 수많은 중역들 사이에서 혼자만 고립되어 있는 자신의 처지를 새삼 느끼면서도, 내일 회의는 어떤 난관에 부닥치더라도 과감히 밀고 나가야겠다고 단단히 각오했다.

슈쿠가와에 있는 다이몬 사장 집의 아침식사 자리는, 오랜만에 사람 사는 집처럼 활기를 띠었다. 아들도 딸도 각기 가정을 가졌기 때문에 여느 때에는 다이몬과 아내 후지코만의 조촐한 식탁이었지만, 오늘 아침에는 이쓰비시상사의 도쿄 본사 철강부에 근무하는 둘째 아들 히로시가 이쓰비시중공업 아카이시 공장으로 출장가기 위해 어제 저녁부터 와 있으며, 근처인 아시야로 출가한 막내딸 레이코 역시 오토모 은행 심사부에 근무하는 남편이 도쿄로 출장 중이라서 토요일부터 네 살짜리 아이와 함께 친정에 와 있었다.
"이렇게 한자리에 모여 식사를 하기도 정말 오랜만이로구나."
다이몬은 샐러드볼에 가득 담긴 샐러드를 마구 먹어대며 유쾌하다는 듯 말했다.
"누가 되었든 이렇게 간간이 돌아와 주니 사람 사는 집 같아서 좋구나. 아하, 가쓰오는 오믈렛을 꽤 좋아하는 모양이지?"
후지코는 어린이용 의자에 앉아서 입언저리를 노랗게 물들이며 오믈렛을 먹고 있는 손자에게 말했다.
그러자 가쓰오는 다이몬 쪽으로 몸을 기대면서 말했다.
"할아버지, 나 많이많이 먹고 황금박쥐처럼 힘이 세질 거야. 할아버지, 오므레쯔!"
다이몬은 많은 손자들 중에서도 가장 자기를 닮은 가쓰오가 할아버지 소리를 연발하자 귀여워 못 견디겠다는 듯 그래그래, 하며 오믈렛을 가쓰오의 입에 넣어주자 레이코가 말렸다.
"아버지, 너무 오냐오냐 하지 마세요. 내년엔 유치원에 갈 나이인데. 그리고 서두르지 않으시면 늦으시겠어요. 오늘은 아침부터 경영회의가 열린다면서 일요일인 어제도 회사 관계 전화만 계속하지 않으셨어요?"
다이몬의 앞자리에 앉은 둘째 아들 히로시는 7시 반을 가리키고 있는 시계를 흘낏 보고 나서 재빨리,
"아버지, 이번 경영회의의 주된 안건은 뭔가요?"
하고 어머니를 닮은 하얀 얼굴을 들고 물었다.
"이쓰이물산이나 이쓰비시상사 등 재벌급 노대국(老大國)을 바싹 따

라붙으려는 작전 회의지. 또 지난번 아랍·이스라엘 전쟁 때처럼 다른 회사들을 크게 앞지르고 위협을 가할 일을 꾸밀는지도 몰라."

그러자 이쓰비시 상사원인 히로시가 커피잔을 비우고 나서,

"우리 회사에서는 그 일을 신통치 않은 것으로 평가하고 있어요. 솔직히 말해서 깅키상사가 섬유출신 이미지를 넘어선 일이었던 만큼 매스컴이 주목을 한 데 지나지 않지요."

하고 찬물을 끼얹듯이 말했다. 다이몬은 그런 아들을 흘낏 노려보더니 못마땅하다는 듯이 말했다.

"이 녀석, 너도 제법 어른다운 소리를 할 만큼 컸구나. 더구나 내가 가장 싫어하는 재벌 상사의 우쭐거리는 듯한 말투를 쓰면서 말이다."

"그럼 깅키상사 역시 중공업 중심으로 전환하겠다는 말씀이세요?"

"그래. 내가 사령관이 되고 전 대본영 참모에게 작전을 의뢰하여 한번 과감히 밀고 나갈 테다. 누가 뭐래도 우리에겐 명참모가 있으니 말이야."

"이키 씨를 말씀하시는군요. 하지만 그 사람은 깅키상사가 마침 조직정비를 필요로 할 때 적절하게도 시기와 자리를 함께 얻었을 뿐, 예를 들어 우리 회사와 같이 조직이나 인재면에서 완벽하게 구성된 충실한 회사에서도 그렇게 잘될 수 있었을는지 의문이라는 것이 대부분의 평가더군요."

"그게 바로 사내 녀석들의 질투라는 거야. 이키 군이 회사 내외에서 질투를 받게 되었다니 제대로 한몫했나 보군."

다이몬은 크게 한바탕 유쾌하게 웃었다.

그러자 히로시는 무안한 표정이 되어,

"전 시간이 없어서 이만 가보겠어요."

하고 자리에서 일어났다.

"당신은 걸핏하면 이키, 이키 그러시는데 저는 군인 출신이면서도 이상하리만큼 과묵하고 번듯한 그 사람이 맘에 안 들어요. 게다가 그 안사람도 마치 군인 아내의 표본이라도 되는 듯이 보여서 왠지 쉽사리 친해지지가 않더군요."

흰 살결에 약간 치켜올라간 눈을 매섭게 뜨고 후지코가 말참견을 했다.

"회사일에 쓸데없이 참견하지 말랬잖아. 히로시는 타사의 상사원으로서 자기 의견을 말한 거야."

모질게 꾸짖은 다이몬은 자리에서 일어나 가운을 벗고 후지코가 손질한 잿빛 바탕에 감색 줄무늬가 든 양복으로 갈아입었다.

바로 그때 젊은 가정부가 출근할 차의 대기를 알려왔다.

"차가 왔습니다."

서둘러 집을 나선 다이몬은 달리는 자동차의 창문을 열고 신선한 공기를 한껏 들이마셨다. 그리고 짙게 우거진 녹음을 바라보며 10시부터 개최되는 경영회의에 생각이 미치자 마음이 다소 동요되었다.

이치를 따져볼 때, 섬유부문을 대폭 축소할 필요성은 충분하고도 남았다. 그러나 뭐니 뭐니 해도 오늘날의 깅키상사로 성장한 밑바탕에는 섬유부문에서의 성과가 깔려 있었다.

천신만고 끝에 쌓아올린 섬유부문인데 아무리 깅키상사의 체질 전환, 다시 말해 중화학공업계 노선을 걷기 위한 길이라고는 하지만 이제 와서 자기 손으로 깨버려야 한다는 것을 생각하니 그야말로 끓는 납을 들이켜는 것 같은 심정이었다.

다이몬은 깅키상사를 위해서라면 이대로 밀고 나가야 한다는 결의와 한편으로는 자칫 정 때문에 마음이 약해질 것 같다는 예감도 들었다. 조금 전에 아들 히로시에게는 친히 사령관이 되어 밀고 나간다고 큰소리쳤지만, 실제로는 이키의 전략에 설득당해 모질게 마음먹은 뒤에야 슬그머니 나섰다는 것이 솔직한 표현이었다.

이윽고 오사카 시내로 접어들어 사카이스지를 남쪽으로 달리기 시작하자 차의 속도가 떨어지더니 거북이걸음을 하게 되었다.

"이런 식으로 가다가 대체 언제 회사에 닿을 작정이야?"

"하지만 월요일 아침입니다, 사장님."

"누가 그걸 모르나? 고지식하게 남의 차 뒤꽁무니만 따라가지 말고 적당히 샛길을 찾아 추월하란 말이야. 어째서 그렇게 머리가 안 돌아가나."

힐책하듯 운전사에게 쏘아붙인 다이몬은 자신이 전에 없이 크게 짜증을 내고 있음을 느꼈다.

오사카 성의 천수각 지붕 기와와 눈부시게 빛나는 하얀 벽이 성큼 다가설 것처럼 선명하게 보이는 깅키상사의 중역회의실에서는 팽팽한 긴장감이 흐르는 가운데 오전 10시부터 경영회의가 열리고 있었다.

ㄷ자 모양의 탁자 정면에 다이몬 사장이 앉아 있고, 그를 중심으로 양옆에는 사토이 부사장과 수석전무 이치마루, 그리고 3명의 전무들과 10명의 상무들이 앉아 있었다. 그 말석에는 업무본부장인 이키가 앉고 그 뒤에는 사무담당인 사업부의 가이베와 젊은 부원이 배석하고 있었다.

유례를 찾아볼 수 없을 정도로 팽팽한 긴장감이 도는 이유는 해외주재 중역이 참석하는 1년에 두 번뿐인 회의인 데다 '경영 3개년 계획'이란 안건이 업무본부로부터 제출됨으로써 중역들이 저마다 그에 대한 자신의 의견을 머릿속으로 헤아리고 있기 때문이었다.

맨 처음 회사 기념식전에 관한 형식적인 안건이 제출된 뒤 곧바로 업무본부가 작성한 '경영 3개년 계획' 검토에 임하려 했을 때, 다이몬 사장이 16명의 중역들을 둘러보며 말했다.

"우리 회사의 '경영 3개년 계획' 안을 검토하기에 앞서 한마디하고자 합니다. 1960년 이래 섬유상사에서 종합상사로의 변화를 위해 노력한 결과, 오늘날 해외 현지 법인을 포함하여 1조 3천억 엔이란 총매출액을 자랑하는 제3위의 종합상사가 되었습니다. 그러나 앞으로의 일본 산업구조는 1965년의 불황 이후 중공업화하는 방향으로 진행되고 있는 만큼 우리 회사도 나아갈 방향을 확실히 정해야 합니다. 그러기 위해서는 우선 중역진의 의견일치가 중요합니다. 각 중역들은 회사의 백년대계를 위해서 허심탄회하게 의견을 말해주기 바랍니다."

다이몬의 쩌렁쩌렁한 목소리가 회의실 안에 울려 퍼지자 긴장감은 한층 고조되었다. 업무본부장인 이키는 두툼한 계획서의 표지를 넘기며 조용히 일어섰다.

"지금 여러분의 앞에 놓여 있는 것은 경제기획청의 중기 경제 예측에 바탕을 둔 장래 일본 경제의 동향, 그리고 그것을 근거로 한 당사의 경영전략에 대하여 업무본부에서 작성한 '경영 3개년 계획서' 초안입니다. 이 초안을 바탕으로 보다 건설적인 비판과 검토가 이루어졌으면 합니다. 그럼 발표하도록 하겠습니다. 먼저 일본 경제에 대해 평가해 볼 때, 작년 말부터 시작된 경기침체가 점차 회복국면으로 접어들고 있습니다. 이번의 경기상승으로 광공업 생산증대 등 설비투자의 열기가 산업계 전반에 걸쳐 높아지고 있으며, 기업의 흑자도 매출액보다 훨씬 큰 폭으로 향상될 것으로 보입니다."

업무본부가 회사 안팎에서 수집한 온갖 정보를 바탕으로 전사적 경영전략을 세워 영업부문으로 내려 보내는 것은 이번이 처음이었다. 그렇기 때문에 이키는 중역들의 반응에 신경을 곤두세우면서 말을 이었다.

"그것들을 정확한 숫자로 도출하기는 어렵지만, 1965년 이후의 GNP와 민간 설비투자, 수출총액 및 수입총액을 보면 다음과 같습니다. 1965년 GNP는 5년 전의 갑절인 32조 4천억 엔, 설비투자 5조 엔, 수출 87억 달러…… 1966년 GNP 38조 4천억 엔, 설비투자 8조 2천억 엔, 수출 99억 5천만 달러, 수입 1백억 달러…… 그리고 금년도 GNP를 보면 45조 엔을 넘어 자유세계로는 영국, 프랑스를 앞질러 제2위인 서독을 바싹 뒤쫓고 있습니다. 향후 2, 3년 후에는 서독마저 능가함으로써 미국 다음가는 수준에 도달할 것이 거의 확실하다고 추측됩니다. 한편 여기서 공업 생산력의 상징인 우리나라의 철강 생산력으로 눈을 돌리면 작년인 1966년 생산량이 4천 8백만 톤으로 3천 5백만 톤의 서독을 웃돌아, 1억 2천만 톤의 미국에 이어 세계 2위인데, 1970년에는 6천만 톤을 넘을 것으로 전망됩니다."

이키는 먼저 제1단계는 거시적인 숫자를 들어 기업 전반을 둘러싼 경제환경을 말했다.

"이와같은 갖가지 정세를 감안하여 3년 후 깅키상사의 바람직한 모습을 예견해 볼 때, 다음과 같은 세 가지 요소가 3개년 계획의 중요 핵심이 되어야 한다고 생각합니다. 첫째 섬유부문의 재축소로 우리 회사에서 점유하고 있는 섬유매출액 비율 43%를 30%로 하향 조정, 앞으로는 섬유 30%, 기계·금속·화학 50%, 식량·물자 20%로 체질 개선을 단행해야합니다. 두 번째로는 무역 비율을 재조정해야합니다. 회사의 총매출액에서 국내 판매분을 제외한 수출, 수입, 해외매출액을 종전의 35%에서 40~45%로 끌어올려야 합니다. 셋째는 관련 회사를 정리 통합하여 강화하자는 것입니다. 이상 세 가지를 적극 추진하는 데 있어서 기구개혁, 인원배치, 자금할당 등 구체적인 안들은 나누어드린 초안을 참조하여 검토해 주시기 바랍니다."

말을 마친 뒤 이키는 자리에 앉았다. 그러자 마치 기다리기나 했다는 듯이 '아프리카 팬츠' 이치마루 전무가 발언을 시작했다.

"회사의 중공업화 지향도, 무역비율 신장도 다 좋아요. 그러나 이키 군, 현실적으로 섬유부문을 더 축소하면 무슨 수로 이익을 올려 사원들에게 급료를 지급하며 또한 어떻게 주주들에게 배당할 것인가 하는 문제에 대해 생각해 보았소? 1960년 이후부터 탈섬유를 내세워 당시 60%를 차지하고 있던 섬유의 비율이 1965년에는 50% 이하로 떨어지고 인원도 2백 명이나 다른 부문으로 보냈어요. 하지만 빼앗긴 인원과 자금면에서의 냉대를 감수하면서 섬유부문에서는 섬유야말로 우리 회사의 대들보라는 절박한 심정으로 황소처럼 땀 흘려 일했소. 그 결과 작년에도 불과 1천 3백 명으로 5천억에 달하는 매출액을 달성했지요. 이를 1인당 매출액으로 환산하면 약 3억 8천만 엔으로서 그 어떤 부문보다 많이 벌어들이고 있습니다. 그럼에도 불구하고 초안에 따르면, 섬유 축소의 최대 주안점은 남은 1천 3백 명을 앞으로 3년간에 걸쳐 다시 2백 명이나 다른 부문으로 이동배치하자는 건데, 그럴 경우 섬유 매출액은 계산상으로는 760억 밖에 줄어들지 않을 것 같지만 현실적으로는 1천억 이상 하락하게 되어 있소. 더구나 섬유처럼 전통도 상권도 갖지 못한 비섬유부문에 제아무리 인력과 자본을 투입한들 3년 내내 1천억 이상의 매출액을 올리기란 그야말로 하늘의 별따기입니다. 이것은 소위 회사의 기둥뿌리를 뒤흔드는 무모하고 터무니없는 계획이라고 말할 수밖에 없습니다. 따라서 나는 섬유담당이란 입장을 떠나 회사 전체적인 관점이나 경영을 염려하는 수석전무로서도 이와 같은 논의는 할 필요조차 없다고 생각합니다. 즉시 모든 것을 백지화하고 계획안을 다시 짜야 합니다."

배포된 두툼한 계획안을 볼펜으로 톡톡 치며 신랄하게 퍼부어대는 이치마루의 힐난을 이키는 동요는커녕 오히려 태연하게 맞받았다.

"모두 옳게 지적하셨습니다. 섬유부문의 수익은 한 걸음 늦게 진출한 비섬유부문의 육성에 큰 힘이 되고 있으며, 또 앞으로도 섬유는 우리 회사의 최대 수익 부문이라는 점에 있어서는 추호의 변동도 없을 것입니다. 그러나 일본 총수출에서 차지하는 섬유의 비율을 예로 들더라도 1960년에 30%, 1965년에 15%, 그리고 앞으로 3년 후인 1970년에는 10%로 떨어질 것이라 예측되므로 언제까지나 섬유에만 큰 비중을 둔다는 것은 있을 수 없다는 사실 또한 냉정하게 받아들여야 합니다. 초안에 첨부된 자료 제3표, 당사 상품 부문별 인원 효율표를 참조해 주시기 바랍니다."

페이지를 넘기는 소리가 났다. 그 표에는 각 영업부문에서의 1인당 매출액, 경비, 영업이익, 연간신장률 등이 일목요연하게 기재되어 있었다.

"이 인원 효율표에 의하면 섬유부문의 1인당 매출액은 방금 이치마루 전무님께서도 말씀하셨듯이 3억 8천만으로 회사의 매출액 총평균 1인당 3억을 크게 웃돌고 있습니다. 그렇지만 문제는 그 신장률인데 과거 5년 동안의 추이를 보면 해마다 떨어지는 추세인 반면 철강 화학 분야는 1인당 매출액이 2억 5천만으로 섬유보다 떨어져 있긴 하지만 신장률에서는 3.4%에서 15.4%로 크게 증가하였습니다."

그것은 섬유매상으로 종합상사 제3위의 위치를 유지하고 있는 깅키상사의 경영 체질상의 취약성을 과감히 드러낸 숫자였다. 잠시 침묵이 흐른 뒤 이키는 다시 결론을 내리듯 당차고 의연한 자세로 말을 이었다.

"종합화를 지향하는 우리로서는 이 사실이야말로 심히 우려할 만한 경향으로서, 다른 상사가 중공업 비율을 높여나가는 가운데 우리 회사가 얼마만큼 뒤지고 있는지 다음 제4표를 참조해 주시기 바랍니다."

지난 5년간의 수치들이 중역들 앞에 적나라하게 펼쳐졌다.

"이와 같이 당사는 중화학공업 비율면에서 4개 상사 중 최하위를 면치 못하고 있으며, 뿐만 아니라 우리와 경영조건이 매우 유사한 같은 섬유 출신인 마루후지상사와도 14%의 격차가 있습니다. 특히 이쓰비시, 이쓰이와는 비교할 수도 없을 만큼 크게 뒤진 실정입니다. 이런 경향은 종합상사화 촉진을 내세운 사장님의 방침과는 크게 어긋나는 일이라 생각합니다."

이키는 다이몬 사장에게도 호소하듯 말했다.

그러자 다이몬의 얼굴에 괴로운 빛이 얼핏 스쳤으며, 이치마루 전무는 코를 실룩거리며 분노의 빛을 얼굴 가득히 드러냈다. 그러나 사토이 부사장은 무테안경의 렌즈를 반짝이며 이키를 향해 날카로운 말을 퍼부었다.

"이키 군의 말뜻은 충분히 이해했소. 참으로 주도면밀한 자료인데, 아무리 상세하고 방대한 자료를 열거한다 해도 과연 실질적으로 섬유부문에서 앞으로 3년 동안 2백 명이나 되는 인원을 끌어낼 수가 있을까 하는 것이 문제요. 그에 대한 구체적인 방안도 없이 무턱대고 자료만으로 종합화계획을 부르짖는다면 그야말로 불안하기 짝이 없는 모래성이 아니겠소."

찬물을 끼얹는 듯한 말투에 이어 이치마루 전무가 말을 꺼냈다.

"방금 사토이 부사장님께서 지적하신 바와 같이 무엇을 결정하든 간에 구체적인 방안이 없이는 논의고 뭐고 할 필요조차 없습니다. 섬유부문은 방콕, 대만, 한국에 현지 합자사업을 더 늘릴 계획이므로 젊은층이든 중견층이든 가릴 것 없이, 단 한 명도 줄일 수가 없소. 중화학공업부문의 인원 부족이 심각하다면 신규채용으로 늘리면 될 게 아니오."

대놓고 극단적인 발언을 퍼부어대자 총무담당인 마사오카 상무는,

"이치마루 전무님, 그건 인원 효율면에 있어서도 곤란합니다. 문제는 애초 전무님께서 말씀하신 바와 같이 업무본부의 이 경영계획이 과연 오늘 회의의 원안으로서 적절한지, 그렇지 않은지 하는 점이 아니겠습니까. 물론 이 정도의 초안을 작성하기까지 이키 군을 비롯하여 많은 스태프들이 큰 고생을 했을 것은 상상이 갑니다. 하지만 뭐라고 할까…… 아마추어 티가 난다면 실례의 말씀이겠지만 영업일선을 염두에 두지 않고 작성한 논문 같다는 느낌이 드는군요."

하고 이키에 대한 노골적인 비아냥과 적의를 드러냈다.

7년 전 이키가 처음으로 미국 출장을 갔을 때 뉴욕지사장으로 있던 그는, 이키를 일개 촉탁으로 알고 있었다. 그런데 그런 이키가 어느덧 출세하여 경영회의에 대비한 사전준비까지 하는 자리에 앉아 있다는 것을 시기하는 것이었다.

이키는 끓어오르는 분노를 억누르며 창밖으로 시선을 주었다.

"저는 업무본부의 이 계획서를 원칙적으로 찬성합니다."

철강본부장인 도모토(堂本) 상무가 침묵을 깨뜨리듯 말했다. 사토이 부사장이 힐끗 그를 보았지만 그는 개의치 않았다.

"우리나라의 철강 생산량은 조금 전에 이키 상무가 언급한 바와 같이 5천만 톤에 육박하고 있는데, 전쟁 전의 최고 실적인 1943년의 718만 톤과 대비할 때 섬유와는 비교할 수 없을 정도로 놀랄만한 신장률을 나타내고 있습니다. 그리고 우리 회사의 철강부문은 5년 전까지는 적자가 계속되었지만 야마시타통상을 흡수함으로써 대규모 고로(高

爐)메이커의 1차 도매상 자격을 얻은 후부터는 근소하나마 수익도 내게 되었습니다. 하지만 그 취급액은 이쓰이, 이쓰비시에 비해 7분의 1, 마루후지상사, 도쿄상사에 비해 2분의 1에도 못 미치는 실정입니다. 따라서 이 이상의 상권확대는 일단 불가능한 데다가 구 재벌계와 같이 중공업기업 그룹을 갖지 못하고 있다는 점도 종합상사로선 치명적, 아니 비극적이기까지 한 것입니다. 그렇더라도 국내에서의 고립을 한탄만 하고 있어서는 안 되는 만큼 철강 원료를 취급하는 장사, 즉 자원개발에 회사의 에너지를 집중시켜야 할 것이라고 생각합니다. 이쓰이물산 같은 데서는 그런 면도 한 걸음 앞섰는데, 지금 진행 중인 오스트레일리아 서부 마운트 뉴먼의 철광석 개발 등에 과감히 참여할 생각입니다.”

10년 전부터 인견과 스프(stable fiber의 준말) 담당에서 철강분야로 옮겨 전쟁 전부터 내려오는 확고한 기존 상권과 인맥으로 구축된 철강이라는 특수업계에 바위를 손톱으로 긁는 것 같은 심정으로 파고들어 온, 매일 아침 회사 사무실에서 비타민 주사를 맞아가며 버텨온 도모토 상무의 발언에는 무슨 수를 써서라도 현상을 타파해 나가려는 굳은 의지와 정열이 묻어 있었다.

“해외진출면에서는 나도 도모토 상무와 같은 의견인데, 거점이 될 해외지사를 확충, 강화하지 않고는 진짜 큰일을 해낼 수 없습니다.”

뉴욕의 아메리카 깅키상사 사장인 요사노 상무가 폭이 넓은 넥타이 매듭을 느슨하게 풀면서 바싹 다가앉았다.

“뉴욕지사의 현지 법인화는 이미 10년 전에 이루어져 독립채산제를 채택하고 있지만, 실질적으론 아직 본사의 해외지사란 영역을 벗어나지 못하여 무슨 일을 하든 낱낱이 본사의 지령과 결재 하에 시행해야 하는 실정입니다. 이런 실정에서는 3국간 무역이 차지하고 있는 비율이 갈수록 높아지고 있는 오늘날 모처럼 잽싸게 수집한 정보나 상담 역시 도쿄의 결제를 얻은 뒤가 아니면 움직일 수가 없어 아무래도 불합리합니다. 해외지사 확충을 도모하지도 않은 채 무역비율을 현재 이상으로 끌어올린다는 것은 있을 수 없는 일일 뿐만 아니라, 본격적인 해외진출 또한 불가능하다고 생각합니다."

이렇게 역설함으로써 해외지사가 얼마나 인력과 자금부족으로 고전하고 있는가를 때맞추어 강력히 주장했다. 재무담당인 다카라다 전무는, 해외지사나 자원개발에 필요한 자금은 현지 은행으로부터 차입 등 자주적인 방법으로 충당해야 옳다고 비판했다. 그에 대해 요사노 상무는 깅키상사의 규모, 신용등급 등은 아직도 해외에서는 높게 쳐주지 않는다고 반론했다. 결국 전사적인 경영전략을 논의하는 자리가 담당분야끼리의 이전투구식 공방전으로 변해버렸다.

이키는 도저히 참고 있을 수 없어 한마디했다.

"여러분의 분분하신 의견은 그렇다 치고, 그보다 앞서 회사 전체의 경영방침에 대해 검토해야 하지 않을까 생각합니다."

그러자 즉시 사토이 부사장이 말을 받았다.

"우리 회사가 장래를 내다보는 포석의 일환으로 중화학공업화 노선을 취해야 하는 것은 어김없는 현실입니다. 그러므로 아까도 말했듯이 현실문제로서 과연 섬유부문에서 인원을 빼낼 수 있다면 몇 명 정도 가능한가 하는 문제부터 정리해 보기로 합시다."

일부러 업무본부의 초안을 허공에 뜨게 하려는 의도를 드러내며 사토이는 좌중을 둘러보았다.

"굳이 회사를 위해서 하라고 그런다면 내년 봄 신규 채용을 포기하는 일 말고는 달리 고려해 볼 수가 없습니다."

이치마루는 일보 양보가 백보 양보로 변할지도 모른다는 일말의 불안을 느끼며 성을 지키듯 강력히 주장했다.

"전무님, 그건 무리가 아닐까요? 저도 같은 섬유 출신으로서 그 심정을 모르는 바는 아니지만 보다 더 전사적인 면에서 생각해야지요. 섬유부문에 종사하는 사람들 중 과장급만 해도 5, 6명 정도 다른 부문으로 진출하여 자신의 가능성을 타진해 봤으면 하면서도 말을 꺼내기가 거북하여 울며 겨자 먹기로 눌러 붙어 있다는 말을 들은 적이 있습니다. 이것이야말로 아까운 인재를 그대로 썩히고 있는 것입니다. 본인은 물론 회사로서도 매우 불행한 일입니다. 최소한 희망자만이라도 내보내시는 게 어떨까요?"

도모토 상무가 진언이라도 하듯 말하자 이치마루 상무는,

"자네는 어느 누구보다 섬유 쪽 사정을 잘 알고 있을 텐데 그런 식으로 말할 수가 있나? 말조심하라구."

하고 옛날에 거느렸던 부하를 꾸짖었다.

이키는 더 이상 이치마루 전무를 흥분시켰다간 자기가 불리할 것이라고 느끼고 같은 섬유 담당인 가네코 상무에게 시선을 돌렸다.

"가네코 상무님은 최대한 어느 정도 인원을 빼낼 수 있다고 생각하십니까?"

어제 저녁 집으로 찾아갔을 때 알아내지 못한 속셈을 떠보고자 넌지시 물었다.

가네코 상무는 온화한 얼굴에 괴로운 빛을 띠고 다이몬 사장 쪽을 흘낏 본 다음 입을 열었다.

"머지않아 섬유가 직면하게 될 문제는, 의류에 관한 한 일본은 종전의 수출국에서 수입국이 된다는 사실입니다."

"뭐라고? 의류 수입국? 일본에서 정말로 그런 일이 일어날 수 있다는 얘깁니까?"

식량담당인 무기노 상무가 펄쩍 뛰듯이 물었다.

"그렇습니다. 노동력 부족과 노임 급등으로 일본의 의류품은 가까운 한국이나 대만의 싼 의류품에 도저히 맞설 수 없게 될 것이며, 지금부터 그 대응책을 강구하지 않으면 안 됩니다. 그러나 대규모로 기구를 개편하고 차제에 각 부서 통합을 과감히 실행한다 해도 앞으로 3년간 움직일 수 있는 인원은 2백 명은 무리고 1백 명이 한도일 것입니다."

그러자 이치마루 전무가,

"가네코 군, 자네 돌았나? 무슨 속셈으로 1백 명이니 뭐니 하고 잠꼬대 같은 소릴 하는 건가?"

하고 흥분으로 격해진 목소리로 가네코 상무의 말을 막았다.

"사장님, 저는 회사의 먼 장래를 생각하여 업무본부의 계획안을 극구 반대하는 바입니다. 아울러 그처럼 얼토당토않은 계획안을 작성한 이키 군은 깅키상사의 중역으로서 그 자질에 문제가 있는 것 같습니다. 사장 직속기관인 업무본부장 자리를 맡고 있는 데에 이의가 있습니다."

마치 긴급동의를 요청하듯 이치마루는 다급하게 말했다. 중역진들 사이에 동요가 일어났다. 이키 또한 생각지도 않던 이치마루 전무의 반격에 큰 충격을 받고 사토이 부사장 쪽으로 시선을 돌렸다.

순간 두 사람의 눈빛이 딱 마주쳤다.

"모두들 냉정하시오."

다이몬 사장의 이 말이 웅성거리던 중역들을 진정시켰다.

"이치마루 군, 이키 군을 업무본부장 자리에서 옮길 경우, 어디로 보내자는 건가?"

"섬유부문이 어떻습니까? 섬유 흙탕물을 한번 마시고 나면 이키 군

역시 이따위 계획안을 작성하는 일은 없을 것입니다."

큰소리로 대답하자 다이몬은 사토이를 향해 물었다.

"이치마루 군의 의견에 대한 자네 생각은?"

이 문제에 대해 심각하게 생각하고 있다기보다는 중역들이 어떻게 생각하고 있는가를 이번 기회에 알아두자는 속셈이 다이몬의 머릿속에 도사리고 있었다.

사토이는 그러한 다이몬의 물음을 예감하고 있었다는 듯 얼른 대답했다.

"섬유부문으로 보낸다는 것은 너무 지나친 비약이 아닌가 싶습니다. 장차 이키 군에게 상사원으로서 대성을 기대해 본다면, 마침 오는 가을에 미국 주재 임기가 끝나는 요사노 대신 이키 군을 아메리카 깅키상사 사장자리에 앉힘으로써 직접 그 자신의 눈으로 세계 무역을 보고 경험하게 하는 것이 어떻겠습니까?"

이는 사실 허울좋은 추방이나 다름없는 처사였다.

이키의 얼굴에는 진땀이 배어나왔다. 일이 뜻밖의 방향으로 돌아서자 다이몬 역시 말문이 막혔으나 이내 고개를 뒤로 젖히고 크게 웃었다.

"이키 군을 섬유담당 또는 아메리카 깅키상사로 자리를 옮겨주면 장사라는 게 얼마나 어려운가를 깨닫고 또 실적도 올릴 수 있다고? 자네들은 제정신인가? 나는 이키 군을 적어도 자네들 생각처럼 과대평가하지는 않소."

중역들의 어리둥절한 시선이 일제히 다이몬에게 쏟아졌다.

"이제 와서 이키 군에게 장사를 가르쳐본댔자 아무 소용없어요. 소용이 없는 줄 알면서도 강행할 만한 여유가 우리 회사에는 없어요. 지금 여러분이 생각해야 할 일은 종합상사 3위라는 지위를 어떤 방법으로 고수하며, 또 한걸음 나아가 어떻게 해야 이쓰이, 이쓰비시 같은 재벌상사와의 격차를 줄일 수 있을까 하는 문제요. 만약 지금의 지위가 마루후지상사나 도쿄상사에 의해 허물어졌을 때, 이 자리에 앉아 있는 모든 중역들은 사표를 내야 해요. 이런 점들을 잘 고려하여 지엽적인 문제나 핵심을 벗어난 문제를 가지고 이러쿵저러쿵 시간 허비하지 말고, 보다 알찬 토의를 해주기 바라오."

실권자인 사장답게 다이몬은 사토이 부사장 이하 중역진 15명에 대한 인사권을 슬며시 비추며, 그런 각오를 가지고 계속 논의해 가도록 종용했다.

경영회의가 끝나자, 사토이 부사장은 오사카에 있는 신문기자들을 라모르 클럽으로 초대했다. 킹키상사의 매스컴 홍보와 사토이 개인의 친목을 위한 것이기도 했지만, 9시쯤 되자 뒷일은 홍보실장에게 맡기고 자리를 빠져나와 대기시킨 차로 신마치의 단골 고급요정 가나하루(金春)로 향했다. 그곳에서 다이몬과 만나기로 되어 있었던 것이다.

다이몬도 경영회의를 마치고 나서 5시 30분부터 오사카에 와 있는 다이산은행 은행장과 저녁을 들고, 7시부터는 가나하루에 킹키상사의 간사증권회사 중역들을 초대해 두었던 것이다.

사토이는 가나하루에 도착했으나 아직 연회 중이라 마당에 면한 별실에서 기다리게 되었다.

이미 많은 술을 마셨지만 오늘밤의 사토이는 이상스럽게도 심란한 기분이었다.

아침에 있었던 경영회의를 생각하면 이키에 대한 음험한 시기심이 솟구쳤다. 군인 출신으로 전범이었던 친구가 이제는 킹키상사의 핸들을 쥐고 있는 사장 직속 기구인 업무본부장 자리에 앉아 있다.

8년 전 어느 날, 바로 이 방에서 다이몬 사장에게 이키를 도쿄의 항공기부로 보내달라고 간청했는데도 다이몬이 거절하자, 이키를 오사카의 섬유부에 둔다는 것은 보물을 썩히는 것과도 같다면서 도쿄의 항공기부로 끌어왔던 것이다. 그것이 이키로 하여금 2차 방위계획의 FX판매전에서 깅키상사에 승리를 안겨주었고, 이어 그 후의 승진에 바로 반영되었으며 오늘날 사토이의 지위를 위협하는 지경에까지 이르고 만 것이다. 후우 하고 술기운이 섞인 숨을 내쉴 때, 복도에서 다이몬의 우렁찬 목소리가 들리고 곧이어 미닫이가 열렸다.

"기다리게 했군. 한잔하겠나?"

냉수 한 잔만 덩그러니 놓인 탁자를 보며 말을 건넸다.

"아닙니다. 저는 그만…… 그리고 사장님도 아침부터 무리하게 경영회의를 주재하신 데다 연회석상에도 두 군데나 참석하셨으므로 꽤 피곤하실 것 같습니다만……"

"음, 오늘처럼 풍파가 몰아치는 험악한 회의가 계속되다 보면 피곤하긴 하지."

다이몬은 소탈하게 웃었지만 사토이는,

"사장님, 저어…… 오늘 회의에 대해서는 사장님과 직접 말씀을 나누고 싶습니다. 물론 사장님은 이치마루 전무의 체면도 살리고 이키 군이 너무 자만에 빠지지 않도록 하는 방향에서 결정을 내리셨지만, 업무본부가 제안한 2백 명이 1백 명으로 줄어든다고는 해도 실질적으로는 이키 군의 제안이 받아들여진 셈입니다. 회의가 끝난 뒤 이치마루 전무를 비롯하여 창설 멤버인 중역들이 제 방으로 와서, 이건 '일장공성 만골고(一將功成 萬骨枯)'가 아니냐고 분개했습니다. 부사장인 저도 이런 상태에서는 일하기가 무척 난처합니다."

하고 정말 난처하다는 듯한 표정을 지었다.

"사토이 군, 가장 난처한 사람은 역시 자네 아닌가? 자네는 왜 좀 더 대국적인 면에서 이키 군을 부리려 하지 않는가? 국가가 몇천만 엔이나 되는 엄청난 돈을 들여가며 길러낸 대본영 참모의 작전과 조직력을 깅키상사의 기업전략에 적용시키려고 그를 채용했네. 사실 오늘날 그렇게 부리고 있고. 일장공성 만골고란 말은, 실력 없는 녀석을 정실인사(情實人事)로 채용, 다른 사람들의 의욕까지 꺾어놓는 경우를 이르는 말이야. 그렇지만 이키 군은 우리의 기대를 저버리지 않고 잘해 나가잖나."

"그야 그렇습니다만, 상사란 제1선 영업을 떠받들지 않는 한은 활력이 생겨날리 만무합니다. 각 영업부문에서 잔뼈가 굵은, 지금까지 매상을 올려온 사람들의 입장이나 체면도 감안하여 더 불만이 높아지기 전에 이키 군의 독주에 제동을 걸어야만 한다고 생각합니다."

"사토이 군, 다른 사람이라면 몰라도 수완가인 자네로선 좀 당치않은 말이군. 이제까지의 사고파는 일보다 조직을 움직이고 사람을 부리는 쪽이 훨씬 더 큰 위력을 발휘할 수 있다 이걸세. 이키 군은 그런 조직과 작전을 생각하고 부사장인 자넨 경제적인 관점에서 세밀하게 체크하며 사장인 내가 최종결단을 내리는 방식으로 바로 우리 깅키상사를 최단 시일 내에 거대하게 키워놓는 거야. 이것이 바로 깅키상사의 2인자로서 자네가 생각해야 할 점이 아닌가?"

다이몬의 이 말에 사토이는 갑자기 자세를 가다듬으며 반짝이는 눈으로 확인하듯 물었다.

"사장님, 정말 제가 2인자라고 생각해도 될까요?"

"새삼스레 그 점을 다짐할 필요가 있나?"

"아닙니다. 그렇게 말씀하시니까 한층 용기가 솟아나는군요. 저는 사장님의 뜻을 충실히 따르겠습니다."

붉게 상기된 얼굴로 충성을 맹세하는 사토이를 만족한 얼굴로 바라보며 다이몬은 크게 고개를 끄덕였다.

"그건 그렇고, 자네에게 미리 해둘 말이 있네. 오늘 저녁에 만난 다이산은행 은행장에게 들은 얘긴데, 지요다자동차가 어딘가와 제휴해야만 할 형편이라더군."

지요다자동차는 깅키상사가 자동차의 강재(鋼材)를 납품하고 수출대리점까지 맡고 있는 중요한 거래처였다. 자신의 담당분야에 관한 이야기가 거론되자 사토이는 긴장했다.

"사실 꽤 오래 전부터 지요다자동차 경영에는 문제점이 있었습니다. 아이치, 닛신이 각각 30%를 점유한 데 비해 지요다는 고작 2.4%라는 보잘것없는 비율입니다."

"그렇게도 나쁜가? 우리도 지요다자동차에는 꽤 깊숙이 발을 넣고 있는 만큼 어디에 몸을 의탁하는지 잘 지켜보게. 주거래은행인 다이산은행에 농락당하는 일이 없도록 말이야."

"알겠습니다."

사토이는 대학 동창생으로 꽤 절친한 사이인 지요다자동차의 영업담당 중역 무라야마(村山)를 당장 만나 자세한 내막을 알아보리라 생각했다.

공작

뉴욕의 무더운 여름이 예년보다 빨리 찾아오고 있었다.

깅키상사 뉴욕 주재원 야쓰카 이사오(八束功)는 시보레를 타고 브루클린의 약전기(弱電氣) 거래처로부터 맨해튼에 있는 사무실로 향했다. 그는 내내 틀어놓은 라디오에서, 오늘의 더위는 7월 두 번째 주로서는 10년 만의 무더위라는 디스크자키의 말을 들으며 저도 모르게 휘익 휘파람을 불었다. 당년 33세, 유창한 외국어 실력에 신체 건강한 야쓰카였으나 뉴욕의 여름에는 두 손 들지 않을 수 없었다.

이스트 강을 건너 맨해튼의 다운타운으로 차를 몰고 가니 빌딩 사이의 길은 이글이글 타는 듯 하고 운전자들은 경적을 울리며 갈 길을 재촉하고 있었다.

다운타운에서 북쪽으로 빠져 대기업 빌딩들이 몰려 있는 미드타운 지구로 들어섰다. 그야말로 세계 경제의 심장부다운 고동이 맥박치고 있었다. 자동차의 유나이티드 모터즈, 화학부문의 듀퐁과 유니언 카바이트, 석유의 ESSO, 알루미늄의 알코어, 철강의 US스틸…… 저마다 각 분야에서 손꼽히는 세계적인 대기업들이었다.

야쓰카 이사오는 파크 에비뉴 300번지에 새로 들어선 뉴팬아메리칸

빌딩의 지하주차장으로 들어가, 아메리카 깅키상사의 사무실이 있는 45층으로 올라갔다.

문을 열고 들어서자 일본 상사답게 꽃꽂이로 장식된 접수대에서 옅은 금발의 나탈리가 한쪽 눈을 찡긋하며 고혹적으로 맞았다. 야쓰카는 중국인처럼 보이기도 하고, 일본인 3세처럼 보이기도 하는 통통하고 둥근 얼굴에 싱긋 웃음을 떠올리며,

"하이!"

하고 밝게 인사를 받았다. 웃을 때 도는 보조개로 '미스터 밀리언 달러 스마일'이라는 별명이 붙은 야쓰카였다.

야쓰카는 서류가방을 든 채 안쪽에 있는 기계부로 성큼 들어섰다.

야쓰카는 부재 중 텔렉스부터 살펴보았다. 기계부의 거래처는 항공기, 전자기기 메이커에서 미싱, 냉장고, 볼링기계 회사에 이르기까지 이루 헤아릴 수 없을 정도이다. 하지만 실제거래는 로스엔젤레스와 시카고 지사가 맡고 뉴욕은 정보수집과 일본에서 수출되어 오는 진공관, 렌즈, 자전거 등의 세일즈 및 지요다자동차의 수출대리점 업무가 주어졌다.

"요사노 사장님이 본사 경영회의를 마치고 돌아오셨다고요?"

로스앤젤레스 지사에서 오랫동안 항공기를 담당하다가 지난해 뉴욕으로 전근한 하나와 시로는 록히드 뉴욕지사와 통화를 끝내고 나서 대답했다.

"음, 돌아온 즉시 우리를 회의실로 소집하더니, 3개년 경영전략에 관한 전달이 있었지."

"그래요? 우리 회사도 이제 장기계획에 의한 경영방침이 세워질 정도가 되었나보죠? 그런데 그 요점은?"

본사의 경영전략에 대해 궁금증을 이기지 못하고 안달하는 야스카

의 얼굴을 보며 하나와는 천천히 담배에 불을 붙이더니 말했다.

"이번 경영전략의 주요핵심은 세 가지야. 첫째 탈섬유, 중화학 노선의 추진으로서 현재 우리 회사의 총매출액에서 43%를 점유하는 섬유를 30%로 축소하고 인원 역시 1백 명을 비섬유부문으로 돌릴 것. 둘째 무역비율의 확대로 35%를 40% 내지 45%로 늘릴 것. 셋째는 국내 관련기업의 정리통합, 강화지. 우리 해외지사로서는 무역비율의 확대가 주요과제인데, 국내 중공업 그룹을 갖지 못한 만큼 크게 비약할 발판이 없는 우리 회사로서는 해외진출이 앞으로 회사의 큰 과제이며 아메리카 깅키상사의 확대강화가 특히 중요한 안건으로 제기된 듯하네."

야쓰카는 하나와로부터 담배를 한 대 얻어 피우며 말을 받았다.

"시기가 다소 늦은 감이 있지만 본사에서도 이제 눈을 떴나 보네요. 하지만 문제는 정말로 한번 해볼 생각이 있느냐 하는 데 있습니다."

하나와는 갑자기 정색을 했다.

"하고말고. 이번 경영계획을 작성한 사람은 바로 업무본부장인 이키 상무님이거든."

"아, 이키 상무님이요? 나는 이키 상무께서 뉴욕에 오셨을 때 휴스턴 지사 개설로 출장 중이라 직접 뵐 수는 없었지만, 제3차 중동전이 6일 만에 끝날 것이라고 정확하게 맞힌 정세분석의 정확성에는 정말 놀랐습니다. 이키 상무님은 대체 어떤 분이십니까? 하나와 선배는 잘 아시지요?"

야쓰카는 아직껏 한 번도 만나보지 못한 사람을 눈앞에 그려보는 듯한 표정으로 물었다.

"글쎄, 어떤 사람이라고 할까……."

하나와는 그늘진 얼굴을 창밖으로 돌렸다.

"로스앤젤레스 지사에 근무할 때 만약 이키라는 사람과 만나지 못했더라면 깅키상사를 그만두었든지, 해고당해서 일본으로 되돌아가지도 못하고 뉴욕 뒷골목의 싸구려 호텔을 전전하며 살고 있었을지도 몰라."

하나와가 감회 어린 표정으로 말하자,

"그래요? 하나와 선배 같은 분에게 그렇게 복잡한 사연이 숨겨져 있을 줄은 정말 몰랐습니다. 본사에서 오는 중역이나 부장급 중에는 이키 상무를 히틀러 또는 다이몬 사장의 비서장이라고 험담하는 사람들이 있는데, 따뜻한 마음을 지닌 분인가 보죠?"

하고 야쓰카는 호기심 가득한 표정으로 말했다.

바로 그때 두 사람의 머리 위에서 누군가 부르는 소리가 들렸다.

"헬로우 미스터 하나와, 미스터 야쓰카."

뉴욕컨설팅그룹의 스태프인 아서 영이었다.

뉴욕컨설팅그룹은 10년 전부터 일본 기업에 관심을 가져오던 하버드대학 비즈니스스쿨의 전 교수가 주재하는 비즈니스 컨설턴트 회사였다. 주로 일본과 미국 사이에서 기업 소개를 하면서 미래의 산업구조를 분석하는 '싱크 뱅크'니 만큼 뉴욕에 있는 일본 상사들은 새로 시장개척을 할 경우 절대적이다 싶은 어드바이스를 받는 터였다.

아서 영은 야쓰카의 맞은편에 놓인 책상 끝에 걸터앉으며 말했다.

"오늘자 뉴욕타임스 읽었나?"

"그 일·미 섬유교섭 기사 말인가? 이쪽 기사는 여전히 신랄하더군."

하나와는 오늘 아침 뉴욕타임스 해설판에서 암초에 부딪친 일·미 섬유교섭에 대하여, 일본의 섬유업자는 태평양전쟁 때의 특공대와 다름없다고 날카롭게 꼬집어 놓은 대목을 머릿속에 떠올렸다.

영은 하나와나 야쓰카와 동년배인 만큼 거침없이 신랄한 어조로 말했다.

"일본 사람들은 국제화시대의 애국심에 대하여 생각 좀 해봐야 할 것 같아. 지지난 주일부터 2주간에 걸쳐 나는 사장님과 함께 일본에 건너가 있었는데, 그곳에서 절감한 것은 바로 민족주의적 경제관념이었지. 남의 나라에서는 1달러 블라우스나 저가 트랜지스터라디오 같은 초저가 상품으로 시장의 돈을 빨아먹으면서 상대방 국가의 기업이 일본에 진출하려 하자 1억 인구가 벌벌 떨면서 배척하려 들어. 게다가 그런 위기감을 부채질 하는 것은 다름 아닌 일본 정부와 독과점기업, 그리고 거대 매스컴이야."

야쓰카는 옳은 말이라는 듯 고개를 끄덕였다.

"동감이야. 그런데 일본에서는 어떤 기업을 중심으로 보고 왔지?"

"자동차산업이야. 일본의 자본자유화에 급브레이크를 걸고 있는 것은 아이치, 닛신 양대 메이커지. 그 대표적인 예가 지난 6월 주주총회에서 정관을 개정하여 외국인 중역 추방을 선언한 아이치자동차야. 포크자동차 해외담당 부사장은 미국인의 경제활동을 부당하게 제한하는 회사의 차는 미국으로의 수입을 제한하든지, 고속도로에서 소형차 주행을 금지하는 등의 보복조치를 취하라고 의회에 요구할 것이라면서 흥분하더군."

"그것이 바로 미국 3대 메이커의 횡포라는 거지. 일본의 자동차 업계는 유럽과는 달리 역사가 짧아. 아직 독자생존이 가능한 곳은 아이치, 닛신뿐이야. 3대 메이커가 상륙할 경우 당장 폐업할 곳이 우리 회사가 수출대리점을 하고 있는 지요다자동차까지 포함하여 헤아릴 수 없을 만큼 많다는 사실을 알아야 해."

하나와가 반론을 펴자 아서 영은 팔을 벌리는 몸짓을 했다.

"자네도 일본의 통산성과 아이치, 닛신 두 메이커에게 세뇌 당했군. 유나이티드 모터스와 포크, 글랜슬러 등 3대 메이커는 아이치의 카로나, 닛신의 레드버드를 가지고 디트로이트의 연구소에서 공동으로 철저하게 분석했다고 해. 그랬더니 내구성면에서 미국의 그 어떤 자동차보다 우수하다는 사실이 입증되었다더군. 게다가 그런 차를 일본은 3대 메이커의 상식으로는 생각조차 할 수 없을 정도로 싼 비용으로 생산, 아주 저가에 팔고 있어. 그런데도 일본 정부는 외국자본을 계속 거부하고 있으니 디트로이트의 3대 메이커는 한결같이 '우리는 굶주린 사자다' '일본 자동차는 날쇠고기다' 라고 말하는 거야."

"굶주린 사자치고는 너무 살쪘지만, 섬유교섭 다음에는 기어이 자동차 시장 자유화를 들고 나오겠군. 우리 상사 쪽에서 볼 때는 상당히 재미있는 문제네요."

야쓰카가 하나와 쪽을 보면서 말할 때 텔렉스 뭉치가 도착했다.

'이키 상무. 8월 25일부터 북미 각 지사 출장 예정. 일본의 자유화에 대비, 정계·재계의 움직임을 보여주는 정보수집 요망.'

야쓰카와 하나와의 눈이 동시에 광채를 띠었다.

가키노키사카에 있는 이키의 집 앞에 자동차가 섰다.

"자네들 잠깐 들렀다 가지. 진귀한 맥주가 기다리고 있네."

이키는 함께 타고 있던 효도, 가이베, 후와에게 권했다.

요요기의 문화회관에서 열린 미국 경제학자 허먼 칸의 강연회에 참석하고 돌아오는 길이었다.

"하지만 토요일 밤에 세 놈이나 쳐들어가 사모님께 너무……"

가이베가 망설이는 동안 안에서 대문이 열렸다.

"어머, 웬일이세요. 세 분이 모두 한데 어울리셨으니 말이에요. 별로 대접할 것은 없지만 어서 안으로 들어오세요."

요시코가 불쑥 찾아온 그들을 반가이 맞이했다.

"그럼 기왕 온 김에 폐 좀 끼치고 갈까?"

효도의 이 말에 세 사람은 집 안으로 들어갔다.

현관 옆에 있는 응접실로 올라가자, 도립대학역에서 하나 건너 지유가오카에 사는 가이베는 가끔 들르다보니 자기 집처럼 친숙해져 자진해서 에어컨을 켰다. 효도와 후와도 윗옷을 벗고 편한 자세로 소파에 앉았다.

"이 응접실은 좀 좁지요?"

넓은 이마를 가진 후와가 쓱 훑어보더니 말했다.

"여기에서 두 평쯤만 더 넓으면 좋을 텐데. 본부장님은 상무가 되시고도 옮길 생각조차 안하시니 할 수 없지."

가이베가 다소 눈에 거슬리는 로이드안경 너머로 이키를 보며 웃었다.

"옮기기가 싫으시다면 증축이라도 하는 게 어떨까요?"

"뒤가 바로 옆집 담이라, 굳이 늘리려면 현관 앞의 정원수를 치워버려야 하거든. 자네들이야 다소 갑갑한 느낌이 들겠지만, 당분간 이대로 지내는 수밖에 없어."

그때 요시코와 딸 나오코가 맥주와 양주 세트를 들고 들어왔다.

"나오코 씨, 재팬항공의 PR지 '오소라(大空·넓은 하늘)'는 비행기를 탈 때마다 늘 재미있게 읽는답니다."

재팬항공의 홍보부에 근무하며 PR지의 편집일을 하는 나오코에게 가이베가 말을 건넸다. 그러자 하늘색 작은 꽃무늬의 시원스러운 홈

드레스를 입은 나오코는,

"그렇게 말씀해 주시니 고맙습니다. 감사의 표시로 한껏 솜씨를 발휘하여 맛있는 칵테일을 만들어 드리겠어요."

하고 쾌활하게 대답한 뒤 안으로 들어갔다.

"하루가 다르게 나오코 양은 처녀티를 더해 가는군요. 게다가 마음씨도 곱고. 아무튼 요즘 세상에선 보기 드문 숙녀에요. 사모님, 어서 좋은 상대를 구하셔야겠습니다."

입이 무거운 후와가 이런 말을 하자 요시코는 글라스와 얼음 그릇을 늘어놓다 말고,

"저는 그럴 생각인데, 아버지가 천하태평이시라 걱정이랍니다. 회사에 누구 좋은 분이 안 계실까요?"

하고 어머니다운 표정으로 세 사람을 둘러보았다.

"사모님, 본부장님 눈에 들 만한 총각이란 십중팔구 없다고 하는 편이 옳을 겁니다. 그러니까 그런 기대를 가지실 게 아니라 나오코 양의 맘에 드는 총각을 택하여 한시바삐 서두르시는 게 상책입니다."

효도가 농담 반 진담 반으로 말했다.

"이 사람들 좀 보게나. 남의 집 응접실이 좁다는 데서 시작하더니 이제는 남의 딸 시집보낼 일까지 참견이로군그래. 그 문제는 이제 그쯤 해두고, 어서들 맥주 맛이나 보게. 마침 맥주 선물이 들어왔던 참이네."

이키는 아내가 가져온 미국, 독일, 이탈리아, 오스트레일리아 등 각국의 맥주를 테이블 위에 늘어놓았다.

"병을 구경하는 것만으로도 웬만큼 기분이 나는군요. 난 옛날 생각이 나는 미국의 슈리츠로 하겠어."

뉴욕 주재 기간이 길었던 가이베는 눈에 익은 슈리츠를 가장 먼저

집어 들자, 효도는 독일의 타브, 후와는 네덜란드의 하이네켄을 각각 골라잡아 글라스에 따랐다.

"아아, 이거 온도도 알맞은 데다 맛 또한 기막히군."

효도가 입술에 남은 거품을 손등으로 쓱 문지르며 말하자, 가이베가 끼어들었다.

"슈리츠는 호프(맥주의 쓴맛을 내는 열매) 맛의 효과가 어느 정도 떨어지긴 하지만, 이걸 마시면 1955년부터 1960년 사이의 고생스럽던 뉴욕 주재 시절이 생각나거든. 하지만 지금의 뉴욕 주재원은 파크 에비뉴 근처 초일류 빌딩에서 어깨를 으쓱거리며 일할 수 있게 되었으니 얼마나 좋겠어."

그러자 효도가 말했다.

"참, 본부장님, 8월 25일부터의 미국 출장에 대한 텔렉스를 요전에 쳐두었습니다. 자본자유화에 대비하여 미국 정·재계의 각종 정보를 모아두라고 했지요."

후와도 고개를 끄덕이며 말을 꺼냈다.

"탈섬유를 지향하고 있는 우리 회사로서는 자본자유화 역시 매우 중대한 문제지. 오렌지, 자동차, 전산기 등 구체적인 품목이 이미 심각한 문제로 대두되었지만, 이런 때일수록 상사의 기능을 1백 프로 활용하면 국제기업과의 거래를 틀 수도 있는 좋은 기회가 되거든."

이키를 중심으로 둘러앉은 세 사람의 화제가 어느덧 열기를 띠기 시작했다. 그러더니 마침내 회사에서의 회의와 같은 양상을 띠게 되었다. 그때 요시코가 쥬스를 가지고 들어왔다.

"본부장님 댁에만 왔다 하면 엉덩이가 무거워져서 정말 죄송합니다."

가이베가 멋쩍은 듯 긁적이며 말했다.

"별말씀을. 아무렇지도 않답니다. 얼마든지 천천히 드시면서 말씀 나누세요."

요시코는 부담스럽게 이것저것 대접하지는 않으면서도 세심한 데까지 신경 써 주었으므로, 부하직원들로서도 지내기가 전혀 부담스럽지 않아 시간가는 줄 모르고 이야기꽃을 피웠다.

10시가 지나 모두들 돌아가자 이키는 피로했던지 고개를 몇 번 흔들고 나서 아내가 내준 실내복으로 갈아입고 안방에 앉았다.

"모두들 대하기가 거북살스럽지 않고 정말 좋은 분들이에요."

요시코는 문단속을 마친 뒤 안방으로 들어오면서 말했다.

"교토에서 아키츠 지사토 씨가 시바쓰케(柴漬·가지를 얇게 썰어 양하꽃 이삭, 고추, 여뀌 이삭 등을 넣고 간한 짠지)를 보내왔는데, 시장하시다면 밤참으로 간단하게 마련할 테니 좀 드시겠어요?"

그러면서 요시코는 교토의 쓰케모노(漬物·일본식 장아찌류) 전문점의 아취있는 포장지로 싼 꾸러미를 내보였다.

"그래, 아주 맛있어 보이는데 가볍게 한 공기만 할까?"

아내가 조그만 접시에 담아준 시바쓰케로 밤참을 먹으며, 이키는 지난달 오사카 출장 때 아키츠 지사토와 함께 병고에 시달리는 몸으로 히에이 산속에 들어가 있는 아키츠 세이키에게 하산을 권유하러 갔던 일을 아내에게 들려주었으나, 하산하여 지사토와 식사를 함께 한 다음 야세 오하라의 호센원에서 해가 지는 광경을 구경한 일만큼은 언급하지 않았던 것이 생각났다. 무엇 때문에 그 일만은 아내에게 숨겼는지, 이키로서는 왠지 떳떳하지 못한 기분이었다.

"참, 당신에게 편지가 와 있어요."

지사토한테서 왔는가 싶어 덜컥 놀라는 이키에게 아내가 건네준 항공우편에는 아메리카 깅키상사 기계부, 하나와 시로라고 적혀 있었다. 이키는 밤참을 마친 다음 항공우편의 봉함을 뜯었다.

오랫동안 소식 전해드리지 못했습니다. 오늘 이키 상무님이 8월 말경 뉴욕으로 오신다는 내용의 텔렉스를 접하고 반가운 마음 누를 길 없어 이렇게 펜을 들었습니다. 실은 일전에, 오랜만에 멕시코 국경 부근의 엘파소에 출장 갔었습니다. 이키 상무님께서도 기억하고 계신지요?
그곳은 바로 제가 미국 여자와 말썽을 일으키는 바람에 원맨 오피스로 좌천되어 갔던 곳입니다. 일본인이라곤 단 한 사람도 없는 외진 곳의 싸구려 호텔을 사무실 삼아 토인과 멕시코인, 흑인들을 상대로 일용잡화류를 팔며 2년 동안이나 일본인, 일본말과는 담을 쌓은, 그 야말로 미칠 듯한 망향의 세월을 보내야만 했었지요. 그러던 중 향수가 북받치면 사막으로 달려 나가 지평선 너머로 기울어가는 저녁 하늘을 향해 아는 사람들의 이름을 마구 불러대는가 하면 일본 노래를 부르고 사자처럼 울부짖었습니다.
그 미칠 것 같은 원맨 오피스 생활을, 8년 전 사장실 근무 촉탁으로 처음 해외에 나오셔서 로스앤젤레스에 들르신 이키 상무님에게 산타모니카의 바다가 바라보이는 곳에서 죄다 털어놓았었지요. 그때까지 회사 내의 누구에게도 말하지 않았던 일들을 무엇 때문에 이키 상무님께 털어놓았었는지는 저도 모릅니다.
아무튼 그 당시 이키 상무님께서, 앞으로 언제 또다시 만나게 될는지 모르지만 멋지게 일을 해내리라 기대하겠네, 하시던 말씀이 저의 몸속에 오랫동안 괴어 있던 침전물을 말끔히 씻어내고 비뚤어진 사고방식도 바로잡아 주었습니다. 그때 만약 이키 상무님을 만나지 못했더라면 저는 평생을 뒷골목이나 헤매고 다니는 낙오자로 끝나버리고 말았을 겁니다. 이제 두 아이의 아버지로서 안락한 가정을 꾸리고 지내는 것도 이키 상무님과의 만남 때문이라는 것을 알고 감사하고 있습니다. 뉴욕에 오시는 날을 손꼽아 기다리겠습니다. 그때까지 지시하신 정보들을 수집하여 이키 상무님이 하시는 일에 반드시 도움이 되어드릴 것을 기약합니다.

하나와 시로

다 읽고 나니 이키의 눈앞에 하나와 시로를 처음 만났을 때의 광경이 떠올랐다. 항상 선글라스를 낀 채 우수가 깃든 표정으로 남의 얼굴을 똑바로 보지 않았으며 낮은 목소리로 소곤거리듯 말하던 남자. 26, 7세라는 나이에 어울리지 않게 염세적인 느낌을 풍기면서도 능력이 뛰어나 팜데일의 록히드 방문이나 에드워드 공군기지 견학문제만 해도 그의 탁월한 교섭 솜씨에 힘입어 이루어졌던 게 아닌가.

이키에게 있어서는 로스앤젤레스 교외의 에드워드 공군기지에서 마침 록히드 F-104의 시험비행을 하고 있던 공군막료로 구성된 하라다 조사단을 만나게 되어, 그 단원이자 육대동기였던 가와마타를 만난 것이 귀국 후 방위청의 록히드 대 그랜트의 FX전에 말려드는 계기가 되었다. 또한 그것은 가와마타의 사망이라는 어두운 추억으로 연결되는 것이었지만, 그런 가운데서도 하나와 시로의 재기만은 이키의 마음을 위로해 주는 유일한 것이었다.

아키츠 지사토는 챙 넓은 모자를 쓰고, 흰색과 감색 줄무늬 원피스 차림으로 니시징의 숙부 집으로 향하고 있었다.

숙부 집 가까이에 이르자 바로 앞의 좁다란 골목에서 시바쓰케를 파는 여자 행상이 나타났다.

"시바쓰케 사려! 시바쓰케 사려!"

여자는 길 양옆으로 늘어선 집들을 번갈아 바라보며 소리치면서 막 지사토 옆을 지나쳤다. 그 목소리는 지사토의 가슴속에 복잡한 상념의 회오리를 일으켜놓았다. 오빠 세이키 문제 때문에 폐를 끼친 이키에게 시바쓰케를 부친 것이 벌써 2주일 전이다. 그런데 오늘 아침 고조사카에 있는 노본리 가마(도자기를 굽는 가마의 일종. 산기슭의 경사를 따라서 층계식으로 가마를 만들어 아래쪽으로부터 점차 위쪽으로 구워 올라감)에서 다 구워낸 도자기를 꺼내고자 나서던 참에 그에 대한 감사의 편지가 배달되었던 것이다. 그 편지는 이키가 직접 쓴 것이 아니라 부인이 '이키 다다시 내간'이라 쓴 유려한 묵필의 봉함편지였다. 지사토의 머릿속에서는 이키 아내의 감사글과 호센원 뜰을 바라보며 숙부가 권하는 결혼에 대해 생각해 봐야겠다고 말했을 때 조용히 저녁놀만을 바라보고 있던 이키의 모습이 번갈아 떠올랐다. 지사토는 오늘 가마에서 꺼내게 될, 이키가 완성되면 갖고 싶다던 쓰루쿠비의 청자 꽃병을 교토회관으로 보낼 결심을 굳혔다.

세로 격자로 된 점포 앞쪽에 '아키츠 히코'라는 상호가 새겨진 포렴이 걸린 현관의 격자미닫이를 열고 가게와 안을 갈라놓은 발을 헤치고 들어가 통로로 된 뜰을 가로지르자, 안뜰을 사이에 둔 작업장에서 손틀소리가 들려왔다. 안뜰에 면한 거실로 올라가자, 숙부 노리쓰구는 기다렸다는 듯이,

"잘 왔다. 아까 전화한 건 그때 말하던 가면극 의상이 겨우 완성되어 단아미 선생에게 납품하기 전에 보여주기 위해서였단다."

횃대에는 주홍 바탕에 금박과 모란, 삿자리 무늬를 대담한 구도로

짠 당직의 가면극 의상이 걸려 있었다.

"어머나, 이게 단아미 선생 댁의 가면극 의상인가요? 정말 참신한 구도네요."

"지사토 씨, 오래간만입니다. 야스오입니다."

인사를 받고 나서야 비로소 단아미 야스오가 와 있음을 깨달았다. 이전부터 서로 안면은 있는 터였지만, 야스오가 미국에 가면극을 소개하고자 건너간 이후 3년이 지난 오늘에야 처음 만나는 셈이었다.

"정말 오랜만이군요. 활약이 대단하시다는 건 알고 있었습니다. 이 의상은 야스오 씨가 입으실 건가요?"

"네, 12월의 단아미류 기념공연에 데이카(定家·고전가면극의 일종. 후지와라 데이카와 쇼쿠시 내친왕 사이의 불타는 사랑 이야기)를 하는데, 나는 쇼쿠시 내친왕 역을 맡게 되었지요. 그래서 대대로 전해 내려오는 귀인의 여장(女裝) 중에서 골라낸 의상에서 약간 모양을 바꾸어 짜달라고 부탁드린 것이랍니다."

"하지만 단아미 야스오라 하면 유즈루(일본의 고전문학 작품 이름)나 겐지모노가타리(일본의 고전문학 작품 이름)를 가면극 형식으로 연출하여 상연하는가 하면, 우타이(가면극에서 부르는 창) 대신 신극 배우를 내레이터로 기용하는 등 색다른 화제를 불러일으켰는데, 이번 공연은 고전가면극 형식대로 하시나요?"

"때로는 아버님 말씀도 들어드려야지, 그렇지 않았다간 내가 하고 싶은 것을 하고자 할 때 군자금을 타낼 수가 없거든요. 지사토 씨도 도예라는 전통예술에 뜻을 두고 있지만, 자신만의 길을 가기 위해서는 대중에 영합되는 상품도 만들어야만 할 경우가 생기지 않던가요?"

단아미는 또렷한 목소리로 말했다.

"그럼 이 의상은 내일 당장 이에모토님께 보여드려 마음에 드시지 않는다면 다시 고쳐 드리기로 하고, 오늘은 마침 지사토도 와 있으니까 천천히 놀다 가시지요."

좋은 기회라는 듯 숙부 노리쓰구가 이렇게 말하자, 숙모는 차를 준비하려 했다.

"모처럼의 호의는 고맙습니다만 이만 실례하겠습니다. 그럼 지사토 씨, 다카기 거리의 댁까지 모셔다 드리겠습니다."

단아미가 넌지시 말하자,

"하지만 저는 여기서 저녁을 먹고 가겠어요. 오늘은 가마를 연 날이라 너무 피곤해서요."

지사토는 우회적으로 거절했다.

"그럴 때는 푸짐한 비프스테이크를 먹는 게 제일이지요. 제가 사드리겠습니다."

단아미는 기어이 집 앞에 세워둔 차에 지사토를 태웠다.

저녁 무렵의 교토 거리는 차가 밀려 다소 혼잡했으나, 단아미 야스오는 능숙한 운전솜씨로 시조가와라 거리 쪽을 달리며 상의 안쪽에서 흰 봉투를 꺼냈다.

"이거 읽어보세요."

그러면서 옆자리에 앉은 지사토에게 건네주었다.

"이게 뭔가요?"

"러브레터는 아닙니다. 좀 더 직접적인 혼담의 사주지요. 피차 30이 지났으니 우물쭈물할 필요가 없을 것 같아서요."

지사토는 어이가 없었다.

"야스오 씨답군요. 보라시면 보겠지만 야스오 씨는 어째서 35세나 될 때까지 결혼을 안 하셨나요?"

이렇게 대꾸하며 지사토는 봉투를 뜯었다.

편지에는 단아미류의 종가인 부모를 비롯하여 조부모, 형제자매, 백부백모 등 삼촌되는 친척에 이르기까지 죄다 적혀 있었다.

"여태껏 선이라는 것을 헤아릴 수 없을 만큼 많이 보아왔습니다만 혼간사(本願寺)의 종문(宗門)이라느니, 센케(千家) 집안이라느니 하면서 가문이나 격식만 찾는 아가씨들뿐이라, 이쪽에서 자신이 없어 사양했지요. 연애결혼을 할 만큼 열렬히 사랑할 만한 여성도 아직까지 만나지 못했으니 그럴 수밖에요."

바로 그때 쿵, 하며 차가 흔들림과 동시에 상체가 앞으로 쏠렸다.

야스오는 급브레이크를 걸어 차를 세웠다.

"괜찮아요, 지사토 씨?"

"괜찮아요. 그런데 무슨 일인가요?"

깜짝 놀라 물었으나, 야스오 역시 무슨 영문인지 알 수가 없다는 듯 두리번거리더니,

"앗, 플로어샤프트의 레버가 부러졌군. 주행 중에 이런 일이 생기다니……"

하고 믿어지지 않는다는 듯한 표정을 지으며, 바닥의 밑동 부분에 뚝 부러진 샤프트 막대를 집어 올렸다.

"일본 차는 이래서 정이 떨어진다니까. 즉시 JAF에 전화해서 와달라고 할 테니까 조금만 기다리십시오."

야스오는 비상등을 켜고 공중전화가 있는 모퉁이 담뱃가게로 달려갔다.

전화를 걸고 돌아온 야스오는 차창 너머로,

"10분쯤 있으면 온답니다. 고치지 않고서는 기어변속을 할 수 없기 때문에 못 갑니다. 여기가 만일 고속도로였다면 둘 다 저승으로 직행할 뻔했는걸."

하며 담배를 꺼냈다. 지사토는 차에서 내렸다.

"그러고 보니 이 차는 지요다자동차의 레베카로군요. 아까 주신 것을 보니까, 친척분 중에 지요다자동차의 전무로 계신 분이 있었던 것 같아요."

"아, 고모부지요. 그 관계로 싸게 살 수 있다고 하는 바람에 억지로 산 건데, 사실 처음부터 몰고 다니기가 불편해서 혼났답니다."

야스오는 분통이 터진다는 듯이 내뱉었다.

"그런데 최근 신문을 보니까 자동차 결함에 관한 문제가 제기되곤 하던데, 이 레베카뿐만 아니라, 아이치, 닛신 차에서도 혹시 똑같은 일이 일어나고 있는 게 아닐까요?"

"그야 그렇지만, 이 레베카는 겉모양만 좀 고급스러울 뿐 실내가 매우 좁은데다 환기장치도 좋지 않아 겨울에는 차창이 흐려지고 몰고 다니기에도 여간 불편하지 않아요. 그러나 미국 차들은 실내장식은 거칠지만 정말 튼튼하지요."

때마침 파란색 JAF차가 왔다. 점검을 시작한 지 몇 분 지나지 않아 정비원이 말했다.

"아무래도 견인차를 불러서 정비공장에 보내야겠습니다. 레베카는 플로어샤프트가 약하군요."

"그래요? 가장 가까운 정비공장은 어디 있나요?"

"아마 교토 역 뒤에 있는 공장이 가장 가까울 겁니다."

"그보다 가까운 곳은 없나요?"

"아이치나 닛신이라면 5킬로미터마다 한 군데씩 있지만, 지요다는 10킬로미터에 하나씩 있는 데다 정비원 수도 적어 시일이 걸립니다. 아무래도 오늘 데이트는 단념하셔야겠는데요."

두 사람을 번갈아보면서 젊은 정비원이 이죽거리듯 말했다.

야스오는 자존심이 상하고 울화가 치밀어 물고 있던 담배를 길바닥에 팽개치며,

"고모부네 회사 차든 뭐든 이 따위 고물 차는 고발해야 해! 오늘밤 고모한테 전화로 항의해야지."

하고 분통을 터뜨렸다.

고가나이의 컨트리클럽에서 1라운드를 돌고 난 깅키상사 부사장 사토이와 지요다자동차 전무 무라야마는, 샤워를 마친 뒤 클럽 하우스의 창가 쪽에 자리를 잡고 앉아 맥주를 주문했다.

맥주가 나오자, 사토이와 무라야마는 대학동기라는 친근감을 느끼며 단숨에 목을 축였다.

"자네네 레베카 판매실적은 요즘 어떤가?"

"오늘 골프를 치자고 불러낸 목적은 거기에 있었나."

"뭐, 그렇다고 말할 수도 있지. 아무튼 꽤 안 좋은 모양이더군. 우리 자동차 담당 친구의 얘기를 듣자니까, 레베카를 3대에 1백만 엔으로 몰아 파는 형편없는 판매점도 있다더군. 아이치나 닛신이 카로나, 레드버드 등 대중적인 차를 생산하는 이 마당에 어쩌자고 고급차만 고집하는지, 정말 알다가도 모르겠어."

여느 때처럼 속을 탁 터놓고 말했다.

무라야마는 처조카인 야스오로부터 지난밤에 레베카의 고장에 대해 심한 불평을 들은 일을 떠올렸다.

"유감스럽게도 그건 실패였다네. 사실 5년 전 온 힘을 승용차에 기울이고자 최신 설비를 갖춘 아쓰키 공장을 만들 것인가 아니면 그 돈으로 판매망을 강화할 것인가 양자택일의 기로에 있었어. 나는 판매망 강화 쪽을 주장했지만 기술 출신 중역들이 막무가내로 고집을 부

리는 바람에 어쩔 수 없이 아쓰키 공장 건설 쪽으로 결정되고 말았지. 최신 설비를 갖춘 공장을 건설했으면 그에 걸맞는 차를 만들어야 할 게 아니냐 해서 선보인 것이 아이치나 닛신과 다른 디자인과 인테리어의 레베카였고, 또 황실에서 사들여 주신 엠페러였지. 우리 기술진에서는 뭐라는지 아나? 아이치의 카로나, 닛신의 레드버드 따위는 식모들이 시장 보러 갈 때나 타면 딱 어울리는 차라는 거야."

"바로 그거야. 지요다자동차의 비극은 아이치, 닛신과 더불어 자동차업계의 3대 명문이라 불리던 시대는 이미 종말을 고했는데도 불구하고 3대 명문의 체면을 차리는 데만 급급하여 고급 승용차 생산만 고집하기 때문에 아이치와 닛신과의 격차가 더욱 벌어지는 거지."

지요다자동차의 냉엄한 현실이 숫자화 되어 사토이의 머릿속에 비치고 있었다. 트럭, 버스 전문 메이커로 출발, 드디어 승용차에까지 손을 댐으로써 막 궤도에 오르기 시작한 1961년의 연간 등록 수는 1만 2천 대이던 것이 5년 후인 작년 1966년에는 2만 9천 대로밖에 늘어나지 않았다. 그 반면 당시 9만 대이던 아이치, 닛신은 아이치가 25만, 닛신은 18만으로 크게 비약했으며, 지요다자동차는 강점인 트럭과 버스 부문에서 간신히 명맥을 유지하고 있을 뿐이었다.

"그래서 지요다자동차가 앞으로 어떻게 나올 것인가에 대해 항간에 떠도는 추측이 구구한데, 도대체 어떤 방침을 세우고 있는 건지 자네와 나 사이니 툭 털어놓고 말해 줄 수 없겠나?"

사토이는 교묘하게 핵심을 찔렀다. 무라야마는 샐러드를 먹으며 말했다.

"솔직히 말해서 아직은 다른 회사와 제휴하는 문제에 대해 생각조차 않고 있네. 언젠가 한번 중간에 통산성이 끼어들어 아이치와의 제휴를 권한 적이 있네. 하지만 아이치 같은 지독한 친구들과 손을 잡았다간 하청업체 취급을 받게 될 거야."

"하지만 더 이상 경영난이 악화되었다간 외국자본이 상륙했을 경우 어쩔 셈인가?"

"실은 그게 골칫거리야. 상사측에서 볼 때 자유화는 언제쯤부터라고 예측하고 있나?"

"글쎄, 어디까지나 민족자본을 지키겠다고 버티고 있는 통산성인 만큼 결사적으로 자유화를 저지하려 들겠지만 미국의 유나이티드 모터스, 포크, 글렌슬러 등 3대 메이커는 일종의 전략산업으로서 정부측과 밀착되어 있기 때문에 이러쿵저러쿵하지만 결국 이루어지게 될걸. 그 시기는 앞으로 2년 정도로 보면 틀림없을 걸세."

갑자기 무라야마의 얼굴에 긴장이 감돌았다.

"그럴까…… 앞으로 3년도 못 갈까?"

"자네는 여전히 낙관적이군 그래. 글렌슬러가 프랑스 시장에 상륙하여 드골 대통령이 진노했을 때의 일을 기억하나?"

사토이는 상사원답게 프랑스 시장에서의 사건을 거론했다.

"아, 그 일 말인가? 생각만 해도 온몸이 떨리는데."

무라야마는 정말로 온몸이 떨린다는 몸짓으로 대답했다.

그때 글렌슬러는 프랑스 제4위 자동차메이커인 시무코의 주식을 25% 소유하고 있었는데, 파리의 스위스은행을 통해 주식을 시가보다 25%나 높게 사들인다는 광고를 내어 법인이며 개인 주주들의 주식을 매집했다. 그 결과 소유비율이 63%가 되자 갑자기 시무코의 지배를 선언함으로써 드골 대통령을 진노하게 했을 때는 이미 모든 상황이 종결된 뒤였던 것이다.

무라야마는 잠시 후 입을 열었다.

"실은 현재 우리에게 혼담이 두 군데에서 들어와 있다네. 이건 아직

사장과 나만 아는 일인데, 바로 후코쿠자동차와 이쓰비시자동차일세."

외자상륙이라는 말에 불안을 느꼈던지, 시침을 떼던 태도를 갑자기 바꾸어 싱겁게 털어놓았다.

"그래서 지요다자동차는 어떻게 생각하고 있나?"

"거기까지는 말할 수 없지."

"그럼 중간에 나선 중매쟁이는 누군가? 은행? 아니면 통산성?"

다그치는 물음에도 무라야마는 대답하지 않았다.

"얼마 전 무역진흥국장 자리에서 물러난 아마카와(天川) 씨가 우리 회사 고문으로 오게 되어 있다네."

"그래? 아마카와 국장이 고문으로 온다?"

전직 고급관료의 민간회사 입사는 관직을 떠난 지 2년 후에야 가능했다. 따라서 물론 고문이라고는 하지만 2년 후에는 전무 또는 상무로 취임하기로 은연중에 약속되어 있음이 틀림없으므로 아마카와는 지요다자동차와 통산성 사이에서 자신의 영향력을 발휘, 지요다자동차를 협상에 유리한 고지로 이끌 것이다. 이런 생각이 머릿속을 스치자 사토이는 얼른 말했다.

"아마카와 씨가 자네네 회사에 들어간다면, 아까 말한 이쓰비시자동차와 후코쿠자동차와의 이야기에 대한 결론은 절로 나오는군. 안 그런가? 통산성의 중공업국과 이쓰비시중공업과의 연결은 주지의 사실인 데다가 이쓰비시자동차 자체는 지요다자동차보다 하위지만 배후에는 막강한 이쓰비시그룹이 도사리고 있는만큼 언젠가는 먹힐 위험성이 크지. 그렇다면 지요다자동차가 주도권을 잡을 수 있는 후코쿠자동차 쪽에 붙는 편이 훨씬 안정도가 높겠군."

얼핏 듣기에 사토이의 말은 지요다자동차의 장래를 걱정하는 것처럼 들렸다. 그러나 속셈은 깅키상사의 상권확보와 확대에 있었다. 지요다자동차가 이쓰비시자동차와 합작하게 되면 이쓰비시상사에게 수출 판매권 및 국내 강판 납품에 대한 상권을 잃고 말지만, 후코쿠자동차와 합작하면 비록 규모는 작지만 배후의 후코쿠중공업그룹을 포함해서 깅키상사와 연결되기 때문에 상권을 더욱 확대할 수 있다. 다시 말해 지요다자동차를 이용하여 깅키상사의 중공업화 노선을 어렵지 않게 촉진시킬 수 있다는 것이다. 사토에는 무테안경 너머로 웃음을 지어 보이며, 이키보다 먼저 중공업화 노선에 대해 선수를 쳐서 깜짝 놀라게 해주리라 생각했다.

　이키를 중심으로 한 업무본부의 아침모임이 끝나자, 스태프들은 저마다 거래처에 연락을 취한 다음 뿔뿔이 흩어졌다.
　젊음에 찬 의견들이 오가고 활기로 가득하던 방 안에 정적이 찾아들자, 이키는 본부장 자리로 돌아와 책상 옆에 놓인 커다란 지구본을 바라보았다. 자본자유화에 대비하여 깅키상사는 어떤 대응책으로 나설 것인가가 바로 오늘 아침 모임의 주제였는데, 사업, 해외통괄, 조사정보 등 스태프의 논의가 열기를 뿜은 결과 해외지사망 강화가 요청된다는 결론을 얻었다.
　이키는 지구본에 다가가 아메리카 대륙, 오스트레일리아, 소련, 중국, 동남아시아, 서유럽, 아프리카의 차례로 빙빙 돌리면서 내달 말경 출장 갈 북미로 시선을 고정시켰다.
　국제화를 과감히 시도해 볼 만한 장소로는 역시 뉴욕이 제격이었다. 뉴욕을 중심으로 다시 지구본을 살피려고 할 때, 전화벨이 울렸다. 업무본부장 직통번호를 알고 있는 사람은 한정되어 있었으므로 그는 직접 수화기를 들었다.

"여보세요. 고…… 입니다만."

나직하면서도 잘 알아들을 수 없는 말소리가 수화기에서 들렸다.

"네, 누구십니까?"

이키가 되묻자,

"이키 상무님이지요? 고이데 히로시입니다. 옛날에 항공기부에서 상무님 밑에서 일하던…… 벌써 잊으셨습니까?"

하고 일부러 억제하는 듯한 목소리가 들렸다.

"아, 고이데 군, 자네였군. 너무 급작스런 일이라서 말이야…… 그 후로 어떻게 지내는지, 안 그래도 마음에 걸리던 참이야."

"그렇습니까? 이키 상무님께서도 남들처럼 걱정을 해주고 계셨다 이겁니까? 그러시다면 말씀드리기가 덜 부담스럽군요. 사실 오늘 중으로 긴히 드릴 말씀이 있습니다만."

옛날의 고이데와는 달리 어딘지 모르게 천박스러움을 느끼게 하는 말투였다.

"지금이라면 잠시 시간을 낼 수 있겠는데, 이리로 오겠나?"

"천만에요. 그 사건 뒤 깅키상사의 관련 회사에 취직을 시켜주었다곤 하지만 보기 좋게 잘린 회사에 무슨 낯으로 어슬렁어슬렁 찾아간단 말입니까? 그쪽에서 좀 나와 주십시오. 어디든 상관없으니, 조용하면서도 별실이 있는 장소로 말입니다."

이키는 시계를 보았다. 12시 조금 전이었다.

"그럼 긴자 6가에서 한 골목 동쪽에 있는 에스카르고 레스토랑이 좋겠군. 그곳이라면 별실도 있고 하니 거기서 만나기로 하지."

"지금 바로 나와 주시는 겁니까?"

의심 많은 사람처럼 다짐을 하고 나서야 고이데는 전화를 끊었다.

방위청 공군막료부의 아시다 이좌를 매수하여 비밀문서를 빼낸 수

뢰혐의로 체포되어 기소유예가 된 후 깅키상사의 계열회사로, 항공기부와 밀접한 관련이 있는 깅키일렉트로닉스라는 전자기기 회사에 다시 취직하기는 했으나, 그곳마저 3년 만에 그만두고 정보 브로커가 된 고이데이다. 그런 고이데가 자기한테 긴히 할 말이 있다고 만나자는 것이다. 대체 무슨 일일까?

이키는 방에 있는 업무본부 요원에게 잠깐 볼일 좀 보고 오겠다고만 이른 뒤 택시를 타고 긴자의 에스카르고로 향했다.

에스카르고 2층의 별실에 먼저 와서 기다리고 있던 고이데는 이키를 보자 슬며시 일어나서 눈인사를 보냈다. 거친 생활을 하는지 안색이 나빴으며, 와이셔츠의 소매끝은 때에 절어 까매져 있었다. 순간 이키는 가슴이 뭉클했다.

"오랜만이군. 그동안 별일 없었나?"

짐짓 밝은 목소리로 말을 건넸다.

"보시다시피 이렇습니다."

고이데는 시큰둥하게 대답하며 시선을 돌렸다.

"깅키일렉트로닉스를 그만둘 때 왜 한마디 의논도 하지 않았나? 모두들 걱정했다네."

당시 항공기부장이던 마쓰모토를 포함하여 하는 말이었다.

"어느 조직에 가든 체포당한 경력이 있는 녀석은 그들 축에 낄 수가 없다는 사실을 잘 아시지 않습니까? 아시다가 항공자위대의 경무대에 체포되었을 때 잽싸게 미국으로 도망치게 해주었더라면 이렇게까지는 안 되었을 텐데, 하고 무척 원망스런 생각이 들었답니다."

항공기부 시절부터 고이데는 어딘지 소심한 데가 있는 인물로 성격이 조금 비뚤어져 있었으나, 회사원으로서의 절도는 있는 편이었다. 그러나 지금 눈앞의 고이데는 이키를 똑바로 쳐다보지도 못한 채 세상을 등진 사람모양 될 대로 되라는 태도를 보이고 있었다.
"마침 점심시간이고 하니 우리 식사나 하면서 얘기할까?"
이키가 말하자 고이데는,
"그럼 맥주 한 병과 두툼한 스테이크를 얻어먹어 볼까요. 피가 뚝뚝 떨어지는 고기를 먹어 본 지도 꽤 오래되었군요."
하고 주문받으러 온 웨이터 따위는 안중에도 없다는 듯이 거칠게 대답했다.
이키는 별로 먹고 싶은 생각이 없었지만 함께 주문했다.
"그래, 꼭 하고 싶다는 얘기는 뭔가? 혹시 취직이라도?"
넌지시 묻는 말에 고이데는 벽에 걸린 유화에 시선을 던지며,
"천만에요. 오늘 용건은 바로 이겁니다."
하고 갈색 서류봉투를 흰 테이블보 위에 올려놓았다.
"이게 뭔가?"
이키가 궁금한 듯이 물었다.
"간단합니다. 열어보시면 금방 아실 겁니다."
그는 여전히 천박스러운 말투로 대답했다.
이키는 불쾌했다. 그렇다고 꾸짖을 기분도 아니었으므로, 서류봉투를 집어 봉한 것을 뜯었다. 외제차처럼 스마트한 스포츠카 스타일의 자동차 디자인 설계도 복사본이 5장, 차체에 시트를 씌운 채 어딘지 산길을 질주하고 있는 사진 10장이 들어 있었다. 철강부장 재직 당시 자동차 메이커에 박판(薄板)을 대량 납품했었다. 그래서 이키는 그것이 어떤 메이커의 신형차 또는 모델 체인지 시제차의 디자인과 주행 테스트 중의 사진임을 바로 알아차릴 수 있었다.
"그런데 이것들이 나와 무슨 상관이란 말인가?"
이키는 이해할 수가 없었다.

"아니, 상무님이 잘 구사하시는 시치미 떼기 작전이 아니라 정말로 모르시겠다 이 말씀이십니까?"

웨이터가 가져온 맥주를 마신 뒤, 나이프로 스테이크를 썰면서 고이데가 말했다.

"고이데 군, 난 자네가 긴히 할 말이 있다고 했고, 또 소식도 궁금하고 해서 진지한 마음으로 나온 걸세. 그러니 자네 또한 진지한 태도로 용건만 간단히 말해 주었으면 좋겠군."

쏘아붙이듯 말하자, 고이데는 잠시 머뭇거리다가 말을 꺼냈다.

"그럼 터놓고 말씀드리지요. 그것이 깅키상사가 강재를 납품하고 해외에서 수출대리점을 맡고 있는 지요다자동차의 신차 '115' 입니다. 아직 이름을 붙이지 않아 그냥 '115'라는 암호로 부르고 있는데 1600cc 5인승 스포츠 세단으로 3대 메이커 중 가장 내리막길을 걷고 있는 지요다자동차가 이것으로 사운(社運)을 회복해 보려고 안간힘을 다하고 있습니다. 생명줄이나 다름없는 신형차인 셈이지요. 용건은 다름 아니라, 이키 상무님이 중간에 끼어들어 지요다자동차에 이것을 비싼 값으로 팔아 주셨으면 하는 것입니다."

"어떻습니까? 이키 상무님께서 중간에서 손을 써주시겠습니까?"

마치 이키의 마음속을 들여다보기라도 하듯 다그쳤다. 그러나 고이데의 페이스에 말려들 이키는 결코 아니었다.

지요다자동차가 신형차를 구상하고 있다는 것도 처음 듣는 말이었지만, 거래처의 비밀누설은 깅키상사로서는 매우 중대한 일이었다.

"고이데 군, 나는 이것이 얼마나 중요한지 잘 모르겠네. 그러니 뭐라 말할 수가 없군 그래."

순간 고이데의 흐릿한 눈동자에 노여운 빛이 떠올랐다. 고이데는 이키를 똑바로 노려보며,

"이키 상무, 내가 공막 출신이란 걸 잘 아실 텐데요. 트럭이나 지프 납품 문제로 방위청에 드나들던 지요다자동차 사람들과도 왕래가 잦았던 만큼, 아이들 장난 같은 디자인 설계도나 사진을 들고 올 사람이 아니라 이겁니다. 얼마나 중요한지 잘 모르시겠다면 다른 회사로 가져가지요. 다행스럽게도 이 업계에선 받아줄 만한 회사는 얼마든지 있으니까요."

하고 내뱉은 뒤 일어서려 했다.

"고이데 군, 내가 맡기로 하지."

이키가 얼른 그의 동작을 만류했다. 그러자 고이데는 그것 보라는 듯 입가에 음흉한 미소를 띠었다.

"진작 그렇게 나오셔야지요. 디자인 설계도는 복사한 것을 드리겠습니다. 이쪽 시주차(試走車) 사진의 원판과 함께 현금으로 2백만 엔만 주시면 넘겨드리지요. 내일 정각 9시까지 회답을 주십시오. 이번에는 사무실 쪽으로 전화하겠습니다. 다른 사람도 아닌 이키 상무님께서 직접 중재하시니만큼 값이나 잘 받아주십시오."

고이데는 남은 스테이크 한 점을 입 안에 넣더니 기름기 흐르는 입술을 채 닦지도 않고 슬며시 일어났다.

이키는 자동차 디자인 설계도 복사본 5장과 주행 테스트 사진이 담긴 봉투를 앞에 놓고 생각에 잠겼다. 고이데가 직접 지요다자동차로 찾아가지 않고 자기를 중간에 넣어 팔고자 하는 것은 자기를 이용하여 조금이라도 많은 돈을 받아내려는 꿍꿍이속과 공갈죄로 몰리지 않기 위한 교활한 수법이라고 생각되자, 끈끈한 오물을 뒤집어 쓴 것처럼 불쾌한 기분이 들었다.

식사 후에 커피를 마시면서, 이 일을 지요다자동차의 누구와 상의해야 할 것인가 생각해 보았으나 좀처럼 좋은 생각이 떠오르지 않았다.

사내에서 지요다자동차와 가장 가까운 관계에 있는 사람은 강재를 납품하는 철강담당의 도모토 상무였다.

그러나 자기가 고이데로부터 이런 성격의 일을 맡아야만 했던 점에 대해서는 별로 알리고 싶지가 않았다. 가능하다면 지요다자동차의 책임자와 직접 만나서 수습하고 싶었다. 구매나 판매 같은 영업 관계자보다 기술 관계자, 기술담당 중역인 오마키(小牧)가 이키의 머릿속에 떠올랐다. 철강부장 시절에 한 번 만났을 뿐이지만 원래 해군기술장교로 제로센(2차 세계대전 당시 일본 해군의 주력전투기)의 설계자라는 말을 들은 적이 있었다. 게다가 기술자답게 강직하고 시원스러운 성품의 소유자라는 인상이 이키의 뇌리에 깊이 박혀 있었다.

이키는 수화기를 들고 지요다자동차 본사로 전화를 걸었다. 그런데 오마키는 아쓰키 공장장으로 있으니 그리로 걸라며 전화번호를 가르쳐 주길래 다시 공장 직통번호로 걸었다.

오마키가 전화를 받았다.

"여보세요, 깅키상사의 이키라 합니다. 오랫동안 격조했습니다."

이키가 먼저 인사말을 건네자 반가운 목소리가 되돌아왔다.

"아이구, 이거 이키 씨로군요. 저야말로 격조했습니다. 눈부신 활약에 대해서는 항상 듣고 있습니다."

"너무 급작스런 연락이라 실례가 되는 줄 압니다만, 급히 만나 뵈어야 할 일이 있어……"

"저를요? 급한 일이라고요? 실례지만 무슨 일이십니까?"

"실은 귀사에서 제작 중인 신형차 '115'라고 하는 차의 디자인 설계도와 주행 테스트 사진을 사달라고 가져온 사람이 있었습니다. 그래서 어떻게 해야 좋을지 상의를 드리고 싶습니다."

"이키 씨! 방금 신형차 '115'라고 말씀하셨죠?"

"네, 아직 명명되지 않았기 때문에 그냥 '115'라고만 부르는 차라더군요."

"그건 중대한 일입니다! 사내 암호인 '115'까지 알고 있다니 정말 보통 사건이 아닙니다. 지금 당장이라도 만나 뵙고 싶지만 2시부터 쓰키지의 본사에서 중대회의가 있으니 회의가 끝난 후인 5시에 팔레스 호텔에서 뵙고 싶은데 어떨까요?"

"좋습니다. 시간을 내도록 하지요."

"그럼 5시에 오마키라는 이름으로 방을 잡아두겠습니다."

오마키는 꽤나 놀란 듯 황망하게 전화를 끊었다.

팔레스 호텔 507호실에서 지요다자동차의 오마키 상무는 5장의 신형차 디자인 설계도 복사본과 주행 테스트 사진을 손에 들고 유심히 들여다보며 말했다.

"틀림없습니다. 이 전후좌우 5장의 디자인 설계도는 현재 제작 중인 '115'임이 분명하고, 또 주행 테스트 중인 복면차는 주변 상태로 보아 우스이 고개에서 야음을 틈타 시험 중이던 '115'를 적외선 촬영한 사진입니다. 그런데 대체 이것들을 누가 가져왔습니까?"

눈썹은 짙지 않았으나 주관이 뚜렷해 보이는 오마키의 눈이 똑바로 이키를 향하고 있었다.

"옛날 방위청에서 우리 항공기부로 스카우트되어 나하고 한동안 같이 일한 적이 있는 사람입니다."

"이름이 뭡니까?"

"고이데 히로시. 혹시 아는 사람인가요?"

이키는 씁쓸한 음식이라도 삼키는 표정으로 물었다.

"고이데? 나도 다른 회사의 신형차나 모델 체인지가 나올 기미가 보이면 정보 브로커를 이용하여 알아보기도 하고, 또 저쪽에서 찾아와 손을 내미는 경우가 간혹 있어서 이 업계의 정보 스파이는 몇 사람 알고는 있습니다만, 고이데라는 이름은 처음 듣는군요. 하지만 이만한 것을 가진 점으로 보아 결코 혼자서 한 짓이 아닌 것만은 틀림없을 것입니다."

"방위청에 출입하는 지요다자동차 사람들과는 잘 아는 사이라더군요. 혹시 귀사 내부로부터 새어나간 것이 아닐까요?"

이키는 특별한 까닭 없이 오히려 고이데를 두둔하는 투로 말했다.

"그럴 수도 있습니다만, 신형차 제작에 대해서는 극히 제한된 사람만이 관련되어 있는 데다 공장이나 테스트 코스는 여느 생산 라인과는 동떨어진 곳에 있으며, 24시간 경비원이 감시하기 때문에 사내에서 새어나갈 가능성은 거의 없습니다. 굳이 흘러나갔다고 한다면, 사외발주(社外發注)하는 부품 메이커나 '115' 생산 설비를 맡고 있는 공작기계 메이커 쪽에서 그랬을 가능성이 큽니다."

"하지만 그런 데서 '115' 디자인 같은 것을 어떻게 알 수 있을까요?"

꽤 정밀하게 그려진 디자인 설계도를 가리키며 이키가 물었다.

"엔진이나 발판 주변의 부품 치수를 종합하면 어떤 스타일에 어떤 성능을 가진 차인지 전문가 눈에는 그냥 들어옵니다. 내년의 대량생산에 대비하여 이미 공작기계, 프레스형 생산설비를 주문해 두었으니까, 그와 관련된 회사를 통해서 신형차의 개요가 흘러나갈 수도 있습니다."

"그렇다면 이 시주차의 사진은 어떤 경로를 통해 촬영되었을까요? 회사 밖에서 테스트할 경우에는 극비에 붙여지는 것이 당연한 일 아닙니까?"

"물론 신형차의 실제시험은 경찰 백차나 사이드카에도 발견되지 않도록 용의주도하게 경계를 합니다."

"무엇 때문에 경찰의 눈까지 피해야 합니까?"

"속도위반, 거동불심(擧動不審) 따위로 불심검문을 당하면 당장 신형차의 존재가 탄로나고 마니까요. 그러니까 직선코스에서의 속도 테스트라면 심야의 도메이 고속도로에서, 울퉁불퉁한 길에서의 내구력이나 오르막길에서의 등반력 테스트는 하코네나 가루이자와의 인적 없는 산중을 택할 정도로 온갖 신경을 씁니다. 그리고 시주차 앞뒤로 우리 회사의 순찰차를 배치하여 경호케 하며, 사람이 있는지 없는지 서로 무선교신까지 합니다. 그렇지만 원래 신형차는 최저 10만 킬로미터의 주행 테스트를 해야 하는데 매일 밤 코스를 바꿀 수는 없기 때문에 지나갈 만한 코스 가까운 풀숲 속에 숨긴 망원렌즈 달린 카메라에 포착될 가능성도 있는 셈이지요. 시주차의 도둑 촬영, 엔진 소리 녹음 등은 라이벌 회사에서 시키는 경우가 대부분입니다."

스파이 따위는 어림도 없을 만큼 단수 높은 정보작전에 이키는 어처구니없다는 표정을 짓고 있었다.

"이키 상무, 지금 내가 과장된 얘기를 하고 있는 것이 절대 아닙니다. 승용차로서 팔리느냐 안 팔리느냐 하는 성패는, 다른 회사가 새로 내놓은 차가 무엇인가를 잽싸게 알아내어 그 결점을 보완하는 것이 필수조건입니다. 신형차를 개발하는 데는 대략 5년이 걸리므로 5년 후의 수요에 알맞을 스타일과 성능을 갖춘 신형차를 시장조사에 의해 정한 다음 설계, 시작, 시주, 결함 개량, 그리고 다시 시주를 반복하는 등 거액의 투자를 거친 다음에야 비로소 판매에 들어가게 되는 것입니다. 따라서 신형차의 스타일이나 성능이 다른 회사로 흘러들어가게 되면 두말 할 필요도 없이 패배를 당하고 맙니다. 하마터면 이 '115'도 크게 실패할 뻔했군요. 그런데 고이데라는 사람은 대체 얼마에 사라는 것입니까?"

"2백만을 부르더군요."

"2백만은 좀…… 이런 종류의 매수 시세로는 1백만 엔이 한계인데."
오마키가 거북하다는 듯이 말했다.

"그렇습니까. 나야 그런 시세를 모르니까 일단 물어봐 둔 것입니다만 내일 아침 9시에 전화를 건다고 했으니까 그때 가서 틀림없이 그렇게 전달하지요."

"그래서 노 라는 대답이 나오면, 그때부터는 저희들이 직접 교섭에 나서고 싶은데 이키 상무님의 사정은 어떠하신지요?"

"나도 바라는 바입니다. 하지만 만에 하나라도 이 디자인 설계도나 사진이 이와 같은 교섭 이전에 벌써 타사로 들어갔을지도 모른다면, 사들인다는 것 자체가 아무런 의미도 없지 않을까요?"

"절대로 그렇지 않다고는 보장할 수 없지만, 하는 수 없지요. 이 '115'에 우리 회사의 사운이 걸려 있으니까요."

오마키는 기술자답게 진지한 눈빛으로 이키를 바라보았다.

"그나저나 이것이 우리 영업부문으로 들어오지 않은 것은 불행 중 다행입니다. 하마터면 기술부문은 뭘 하고 있느냐는 말을 들을 뻔했습니다. 이키 상무, 혼자서 한번 아쓰키 공장을 견학해 주시지 않겠습니까?"

혼자서라는 말에 어딘가 특별한 의미가 내포되어 있는 것 같은 느낌을 받으며 이키는 대답했다.

"그러고 보니 귀사의 트럭, 버스 부문의 사가미 공장은 철강부에 재직할 때 견학한 일이 있습니다만, 아직 아쓰키 공장은 구경을 못했군요. 조만간에 꼭 구경하러 가겠습니다."

이키는 지요다자동차 내부에서 기술부문과 영업부문이 서로 대립하고 있다는 직감이 들었다.

팔레스 호텔을 나서자, 그동안 소나기가 쏟아졌는지 길이 젖어 있었고, 뭉게구름이 군데군데 도사리고 있는 하늘에서는 번개가 번쩍이고 있었다.

비에 젖은 보도를 혼자 걷던 이키의 발걸음이 어느덧 서긴자를 향하고 있었다.

오마키와의 대화는 그렇다 치고, 고이데 히로시가 가당찮은 수작을 자기한테 걸어온 사실이 불쾌하고 화가 나면서도 한편으로는 연민의 정이 솟구쳐 이키는 오늘이야말로 혼자 실컷 마시고 취해보고 싶은 기분이었다.

서긴자의 빌딩 지하실에 있는 르보아 클럽의 문을 밀고 들어서는 순간, 마침 손님을 전송하던 일본인답지 않게 훤칠하고 늘씬한 몸매의 호스티스와 맞부딪쳤다.

"미안!"

짤막한 이키의 말에 백옥 같은 피부에 자홍색 드레스를 걸친 미인이 대꾸했다.

"어머, 제가 조심성이 없어서. 이쪽으로…… 박스로 가시지요."

"아니, 혼자니까 카운터 쪽이 좋아요."

그러자 호스티스는 그를 안쪽의 비어 있는 자리로 안내했다. 드레스는 허리 근처까지 대담하게 파여 하얀 뒤태를 자랑하며 앞장서 걸어갔다.

클럽은 여느 때보다는 많은 손님들로 붐비고 있었다. 특히 한가운데에 있는 피아노 주변은 왁자지껄 정신을 못 차릴 지경이었다.

"어머나, 이키 선생님, 와주셨군요. 오신 줄도 모르고 실례했어요."

마담 교코가 시원스러운 와후쿠 차림으로 다가왔다.

"오늘 저녁은 꽤나 번잡하군."

"네, 도쿄상사의 사메지마 선생님 일행이 몇 년 동안 끌어오던 일이 잘 해결되었다고 기염을 토하셨답니다. 조금 전까지도 사메지마 선생님이 계셨는데, 꽤 기분 좋으신가 봐요."

도대체 몇 년을 끌어오던 일이란 것이 무엇인지 궁금했으나, 이키는 물 탄 위스키를 한 잔 주문하고 나서 말했다.

"자카르타의 베니코 양은 잘 있겠죠?"

"덕분에 잘 있나 봐요. 애가 제멋대로긴 하지만 친정 나들이가 없는 것을 보니 후앙 선생과 잘되는 모양이죠. 이키 선생님도 인도네시아에 출장 가실 일이 있으시면 한번 들러주세요. 발리 섬의 별장에 모시고 싶다고 전부터 그러던데요."

"그래요? 가게 되면 들러보도록 하죠."

막 술을 입에 댔을 때 교코가 박스 쪽으로 시선을 돌리며 말했다.

"참, 댁의 사토이 부사장님과 지요다자동차의 무라야마 전무님이 오셨어요. 요즘 간간이 오시던데 괜찮으시다면 합석하시겠어요?"

"글쎄, 사토이 부사장이 계신 박스는 어디쯤이죠?"

"저기, 저 피아노 있는 데서 비스듬히 안쪽으로 글래머 미인이 있죠?"

그쪽으로 눈길을 돌리니, 조금 전의 진홍빛 드레스의 호스티스가 옆을 보고 앉아 있고, 벽 옆으로 어두침침한 쪽에 사토이가 앉아 있는 모습이 보였다.

"무슨 긴요한 얘기라도 하는 중이라면 실례가 될 테니까 이곳에서 마시겠소. 혹시 저 호스티스는 백인계 러시아 혼혈 아니오?"

"어머, 요코 말씀이시군요? 이키 선생님도 정말 보통은 넘으셔. 혼혈인지 뭔지는 모르지만 수완이 어찌나 좋은지 전에 있던 집에서부터 사토이 부사장하고 보통이 넘는 사이로 지내온 것 같으니까 조심하세요.”

교코가 낮은 목소리로 소곤거렸다. 이키는 뜻밖의 얘기를 듣는 동안 어두침침한 조명에서 사람을 찾아내듯 다시 그쪽으로 시선을 돌렸다. 그러자 요코의 노출된 등을 더듬고 있는 사토이의 손이 시야에 들어왔다. 그와 동시에 사토이의 무테안경이 이쪽을 향하는 것이 보였다.

사토이의 표정을 볼 수는 없었지만, 하얀 등을 더듬고 있던 손이 얼른 떨어진 점으로 보아 이키를 알아차린 듯했다. 이키는 카운터 앞에서 일어나 시치미 뚝 떼고 사토이의 박스로 걸어갔다.

“어머, 아까의……”

요코가 깜짝 놀라는 표정으로 말했다. 그러나 사토이는 태연했다.

“이키 군 아닌가? 혼잔가?”

“네, 회합을 마치고 돌아가는 길에 잠시 들렀습니다.”

“그래? 그렇다면 합석하게나. 이쪽은 지요다자동차의 영업담당 무라야마 전무님일세.”

여자를 의식해서인지 사토이는 전에 없이 유쾌한 얼굴로 말하며 무라야마 전무에게도 이키를 소개했다.

영업담당이라고 볼 수 없을 만큼 선비풍의 용모를 갖춘 무라야마 전무와 이키는 서로 명함을 주고받았다.

“이키 상무의 존함은 벌써부터 익히 듣고 있었습니다. 여러모로 사토이 부사장에게 신세지고 있는데, 이것을 인연으로 앞으로 잘 좀 밀어주십시오.”

“천만의 말씀을. 우리 회사에서 자동차를 아는 분이라곤 사토이 부사장님밖에 없습니다. 저 같은 사람이야 어디……”

조금 전에 기술담당 오마키를 만난 일은 내색조차 않고 이키가 말을 받았다.

"무슨 말씀을. 상사의 '상' 자도 모르셨으면서 불과 7, 8년 동안에 상무로 발탁되신 점으로 보아 역시 대본영 참모는 다르다고 놀라 마지않던 터였습니다. 자동차는 전략산업이니 이키 상무님과 같은 분에게 충고를 받을 수만 있다면 정말 다행이지요. 우리 회사에서는 도대체 기술에 미친 사람들만 있어서, 무조건 좋은 차를 만들어내면 잘 팔린다고 믿는 친구들이 너무 많아 조금 전만 해도 사토이 부사장님에게……"

"자, 그만 그만, 무라야마 전무. 이거 인사를 나누자마자 이런 데서 비즈니스 얘기를 꺼내다니, 정말 자네답지 않군 그래."

하고 사토이가 무라야마를 견제했다.

"하지만 저는 지요다 차가 좋아요. 덕분에 지난번에는 특별가격으로 엠페러를 샀는데, 궁내청(宮內廳·일본.황실의 여러 가지 일을 맡아보는 관청)에서 사들인 차라 그런지 타고 있으면 호사스런 기분이 들어요. 만약 엠페러가 아이치나 닛신처럼 대량생산된다면 나는 할 수 없이 외제차로 바꿔야겠어요."

하며 요코는 사토이에게 야릇한 눈길을 보냈다.

눈치를 보니 사토이가 엠페러를 싸게 사준 모양이었다. 사토이는 어색한 듯 술잔을 비우더니 목에 힘을 주고 말했다.

"요코 양이야 그렇게 말하지만, 자동차란 원래 양산 산업이기 때문에 팔리지 않으면 소용이 없지. 예를 들어 일본에서는 지위의 상징이 되다시피 한 벤츠도 서독에 가보면 택시나 렌터카로 쓰일 정도로 흔해 빠졌거든."

"참, 그렇군요. 저는 지요다자동차는 고급차라는 이미지로 희소가

치를 간판으로 내세우면 될 것이라 여겼는데, 역시 문외한의 생각인 가 보죠?"

"아니, 그렇지 않습니다. 자동차산업이란 개발과 설비에 돈이 엄청 나게 소요되므로, 대량생산해도 무더기로 팔리지 않으면 살아남기 어렵다는 것이 하나의 숙명이지요. 아무래도 이키 상무님에게 우리 회사의 자랑인 최신설비의 아쓰키 공장을 한번 보여드릴 필요가 있겠는데요. 안 그런가, 사토이 부사장?"

동의를 구하듯 힐끗 보았으나, 사토이는 고개를 끄덕이는 건지 어쩐지 알 수 없을 정도로 애매한 태도를 취했다.

"아쓰키 공장의 뛰어난 설비에 대해서는 전부터 소문을 들어서 알고 있습니다. 사토이 부사장님이 가실 일이 있으면, 꼭 모시고 가서 구경하겠습니다. 그때 가서 잘 좀 부탁드립니다."

이키는 사토이의 체면을 세워주며 말했다. 그러나 속으로는 자기회사의 최신 설비를 자랑하는 아쓰키 공장을 한번 구경해 달라던 기술 담당 오마키 상무의 말이 생각나서, 집으로 돌아가는 즉시 오마키 상무에게 연락하리라 마음먹었다.

파문

집에 돌아오자마자 이키는 안방의 에어컨을 세게 틀도록 한 뒤,
"냉수!"
하고 청했다. 오늘밤에도 사토이와 동석하는 바람에 약간 과음한 듯했다. 요시코는 냉수가 담긴 컵을 들고 들어와,
"아이, 술 냄새!"
하며 갈아입을 옷을 챙겼다.
"가만, 급한 전화 좀 하고 나서."
이키는 상의 안주머니에서 지요다자동차의 오마키 상무의 명함을 꺼내더니, 자택 전화번호를 돌렸다.
"오마키 상무 댁이지요? 돌아오셨습니까? 네, 아직…… 그럼 죄송합니다만 돌아오시는 대로 깅키상사의 이키에게 전화 좀 걸어달라고 전해 주시겠습니까?"
전화를 끊고 냉수를 또 한 잔 마신 다음에야 그는 옷을 갈아입었다. 그러고는 거실의 식탁 앞에 앉자 요시코가 기다렸다는 듯이,
"여보, 나오코에게 두 군데서나 혼담이 들어왔어요."
하며 장롱 서랍에서 커다란 봉투를 꺼냈다.

아내는 사진 두 장과 가계 및 경력이 기록된 종이를 이키 앞에 펴놓았다. 두 사람 모두 뛰어난 용모에 체구도 건장했으며, 집안 내력과 경력 또한 나무랄 데 없었다.

요시코는 얼굴 가득 기쁨을 드러내며 말했다.

"어때요? 괜찮은 자리들이죠?"

딸에게 여러 군데에서 혼담이 들어온다는 것은 아버지로서 이키 역시 기뻤다. 아울러 혼담의 첫째 조건은 무슨 일이 있어도 딸을 행복하게 해줄 수 있어야 한다는 것이었다.

"그래서 나오코 본인은 뭐라고 그럽디까?"

"직장이 재미있으니까 조금 더 있다가 하겠다느니, 모처럼 항공사에 입사했으니까 해외여행이나 실컷 하고 나서 생각해 보겠다고 얼버무리며 귀조차 기울이지 않지 뭐예요."

"누군가 마음에 둔 총각이라도 있는 게 아니오?"

간간이 자동차로 바래다주곤 하는 도쿄상사 사메지마 다쓰조의 아들 모습이 언뜻 이키의 뇌리를 스쳤다.

"나도 신경 쓰고 있지만 그런 사람은 없는 것 같아요."

"그렇다면 그렇게까지 서두를 거야 없지 않소."

"나오코는 벌써 그럴 나이가 지났어요. 내 생각으로는 친정아버지가 주선하시는, 니혼제작소에 근무하는 아즈마 씨와의 맞선을 추진해 보는 게 어떨까 싶은데 당신 생각은 어떠세요?"

"응, 선보는 문제는 당신이 알아서 하구려. 하지만 최종적으로는 내 눈에 들어야 한다는 것을 명심해야 해."

이키는 못을 박듯이 단언했다.

"이제야 당신도 겨우 결심하신 모양이군요."

이러니저러니 하면서도 본심은 딸을 떠나보내고 싶지 않은 남편의

속마음을 꿰뚫어보듯이 요시코가 말했다. 그러자 이키는,

"그건 그렇고, 마코토가 돌아올 날이 오늘이었지?"

하고 화제를 돌렸다. 센다이의 도호쿠대학 경제학부에 재학 중인 마코토가 여름방학이 되어 집으로 돌아오게 되어 있었던 것이다.

"당신도 참, 마코토한테 아비와는 달리 허약한 녀석이라느니 남자는 좀 듬직해야 한다느니 말씀하시면서 아들 생각이 제일 나시는 모양이죠?"

"또 그 쓸데없는 소리."

시베리아 억류생활에서 풀려나 귀환했을 때, 초라한 복원복(復員服·제2차 대전 후 귀향병들에게 지급되었던 옷)을 입은 볼이 움푹 들어간 깡마른 아버지를 보고 '우리 아버지가 아냐' 하며 뒷걸음질 치던 마코토의 모습이 이키의 머릿속에 떠올랐다.

그 후 겨우 아버지를 따를 때쯤 되자 이키는 도쿄로 전근했으며, 줄곧 가정조차 돌볼 겨를이 없을 정도로 바빴다. 이어 제2차 방위계획의 FX 문제 등이 다시금 마코토의 가슴속에 어지러운 그림자를 남김으로써 아버지를 비판의 눈으로 보게 만들었다.

도호쿠대학 경제학부를 지원하겠다던 때만 해도 조금만 무리를 하면 도쿄대학이나 히토츠바시대학에 들어갈 수 있을 것이라고 이키가 고무하자, 야마가타에는 할아버지네 친척과 사촌들이 있는 데다 센다이가 좋아서 도호쿠대학을 선택했노라고 마코토는 말했다. 하지만 사실은 집을 떠나고 싶은 게 그의 솔직한 심정이었음을 이키는 훤히 알고 있었다.

어렸을 적에 휘어진 마음이 아직도 바로잡히지 않았음을 생각할 때, 이키는 그런 마코토가 너무나 가엾어 오히려 딸인 나오코보다 마코토를 향하는 마음이 더욱 애처로웠다.

"늦네. 혹시 날짜를 늦췄나?"

10시 반을 가리키는 시계를 올려다볼 때 대문 여는 소리가 들리고 현관문이 드르륵 열렸다.

"돌아왔습니다."

보스턴백을 든 티셔츠 차림의 마코토가 안방으로 들어왔다. 어머니를 닮아 선이 가는 얼굴이었지만, 짙은 눈썹과 한 일 자로 꽉 다문 입술에서는 결코 호락호락하지만은 않을 것 같은 성깔이 엿보였다.

"늦었구나. 저녁은?"

요시코가 반가이 맞아들이며 물었다.

"열차가 조금 늦었어요. 저녁은 도시락으로 때웠습니다."

"그럼 맥주라도 마시겠니?"

이키가 묻자 마코토는 식탁 앞에 앉아 컵에 따라준 맥주를 단숨에 들이켰다.

"저 녀석, 술 마시는 모양 좀 보게. 센다이에서 꽤나 마셔댄 모양이지."

"네, 약간."

"괜찮지. 내년 봄에는 사회인이 될 테고, 역시 남자라면 술쯤은 좀 마실 수 있어야 해. 그런데 취직자리는 정했느냐."

"입사하고 싶은 회사를 정했어요."

"그래? 어디로?"

"상사회사……"

너무나 뜻밖의 대답에 이키는 깜짝 놀랐다. 마코토가 자기와 똑같은 직업을 선택했다는 것은 이제까지 마음 한구석에 석연치 않은 감정이 도사리고 있던 자신과 마코토와의 사이가 활짝 열려 교류되기 시작했음을 뜻한다고 생각되어 기쁘기조차 했다.

"이쓰이물산을 생각하고 있어요."

"그래, 어째서 이쓰이물산으로 정했지?"

"이쓰이물산은 딴 데와 비교할 수도 없는 초일류 상사니까요."

일부러 들으라는 듯이 힘주어 말했다.

이키는 다소 불쾌했으나,

"그야 물론 천하가 다 아는 사실이지. 하지만 그곳은 도쿄나 히토츠바시 출신이 아니고는 행세할 수 없을 만큼 학벌 차별이 심한데 그 점이 어떨지 모르겠구나."

하고 아들의 장래를 걱정했다.

"나는 아버지 같은 육군대학 출신과는 인생관이 다르니까, 그런 점은 그리 신경 쓰지 않아요."

일부러 이키의 신경을 건드리며 맥주를 석 잔째 들이켰을 때 전화벨이 울렸다.

요시코가 수화기를 들려고 하자 이키가 말했다.

"만일 고이데한테서 온 전화면 아직 안 들어왔다고 하구려."

"여보, 고이데 씨는 옛날 항공기부에 근무하던……"

요시코가 걱정스럽다는 듯이 묻자 이키는,

"당신이 알 바 아니야. 어찌 됐든 고이데라면 내가 말한 대로만 전해줘."

하고 퉁명스럽게 말했다. 수화기를 든 요시코는,

"네? 오…… 오마키 선생님, 오마키 선생님이시라구요?"

하며 이키에게 수화기를 건네주었다.

"아, 오마키 상무님, 아까는 정말 실례가 많았습니다."

오마키는 불안한 목소리로 말했다.

"이키 상무님, 그 일로 뭔가 또……"

"아닙니다. 그 일이 아니라 내일 아쓰키 공장을 견학시켜 주시겠습니까?"

"네, 내일?"

오마키는 그 성급함에 놀란 듯이 되물었다.

"약간 생각하는 바가 있어서요. 그때 '115'를 보여주실 수 있겠습니까?"

"그건 저…… 아시다시피 신형차 시작실(試作室)에는 관계자 이외에는 그 누구도 출입할 수 없어서……"

오마키는 잠시 말끝을 흐리고 우물거리더니 결심한 듯이 말했다.

"좋습니다. 내 부하인 개발실 차장 아다치라는 사람을 찾아주십시오."

"알겠습니다. 실은 조금 전에 긴자에서 영업부문의 무라야마 전무를 만나 뵙고 아쓰키 공장을 견학해 달라는 권유를 받았습니다. 그럼 이치가야라는 이름으로 가겠습니다."

"아니, 무라야마 전무를 만나셨다고요? 그랬었군요. 아다치가 일단 공장을 안내하도록 하겠습니다."

"그럼 잘 좀 부탁드립니다."

이키는 전화를 끊었다.

이튿날 아침, 이키는 상무실에서 고이데의 전화를 기다렸다.

9시 정각에 전화벨이 울렸다. 고이데로부터 걸려온 전화였다.

"얼마 낸답니까?"

다짜고짜 액수부터 물었다.

"1백만. 그런데 고이데 군, 이런 일은……"

이키가 설득하려 하자,

"말도 안 됩니다. 그만한 정보에 그렇게 싼 값을 부르다니, 그게 어디 말이나 되나요? 더구나 이키 상무님이 중간에 개입했는데 말입니다. 누가 뭐래도 2백만은 꼭 받아야겠는데요. 그 이하는 한 푼도 양보할 수 없어요. 정 그런 식으로 나온다면 이 얘기는 아예 없었던 것으로 하지요."

이키는 마음이 싸늘하게 식어가는 것을 느꼈다.

"그래, 그렇다면 할 수 없지. 나는 손을 뗄 테니까 자네가 직접 교섭하도록 하게."

이키가 딱 잘라 말하자, 고이데는 한풀 꺾이는 눈치였다.

"이제야 이키 상무님의 본색이 드러나기 시작하는군요. 그런 식으로 이 교섭을 깨버리겠다 이건가요?"

"그게 아냐. 내가 저쪽에 이야기를 했더니 그쪽도 자네와 직접 교섭하자더군. 장소는 팔레스 호텔 507호, 시간은 정오. 현금을 준비할 테니 원본과 필름 원판을 넘겨달라더군."

"그래요? 좀 말이 통하는 군요. 이번 일로 수고가 많으셨습니다. 자아, 그럼 또."

하고 고이데가 전화를 끊으려 하자 이키는 급히 말했다.

"고이데 군, 취직 알선이라면 언제든지 해 줄 용의가 있네. 단 이런 종류의 얘기는 이번으로 끝내세. 부인은 자네가 하고 있는 일을 알고 계신가? 이봐, 고이데 군."

그러나 고이데는 아무 대꾸도 하지 않고 전화를 끊어버렸다.

수화기를 놓은 뒤, 이키는 즉시 가이베를 불러 고이데와 있었던 일을 간략히 들려주었다.

"치사한 녀석이로군요. 이키 상무님, 그런 녀석과 접촉해도 괜찮으시겠습니까?"

"하지만 한마디로 따돌릴 수는 없지 않은가. 그보다도 지요다자동차의 오마키 상무가 한 말에 의하면, 회사 내에서 영업진과 기술진 간의 대립이 심해지는 모양이야. 그에 대해 들은 말 없나?"

"그러고 보니 사토이 부사장께서 철강담당인 도모토 상무를 제쳐놓고 최근에 지요다자동차의 무라야마 전무와 자주 접촉하는 것 같다는 말을 들었습니다."

"그래? 그럼 나는 지금부터 지요다자동차 아쓰키 공장에 다녀오겠네만, 내 행선지를 밝히지 말게."

"그럼 택시를 준비하지요."

이키는 택시로 지요다자동차 아쓰키 공장으로 향했다.

도메이 고속도로를 달리다가 아쓰키 인터체인지에서 내려 잠시 달리자, 지요다자동차의 고급 중형차 엠페러와 신형차 레베카를 실은 트레일러가 나타나고 부품 메이커인 듯한 작은 공장들이 길 양옆으로 보이기 시작했다. 오전 10시 반이 약간 지나 아쓰키 공장 정문 앞에 택시가 이르자 수위가 서 있다가,

"약속 있으십니까?"

하고 물었다. 이키는 택시 창문을 열고 대답했다.

"기술개발실 차장 아다치 씨를 만나기로 되어 있습니다."

수위는 외래자 명부와 대조한 다음,

"이치가야 씨로군요."

하고 미리 통고받은 이름을 확인했다. 이키가 고개를 끄덕이자, 공장 내 택시 출입은 금지라면서 정문 안에 대기 중인 승용차로 5백 미터쯤 앞에 있는 3층 빌딩 현관 앞에 내려주었다.

현관 홀에 전시된 승용차 모형을 구경하고 있으려니까 회색 작업복

에 감색 넥타이를 맨 42세쯤 된 남자가 다가왔다.

"아다치입니다. 오래 기다리셨지요?"

"아닙니다. 바쁘실 텐데, 폐가 많습니다."

주위의 눈들을 의식하여 간단히 인사를 나누었다. 아다치는 접수창구 직원이 내준 외래객 배지를 이키에게 건네주며 말했다.

"번거롭지만 가슴에 달아주십시오. 그럼 안내하겠습니다."

이키를 차에 태운 아다치는 손수 핸들을 잡고 질서정연한 구획부지 안의 아스팔트 길을 달리기 시작했다.

"오마키 상무님으로부터는 프레스, 보디, 조립공장 등 세 군데를 먼저 한 바퀴 보여드리라는 지시를 받았습니다. 그래서 엔진과 차의 바닥에 관계되는 기계, 주물 공장, 도장 공장 등은 생략하기로 하겠습니다."

하고 아다치는 프레스 공장 앞에서 차를 세웠다.

커다란 건물 안으로 들어가자 입구 옆에 보디의 소재인 얇은 철강판 코일이 잔뜩 쌓여 있고, 흐름작업 순서에 따라 설치된 프레스 기계가 꽝꽝 요란한 소리를 내고 있었다.

아다치는 이키의 귀에 입을 대고 큰소리로,

"차의 보디는 천장 보닛, 도어, 트렁크룸, 뚜껑 등 대략 110점의 프레스 부품들로 구성되어 있는데, 작은 부품은 계열 메이커에 맡기고 여기서는 주요부품만 생산합니다."

하고 간략하게 설명해 주었다. 그 말을 듣고 가까이 가보니 1밀리미터 두께의 철판이 미끄러지듯 형틀 사이에 물리면서 꽝! 하는 고막을 찢을 것 같은 프레스 음향이 울리더니 다음 순간 판판한 철판은 도어 비슷한 모양의 요철을 가지고 다음 공정으로 흘러가 계속하여 도어의 원형이 만들어지는 것이었다.

"최신 설비란 이 프레스 공장의 경우 어떤 것을 일컫나요?"

이키 역시 큰소리로 물었다.

"예를 들면 현재 이 라인은 레베카의 앞쪽 도어를 만들고 있는데, 구 공장에서는 프레스 형의 단바꾸기부터 다음 프레스 가공의 공정으로 보내는 운반작업이며, 형누르기 등을 사람이 일일이 하는 바람에 평균 4시간이나 걸렸습니다. 하지만 오마키 상무님이 서독 메이커를 견학 중에 완전자동화된 공장설비를 보시고 기계 메이커에 자동화 설비를 개발시켜 사람 손도 시간도 3분의 1로 감소시킨 자동화 라인으로 전환된 것입니다. 즉 자동차 공장의 최신설비란 최소의 인원만으로도 안전하고 효율 높은 대량생산을 위한 것입니다."

아다치는 라인의 한 모퉁이를 가리켰다. 그렇잖아도 인원이 적은 공장 가운데서도 특히 그곳에는 사람 하나 없이 로봇의 손과 같은 기계가 컨베이어벨트를 타고 흘러온 프레스 가공된 도어를 한 장 한 장 집어 라인 옆 철책상자에 넣고 있었다.

"일본의 자동차 메이커들 중 이 아이디어를 최초로 실용화한 회사가 바로 우리입니다. 아직 충분하다고는 말할 수 없지만 가장 적절히 활용되고 있는 부문은 프레스 공장에서 만들어진 보디 부품의 용접입니다. 왜냐하면 자동차 한 대의 용접 부문은 약 4천 군데에 달하기 때문에 로봇에 의한 자동용접의 필요성이 더 절실합니다. 앞으로도 지속적으로 자동화를 추진해 나갈 계획입니다."

프레스 공장을 두루 살피고 난 뒤에는 보디 공장을, 그리고 마지막으로 조립공장에 이르렀다.

청색, 백색, 황색, 적색 등 가지각색으로 칠해져 산뜻하게 반짝거리는 레베카의 보디는 1천 미터 가까운 조립라인을 흘러가는 동안 엔진이 탑재되고 부품이 부착되어 차츰 완성되어 갔다.

이키는 컨베이어 라인을 움직여 가는 보디를 바라보며 물었다.

"자동차 한 대에 어느 정도의 부품이 필요합니까?"

"글쎄요, 작은 것까지 계산하면 아마 몇만 점이 되겠지요. 그런데 그것을 모두 정확히 효율적으로 조립하기 위한 설비가 굉장하답니다."

"한 차종에 평균적으로 소요되는 설비투자비는 얼마 정도입니까?"

"일률적으로 말할 수는 없습니다만, 승용차의 경우 설비만으로 10억 내지 15억은 소요될 것입니다. 이러한 흐름작업을 견학오신 분들에게 보여드리자면, 너무나도 간단히 라인에서 차가 줄줄이 생산되므로 마치 장난감 같다느니, 심지어는 폭리를 취하는 게 아니냐는 말씀을 하시는 분도 계십니다. 하지만 자동차산업이란 그렇게 안이하고 보잘것없는 것은 아닙니다."

아다치는 진지한 표정으로 말하며 생산라인 앞에서 걸음을 멈추었다. 그곳에서는 가솔린이 주입되고, 마지막으로 핸들이 장착된 레베카가 조립 라인에서 나와 브레이크, 누수 검사 라인으로 나가고 있었다. 그야말로 자동화된 공정 속에서 탄생한 자동차의 생명감이 절실하게 느껴지는 광경이었다.

이키가 물었다.

"신형차의 시작은 어디서 하고 있나요?"

아다치는 갑자기 목소리를 낮추더니 진지하게 말했다.

"지금부터 그곳으로 안내하겠습니다. 오마키 상무님도 그곳에서 기다리고 계시지만, 시작공장은 관계자 외 출입금지로 되어 있으니 그리 아셔야 합니다."

조립공장을 나서자 아다치가 운전하는 차는 녹지대를 가로질러 '지요다자동차 아쓰키 공장 기술 센터'라는 간판이 걸려 있는 4층 건물 앞에서 멈추었다. 아다치는 자기네가 일하는 개발실은 이 건물 4층에 있다고 설명한 뒤, 빠른 걸음으로 1층 복도를 지나 뒤뜰로 나왔다. 그곳에는 빈터를 사이에 두고 창고와도 같은 창문 없는 건물이 자리 잡고 있었다. 높은 담이 주위를 에워싼 가운데 출입금지 팻말까지 박혀 있었다. 아다치와 이키가 그 건물을 향해 다가서자 어디선지 새하얀 차 두 대가 달려왔다. 이키가 놀라 우뚝 서자 아다치가 넌지시 일렀다.

"순찰차니까 신경 쓰실 것 없습니다."

아다치가 신호처럼 손을 번쩍 들자 새하얀 순찰차는 아다치의 얼굴을 확인한 다음 다시 되돌아갔다.

대낮처럼 밝은 시작공장은 좀 전에 본 바 있는 흐름공장과는 완전히 달랐다. 이곳에는 군데군데 부품이 널브러져 있었으며, 작업복이며 장갑이 온통 기름투성이가 된 기술자들이 해머, 펜치 등을 들고 부지런히 부품을 만들고 있었다.

아다치는 그들 사이를 지나가면서,

"여기가 '115' 시작공장입니다. 한가운데 시트를 씌운 차체가 있지요? 저것이 바로 내년 봄에 선보일 신차 '115'입니다."

이키는 어제 고이데가 가져온 디자인 설계도를 머릿속에 그리며 슬며시 물어보았다.

"'115'는 어느 분이 제작하셨습니까?"

"레베카와 마찬가지로 오마키 상무님이 4년 전에 개발하신 차입니다."

아다치는 시트를 씌운 차체 저쪽에서 도면을 가운데 두고 엔지니어 두 사람과 얘기를 나누고 있는 오마키 상무를 발견하고,

"오마키 상무님은 이제 상무가 되셔서 신형차 개발 책임자 자리를

내놓으셨지만 일단 시작공장에 들어오셨다 하면 좀처럼 나가실 줄 모르고 열정적으로 일하셔서 비서들이 애를 태우곤 한답니다."

하고 일러주었다. 그의 말 속에는 오마키 상무를 존경하는 빛이 감돌고 있었다.

오마키는 이키가 바싹 다가설 때까지도 알아차리지 못하고 두 사람의 엔지니어에게,

"어쨌든 엔진 룸에 엔진을 넣을 때 무리가 생기면 꼭 개량해야 해. 현재 배기관의 위치를 약간 우회시키면 어떻겠나?"

하고 연필로 도면에 선을 그려가면서 물었다.

"아닙니다, 상무님. 그건 곤란합니다. 제가 쭉 배기관 설계를 해오면서 이건 움직일 수 없다고 판단한 만큼 엔진이나 보디 쪽에서 어떻게든 변경을 해줘야만……"

"아니지. 엔진도 스타일링도 이제 와서 변경할 수는 없어. 자네 쪽에서 내 지적대로 재검토해 주게. 절대로 무리한 변경은 아니니까."

또 한 사람의 엔지니어는 완강하게 고집을 피우면서 이키에게 의혹의 눈초리를 던졌다.

그제서야 오마키는 이키가 온 것을 알아차렸다.

"아, 오셨군요……"

오마키는 눈인사를 하고 나서, 두 엔지니어에게는 결론이 나는 대로 보고하라고 지시하더니 곧장 이키 옆으로 다가왔다.

"이키 상무님, 이것이 '115'입니다. 관계자 이외에는 아무도 보지 못했지만 보여드리지요."

진지한 표정으로 말한 뒤 아다치의 손을 빌어 직접 덮개를 벗겼다.

스포츠카를 연상시키는 '115'의 선명한 청색 차체가 이키 앞에 모습을 드러냈다. 이키는 눈이 부신 듯 그것을 바라보았다.

"이 '115'는 우리나라 승용차로서는 처음으로 미드십 엔진을 올렸고, 1600cc이지만 120마력 이상으로 최고 시속은 220킬로미터입니다. 고속도로 시대를 예상하고 개발했습니다. 빠르기는 말할 것도 없고 몇 시간이든 고속주행이 가능한 획기적인 신형차라고 할 수 있습니다."

담담한 말투였지만, 손수 만들어냈다는 데서 비롯되는 애정과 자신감, 그리고 약간의 불안감마저도 깃들어 있었다.

"이만큼 완성에 가까워졌는데도 아직 8개월이나 더 기다려야 출시됩니까?"

"8개월이라는 기간도 영업진에서 억지로 책정한 기간일 뿐, 기술적으로는 최소한 10개월은 더 필요합니다. 아직도 엄밀한 테스트를 거쳐 개량할 점이 몇십 군데나 됩니다."

오마키는 '115'에 다시 덮개를 씌운 뒤,

"요 뒤쪽에 테스트 코스가 마련되어 있는데, 가보시겠습니까?"

하고 앞장서서 걷기 시작했다.

건물 뒤쪽에 있는 테스트 코스를 '115'가 덮개를 뒤집어쓴 채 엄청나게 빠른 속도로 달려오더니, 순식간에 직선코스를 지나 급커브 경사를 타이어 소리도 요란하게 질주했다.

오마키는 나무 그늘 밑을 찾아가 담배에 불을 붙였다.

"내가 방금 '115'를 발매하기까지는 약 10개월이 더 소요된다고 했지 않습니까? 왜냐하면 엔진은 좋지만 안정적인 속도 증가력이 약해 그 결점을 기어이 보완하고 싶어 테스트 기간에 여유를 두려는 것입니다. 그런데 지금으로서는 8개월 후의 자금조달 전망이 어둡습니다. 아쓰키 공장 견학을 권한 까닭은 사실 이러한 상황을 직접 보여드리기 위한 것인데, 아시다시피 통산성으로부터 후코쿠자동차와의 제휴를 강력히 권유받고 있는 터에 올 3월에 통산성을 정년퇴임하신 전 무역진흥국장 아마카와 씨가 곧 우리 회사에 들어오실 예정입니다. 외국자본 상륙에 대비하여 회사 안에서는 다른 회사와의 합병이 부득이한 흐름이라고 내다보는 사람도 있는데, 영업담당 무라야마 전무는 이미 그런 방향으로 움직이는 것으로 알고 있습니다."

"그래요? 그런 구체적인 움직임이 있었군요."

"하지만 이키 상무님, 우리 기술진은 국내 메이커 중 굴지의 최신설비를 갖춘 이 아쓰키 공장과 기술로 독자생존하겠다고 강력히 주장하고 있습니다."

전 기술장교답게 솔직하고 박력 있는 태도로 주장했다.

"심정이 어떠신지 알겠습니다만, 귀사의 매출액은 금년 자동차업계 전반의 신장률이 지난해에 비해 60%나 뛰어오를 것으로 예상되는 가운데서도 저조한 게 사실 아닙니까."

"아이치나 닛신과 비교하면 밀리는 것은 사실입니다. 그러나 지요다자동차의 기술은 전 시마나카(島中) 비행기 계열로, 비행기 엔진을 만들던 엔지니어가 차 엔진을 만들기 때문에 같은 업종의 다른 회사차를 제치고 엠페러를 궁내청에 납품하는 영광을 누렸습니다. 이와 같이 자랑스러운 우리 기술진은 트럭 부문에서도 높은 기술력을 자랑하고 있습니다. 그럼에도 불구하고 신장률이 좋지 않은 이유는 판매망이 약해서입니다. 불량 대리점을 가지고 있는 데다 주거래은행인 다이산은행 자체가 자금면에서 여의치 못하여 뒤를 밀어주지 못하기 때문이지요. 만약 깅키상사에서 판매망 강화에 힘을 보태주신다면 독자생존할 가능성도 충분합니다. 이키 상무님, 힘을 좀 빌려주시지 않겠습니까?"

오마키는 진지한 눈빛으로 이키를 보았다. 이야기는 고이데가 가져온 '115' 신형차의 비밀촬영과 그것을 다시 사들이는 일에서 뜻밖의 방향으로 발전해 나갔다. 이키는 오마키의 당돌한 하소연에 잠시 조용히 생각에 잠겼다. 지요다자동차의 향배는 철강제 납품과 수출대리점을 맡고 있는 깅키상사에 있어서도 중요했다.

"이키 상무님, 아직은 자력으로 해나갈 수 있다는 것이 통산성의 판단이니 강제로 합병을 당할 필요는 없다고 봅니다. 썩 잘 아는 사이도 아닌 이키 상무님께 공연히 부담을 드리는 것 같습니다만, 우리 무라야마 전무와 손을 잡고 후코쿠자동차와의 제휴를 꾀하는 귀사 사토이 부사장님의 거동만이라도 좀 막아주셨으면 합니다."

"아니, 우리 사토이 부사장이 벌써 행동하기 시작했단 말입니까?"

이키는 어젯밤 르보아에서 함께 술을 마시던 사토이와 무라야마의 친밀한 분위기와 그곳에 자기 자신도 끼었던 일을 생각하며, 자본자유화를 눈앞에 두고 잽싸게 자동차업계 재편성에 발 빠르게 대응한 사토이에게서, 역시 잔뼈가 굵은 상사원다운 역량을 느낄 수 있었다. 이키는 눈앞의 테스트 코스를 몇 번이나 왕복하는 '115'를 바라보며 입을 열었다.

"오마키 상무님이 말씀하시는 독자생존에 대한 이야기는 제 나름대로 한번 생각해 볼 기회를 주십시오."

마루노우치의 깅키상사로 돌아온 이키가 서둘러 엘리베이터를 타러 가는데 마침 중역용 엘리베이터에서 내린 사토이와 정면으로 마주쳤다.

극비리에 지요다자동차를 찾아갔다가 돌아오는 길임을 알 리가 만무하다고 생각하면서도 이키는 얼떨결에 발걸음을 멈추고,

"부사장님, 어디 나가십니까? 엊저녁에는 덕분에 즐거운 시간을 가

졌습니다."

하고 가볍게 말을 걸었다.

"음, 무역회의 이사회에 사장 대리로 나가는 길일세."

사토이 부사장은 매우 바쁘다는 듯이 얼른 대답하더니 대기 중이던 벤츠에 올랐다.

한 달 중 절반 이상을 오사카 본사에 있는 다이몬 사장 대신 참석하는 회합을 그런 대로 즐기는 것 같은 사토이는 이키가 어디에 갔다 오는지 별 관심 없는 듯 했다.

이키는 안도의 숨을 내쉬며 업무본부로 올라갔다.

"본부장님, 가이베 선배로부터 전화 왔습니다."

젊은 사원 말에 이키는 얼른 수화기를 들었다. 가이베의 흥분한 목소리가 들려왔다.

"본부장님, 포크 2세가 하늘에서 내려옵니다."

"무슨 말인가, 대체?"

이키가 영문을 몰라 묻자,

"미국의 포크 2세가 느닷없이 자가용 제트기를 타고 홍콩에서 하네다공항으로 날아온다는 말씀입니다."

하고 가이베가 숨가쁜 목소리로 대답했다.

"가이베 군, 차분하게 얘기해 보게나."

이키가 타이르듯 말하고 나서야 가이베는 간신히 제정신이 돌아온 듯 말했다.

"외무성의 아메리카국에 있다가, 미국대사관에서 자동차왕 해리 포크의 자가용 비행기가 하네다공항에 착륙하도록 해달라는 요청이 들어온 것을 우연히 들었습니다."

갑작스러운 포크자동차 회장의 일본 방문에 이키 또한 놀라지 않을 수 없었다.

"그래, 무슨 일로 포크 2세가 일본에 온단 말인가?"

"거기까지는 아직 모릅니다. 지금 아메리카 국에서는 과장이 운수성으로 전화해 어떻게든 착륙시키라고 아우성이지만, 아무래도 국제선의 이착륙으로 혼잡한 시간대라서…… 어쨌든 지금 외무성 지하층 공중전화에 있는데, 좀 더 알아보고 다시 전화 드리겠습니다."

"가이베 군, 잘했네. 포크 2세가 누구하고 어디로 가는지 바싹 뒤쫓도록 하게."

미국 3대 메이커 중 최고인 포크자동차의 소유주 포크 2세의 갑작스러운 일본 방문으로 이키의 마음은 적잖이 설레었다.

공중전화를 끊은 다음, 가이베 가나메는 다시 아메리카국으로 돌아갔다.

"아니, 가이베 씨. 아직도 있었어요? 무슨 다른 용무라도?"

와이셔츠에 넥타이를 단정히 맨 과장보좌(課長補佐 · 우리나라의 사무관에 해당)는 이상하다는 듯이 물었다.

"아니, 담배를 사려고 잠깐 매점에 들렀다 오는 길입니다. 그래서 우리 사장이 앨리슨 차관보를 면회하는 날짜는 결국 8월 25일 오후 2시 40분에서 3시 사이 데이코쿠호텔이라 이 말씀인가요?"

"그 문제는 아까 이미 정해드리지 않았던가요?"

"아참, 그렇지. 그런데 그건 어떻게 되는 건가요? 포크 회장의 일본 착륙 말입니다."

가이베는 아메리카 과장 자리 쪽을 힐끗 보며 아까부터 운수성 항공국과 장시간 통화 중인 과장의 말소리에 쫑긋 귀를 세웠다. 아메리카 과장은 울화통이 치미는지, 미국대사관의 강력한 요청이니까 포크 2세의 착륙을 허가해 달라고 사정 비슷하면서도 엄포를 놓듯이 얘기하

고 있었다. 가이베는 어깨를 으쓱하더니,

"아직도 승강이가 안 끝난 모양이군요. 꽤나 속 썩이는군."

하고 말을 건넸다. 그러자 과장보좌는 골치 아프다는 듯이 말했다.

"항공국 친구들은 황소고집이라서 탈이야. 국제외교면에서 볼 때 이러쿵저러쿵할 만한 것도 안 되는 걸 가지고."

"하지만 제아무리 자동차 왕 해리 포크라 해도 느닷없이 하네다에 착륙하겠다니, 좀 지나친 처사가 아닐까요? 미 공군의 요코다 기지에 내리면 될 텐데 말입니다."

"그런데 포크 2세는 그게 싫다는 거요. 어디까지나 일본의 공식 현관인 하네다 국제공항을 통해 들어오시겠다 이거거든. 항공국 친구들 어쩌구 투덜댈 게 아니라 재팬항공의 여객기 한 대쯤 다른 곳으로 돌리면 되는데, 왜 고집을 피우는지 모르겠어."

원래 성향이 그래서 그런지 과장보좌는 철저히 미국 편이었다.

그때 운수성과 통화 중이던 아메리카 과장의 목소리가 한층 더 높아졌다.

"어쨌든 미국대사관에서는 독촉이 불 같으니, 언제까지나 회답을 미룰 수는 없는 일입니다. 만일 그런 식으로 나오면 국무성에서 직접 전화를 걸도록 조처하겠다는 겁니다. 더 이상 시간을 끌다간 문제가 수습할 수도 없게 되겠지요. 그럼 그쪽에서 모든 책임을 지는 것으로 알아도 되겠습니까?"

아메리카 과장은 마지막 카드를 점잖게 내놓더니,

"네? 아, 그래요? 그럼 협조해 주시는 겁니까? 좋습니다. 즉시 미국대사관으로 OK전화를 걸 테니, 하네다 쪽은 잘 알아서 처리해 주시기 바랍니다."

하고 나서 전화를 끊었다.

8월 한낮의 해가 내리쬐는 하네다공항은 포크 2세의 자가용 비행기가 갑작스레 착륙한다는 소식에 그 준비로 야단법석을 떨고 있었다.

이윽고 기사라즈 상공에 두 대의 제트기 윤곽이 드러나기 시작했다. 그러더니 바다 저쪽으로부터 C활주로로 진입, 노란 램프를 단 팔로우미카에 무사히 유도되어 스파트로 들어가 정지한 다음 트랩이 내려지자 파란색 번호판을 단 미국대사관 외교관 차가 미끄러지듯 그 밑에 대기했다. 1등 서기관의 출영이었다.

가이베는 송영대 한쪽 끝에 서서 미국의 기업과 정부의 밀착을 지켜보고 있었다.

자가용 제트기의 문이 열리면서 포크 2세의 모습이 나타났다. 건장한 체구에 상의를 오른팔에 걸치고 와이셔츠를 입은 간소한 차림으로 부인과 네댓 명의 수행원을 대동한 채 트랩에서 내리자마자 외교관 차에 올라타더니, 짐은 재팬항공의 소형화물차에 싣고 세관을 향해 달렸다.

그 사이에 몰려온 신문기자들은 포크 2세를 마중 나온 미국대사관 서기관에게 기자회견을 요청했다. 서기관은 난처한 듯, 포크 2세는 하네다공항에서 급유와 통관만 할 예정이라서 기자회견을 가질 수 없다고 거절했다. 그러자 기자들은 일본의 공식 현관인 하네다 국제공항에 착륙을 강행, 입국하는 한 이 나라 기자단과 회견을 갖는 게 일종의 예절이 아니냐고 다그쳤다. 정 그렇다면 공식 기자회견이 아닌, 자유로운 방일담화 형식으로 15분만 시간을 할애하겠다는 조건부로 겨우 승낙했다.

그리하여 공항 빌딩 2층의 귀빈실이 급히 회견장으로 마련되었고, 기자들이 우르르 몰려들었다. 각 신문사 기자들이 채 모이기도 전에 포크 2세의 담화 취재가 시작되는 어수선한 상황 덕분에 가이베 역시 그 틈새에 슬그머니 끼어들 수가 있었다.

통관을 마친 포크 2세는 은회색 양복 속에 엷은 핑크색 와이셔츠 차림으로 젊은 부인과 해외담당 부사장, 극동지배인, 법률고문을 대동하고, 미국대사관 직원들에게 둘러싸인 채 들어섰다. 그런데 거기에 얼핏 도쿄상사의 수송기 본부장인 사메지마의 모습이 눈에 띄었다. 가이베는 자신의 눈을 의심했다. 사메지마가 포크 부인에게 선물할 커다란 꽃다발을 안고 얼굴 가득 미소를 띤 채 뒤따르고 있었다. 포크사의 일본 판매대리점도 아닌, 중고외제차를 수입하는 도쿄상사의 사메지마가 어떻게 포크 2세의 갑작스런 일본 방문을 알고 이런 자리에 얼굴을 내밀게 되었는지, 가이베로서는 도저히 납득할 수가 없어 머리가 지끈거릴 지경이었다.

포크 2세가 못마땅한 얼굴로 해외담당 부사장, 극동지배인, 법률고문들과 함께 기자회견석 한가운데에 앉았다.

기자단으로부터 첫번째 질문이 나왔다.

"포크 씨, 오늘 느닷없이 하네다공항에 착륙, 일본을 방문한 목적은 무엇입니까?"

"동남아시아 8개국을 순방한 뒤 돌아가는 길에 일본에 잠시 들르고 싶어 주일 미국대사관에 연락, 착륙한 것뿐입니다. 나는 1년 중 태반을 이곳저곳 해외여행을 합니다. 오늘의 일본 방문도 그런 해외여행 중의 하나입니다."

"일본에서 하실 일은?"

"별로 이렇다 할 일은 없지만, 관광도 좀 하고 겸사겸사 일본 자동차 메이커를 견학하고 싶습니다. 그래서 우리 일행은 잠시 후 히로시마로 직행할 예정입니다."

순간 기자석에 동요가 일어났다. 히로시마는 도와(東和)자동차의 아성이기 때문이다.

"그럼 도와자동차를 방문하는 겁니까?"

"그렇소. 유명한 '로터리엔진'을 보러 갑니다."

"도와자동차 외에 다른 자동차 메이커도 견학할 예정입니까?"

"지금으로서는 생각이 없습니다."

그러자 한 기자가 도전적으로 물었다.

"당신은 딱정벌레(폭스바겐)에 이어 일본의 어느 메이커를 뭉개버릴 속셈인가요?"

"나는 벌레 한 마리 죽일 생각이 없습니다. 내 머릿속에는 온통 시장경쟁에 대한 생각뿐입니다. 나는 포크 회사의 차를 더 많이 세계 각지에 팔아서 우리 회사 주주들에게 더 많은 배당을 줄 생각만 하고 있습니다."

포크 2세는 구레나룻을 길게 기른 얼굴로 단호하게 대답했다.

"그러나 작년에 서독을 방문했을 때 당신은 그 나라 기자들에게, 일본의 자동차 메이커는 헬로라는 인사도 하지 않고 슬며시 상륙하여 미국 시장을 뒤흔들어놓고 있다. 미국의 2대 메이커에게는 '폭스바겐보다 일본 자동차가 훨씬 더 위험하고 두려운 존재다'라고 말하지 않았던가요?"

날카로운 질문이 꼬리에 꼬리를 물자, 포크 2세는 빙그레 웃으며 도전적인 태도로 대꾸했다.

"바로 그겁니다. 일본의 자동차산업은 이제 서독을 앞질러 미국 다음가는 규모로 성장했습니다. 게다가 우리의 상식으로는 생각할 수도 없을 정도로 싸게 제작하여 헐값에 미국 시장으로 수출하고 있어요. 그런데도 불구하고 일본 정부는 미국에서 일본으로 수출하는 차에

40%라는 어처구니없는 관세를 물려 여전히 자본자유화를 막으려 하고 있습니다. 그것에 대해 가벼운 비판을 했을 뿐입니다."

"그렇다면 당신이 히로시마로 가는 것은 도와자동차와의 제휴에 관한 협의를 하기 위해서입니까?"

"아닙니다, 오늘의 방문목적은 공장견학입니다."

"이번 견학은 일본측 상사 같은 제3자가 알선한 겁니까?"

도쿄상사의 사메지마가 그들 사이에 끼어 있음을 깨닫고 무엇인가가 있다고 느낀 어떤 기자의 질문에 포크 2세는 천천히 고개를 저었다.

"아닙니다. 그런 중개자가 필요할 이유가 없습니다. 내가 직접 홍콩에서 전화했습니다."

그때 갑자기 도쿄상사의 사메지마가 일어서서 말했다.

"나는 도와자동차의 마쓰시다 사스케 사장과 개인적으로 친분이 두텁습니다. 그래서 오늘은 개인적인 자격으로 예고 없이 일본을 방문한 포크 내외분을 맞아 꽃다발을 드리기 위해 나왔습니다. 다시 말해 안내자 역할일 뿐입니다. 핫핫핫."

사메지마는 커다란 꽃다발을 안은 채 이상한 웃음을 터뜨렸다. 기자들은 모두 어리둥절한 표정을 지었다. 이로써 중개자에 대한 질문은 불발로 끝나버렸다.

"그럼 현재 당신의 목표는 무엇입니까?"

"나의 부친은 미국을 차 위에 올려놓겠다고 하셨지만, 나는 세계를 차 위에 올려놓고 싶습니다. 자, 그럼 미안합니다. 여러분, 안녕히!"

막 자리에서 일어나려 하자 맨 앞줄의 젊은 기자가,

"당신의 쌍발 제트기가 히로시마 공항 활주로에 착륙하기란 그리 쉬운 일이 아닐 것입니다."

하고 유창한 영어로 말했다. 그러자 포크 2세는,

"연료와 적재물을 줄인다면 그다지 어렵지 않겠지요."

하고 퉁명스럽게 대꾸한 뒤 자리에서 일어났다. 이어 부인과 나란히 서자, 도쿄상사의 사메지마가 안내역을 맡으려는 듯이 꽃다발을 안은 채 문을 열고 앞장서서 나갔다.

이윽고 포크 2세를 태운 자가용 제트기는 기자단의 눈길을 뒤로한 채 히로시마를 향해 날아갔다. 비행기에 사메지마가 동승했음을 확인한 가이베는, 이키에게 보고하기 위해 곧장 공중전화로 달려갔다.

미야시마 섬의 이쓰쿠시마 신사의 주홍색 오도리이(大鳥居·신사 앞에 세워둔 대문과 같은 것. 우리나라의 일주문과 흡사함)는 밀물 때만 되면 바다 가운데의 누각인 양 둥실 떠올라 석양을 받고 눈부시게 되비쳐 우아한 주홍색으로 반짝인다.

이쓰쿠시마 신사의 오도리이가 마주 보이는 도와자동차의 영빈관 홀에서 포크 2세 일행은 차를 마셔가며 잠시 동안 넋나간 사람들처럼 그 광경을 바라보고 있었다.

"포크 부인, 아키의 미야지마 섬은 마음에 드셨습니까?"

도쿄상사의 사메지마 다쓰조는 몸에 착 달라붙어 몸매가 뚜렷이 드러나는 원피스를 입은 우아한 포크 부인에게 물었다.

"아주 훌륭하군요. 며칠간 더 머물고 싶어졌어요."

포크 부인은 주홍빛 오도리이를 가리키며 감탄사를 연발했다. 그러자 옆에 앉아 있던 도와자동차의 마쓰시다 사스케는 쭈글쭈글하고 무뚝뚝해 보이는 얼굴에 활짝 웃음꽃을 피웠다. 포크 2세가,

"오오, 아내 마음이 그렇게 변했다간 정말 큰일이지. 자자, 빨리 회의로 들어갑시다."

하고 농담으로 받아넘기자, 긴장감이 감돌던 도와자동차 중역들 사이에서 엷은 웃음이 감돌았다.

곧 부인들은 뱃놀이를 떠나고 포크와 도와자동차 중역들은 영빈관 안쪽 임원회의실로 자리를 옮겼다. 20여 평의 방에 푹신푹신한 양탄자가 깔렸으며, 직사각형의 커다란 테이블을 가운데 두고 포크 2세와 해외담당 부사장, 극동지배인, 법률고문 등이 한쪽에 자리 잡고 나란히 앉았다. 그 맞은편에 도와자동차의 마쓰시다 사스케 사장 이하 기술, 영업, 재무담당 중역들과 도쿄상사의 사메지마가 앉았다. 이윽고 회의가 시작되었다. 통역은 사메지마가 맡았다.

포크 2세는 하네다공항의 기자회견에서 어디까지나 단순한 공장견학이라고 잘라 말했지만, 사실 도쿄상사 사메지마의 중개로 도와자동차와 극비리에 모종의 회담을 가질 예정이었던 것이다.

자리에 앉기 바쁘게 포크는 비로소 앞좌석의 마쓰시다 사장에게 노골적으로 불만을 토로했다.

"오늘의 공장견학은 매우 유익했습니다. 다만 로터리엔진 제조공장을 보여주지 않은 점은 매우 유감스럽습니다. 모처럼 히로시마까지 날아온 보람을 얻지 못한 것 같습니다."

전쟁 전만 해도 보잘것없는 거리의 대장장이에서 출발, 전후에 재빨리 독일의 방켈 사로부터 로터리엔진의 기본 특허를 매입해 15년간 불타오르던 정열과 집념의 결과, 상용화에 성공한 마쓰시다 사장은 작은 체구에 보잘것없는 풍채의 소유자였다. 그러나 유나이티드 모터스나 포크사조차도 실패한 로터리엔진을 개발한 데서 비롯된 자부심에 겨워,

"죄송하지만 그것만은 보여드릴 수 없습니다."

하고 히로시마 사투리로 말하며 완강히 고개를 젓자 포크는,

"프레지던트 마쓰시다는 미 국무성에서 요청해도 안 된다고 대답할 사람 같군."

하고 입맛을 다시며 비꼬았다. 산전수전 다 겪은 사메지마도 자가용 제트기로 착륙을 강행하는 포크 2세와 고집덩어리 마쓰시다 사스케의 틈바구니에서 일이 잘 풀리지 않는 바람에 다소 초조한 느낌이 들었으나,

"로터리엔진 얘기는 뒤로 미루고, 오늘의 본론인, 지난 1년간 우리 회사가 중간에서 극비리에 추진시킴으로써 오늘에 이른 포크사 자동변속기의 미·일 합자회사 설립에 대한 일부터 마무리하기로 합시다."

하고 재치 있게 회의를 진행시켜 나갔다.

일본 차는 브레이크, 액셀러레이터, 클러치의 쓰리 페달인 데 비하여 미국에서는 클러치가 자동화되어 브레이크, 액셀러레이터의 투 페달로 바뀌었기 때문에 해외시장에서의 경쟁에서 이기려면 자동변속기의 도입은 필수였다. 그 자동변속기의 기술제휴 상대로 포크사가 도와자동차를 지목한 것은 물론 로터리엔진을 가지고 있기 때문이었다. 1975년 배기가스 규제가 실시되는 미국의 자동차 메이커들로선 공해가 적은 로터리엔진이야말로 꽤 매력적인 것이어서 자동변속기의 기술제휴를 바탕으로 앞으로 도와자동차와 인연을 맺어두고 싶었던 것이다.

한편 도와자동차에서도 사메지마를 통하여 제휴 얘기가 거론되자, 귀신 같은 솜씨로 포크사의 자동변속기 구조를 철저히 조사한 결과, 특허권이 2만 점이나 되어 제아무리 기를 쓰고 벗어난다 할지라도 3천 점은 걸릴 수밖에 없다는 사실을 확인했다. 결국 제휴교섭에 응할 작정으로 도쿄상사를 통해 협의를 진행시켜 왔는데, 가장 문제가 되

는 것은 양측 회사의 출자비율이었다.

포크 2세는 자기 옆에 앉은 해외담당 부사장으로부터 두툼한 서류뭉치를 받아들고,

"포크사와 도와자동차의 자동변속기 합자회사 출자비율은 포크 51%, 도와 49%가 어떻겠습니까? 우리 회사는 100% 출자를 원칙으로 하고 있으나, 일본의 특수사정을 감안하여 최대한 양보한 것입니다."

하고 더 이상은 한 발짝도 양보할 수 없다는 오만한 태도로 잘라 말했다. 그러나 설사 51%라 할지라도 과반수를 차지하는 주주 지배권을 포크사가 쥐게 된다는 데에는 변함이 없었다. 마쓰시다 사장은 불쾌했던지 입을 오므리며,

"그건 어딘지 경우에 틀린 말 같군요. 합자회사를 일본에 설립하는 이상 출자비율은 어디까지나 대등해야지, 그렇지 않고는 동의할 수 없소이다. 포크 씨에게 이 점을 분명히 전해 주시오."

하고 사메지마에게 말했다.

포크 측은 네 사람이 얼굴을 맞대고 숙의를 거듭하더니, 갑자기 포크 2세가 울화를 터트렸다.

"우리 포크사가 뭣 때문에 51% 이하로 출자를 양보해야 하는지 도무지 이유를 알 수 없습니다. 이해도 안 가는 일에 오케이할 수는 없는 노릇입니다."

단호한 이 말에 제휴교섭은 금방이라도 결렬될 것 같은 험악한 기운이 감돌았다. 그렇다고 이미 문 먹이를 놓칠 사메지마는 결코 아니었다.

"포크사장님, 일본 통산성은 외국 자본과의 합자는 비율이 대등해야 한다고 강력히 요구하고 있으니, 설사 51%에서 응낙하는 어떤 회사가 있다 해도 쉽사리 통산성의 인가를 얻어낼 수는 없을 것입니다.

그럴 경우, 이 문제는 포크사에서 한걸음 양보하여 50%로 낮추고 도와는 49%를 차지하며 나머지 1%에 대해서는 도쿄상사가 권리를 가지는 게 어떻겠습니까?"

양측의 입장을 모두 만족시키는 노련한 사메지마의 제안이었다.

포크측에서는 사메지마의 그와 같은 제안에도 불구하고 여전히 강경한 자세를 취했다. 그러나 마쓰시다의 눈에는 순간적으로 미묘한 변화가 떠올랐다. 때를 놓칠세라 사메지마는,

"마쓰시다 사장님은 포크 50%, 도와 49%, 도쿄상사 1%의 비율이라면 무방하다는 생각이신 듯합니다. 그렇다면 이젠 포크사의 용단을 기대할 뿐입니다. 혹시 우리 회사에서 1%를 출자한다는데 이의라도 있으십니까?"

하며 어떤 암시라도 주듯 포크 2세의 눈을 뚫어지게 바라보았다. 포크 2세 또한 그 눈빛에 담긴 의미를 간파하려는 듯 다갈색 눈을 한참 마주 보았다. 그러더니 갑자기 표정을 누그러뜨리며 옆자리의 해외담당 부사장, 법률고문과 더불어 잠시 숙의한 끝에 입을 열었다.

"좋습니다. 포크사의 내력으로 보아 도저히 생각조차 할 수 없는 결단이지만 사메지마 씨의 열의에 보답하는 뜻에서 기본적으로 합의하기로 하겠습니다."

말을 마친 뒤 자리에서 일어나 마쓰시다 사장에게 손을 내밀자, 마쓰시다 역시 슬며시 일어나 악수를 했다. 순간 사메지마의 가늘게 뜬 눈에 기쁜 빛이 넘쳤다.

"축하합니다. 앞으로의 임원 구성이나 자본금, 자금조달, 판매망 등에 대해서는 우리 회사가 시종 중간에 나서서 양쪽 회사의 의향이 완전히 반영될 수 있도록 노력할 것을 약속합니다. 그럼 오늘은 자동변속기의 합자회사 설립에 대해 합의를 본 것으로 일단락 짓는 게 어떻

겠습니까? 그러나 오늘 이 자리에서 합의를 본 사항은 조인에 이를 때까지 통산성은 물론 관계 방면에 대해서도 극비로 해주시기 바랍니다."

도쿄상사가 차지하겠다던 1%의 지분은 만약의 사태가 일어났을 경우엔 포크사쪽으로 흘러가는 것이었다. 사메지마는 1%분의 자금 또한 포크사에게 부담시킬 속셈 같았다.

포크사가 전례 없는 양보를 한 까닭은 도와자동차와 더불어 합자회사를 설립함으로써 일본 진출에 큰 발판을 구축할 수 있다는 기대감과 목적 때문이었다. 이와 같은 기업목적은 외자도입 지향형인 상사회사의 목적과 일치했다.

도쿄의 가스미가세키에 있는 통산성 중공업국의 자동차과는 포크 2세의 일거수일투족에 온 신경을 집중시키고 있었다.

히로시마 공항에서 하네다로 돌아온 포크 2세 일행이 데이고쿠호텔에 스위트룸을 포함하여 다섯 개의 방을 4일 동안 쓰기로 예약해 두었음을 알고, 무슨 목적으로 4일간이나 도쿄에 머무르려는지 궁금해 하면서도 좀처럼 그에 대한 정보를 입수할 수 없었다.

아이치, 닛신, 지요다자동차를 포함한 자동차 메이커들과 딜러들이 뻔질나게 자동차과로 문의해 오는데도 포크 일행에 관한 것은 무엇 하나 제대로 대답할 수가 없었다.

"아이자와 과장님이 보이지 않는데, 어디 가셨나요?"

후코쿠자동차의 영업부장이 불만스러운 빛으로 과장보좌에게 물었다.

"과장님께선 지금 차관실에서 열리는 긴급회의에 참석 중이십니다. 미국 3대 메이커 중 한 회사가 왔다고 당장 어찌되는 것도 아닌데 그렇게 새파랗게 질릴 필요가 있습니까? 제발 정신 좀 차리시오."

하고 태연한 척했지만, 그 역시 여느 때보다 음성이 높아져 있었다.

"정신 차리라고 하지만 아이치나 닛신이라면 몰라도 우리 같은 중소 메이커들은 포크사가 대체 무슨 목적으로 일본에 왔는지 알아내기 전에는 앞으로 나흘간 숨조차 제대로 못 쉴 거라 이겁니다. 당국으로서 어느 정도 추측이 가는 점이라도 있다면 어떤 것이 있을까요?"

후코쿠자동차 영업부장이 다시 물고 늘어졌을 때,

"쓰지 씨, 잠깐."

하고 아이치자동차 총무부장이 급히 쓰지 과장보좌 옆으로 다가와 귀엣말로 속삭였다.

"아니, 경제단체 총연합회의 오쿠노 요시오 씨가?"

과장보좌는 깜짝 놀랐다. 오늘 저녁에 포크 2세가 일본 최대 증권회사 사장이자 경제단체 총연합회 외국자본위원장인 오쿠노 요시오와 만난다는 정보였다.

일본 산업계의 정곡을 찌르는 포크 2세의 재빠른 동작에 통산성은 한층 더 신경을 곤두세웠으며, 통산성 출입 신문기자들은 멋모르고 데이코쿠 호텔로 몰려드는 재계인들의 움직임에 대하여 자동차과 주변에서 귀엣말로 주고 받느라 한창이었다.

"이건 마치 에도시대의 구로부네(黑船 · 쇄국정책을 쓰던 에도시대에 미국 군함이 일본에 모습을 나타냄으로써 일어난 소요. 그때의 군함을 구로부네, 다시 말해 검은 배라 불렀음)와 다를 바 없군."

"그야 그럴 수밖에. 구로부네 소요 당시의 미국 제독 해리스 아닌 포크 2세에게 바칠 오키치(吉 · 당시 막부의 관리가 해리스의 첩으로 바쳤던 여자)는 과연 어느 회사가 될까?"

야유하는 듯한 말투였으나, 그러는 신문기자들도 가만 있을 수만은 없었던지 잽싼 걸음으로 자동차과를 나서고 있었다.

긴급회의를 마친 자동차과장 아이자와가 제자리에 돌아온 것은 그로부터 약 30분이 지난 후였다. 흰 살결에 깡마른 체구의 그는 실내를 빙 둘러보고 나서,

"도쿄상사 수송기 본부장은 아직 안 왔는가?"

하고 큰소리로 물었다. 조금 전까지만 해도 자동차 메이커의 부장급들과 신문기자들에게 둘러싸여 있던 과장보좌는,

"좀 전에 도쿄상사에 전화해 봤습니다만 사메지마 본인과는 아직 통화하지 못했습니다. 잘은 모르겠지만 슬슬 피해 다니고 있는 것 같습니다."

하고 괘씸하다는 표정으로 힐난했다.

자동차 산업이 일본 수출 산업으로 크게 성장할 때까지는 자본자유화정책을 막을 생각인 자동차과로서는 포크 2세의 안내역을 자처한 도쿄상사의 사메지마 다쓰조를 그냥 내버려 둘 수는 없었다.

아이자와 자동차과장은 미간을 잔뜩 찌푸리며,

"좋아, 도쿄상사가 그런 식으로 나온다면 내게도 생각이 있어."

하고 힘주어 말했다. 9년 전 아이자와는 프랑스 주재 일본대사관에서 근무할 당시 유럽 경제에 대해 공부했으며, 3년 후 본국으로 다시 불려 들어오고부터는 그 예리한 국제감각을 높이 평가받아 통산국 정책과에서 일본의 무역정책 입안에 참가했다. 작년에 중공업국 자동차과장으로 발탁된 엘리트 관료인 그는, 차가운 인상을 풍기는 외모와는 달리 다혈질적인 인물이었다.

"그런데 차관실에서 열린 긴급회의는 어떻게 되었습니까? 조금 전에 아이치자동차의 총무부장이 왔었는데, 포크 2세가 오늘밤 경제단체 총연합회 외자위원회 오쿠노 씨를 만난다고 합니다."

과장보좌의 말에 아이자와 과장이 대답했다.

"그래? 아이치자동차의 정보는 역시 빠르군. 아까 차관실에서 오쿠노 외에도 이쓰비시은행, 일본산업은행과 일본증권 등에서도 줄줄이 면회를 요청하더군. 이른바 포크 참배가 행해지는 판국이니 정말 한심하기 짝이 없어. 증권회사나 은행이나 너나할 것 없이 외국자본과 손만 잡으면 돈을 벌 수 있다고 눈에 불을 켜고 있으니까. 그렇다고 포크 참배를 막을 만한 묘안이 있는 것도 아니고. 오늘밤에 신키라쿠에서 열리는 재계 인사들의 모임에 히사마쓰 통산성 대신께서 친히 참석, 통산성의 자동차정책에 대해 설명해 주기로 하셨거든."

"그래요? 히사마쓰 대신이라면 지난 봄 워싱턴에서 개최되었던 미·일 경제각료회의에도 참석하셨고, 국가 경제에 비전을 가지신 분이니까 아주 잘된 일이로군요."

한시름 놓은 표정으로 과장보좌가 말했을 때, 느닷없이 한 남자가 그 곁으로 바싹 다가섰다.

"아이구, 안녕하십니까, 진작 찾아뵙는다는 게 이렇게 늦어져서 정말 죄송합니다."

도쿄상사의 사메지마 다쓰조가 아이자와 자동차과장에게 잔뜩 고개를 조아리며 말했다. 아이자와는 힐끗 보고 나서 말했다.

"포크 2세의 방일에 관련된 당신의 역할을 좀 말씀해 주시겠습니까?"

"포크 2세가 왔다 해서 이렇게 소동이 벌어질 줄은 정말 꿈에도 몰랐기 때문에 그만 보고가 늦어졌습니다. 사실 이번 일에 관해서는 마침 당사가 중고외제차를 취급하고 있는 관계로 이전부터 포크 씨와 안면이 있었습니다. 그런데 도와자동차의 로터리엔진을 한 번 보았으면 해서 정 그렇다면 동남아시아에 오신 길에 소개해 드리겠다고 했고 안내 통역이나 할 겸 가볍게 응한 것뿐입니다."

사메지마는 애써 아무 일도 아니라는 식으로 말했다.

"사메지마 씨, 좀 더 솔직하게 말씀해 주실 수는 없겠습니까? 나는 유럽에 있었기 때문에 영국, 프랑스, 서독, 이탈리아의 자동차 메이커들이 어떤 경로로 미국의 3대 메이커에 먹히고 말았으며, 그 나라 경제나 많은 관련 기업들이 얼마나 극심한 영향을 받았는지 직접 봐왔지요. 그러므로 미·일간의 통산회의에서 미국의 3대 메이커가 일본 상륙을 강력히 주장해도 통산성은 향후 이삼 년간은 인정할 수 없다고 분명히 밝히고 있습니다. 바로 그 점을 당신도 분명히 인식해 주시기 바랍니다."

"물론 통산성의 태도는 잘 알고 있습니다. 그러나 우리 상사원들도 늘 국익을 염두에 두고 활동하고 있지요."

"하지만 사메지마 씨, 당국이 도와자동차의 사정을 보고받은 바, 도쿄상사는 포크사와 도와자동차의 자동변속기 합자회사 설립을 중개했다더군요. 지금 포크사와의 합자회사가 설립될 경우, 그것이 기정사실이 된다면 자본자유화에 가속도가 붙게 되는지도 모릅니다. 더구나 포크사의 출자 비율은 50%, 도와자동차는 49% 그리고 도쿄상사가 1%라는데, 도쿄상사의 이 1%는 없애고 포크사와 도와자동차가 각각 50%씩 차지해야 한다고 봅니다."

도쿄상사의 1%는 바로 포크사 소유나 다름없다고 날카롭게 간파해 낸 말이었다.

"그건 좀…… 우리 회사가 출자하는 1%는 포크사의 과반수를 무너뜨리기 위한 안전장치임은 물론 장래의 상사 활동상 유익하다고 판단되어 제안한 것뿐입니다."

하고 마치 상사 활동을 제한할 셈이냐고 따지는 투로 반론했다.

"그래요? 그렇다면 나도 기탄없이 터놓고 말해 볼까요? 당신이 담당하는 자동차부의 중고외제차 수입에 관해서는 과소 신고와 관세법 위반 혐의가 있으며 선박 매매, 타국적의 해운회사 설립에 관해서도 별로 유쾌하지 않은 풍문이 나돌더군요. 그리고 또 도쿄상사의 기업 모럴에 대해 다소 의심나는 점도 있으니 어디 조사 좀 해봐야겠습니다."

아이자와 과장은 목을 죄듯 단호하게 말했다.

사메지마는 단 한마디도 반박할 수 없었다.

"아이자와 과장님의 자동차 정책을 사전에 충분히 알아보지 못하고 경거망동한 점 죄송스럽게 생각합니다. 어쨌든 일단 회사로 돌아가 고위층과 의논한 다음 통산성의 지도에 응할 만한 회답을 연구해 보겠습니다."

하고 고분고분 대답했다.

황급히 자동차과를 나가는 사메지마의 머릿속은 어떻게 하면 아이자와 과장을 꼼짝 못하게 만들어버릴 수 있을까, 하는 생각으로 가득 차 있었다.

깅키상사의 다이몬 사장은 도쿄 본사의 사장실에 사토이 부사장과 이키를 불러놓고 마구 짜증을 내고 있었다.

"사토이, 자네는 도쿄 책임자가 아닌가? 그런데도 포크 2세의 일본 방문에 한 가지 대응책조차 강구해 내지를 못했으니, 이게 대체 어찌 된 일인가? 그건 그렇다 치고 오늘밤 신키라쿠에서 열리는 포크 회장 환영 리셉션에 참석할 수 있도록 해 놔야 할 게 아닌가. 만사 제쳐놓고 거기에는 꼭 참석할 생각으로 이렇게 왔는데 이게 무슨 꼴인가?"

"그 점에 대해서는 여러모로 손을 써보았습니다만, 오늘밤 리셉션의 간사 격은 도쿄상사의 다마오키 사장이라 경제단체 총연합회 임원과 은행, 증권회사 사장 그리고 자동차공업협회의 주요 멤버만으로 수효를 제한하여 초대한 데다, 상사는 하나도 끼워 넣지 않았기 때문에 도리가 없었습니다."

"안 되는 일을 되게 만드는 것이 부사장 겸 대표인 자네의 수완 아닌가? 도쿄상사의 독주를 멀거니 보고만 있으란 말인가!"

큰소리로 사토이를 꾸짖고 나서 이번에는 이키에게 눈길을 돌렸다.

"자네는 또 뭘 멍청히 보고만 있었나? 평소에 정보, 정보 하더니 그래 포크 2세가 하네다에 내릴 때까지도 전혀 눈치 채지 못했단 말인가?"

"드릴 말씀이 없습니다. 어제 오사카 본사로 보고드린 바와 같이 가이베가 하네다공항에서 있은 포크 씨의 기자회견 내용을 들은 것과, 도쿄상사의 사메지마 씨가 포크 일행을 맞이하여 자가용 비행기에 함께 타고 히로시마의 도와자동차로 갔다는 사실밖에 모르고 있습니다."

이키가 죄송스럽다는 듯이 말했다.

"포크 2세가 하네다공항에서 지껄인 말은 어느 신문에나 대문짝만 하게 나 있어. 보라구! 오늘 석간도 포크, 포크하며 마치 일본 땅이 송두리째 포크에게 넘어가기라도 하는 것처럼 아우성이란 말이야. 신문만 보면 알 만한 것을 알아내는 것이 업무본부의 일이란 말인가? 이키, 자네 요즘 너무 마음을 놓고 있는 것 아닌가?"

다이몬은 탁자 위의 신문을 펼쳐 보이면서 쏘아붙였다.

"그래, 포크 2세가 히로시마의 도와자동차에서 협의한 것들이 뭔지는 알아냈나?"

"글쎄요, 그 점은 통산성이 분명히 외자저지정책을 내세우고 있는 현시점에서 설사 어떤 협의가 이루어졌다 해도 외부에는 전혀 새어나가지 않게 뭉개버리고 있을 가능성이 큽니다. 그래서 좀 더 탐색해 보도록 지시해 두었습니다."

"그래? 알아내는 대로 즉시 알려주게. 그리고 사토이, 전부터 말하던 그 지요다자동차 문제는 어떻게 되어가고 있나?"

사토이는 눈을 끔벅거리며,

"아, 사장님. 그건 나중에……"

하고 이키가 같이 있기 때문에 거북하다는 듯 말끝을 흐렸다. 다이몬은,

"상관없어요. 포크 2세가 잠깐 왔다고 해서 벌집을 쑤셔놓은 것처럼 대소동이 벌어지는 게 자동차업계니까 지요다자동차에도 언제 파란 눈 손님이 찾아와 소동을 일으킬지 알 수 없잖나. 이키 군도 지요다자동차의 행방에 대해서는 일찌감치 알아두는 게 좋을 걸세."

하고 독촉했다. 사토이는 모처럼 이키에게 극비로 추진해 온 일인 만큼 씁쓸한 표정을 지으며 마지못해 입을 열었다.

"먼저 지요다자동차의 영업현황을 살펴보지요. 승용차 시장을 놓고 볼 때, 아이치, 닛신이 각각 30%의 시장을 가지고 있는 데 비해 고작 2.4%의 형편없는 비율에 지나지 않습니다. 더군다나 월 생산규모가 1만 2천 대를 넘어서지 못하면 채산이 맞지 않는데도 불구하고 4천 대로까지 떨어져 트럭 부문 때문에 간신히 버티는 형편입니다. 이와 같은 경영상태를 주거래은행인 다이산은행에서 그냥 보아넘길 리 만무합니다. 지요다의 실적저하와 앞으로의 전망이 어두운 점으로 볼 때, 이를 타개하는 데에는 다른 회사와의 합병에 의한 체질강화밖에 없습니다. 합병대상으로서는 후코쿠 자동차가 적절하다고 생각됩니다. 자본금 1백억에 매상 350억으로 지요다의 절반쯤 되는 규모이기 때문에

지요다 쪽에서 주도권을 잡을 수 있으니 합병대상으로서는 최적이라고 생각합니다. 게다가 은행 계열로 보더라도 후코쿠자동차의 주거래 은행이 일본산업은행이기 때문에 이 점 또한 매우 유리합니다. 아시다시피 일본산업은행은 정부시책에 따라 해운 재편성을 무난히 해낸 실적이 있습니다. 마침 산업재편성에 열을 올리고 있는 데다 지요다자동차에 장기자금을 지원해 주고 있으니까 순조롭게 진행될 것이라 생각됩니다. 그리고 우리 회사에 이익이 되는 점은, 이 시점에서 지요다와 후코쿠의 합병을 중개하여 잘 성사시키면 철강재 납품 상권이 확대되고 아울러 후코쿠중공업 그룹과도 긴밀한 유대관계를 갖게 되니 중공업화에 있어서 일대 비약을 이룰 수 있을 것입니다.”

세련된 비즈니스맨답게 논리 정연한 설명이었다.

“그렇다면 꾸물거리지 말고 어서 일을 추진하게.”

다이몬이 성급하게 말했다.

“그런데 자동차업계의 재편성이란 파고들수록 어려운 것이지만 무엇보다 성장일변도인 업계로서 지요다는 앞일을 낙관하고 있는 실정입니다. 이것이 만약 업계가 한도에 이르러 있고 기업이 도산 직전인 상태에서 행하는 재편성이라면 쉽겠지만…… 하기야 그렇게 되자면 일이 너무 늦어지지만 말입니다.”

사토이가 말끝을 흐리자 다이몬은,

“자네 생각은 어떤가?”

하고 이키에게 질문했다. 이키는 지요다자동차 공장을 극비리에 견학한 이래 가이베와 후와에게 조사시킨 정보를 순간적으로 머릿속에 정리한 뒤 차분하게 대답했다.

“사토이 부사장님께서 말씀하신 바와 같이 지요다에 비해 후코쿠의 규모가 작으므로 합병하기는 쉬울 것입니다. 대신 후코쿠자동차가 안고 있는 적자를 떠안게 되므로 주식 값은 떨어질 가능성이 다분합니다. 그리고 두 회사의 보완성이 너무 없다는 점이…… 두 군데 모두 옛날 군 비행기공장 출신 기술자를 주축으로 하고 있어 뛰어난 기술을 갖고 있는 반면 판매망이 약하고 사내에서 영업부문과 기술부문이 서로 대립하고 있는 것 같습니다. 특히 후코쿠 쪽은 자동차 메이커 중 하나밖에 없는 좌익노조인 총평전국금속 산하 노조이므로 총평으로서는 이곳을 거점으로 지원할 것이라 예측됩니다. 이런 지요다와 후코쿠가 합병된다 치더라도 업계 톱인 아이치자동차의 승용차 생산량인 36만대의 3분의 1밖에 생산 못한다는 점이 마음에 걸립니다."

사토이의 무테안경이 번쩍 빛났다.

"이키, 꽤 자세히 알고 있군. 자네는 포크 2세의 일본 방문을 계기로 정보수집활동을 개시한 줄 알았더니 그게 아니라 꽤 오래전부터 착수한 모양이구만. 정보수집도 좋지만 자동차에 관한 것은 내 손으로 처리할 테니, 뒤에서 남의 일에 참견하는 것은 삼가는 게 좋겠어."

말 속에 날카로운 가시가 있었으나, 이키의 표정에는 아무런 변화도 없었다.

"머지않아 닥칠 자본자유화에 대비하여 업무본부로서도 자동차나 컴퓨터 같은 전략산업에 대한 조사, 정보수집 목적으로 자동차산업 재편성에 대해 조사했을 뿐입니다. 사토이 부사장님의 일을 방해할 생각은 추호도 없습니다."

이키는 국내에서도 아직 민족자본 방위파가 월등히 많은 터에 미국 3대 메이커에 잽싸게 파고들어간 도쿄상사 사메지마의 뛰어난 수완에 감탄하고 있었다. 그리고 이 세상에 상사원으로 태어난 것 같은 사메지마를 본래 군인이었던 자신이 이길 방법을 궁리하고 있었다. 그때 이키의 머릿속에서는 통산성 대신 히사마쓰 세이조가 떠올랐다.

정책타진

이키는 13층의 사무실에서 업무부문의 효도 싱이치로가 나타나기를 기다리고 있었다. 간밤에 사토이 부사장과 함께 다이몬 사장에게 불려가 포크 2세의 일본 방문을 사전에 알아내지 못한 데 대해 단단히 혼이 난 이키는 새삼스럽게 사메지마가 갖춘 상사원으로서의 수완을 재인식했다. 그리고 앞으로 닥쳐올 자동차의 자본자유화에의 대응책을 재검토해야겠다고 생각했다. 그러나 그 모든 일을 해내는 데에는 군자금이 너무나 보잘것없었다.

업무본부가 매월 할당받고 있는 접대비는 2백만 엔, 상무인 이키 개인에게 지불되는 기밀비는 30만 엔인데 그중 20만 엔은 부하들이나 정보수집처의 관혼상제, 위로금 등으로 쓰고 나면 온데간데없이 사라져버려 오히려 부족한 액수만큼을 아내에게 갖다 줄 급료에서 빼내는 형편이었다.

이키는 총무담당 마사오카 상무, 재무담당 다카라다 전무에게 정보수집도 국제화함에 따라 해외에서 방문한 외국 손님 한 팀을 맞아 교토 관광만 시켜도 접대비가 금세 바닥나 버리니 어느 정도 올려주어야 한다고 여러 번 요청했었다.

그때마다 중역들은 한결같이 스스로 돈을 벌어들이고 있는 영업진의 1인당 접대비와 비교할 때 업무본부의 접대비는 너무 많다고 말도 안 되는 이유를 내세워 인정하려 들지 않았다. 그 바람에 사실 업무본부의 정보활동은 어려운 상태였다.

"늦었습니다. 효도입니다."

등 뒤에서 효도 싱이치로의 차분히 가라앉은 목소리가 들렸다. 이키는 회전의자에 파묻힌 채 빙그르르 돌아앉았다.

"중요한 이야기인데, 점심 먹으러 나갈 수 있겠나?"

오늘밤에 자카르타 출장이 예정되어 있는 효도에게 이키가 물었다.

"점심때 조금 지나서 누굴 좀 만나기로 했는데, 여기서는 안 되겠습니까? 혹시 자카르타 출장 일로……"

효도는 인도네시아 국유 석유회사인 푸르타리나로 저유황 원유를 매입하고자 사전에 모종의 공작을 하기 위해 출장 갈 예정이었다.

이키는 회전의자에서 몸을 일으키며,

"아니야, 출장에 대한 문제는 어제 자네와 협의한 그대로야."

하고 별실에 있는 부서들에 신경이 쓰이는 듯 창가로 다가갔다.

"의논할 일이란 다름 아니라 업무본부의 접대비 인상을 위해선 어떻게 해야 하는지에 대해서야."

금전적인 문제에 대한 상의는 효도보다는 가이베나 후와 쪽이 더 분명한 대안을 제시해 줄 것이라는 점을 모르는 바 아니나 이키는 효도한테만 말할 수 있었다. 육사 후배로서 금전문제에 대해서라면 남달리 엄한 교육을 받은 사람끼리 서투른 문제이긴 하지만 터놓고 의논할 수 있다는 점 외에도 효도의 나이답지 않은 대범함에 안도감을 느낄 수 있기 때문인지도 몰랐다.

효도는 팔짱을 끼며 심각한 얼굴로 중얼거리듯 말했다.

"돈에 관한 얘기로군요. 아무래도 저는 더 내라고만 할 줄 알지 수완을 필요로 하는 교섭에는 자신이 없습니다. 제아무리 정예부대라 해도 탄약 없이는 싸울 수 없는 법이지요."

그러고는 이키를 향해 물었다.

"본부장님께서 지금 당장에 필요로 하는 일이라도 있으십니까?"

"아니야. 포크 2세의 방일문제만 하더라도 그렇고, 자본자유화에 대비하여 해외동향을 정확히 분석하기 위해서는 방금 자네 말처럼……바로 그 탄약이 필요할 것 같아서 하는 말일세."

자신이 쓸 돈도 아니면서 이키는 더듬거리고 있었다.

"재무담당 다카라다 전무님이나 총무담당 마사오카 상무님에게 더 이상 부탁한데도 아무 소용없을 것입니다. 특히 각 부서의 분배특권을 가진 마사오카 상무님도 사토이 부사장님의 허수아비에 불과하니 사토이 부사장님으로부터 탄약을 한껏 아낌으로서 업무본부의 힘을 약화시키라는 지시를 받은 것은 아닐까요? 아무래도 이런 경우에는 본부장님께서 사장님과 직접 맞부딪쳐 보시는 게 좋겠습니다."

"자네도 그렇게 생각하는군. 그럼 마침 여기 와 계시니까 말씀드려 보지."

"상사는 메이커와 달라 무엇보다 사람과 돈을 장악하고 있어야만 큰일을 해낼 수 있습니다. 도쿄상사의 사메지마 씨가 바로 그 좋은 본보기이지요. 그 사람은 세계 각국의 지상, 지하 금융기관들에 자기 개인이 이용할 수 있는 구좌를 터놓았는데 바로 그 점이 최대의 강점이라는 말을 들었습니다. 물론 좋은 일은 아니지만, 상사에서 접대비가 차지하고 있는 중요도를 생각할 때 접대비 할당이 파벌을 조성하는 도구가 되지 않도록 사장 자신이 경영비전에 바탕을 두고 판단해야 할 가장 중요한 사항이 아닌가 싶습니다."

"사장 자신이 결재해야 할 중요사항이라. 좋아, 사장에게 자연스런 분위기에서 한번 타진해 보도록 하지."

사람과 돈을 장악한다…… 이키는 새삼스레 그 말을 머릿속에 새기고 있었다.

"그럼 저는 이만…… 푸르타리나와의 교섭경위는 현지에서 자세히 보고드리겠습니다."

효도가 막 나가려 하자,

"잠깐만 기다려."

하고 이키가 불러 세웠다.

"네, 그 밖에 달리……"

"음, 자카르타로 떠나기에 앞서 르보아의 마담에게 전화해서 베니코 양한테 전할 말을 듣도록 하게. 여느 어머니 못지않게 베니코의 일을 몹시 궁금해 할 테니까."

"그럼 그렇게 한 다음에 떠나도록 하겠습니다."

"그리고 이건 자네 사생활인데…… 그녀에게 유혹당하지 않도록 각별히 조심하게."

"걱정 마십시오. 명심하겠습니다…… 그럼 다녀오겠습니다."

공손히 고개 숙여 인사하더니 효도는 사무실을 나갔다. 이키는 즉시 책상 앞에 앉아 사장 비서에게 전화를 걸었다.

"다이몬 사장님은 지금 계신가?"

"마침 경제인단체연합회 회장님을 만나러 나가셨는데, 점심 약속도 있으니 4시 좀 지나야 들어오실 것 같습니다."

"도쿄에는 내일 하루쯤 더 계시겠지?"

"네, 포크 2세를 만날 때까지 도쿄에 머무르시겠다면서 오사카에서의 예정을 죄다 취소하시는 형편입니다."

매우 난처하다는 말투였다. 이키는 다이몬의 강렬한 집착에 놀라면서 전화를 끊었으나, 생각만은 그 집착 뒤에 도사리고 있는 것을 향해 줄달음치고 있었다.

이키가 철강부장이었을 당시 깅키상사의 철강부문을 강화하기 위해 철강 전문 대형 도매상인 야마시타통상을 흡수했을 때의 일이었다. 야마시타에는 닛신자동차에 납품하는 보디용 박판에서부터 부품용 후판, 주물에 이르기까지 커다란 상권이 딸려 있어 그 상권이 그대로 깅키상사에 들어올 예정이었다. 그러나 다이몬 사장이 인사차 닛신자동차 사장을 찾아갔을 때, 자기 회사에서는 섬유상사에서 철강을 사들일 생각이 없다고 한마디로 거절당하자 이 모욕은 결코 잊을 수 없다면서 입술을 깨물며 분해했던 것이다. 그때부터 다이몬의 가슴속에는 언젠가 닛신자동차에게 보복하고 말리라는 원한이 도사리고 있었는지도 모른다.

갑자기 이키는 직통전화를 들고 통산성 대신 히사마쓰 세이조의 사무실로 전화를 걸었다.

다음 날 아침, 이키는 히라가와 거리에 있는 통산성 대신의 사무실을 방문했다. 방이 두 개 있었는데, 앞방에는 두 비서의 책상과 대기용 소파가 있었으며, 그 안쪽이 바로 히사마쓰 세이조의 방이었다.

보통 때는 안 보이던 비서관이 나와서 이키를 안으로 안내했다.

히사마쓰 세이조가 방 한가운데에 책상에서 원고를 훑어보고 있었다.

"어제는 전화로 실례가 많았습니다. 평소에 자주 찾아뵙지도 못하는 터에 이렇게 시간을 내주시니 정말 송구스럽습니다."

"이키 군, 할 말이란 대체 뭔가?"

히사마쓰 세이조는 돋보기안경을 벗고 기다란 눈과 오뚝한 콧날의 잘생긴 얼굴을 들었다.

"실은 현재 방일 중인 포크 2세에 관한 이야기입니다. 히로시마 공항에서 하네다로 돌아오자, 줄곧 데이코쿠호텔에 묵으면서 각계각층의 실력자들과 대담하는 등 정력적인 활동을 하고 있는데, 도대체 그들이 생각하고 있는 것이 무엇인지 직접 대신께 여쭤보고 싶어서 이렇게 찾아뵈었습니다."

이키가 말하는 동안 히사마쓰의 얼굴에는 은근한 미소가 떠올라 있었다.

"자네의 눈은 역시 날카롭군. 신문에 실리는 포크 2세의 동향이나 코멘트는 모두 표면적인 데 지나지 않아. 알려지지 않은 스케줄 뒤에서 그들은 우리네 정치인과 만나고, 정치적 차원에서 이야기하고 있는 게 사실이야."

"역시 그랬군요. 그럼 포크 측의 주장은 무엇입니까."

"그야 물론 자동차의 자본자유화지. 미국은 베트남 전쟁이 격화되는 관계로 인플레 압력이 높아지고 경기 또한 둔화되어 가는 과정이라서 일본에 자본을 진출시키고자 필사적으로 노력하고 있지. 그래서 자동차의 자본자유화를 인정하지 않을 경우, 미·일 경제회의에 올라 있는 일본 철강의 수입 임시조치법을 의회에서 통과시키고 앞으로 있을 오키나와 반환문제에도 악영향을 미치게 될 거라고 거의 협박조로 이야기하고 있어."

히사마쓰는 씁쓸한 표정으로 말했다.

"글쎄, 구체적인 것은 모르지만, 얼마 전에 차관에게 들어보니 지금 당장 3대 메이커의 거대한 자본상륙을 터놓았다간 일본의 자동차산업들이 순식간에 먹혀들어가고 말 테니까 지금까지 완성품과 부품을 수입해 온 데 이어 합자회사는 인정해 줄 예정인가 봐. 다만 외국자본의 출자비율은 50%를 상한선으로 하고, 개별심사에 따라 그때그때 허가할 작정이야. 이 경우 일본인이 사장이 되고, 일본인을 우선적으로 고용함은 물론 일본 자동차공업협회에 가입함으로써 시장교란을 하지 않겠다는 약정을 받아낸다 이거야."

"그렇다면 통산성에서는 포크사와 도와자동차 간에 합의점을 찾아냈다는 자동변속기합자회사를 기본적으로는 허가하실 방침이십니까?"

"정보가 꽤 빠르군……"

히사마쓰는 기다란 눈에 엷은 웃음을 띠었다.

"솔직히 털어놓네만, 통산성 자동차과의 젊은 관료들은 부품의 자유화라곤 해도 이 시점에서 자동변속기 합자회사를 인정해 준다면 지금껏 자본자유화를 막아오던 방파제가 일순간에 무너져버리고, 이것을 기점으로 하여 조금씩 먹혀들어갈 것이므로 극구 방어해야 한다는 주장들이지. 하지만 자동차의 자본자유화 문제는 일본과 미국 사이에 정치문제로 발전되고 있으니 지금 당장은 아니라 해도 머지않아 정식 교섭자리를 마련하여 허가할 수밖에 없는 형편이라네."

이키에게는 실로 큰 정보였다. 자동변속기합자회사를 허가한다…… 이 사실은 자본자유화의 전반적인 속도가 그만큼 빨라진다는 뜻을 내포하고 있기 때문이었다.

"그럼 각 메이커의 반응은 어떻습니까?"

이키의 물음에 히사마쓰는 피우던 담배를 재떨이에 놓았다.

"이키 군, 그게 정말 한심해. 미국 3대 메이커의 상륙을 겁내고 오히려 꼬리를 치는 메이커가 있는가 하면, 겉으로는 배짱을 부리면서도 뒷전에서 통산성을 붙들고 매달리는 사람도 있고…… 누가 뭐라 해도

3대 메이커가 특허를 가지고 세계를 정복하고 있는 것은 사실이지. 그래서 포크사와 도와자동차가 손을 잡고 자동변속기합자회사를 설립할 거라는 소문을 듣고 저마다 미국 시장을 향한 패스포트를 수중에 넣기 위해 야단법석들이야. 특히 일본 2대 메이커 중 하나인 닛신자동차는 벌써부터 잔뜩 벼르던 터에 드디어 포크 2세를 만나 은밀히 타진해 보았다고 하더군."

이키는 설마 했다. 오늘 아침 신문에서 닛신자동차 사장은, 포크 방일에 대해 '포장마차 오다'라는 표현으로 강력히 비난했기 때문이다.

"그럼 아이치자동차의 움직임은 어떻습니까?"

"거기는 설립자 아이치 모키치의 철학이 지금도 살아 있으니 초지일관 국산자주독립선언을 지키면서 외자에 대해서는 단호히 배격하겠다는 자세를 고수하고 있네. 사실 이런 메이커에 대해서는 통산성으로서도 힘닿는 데까지 밀어주고 싶은 심정이라네."

"그거야 아이치자동차처럼 일본 제일의 시장점유율과 생산규모를 갖춘 메이커로서는 가능한 일이지만, 그와 같은 실력을 지니지 못한 중소기업들이 외자공세 속에서 이겨나가려면 어떻게 해야 한다고 생각하십니까?"

"그야 물론 둘 또는 세 회사의 합병을 통하여 기업체질을 강화하는 도리밖에 없지 않겠는가?"

"그렇다면 만일 지요다자동차와 후코쿠자동차가 맺어질 경우 통산성은 즉각 인가해 주겠다는 말씀이십니까?"

이키가 자연스럽게 묻자 히사마쓰의 눈이 반짝 빛났다.

"이키 군, 자네가 제일 듣고 싶었던 건 사실 포크의 움직임이 아니라 바로 그거였지? 깅키상사는 지요다자동차와 후코쿠자동차 사이의 제휴에 대해 적극적인 움직임을 보이고 있다던데 그렇지 않은가?"

"그렇지 않습니다. 그것은 우리 회사 내에서도 일부 중역들의 움직임에 지나지 않습니다. 우리 회사에서는 앞으로 당분간 자력으로 해나갈 수 있기를 희망하고 있습니다."

이키의 자세에는 조금도 흐트러짐이 없었다.

"그럼 자네는 반대파인가? 하지만 지요다자동차의 자주독립은 지금 상황으로 보아 그림의 떡에 불과해."

"각하, 앞으로 당분간만 그림의 떡 상태로 놔두십사 하는 것이 바로 저의 부탁입니다."

이키가 바싹 다가앉으며 말했다.

"자네에게 무슨 묘안이라도 있나?"

"아닙니다. 아직 확실한 것을 말씀드릴 단계는 아닙니다만, 아무튼 이유는 묻지 마시고 앞으로 잠시 동안만…… 절대로 각하께 폐는 끼치지 않겠습니다."

폐를 끼치기는커녕 어떤 형태로든 그에 대한 보상을 하겠다는 뜻을 은연중에 풍기자, 히사마쓰는 무슨 말인지 알겠다는 듯이 입술의 긴장을 풀었다.

"이키 군, 자질구레한 내용에 대해서는 잘 모르네. 자동차과장인 아이자와 군은 내가 인정하고 있는 우수한 관료야. 파리의 일본대사관에서 근무한 적이 있으며, 해외사정에도 밝은 데다 국내 메이커들의 동향도 훤히 들여다보고 있는 친구니까 필요하다면 소개해 주지."

"고맙습니다. 각하의 소개로 아이자와 과장을 만나 의견을 듣겠습니다. 오늘은 정말 여러 가지로 좋은 말씀 많이 들었습니다."

이키가 정중하게 인사를 한 다음 자리에서 일어나려 하자,

"요즘도 삭풍회에 나가는가?"

하고 뜻밖의 질문을 했다.

"네, 간사를 맡고 있어서 일에 지장이 없는 한 나가고 있습니다. 그런데 그건 왜 물으십니까?"

이상하다는 듯 이키가 되물었다.

"지난달에 일·소 무역협정 조인관계로 모스크바에 간 적이 있는데 야제프라는 무역성 아시아 국장이 자네 일을 묻더군."

이키는 저도 모르게 숨을 꿀꺽 삼켰다.

"자네 직업상 앞으로 소련 무역에 관계되는 일도 있을 테니 가급적이면 삭풍회를 멀리하는 편이 좋지 않을까?"

히사마쓰는 이키를 걱정해 주듯이 말했다.

르보아 클럽의 카운터에서 물탄 위스키를 단숨에 마시며, 이키는 오늘 아침 히라가와 거리에 있는 히사마쓰 세이조의 사무실에서 히사마쓰 자신의 입을 통해 들은, 전 하바로프스크 내무성 소속 조사관 야제프 소령에 대한 생각을 머릿속에서 깨끗이 지워버리고 싶었다.

시베리아 억류 후 얼마 안 되어 고 아키즈 중장과 다케무라 소장과 더불어 동포들에게서 격리되어 몇 달 동안이나 심문을 받은 다음 극동군사재판 법정으로 끌려 나갔던 일은 평생을 두고 잊을 수 없는 일대 치욕이었다.

바로 그 야제프가 20년 후인 오늘날 무역성 아시아 국장으로 취임, 일·소 무역협정 관계로 소련을 방문한 히사마쓰 통신대신을 만나 상사원이 된 자기에게 관심을 나타내고 있었다. 시베리아 장기억류자들의 모임인 삭풍회 간사라는 사실이 앞으로 일·소 무역을 함에 있어 마이너스가 되더라도 히사마쓰 대신의 충고대로 삭풍회를 탈퇴하고 싶은 생각은 추호도 없었다.

울적한 기분으로 잔을 기울이는데, 언제 카운터 안으로 들어섰는지

정책타진 145

마담교코가,

"언제까지 그렇게 잔뜩 찌푸린 얼굴을 하고 혼자서만 마실 생각이세요?"

하고 말을 걸었다. 조금 전에 이키가 카운터에 앉자 인사를 하러 왔던 교코는 이키의 기분을 알아차리고 혼자 있게 내버려두었던 것이다. 이키가 아무 말도 않자, 교코가 다시 말했다.

"주제넘은 말인지는 몰라도 어깨 힘을 '좀 빼셔야지, 그렇지 않으면 긴 인생에 숨이 차서 못 견디실 거예요."

"그렇게도 내가 어깨에 힘을 주고 있는 것처럼 보이나?"

이키가 글라스 속을 들여다보며 물었다.

"굳이 어깨에 힘을 주고 있다고는 생각지 않지만, 술 마시러 오셨을 때에도 마음을 툭 터놓고 즐기시는 것을 본 적이 단 한 번도 없는 것 같아요. 베니코는 이키 선생에 대하여 자제력이 너무 강한 분이라고 말했지만, 직장에서는 유능한 분으로 부하 직원들의 신뢰도가 두텁고 가정 또한 평화롭겠다, 도대체 그 무엇이 이토록 단단히 이키 선생님의 마음을 얽매고 있는 것일까?"

"여자가 술에 취해서 남자세계에 이러니저러니 입방아 찧는 것을 그리 좋아하지 않아."

내쏘듯 말하자 교코는 소리내어 깔깔거렸다.

"그런 말씀만 하시니까 그 흔한 연애 한 번 제대로 못하시죠. 옛날 군인시절의 일은 몰라도, 시베리아에서 돌아오신 후의 이키 선생님은 마나님 아닌 다른 여자와 한 이불 속에서 주무신 적이 단 한 번도 없죠? 너무 아내를 고생시켰다는 생각만 하면서 말이에요."

"그게 어쨌다는 거야. 그만 돌아가겠어."

불쾌하다는 듯 일어서려던 이키는,

"이런 얘기를 할 때의 이키 선생님은 마치 애송이 소위 같단 말예요. 하지만 아직 얘기가 끝나지 않았어요, 아키츠 지사토 씨가 전해드리라는 말이……"

"어떻게 지사토 씨의 일을……"

하고 교코의 말에 그대로 주저앉았다.

"조금 전에 지요다자동차의 무라야마 전무님이 단아미류의 이에모토 집안 둘째아드님이고, 고전가면극 의상 보급차 미국에 갔다 오기도 하고 그것을 신극 속에 끌어들이는 등, 고전가면극계의 이단아로 알려진 괴짜 야스오 씨와 아키츠 지사토 씨를 데리고 오셨어요."

하필이면 사토이 부사장과 서로 통하여 후코쿠자동차와의 제휴를 추진하고 있는 무라야마 전무와 함께 왔다는 말을 듣자, 이키는 마음이 불안했다.

"묘한 어울림이로군. 대체 어찌된 일이야?"

"저도 몰랐는데, 단아미 씨는 무라야마 전무의 처조카로 아키츠 지사토 씨와 약혼하는가 보더군요. 무라야마 전무님이 무척 기뻐하며 축하선물로 무엇을 사줄까 하고 연신 두 사람에게 묻던데요."

"지사토 씨가 무라야마 전무의 친척과…… 설마……"

마음의 동요를 감추려 애쓰면서 이키는 부정했다.

"그럼 제가 농담으로 한 얘기란 말씀인가요? 지사토 씨에게 좋은 혼처가 나타났기 때문에 진심으로 축하해 주고 싶지만, 똑같은 군인의 딸로 태어났으면서도 타국 남자의 둘째부인이 된 베니코를 생각하면 왠지 서글픈 기분이 드는군요."

교코는 갑자기 감상에 젖어 말을 계속했다.

"오늘밤 지사토 씨는 뉴재팬호텔에 묵는다고 했어요. 이키 선생님과 지사토 씨 사이의 미묘한 감정은 대략 짐작하고 있어요. 서로 마음의 선을 분명히 긋기 위해서라도 한 번 만나보시는 게 좋지 않을까요?

 내일 교토 본가에서 꼭 참석해야 할 행사가 열린다면서 약혼자는 부리나케 하네다로 차를 몰고 가버렸답니다."

 전 군인의 딸이자 아내였으면서도 오늘날 밤의 세계에 몸을 담고 살아가는 여자다운 고운 마음씨가 담담한 목소리에 깃들어 있었다.

 "한 번쯤 이 집에 함께 왔다 해서 마음의 선을 긋느니 어쩌니 하는 식으로 아무렇게나 생각하는 일 따위는 삼가 주는 게 좋겠어."

 더욱 마음의 동요를 느끼며 이키가 말하자, 교코는 요염한 웃음을 띠었다.

 "선생님보다 지사토 씨 쪽이 훨씬 정직하군요. 이키 선생님에게 지사토 씨가 상경했다는 사실을 알려 드릴까요 하고 지사토 씨에게 묻자 고개를 끄덕이길래 회사로 전화를 드린 거예요. 그랬더니 손님하고 같이 나가셨다고 해서 내 딴에는 초조해 하고 있던 참이랍니다. 어쨌든 지사토 씨에 대한 일은 알려드렸으니까 이제부터는 선생님 마음대로 하세요."

 교코가 자리를 떠버리자 혼자 남은 이키는 마시다 만 위스키를 단숨에 들이켰다. 목 줄기가 타는 듯한 뜨거움을 의식하는 순간, 지사토와 처음 만난 8년 전의 눈 내린 산센원 뜰이 눈앞에 떠올랐다.

 이키는 가슴속에서 치밀어 오르는 그 무엇에 떠밀리기라도 하듯 전화에 손을 뻗어 뉴재팬호텔의 다이얼을 돌리려 했다. 그러나 지사토가 좋은 사람을 만나 행복해진다면 축복해줘야만 한다. 그것이 극동재판 출정을 앞두고 자결한 고 아키츠 중장 영전에 바칠 수 있는 가장 크고 값진 선물이며 또한 병을 앓고 있으면서도 2년 동안이나 농산비 수구행을 견디고 있는 아키츠 세이키의 안식이기도 하다…… 이런 생각이 머릿속에 들자 이키는 수화기를 놓고 카운터에서 일어섰다.

*

세면실에서 냉수를 연거푸 두 잔 들이켠 다음 이키는 거울에 비친 얼굴을 들여다보았다. 르보아에서 마신 술기운이 아직도 남아 있었다. 지사토의 얼굴이 뇌리에 스쳤지만 떨쳐버리기라도 하듯 목욕하고 난 얼굴을 또 씻고는 아내에게 물었다.

"나오코한테서 전화 왔었소?"

토요일, 일요일을 이용해서 다데시나 고원에 간 딸의 일을 아내에게 물었다.

"아니요. 어린애도 아닌데 일일이 집에 전화할 필요는 없잖아요."

아내 요시코는 방 안에 요를 펴고 빳빳하게 풀을 먹인 홑이불을 씌우면서 활짝 웃더니,

"그보다 여보, 요즘 당신 계속 늦으셨으니 오늘 저녁은 일찍 주무세요. 그리고 내일은 일요일이니까 푹 쉬도록 하세요."

하고 이키의 건강을 염려했다. 그러고 보니 포크 2세가 하네다에 온 이래 줄곧 포크 선풍에 휘말려 귀가시간이 늦었다.

잠옷으로 갈아입고 아내와 나란히 자리에 눕자, 아이들이 없어서 그런지 집안이 고요하여 아주 오랜만에 아내와 단둘이 시간을 갖게 된 기분이었다.

"여보, 불 끄겠어요."

아내가 손을 뻗어 머리맡 스탠드 불을 껐다.

이키는 문득 극동군사재판에 출정한 일을 떠올리며,

"요시코, 기오이 거리에 있는 소련대표부 숙사로 나를 찾아왔던 일이 생각나오?"

하고, 야제프의 이름은 입에 담지 않은 채 물었다.

요시코는 이키 쪽으로 얼굴을 돌렸다.

"그때 일은 잊으려고 해도 잊을 수가 없어요. 하지만 갑자기 그건 왜 물으세요?"

"아니야, 아무것도. 문득 생각이 나서……"

"저도 그때 일이 가끔 꿈에 보여 온몸이 땀으로 흠뻑 젖을 때가 있어요. 당신 고향도 아니고 내 친정도 아닌 오사카의 스미노에 집을 어떻게 찾았는지, 소련대표부의 통역이라는 사람이 우리를 데리러 와서 당신을 만나게 해주겠다고 말했을 때에는 정말이지 하늘을 날 것 같은 기분이었어요. 그러나 당신은 만나주시지 않았어요. 여섯 살짜리 나오코와 세 살짜리 마코토의 손을 잡고 숙사 안으로 들어갔는데, 비록 갇힌 몸이지만 당신이 정말로 거기에 계신 줄 알면서도 못 만나다니 정말 서러워서 견딜 수가 없었어요. 어째서 아이들만이라도 만나주시지 않을까 원망스럽기까지 했어요. 그때 나오코가 두고 온 색종이로 접은 신부인형 생각나세요? 어린 마음에 겁을 집어먹고 있었으면서도 이거 아빠한테 전해주세요, 하며 야제프 소령에게 건네줄 때에는 정말 미칠 것만 같아서 눈물이……"

"그만!"

이키는 아내의 입에서 야제프의 이름이 나오자 부어오른 화상에 무엇이 닿기라도 한 듯 반사적으로 소리쳤다. 그때 얼마나 가족들을 만나고 싶어 했던가!

자기를 만나보지 못한 채 풀이 죽어 돌아가는 처자식의 뒷모습을 2층 창틀에 매달려 유리창 너머로 보며 그 얼마나 통곡했던가! 이 모든 생각들이 뇌리에 스치자, 어느덧 이키의 눈에 뜨거운 눈물이 괴었다

"여보, 이제 와서 엉뚱하게도 원망 비슷한 소리를 해서 미안해요. 하지만 그때까지 소식이 없던 당신이 살아계신 줄 알게 되자, 그 후 마음에 큰 지주가 되었어요.

11년 동안 당신 없는 집을 지키면서 가난 속에서도 아이들을 튼튼히 키울 수 있었던 것은, 언젠가 당신이 살아 돌아오리라는 희망이 있었기 때문이에요. 그 때문에 모진 고생을 참고 견딜 수 있었던 거예요."

요시코의 갸륵한 말에 이키는 얼굴을 돌렸다. 요시코의 두 뺨이 눈물로 얼룩져 있었다.

"요시코!"

이키는 그 볼에 손을 뻗어 아내를 자기 쪽으로 끌어당겼다.

두 사람 사이에는 이 세상 여느 부부들로서는 상상조차 할 수 없는 첩첩산중의 험난한 발자취가 있었고, 그런 만큼 깊은 애정으로 맺어져 있었다. 연약한 아내의 몸이 옆으로 다가오자, 이키는 부드럽게 다독거리며 요시코를 감싸 안았다.

이튿날 아침 두 사람만의 아침식사를 마친 뒤, 이키는 거실에서 신문을 보고 아내 요시코가 청소를 하고 있을 때였다. 초인종이 울리며 누군가 찾아온 듯한 기척이 났다. 요시코가 나가 대문을 열었다.

"접니다. 다니카와입니다."

이키는 삭풍회 회장 다니카와 전 대좌의 목소리에 놀라 현관에서 맞이했다.

"아침부터 갑자기 쳐들어와서 미안하네. 실은 이 근처 집에서 시회(詩會)가 있는데, 그 전에 잠깐 자네 집에 들러볼 생각이 나서 이렇게 찾아왔네. 늙은이는 언제나 이렇게 부지런을 떨어서 탈이란 말이야."

"아직 치우지를 못해서 어수선합니다만, 어서 들어오십시오."

요시코가 안에 있는 객실로 안내하려 하자, 그는 멋쩍은 듯이 거실에 앉으며 말했다.

"아니, 나한테는 그런 식으로 격식 차리지 않아도 좋아요. 여기가 좋군요."

"무슨 하실 말씀이라도……"

이키가 새삼 묻자,

"아니, 정말 별다른 볼일은 없네. 굳이 말한다면 잠깐 구경해 주었으면 싶은 게 있지."

하며 조그만 보자기를 풀고 종이상자에 든 찻잔을 꺼냈다. 젖빛 바탕에 시베리아 수용소의 목책과 망루가 그려진 찻잔이었다.

"이것은 내년 삭풍회 기관지 발간 10주년 기념품으로 삼고자 오래 전부터 마음먹고 몇 번이나 고쳐 구워 간신히 완성시킨 것인데, 어떨지 모르겠군."

본디 군인답지 않게 시가(詩歌)나 그림을 좋아한 다니카와였지만, 도자기 굽는 취미까지 있는 줄은 몰랐었다. 젖빛 바탕은 시베리아의 대지에 쌓인 눈이며, 목책과 망루는 그곳에 억류되어 있는 사람들의 모습과 세월이 응어리진 상징인 것 같았다.

차를 끓여온 이키의 아내는 잠시 찻잔을 바라보더니,

"찻잔으로 사용하기엔 너무 아까울 만큼 훌륭한 그림이군요."

하고 말했다.

"저는 그 찻잔으로 차를 마실 만큼 마음이 누그러지지는 않을 것 같습니다. 시베리아의 11년은 사실 너무나 가혹했어요."

온갖 감회가 뒤섞인 목소리로 이키가 말하자 다니카와는 고개를 끄덕였다.

"이키 군, 어제 우연히 그 당시 종이쪽지에 써서 구두 밑바닥에 넣어두기도 하고 소매 안감 속에 꿰매어 넣어두기도 했던 시구들을 정리해 보았는데, 한번 들어보겠나?"

"듣고말고요. 제 처에게도 들려주십시오."

다니카와는 조용히 눈을 감았다.

"관을 치는 소리, 산울림도 없네. 가을바람이여……"

이키의 귀에 시베리아 황야에서 숨져간 전우의 시신을 담기 위해 나무조각을 주워 모으고 낡은 못을 주워 관을 만들던 가을밤의 망치 소리가 멀리서부터 들려오는 것만 같았다.

"흔드는 손, 아직도 보이네. 겨울 달밤의 이별이여……"

겨울 밤하늘의 달이 하얀 빛을 내리비치는 시베리아 광야에서 다시 살아 만날 날을 기약할 수 없는 이별을 당하여 언제까지나 손을 흔들어대던 포로들의 이별장면이 이키의 뇌리에 되살아났다.

"검게 마른 늑골에 새긴 오수여."

중노동과 굶주림에 지칠 대로 지쳐 잠깐 동안의 휴식시간에 한여름의 태양 아래 앙상한 갈비뼈를 드러낸 채 떼지어 잠자던 처참한 수용소의 생활이 눈앞에 스쳤다.

"봄비 속에서 펼친 소포에 담긴 아내의 가난이여."

억류생활이 몇 해가 지나자, 조국으로부터의 소포배달이 허용되었다. 그 소포들을 펼쳐보고서야 비로소 자신의 굶주림보다는 조국의 처자식들이 당하는 굶주림을 생각하며 목 놓아 울던 사람이 한두 사람이 아니었다.

이키 옆에 앉아 있던 요시코가 북받치는 설움을 참을 수 없었던지 갑자기 입을 열었다.

"그 무렵 아이들을 데리고 있는 아내들은 시베리아 억류생활을 하는 남편에게 걱정을 끼치지 않기 위해 애썼어요. 그리고 귀환자 명단이 발표될 때마다 라디오 앞에 바싹 붙어 앉아 남편의 이름이 나오기만 기다렸어요. 그런 식으로 그다음에는, 그다음에는 하다 보니 어느덧 11년이 흘렀는데, 그래도 돌아올 수 있었던 사람은 행운이에요.

11년을 기다렸는데도 끝내 마지막 귀환선으로 돌아오지 못한 사람들의 가족을 생각하면, 정말 면목이 없어서……"

요시코의 눈에서 후두둑 눈물이 떨어졌다.

"이거 모처럼의 일요일을 망치려고 찾아온 것 같군."

다니카와는 멋쩍은 표정으로 자리에서 일어났다.

"아주머니, 마코토 군은 잘 있습니까? 여름방학이니까 돌아와 있겠군요."

"네, 덕분에. 금년이 마지막 여름방학이라며 규슈로 여행을 떠났습니다.."

다니카와는 이키의 외아들의 성장이 대견스러운 듯 물었다.

"그래요? 마이쓰루로 돌아왔을 때만 해도 아직 소학생이었는데 벌써 내년 봄이면 대학을 졸업하게 되었군요. 그런데 취직은?"

"이쓰이물산에 지원했답니다."

"그래? 그거 참 재미있군. 역시 아들이란 믿음직스럽단 말이야. 내가 이렇게 도시락 싸들고 삭풍회 회장 겸 급사 노릇이나마 할 수 있는 것도, 사실 아내가 부업을 하여 돕는 데다 나고야에 있는 아들 녀석이 월급에서 몇 푼씩 떼어 보내주는 덕분이지. 가족의 이해와 협력이 없는 한 내가 아무리 애써도 도저히 해낼 도리가 없거든."

하며 훌쩍 자리에서 일어나 밖으로 나갔다.

총총히 사라지는 그를 전송하며 이키는 히사마쓰 세이조가 하던 말을 떠올렸으나, 다니카와는 자기에게 있어서 마음의 등불이라는 생각이 문득 들었다.

이튿날 정오가 되자 포크 2세 일행은 올 때와 같이 아무런 사전발표도 없이 돌연 자가용 제트기를 타고 하네다공항을 떠나 미국으로 돌아가 버렸다.

 깅키상사의 다이몬 사장은 끝내 포크 2세를 만나지 못한 데서 터져 나오는 노여움을 노골적으로 폭발시켜 당장에 사토이 부사장을 불렀다. 그러나 그가 자리에 없자, 이번에는 이키를 대신 사장실로 불러들였다.

 "자네하고 사토이 군은 도대체 뭘 하느라고 그렇게 멍하니만 있었나. 내가 지난 3일간 도쿄에 머문 까닭이 뭔지 아나? 무슨 수를 써서든 포크 2세를 만나기 위해서였는데, 닭 쫓던 개 지붕 쳐다보는 식으로 그냥 돌아가야 한단 말인가?"

 다이몬은 회전의자를 신경질적으로 덜커덕거리며 쏘아붙였다.

 "죄송합니다. 저로서는 이렇게 해보면 어떨까 싶은 복안이 있긴 했습니다만, 여러 가지로 눈치가 보이는 점이 있어서……"

 "눈치? 무슨 소린가"

 "아닙니다. 그건……"

 이키가 더듬거리자,

 "또 사토이 군의 심술 때문인가? 대기업 속에서 그 따위 정신을 쓸 여유가 어디 있어. 명색이 부사장이란 친구가 옹졸하기는 원."

 하고 다이몬은 밥맛 떨어진다는 듯이 말했다.

 "그렇게 말씀하시면 제 입장이 너무 난처합니다."

 이키는 일단 부인하고 나서 다시 말을 이었다.

 "그보다도 사장님, 우리가 철강부문 강화를 위해 야마시타통상을 흡수한 뒤 그에 따른 상권을 이어받아 닛신자동차로 인사차 갔을 때, 섬유상사로부터 강철을 사들이고 싶은 생각은 추호도 없다며 보기 좋게 거절당해, 그 모욕감을 평생토록 잊을 수 없다고 하시던 사장님의 그때 모습은 두고두고 잊을 수가 없습니다."

다이몬이 자동차에 대해 불처럼 타오르는 집념을 가지고 있는 것에 대한 이유를 잘 알고 있다는 뜻으로 담담하게 말하자 다이몬은 눈을 크게 떴다.

"바로 그걸세. 그 뒤부터 나는 언젠가 닛신자동차를 짓눌러버리고야 말겠다고 별러왔지. 그래서 포크 2세가 일본에 온 기회를 놓치지 않고 강철납품 협상을 벌여 그것을 발판으로 닛신자동차의 목을 눌러 버리고 싶었던 거야."

다이몬은 새삼 이를 갈았다.

"사장님의 기분은 잘 알고 있습니다. 그러나 지금으로서는 과거 어느 때보다도 더욱 시카고 지사와 디트로이트 지사를 강화하여 미국 3대 메이커에서 강철 판로를 개척하는 한편, 국내에서는 자본자유화에 앞서 필연적으로 벌어질 자동차산업 재편성의 움직임을 염두에 둔 신중한 대책 강구가 시급합니다."

"무슨 특별한 생각이라도 있나?"

"있습니다. 하지만 제가 말씀드릴 때까지 잠시 동안만 기다려주셨으면 합니다.

이키는 자신만만함을 은근히 나타냈다.

"그 일과 관련하여 특별히 부탁드릴 게 있습니다. 우리 회사 국민협회 헌금액인 연간 1천만 엔과 별도의 헌금액 중 히사마쓰 대신의 구영회(久榮會)에 내놓고 있는 연간 2백만 엔의 헌금을 3백만으로 늘려주셨으면 합니다.

"이키 군, 한 사람 앞으로 1백만 엔씩이나 증액한다는 건 결코 간단한 일이 아닐세. 소네자키 간사장에게도 사토이가 성화를 부리는 바람에 이번부터 증액하여 연간 1백만 엔이지. 나는 한 번 내면 그 뒤로도 줄곧 내는 게 당연한 것으로 알고 있는 정기적인 헌금은 좋아하지 않네. 우리 종합상사는 별의별 것을 다 취급하는 데다 세계 곳곳에서 활동을 벌이는 기업인 만큼 상담 한 건에 얼마 하는 식이 보다 효율적이야."

이키는 잠시 침묵을 지키고 있다가 다시 입을 열었다.

"사장님, 섬유부문을 축소하고 중공업을 지향하는 우리 회사에서 자동차의 자본자유화문제는 그 관련 분야가 넓은, 가장 큰 관심사입니다. 그렇기 때문에 통산 대신을 꼭 붙드는 것과 그렇지 않은 것에는 외교문제와 표리일체가 되어 시시각각 변하는 사태에 대한 방책에도 커다란 차이가 나게 됩니다."

"그렇다면 최근 들어 히사마쓰 대신을 만나보았다는 건가?"

"실은 엊그제 억지로 떼를 쓰다시피하여 신문에 보도되지 않은 포크 2세의 움직임과 통산성의 분위기에 대해 직접 말씀 들었습니다."

"그럴 줄 알았더라면 나도 자리를 같이할 걸."

다이몬이 불만스러운 표정으로 말했다.

"저도 그런 생각을 하긴 했습니다만, 갑자기 부탁드린 일이라 시간을 쪼개주시는 게 쉽지 않은 데다, 사토이 부사장님 귀에 들어가면 제가 부사장님을 제쳐놓고 직접 사장님께 고한다는 등 가당찮은 오해 속에 말려들기 쉬운 터라 자제를 했던 것뿐입니다.."

"흠, 사토이에 대해 그런 데까지 신경을 써야만 하나?"

중도채용자인 이키를 감싸듯 말했다. 이키는 그런 다이몬의 표정을 재빨리 읽어냈다.

"조금 전에 사장님은 히사마쓰 대신과 소네자키 간사장의 헌금비율에 대해 말씀하셨는데, 분명히 말씀드려서 소네자키 간사장은 상사들 중 도쿄상사의 사메지마 씨와 가장 관계 깊은 정치인으로서 받을 수 있는 한 상대가 누구든 상관없이 받아먹는 사람입니다. 10만 단위의 돈까지도 직접 긁어모으고 다닌다는 소문이 났을 정도지요."

그러나 다이몬은 쉽사리 결단을 내릴 수가 없었던지.

"자네가 하는 말뜻은 잘 알아듣겠네. 하지만 히사마쓰 대신 건은 한번 검토해 보기로 하지."

하고 쉽게 동의하려들지 않았다.

"사장님, 또 한 가지 업무본부의 접대비에 관하여 말씀드리고 싶습니다. 지금보다 좀 더 액수를 올려주실 수는 없을까요?"

"또 돈 얘긴가? 그래, 얼마나?"

다이몬은 언짢은 표정을 지었다.

"꼬집어 얼마로 증액해 달라고 말씀드리기는 곤란합니다만, 지금 상태로는 정보활동에 지장이 있습니다. 스태프들이 각각 자기 주머닛돈을 털어 쓰지 않을 수 없는 형편이라 빚이 늘어나는 친구까지 있으니……"

더듬거리다가 끝내 이키는 말이 막혔다. 그런 이키의 모습에 다이몬의 두툼한 입술 언저리 근육이 풀리며,

"그래 알았네. 재무담당 다카라다 군한테 말해 둘 테니까 교섭해보게. 자네야 헤프게 쓰라고 해도 쓰지 못할 위인인 데다가 또 헤프게 쓸 데도 없을 테니까 말이야. 핫핫핫하!"

하고 조금 전까지의 저기압과는 완전히 달라져 웃음을 터뜨렸다.

"배려해 주셔서 감사합니다."

이키가 머리를 숙여 보이고 나서 사장실을 나가려 하자,

"다음 주 진잔장(榛山莊)에서 열리는 호·일(濠日)경제위원회의 오스트레일리아 대표단 환영파티에는 자네도 동부인해서 참석해야 하네. 그때 가서 빠진다든지 하면 안 되네."

하고 다이몬은 그런 자리에 나가기를 즐겨하지 않는 이키에게 못을

박듯이 일렀다.

"네, 저도 집사람도 그런 자리에는 서투르지만, 아무튼 참가하도록 하겠습니다."

이키는 사장실을 나와 자신의 업무본부실로 돌아오자마자 가이베를 불렀다.

"효도에게서 텔렉스가 들어오지 않았나?"

"아직 없습니다만, 효도는 가벼이 움직이지 않고 느긋이 기회를 엿보다가 일단 움직였다하면 일격에 끝장을 보고 마는 타입이니까, 혹시 텔렉스도 그런 식이 아닐까요?"

"아무리 그렇다 해도 떠난 지 사흘이나 지났잖은가. 정말 천하태평이군."

그때 이키 책상 위의 전화벨이 울렸다. 마침 자카르타 지사에 가 있는 효도에게서 걸려온 전화였다.

"효도? 어때, 그쪽 형편은?"

"무척 덥군요. 40도나 되니까요."

느긋한 효도의 목소리가 들려왔다.

"무슨 잠꼬댄가! 기온을 묻는 게 아니라 푸르타리나 얘기야."

"그 문제는 조금만 더 기다려주십시오. 시간을 두고 교섭하는 편이 낫습니다. 그리고 후앙 선생 권유로 인도네시아 육군에 트럭을 팔아먹을 공작을 벌이고 있습니다. 희소식을 기다려주십시오."

"그래, 알았어. 하지만 가끔 연락주는 것 잊지 말게."

이키는 내심 효도는 역시 듬직한 사내라고 생각했다.

쓰키지의 요정에서 이키는 아이자와 자동차과장이 나타나기를 기다리고 있었다.

각종 모임에서 만난 적이 있는 터라 안면은 있었으나, 단둘이 만나는 것은 오늘이 처음이었다. 통산성 관리인 아이자와는 통산국 정책 수립에 참여하며 해외에 나다닌 덕분에 국제감각을 지닌 정책통으로 알려진 인물이었다. 흰 살결에 호남형인 그는, 기업과 쉽게 타협하지 않을뿐더러 경우에 어긋나는 일 앞에서는 절대로 양보할 줄 모르는 만만치 않은 남자라는 평이 있었다.

복도를 걸어오는 발소리가 들리더니 요정 접대부의 안내로 미닫이가 열리면서,

"이거, 기다리게 해서 죄송합니다.

하며 아이자와가 스스럼없이 들어왔다.

"바쁘신 가운데 무리하게 부탁드려서 죄송합니다."

이키가 정중하게 인사말을 건넸다.

"히사마쓰 대신 각하께서 한번 만나 얘기를 나누라고 하시기에 나왔습니다만, 도대체 무슨 일입니까? 귀사에서는 탈섬유, 중공업화 노선을 꽤 과감하게 추진해 나가시는 것 같더군요."

"글쎄요, 아무래도 구호처럼 잘 되지는 않는군요. 원래 회사의 대들보가 섬유였기 때문에 지지부진한 형편입니다."

요정의 여종업원이 술병을 가지고 들어와 술을 따라준 다음 다시 밖으로 나가기를 기다려 이키가 말을 이었다.

"사실 오늘 여쭤보고 싶은 것은 통산성이 자동차의 자본자유화를 강경하게 저지하고 있는 밑바닥에는 과연 무엇이 깔려 있는가 하는 점과, 자유화의 시기를 대략 언제쯤으로 잡는 게 옳을까 하는 두 가지 문제에 대해서입니다."

이키의 솔직한 물음에 아이자와는 선선히 말을 꺼냈다.

"이키 씨, 자동차의 자본자유화라 하니까 일본 사람들은 당장 미국

의 거대한 자본이 상륙할 것을 우려하는데, 지금 월남전쟁으로 말미암아 적자투성이인 미국이 어떻게 국외로 돈을 유출해 낼 수가 있겠습니까. 내 생각으론 일본으로 들어올 수 있는 외화라야 고작 3억 달러, 일본 돈으로 약 1천억 엔에 지나지 않을 것입니다. 지난해 일본의 설비투자액이 8조 2천억 엔, 금년에도 8조를 넘어설 것입니다.

가령 8조라 했을 경우 8조 분의 1천억이니까 80분의 1, 즉 1.25퍼센트라는 계산이 나옵니다. 그와 같이 하잘것없는 외자를 두려워한다는 것은 이른바 통산성의 과잉방위가 아니냐 하는 논리도 성립될 수 있습니다. 그러나 문제는 미국에서 들어올 1천억만으로 끝나는 게 아니라, 지금까지의 예로 미루어볼 때 약 20배에 가까운 자금을 국내에서 조달할 수 있다는 것입니다. 왜냐하면 일본의 금융기관은 거대하고 안전한 외자에는 적극적으로 돈을 빌려줄 자세이므로 1천억을 들여오면 사실 2조 엔의 투자가 가능합니다. 따라서 미국이 말하는 자본자유화란 미국에 남아 있는 돈을 가져오겠다는 것이 아니라 미국 자본가로 하여금 재량껏 활동할 수 있는 기회를 달라는 뜻일 것입니다. 이키 씨, 당신은 이점을 어떻게 받아들이시겠습니까?"

말을 마친 뒤 아이자와는 술잔을 비웠다.

"정말 미국다운 전략이군요. 그런 식으로 나간다면 미국은 2차 세계대전에서 얻은 전과보다도 더 큰 전과를 해외에서 자본진출, 기업진출에 의해 획득할 수 있겠군요. 그것도 평화적인 형태로……"

아이자와는 고개를 끄덕였다.

"그렇다면 국내 메이커가 힘을 길러 자동차의 자본자유화를 단행할 수 있게 되는 시기는 언제쯤으로 보아야 할까요?"

이키는 결론을 독촉하듯 서둘러 물었다.

"그건 어려운 질문이군요. 사실 미·일 경제회의 때마다 미국은 우리에게 서독 다음가는 세계 제3의 국민 총생산량을 자랑하게 되었으니 좀 더 자유화를 감행하라고 재촉합니다. 그때마다 우리 정부는 충격이 가벼운 것부터 반년 단위, 1년 단위 식으로 자유화하고 자동차, 컴퓨터, 오렌지, 레몬 등 타격이 큰 것들은 될 수 있는 한 미루어 시간을 버는 작전을 취하는 만큼 언제쯤이 될 것이라고 당장 말씀 드릴 수는 없습니다."

"그럼 일전에 포크사와 도와자동차의 자동변속기 합자회사 문제는 어떻게 될 것 같습니까?"

아이자와는 갑자기 씁쓸한 표정을 지었다.

"나는 이것을 기정사실로 하여 모처럼 막아온 자동차의 자본자유화가 야금야금 먹혀 들어가서는 안 된다는 생각으로 단호히 반대하고 있습니다만, 결국은 미·일의 정치적인 차원에서 합자회사 건만은 인정해 주는 방향으로 낙찰될 공산이 큽니다. 그러나 나는 출자비율로 브레이크를 걸어야 한다고 생각합니다. 포크측은 50퍼센트 출자에서 한걸음도 양보하지 않을 것 같고, 통산성 내부에서도 50퍼센트만 넘지 않으면 상관없지 않느냐는 의견이 대두되고 있습니다만, 그건 얕은 생각입니다. 나는 포크사와 도와자동차의 합작은 불안하니까 일본의 2대 메이커 중 하나인 닛신자동차를 참여시켜 세 회사가 파트너가 될 것을 주장하고 있습니다."

"그럼 도쿄상사는 한몫 끼지 못하게 된다는 말씀인가요?"

이키가 무엇보다 알고 싶은 점이었다.

"끼어들지 못하게 하고 싶지만 상사의 활동을 규제할 만한 결정적 근거가 없는 것이 문제입니다. 당신에게는 실례되는 말이지만 사실은 나는 상사에 대한 인상이 좋지 않은 편입니다. 나라의 정책이야 어떻든 법에 저촉되지 않는 한 국내에서 돈만 벌어들이면 된다는 생각, 국내기업을 외국자본에 팔아넘기면서도 눈썹 하나 까딱 않는 습성을 나는 잘 알고 있습니다. 도쿄상사가 바로 그 좋은 예지요. 통산성에 들어와서는 머리가 땅에 닿도록 잘 알았다 해놓고 뒷구멍에선 어떻게든 한몫 끼려고 소네자키 간사장의 언저리에 손을 써서 우리 입을 막으려고 하나 본데, 참으로 한심한 일입니다. 우리가 국가이익을 도모하고자 민족자본 옹호를 내세워 재편성을 추진해야 한다고 하면 마치 대기업의 이익을 위해 날뛰는 사람들이라도 되는 듯이 비판을 가하지요. 그러나 지금 같은 무방비상태에서 외국자본에 먹히는 날에는 관련 분야가 넓은 자동차산업의 언저리에서 먹고 사는 중소부품 메이커들은 어떻게 될 것이며, 나아가 일본 산업계에는 어떤 혼란이 야기될지 상상도 할 수 없습니다. 상사들은 좀 더 진지한 자세로 국익을 생각해야 할 것입니다."

아이자와의 말에는 우국의 충정이 넘쳤으며, 통산성 관료로서의 강한 신념이 짙게 풍겼다.

이키는 상쾌한 기분으로 아이자와의 잔에 술을 따르며,

"통산성에서 구상 중인 자동차업계 재편성 가운데 지요다자동차와 후코쿠자동차의 합병구상도 포함되어 있다는 소문을 들었습니다만."

하고 넌지시 물었다.

"있을 수 있겠지요."

"그럼 두 회사의 합병이 실현될 전망입니까?"

"그야 가능성 있는 제휴나 합병이라면 실현시키는 것이 바람직하겠지요."

히사마쓰 통산대신에게 지요다자동차와 후코쿠자동차의 합병을 당분간 연기해 달라고 부탁해 두었는데도 아이자와는 통산성의 행정지도방침을 대변이라도 하듯이 말했다. 이키는 그로부터 순수한 사명감에 불타는 관료와 모든 것을 돈과 바꾸는 정치인과의 차이점을 분명히 느꼈다.

"그러나 아이자와 과장님, 지요다자동차에서는 자주독립노선을 강력히 주장하고 있다던데요."

이키는 통산성의 구상을 좀 더 구체적으로 알아보기 위한 물음을 던졌다.

"그런 게 아니라 지요다자동차의 내부는, 영업부문은 후코쿠자동차와의 합병을 추진하는 파벌이고, 기술부문은 자주독립을 주장하고 있습니다. 한편 후코쿠자동차 쪽은, 주거래은행의 압력이 주효한 덕분인지 일단은 영업과 기술부문이 모두 합병으로 기울었으니, 문제는 지요다자동차 쪽에 있습니다. 후코쿠 따위는 너무 소규모니까 기왕이면 닛신과 합병하겠다는 거지요. 그래서 무역진흥 국장자리에서 옮겨가는 아마카와 씨와 연계를 도모하면서 닛신과 합병시키려고 했더니, 이번엔 또다시 자주독립노선을 취하겠다는 등 우물쭈물하는 판이라 그렇잖아도 애를 먹고 있는 중입니다."

"싫다는 말의 고삐를 억지로 끌고 가서 물을 마시게 한다면 열매 있는 합병을 기대할 수 없는 게 아니겠습니까?"

"그러나 경영진이 그렇게 갈팡질팡하고 있으면 옆에서 보기에도 위태롭기 그지없지요. 만약 미국의 3대 메이커가 눈독을 들이기로 말한다면 가장 먼저 지요다가 쓰러지고 말 것입니다. 그쪽의 아쓰키 공장은 일본에서 3대 메이커의 거점이 되기 십상이거든요. 그러니까 어떻게든 그러기 전에 후코쿠나 닛신과 짝을 지어 외자의 공격목표에서 벗어날 수 있게 해주자는 것입니다."

아이자와는 걱정스럽다는 듯이 말했다. 그러나 상사원인 이키로서는, 만약 외자와 맺어질 경우 지요다자동차야말로 가장 용이한 메이커라는 말로 받아들여졌다.

요시코는 속옷 바람으로 화장대 앞에 서서 막 완성된 나들이옷을 빳빳한 포장지를 벗기고 꺼내 입어보았다. 연보라색 바탕에 닭의장풀 무늬를 물들인 화려한 옷으로, 오늘 저녁에 열리는 진잔장 파티를 위해 새로 맞춘 것이다.

"어머, 엄마, 고상하고 화려해요⋯⋯참 예뻐요."

옷 입는 것을 거들던 딸 나오코가 거울에 비친 엄마의 모습을 넋 나간 듯 바라보며 말했다.

한 달 전, 남편으로부터 호·일 민간경제회의 참석차 오스트레일리아 대표단이 오는데, 그 환영 파티에 부부동반으로 참석하니 그리 알고 있으라는 말을 들었을 때 요시코는 약간 떨렸다.

다이몬 사장 부인을 중심으로 한 다과회나 해외에서 온 깅키상사의 귀한 거래처 손님 부인을 접대하는 일 정도는 다른 중역 부인들과 함께 해보았지만, 남편과 더불어 그처럼 화려한 파티장에 나가본 적은 한 번도 없는 데다 입고 나설 만한 여름용 나들이옷도 준비되어 있지 않은 터였다.

그런 줄 알아차린 이키가 여태껏 고생만 시켜왔으니 이번 기회에 눈 딱 감고 값진 것으로 한 벌 맞추라고 권했던 것이다. 그러나 순풍에 돛단 듯 상무로까지 일약 승진가도를 달려왔다고는 하지만 중도채용으로 근속 연수는 10년도 채 못 되어 저축이 많을 리 없었다. 게다가 중역이 되는 바람에 오히려 씀씀이가 늘어나, 시집보낼 나오코의 혼수감을 생각하면 호사부리고 싶은 기분이 나지 않았지만, 정기예금으로 돌려놓은 여름 보너스를 해약하면 그만이라면서 남편이 굳이 권했던 것이다.

"엄마, 왜 그래?"

그늘진 엄마의 얼굴을 들여다보며 딸 나오코는 옷을 매만지던 손을 멈추고 물었다.

"응, 아냐, 아무것도. 자, 이거, 띠를 매는 일이 큰일이로구나."

요시코는 애써 밝은 목소리로 말하고, 옷에 맞추어 새로 마련한 포돗빛에 가까운 짙은 보라색 띠를 딸의 손을 빌려 맸다. 흰 살결에 가냘픈 몸매의 요시코에게는 짙고 옅은 보라색으로 마무리한 차림이 품위를 더해 주었고, 섬세한 닭의장풀 무늬는 한층 시원스러웠다. 요시코는 다시 한 번 거울에 뒷모습을 비춰보았다.

"괜찮을까, 이만하면?"

"최고예요. 그만하면 어느 댁 사모님과 비교해도 결코 뒤지지 않아요. 아마 아빠도 매우 자랑스러워하실 거예요."

나오코는 들뜬 목소리로 말했다.

"호들갑스럽긴 하지만 재팬항공에 근무하면서 세계 각국의 요인 부부를 늘 보아온 네가 그런 말을 하니까 마음이 놓이는구나. 좀 이르지만 아빠를 기다리게 해선 안 되니까 이만 나가봐야겠구나."

엄마의 무릎 앞에서 나오코는 손가락 하나하나 정성들여 매니큐어를 칠했다.

"엄마 오랫동안 고생하신 보람이 마침내 열매를 맺었군요."

나오코가 불쑥 말했다.

"느닷없이 무슨 말을 하려는 거지? 여자란 일단 결혼을 하면 누구나 참고 견디며 고생하는 일부터 시작하는 법이란다."

"그야 그럴지도 모르지만, 엄마의 고생은 보통 여자에 비해 몇 갑절이나 되었어요. 오사카의 스미노에에 있는 시영주택에서 한창 자랄 나이의 저하고 마코토를 엄마 혼자서 키워주시던 때의 일, 생각나세요? 겨우 재개된 시베리아 억류자 귀환명단이 발표된 1953년 무렵부터, 제발 이번에는, 이번에는 하고 빌며 아빠의 이름을 찾다가 없을 때의 낙심…… 엄마는 나와 마코토를 재운 다음 혼자서 전등불 아래 귀환자 명단이 게재된 신문을 펴들고 소리 죽여 우셨지요…… 신문지가 엄마의 눈물로 얼룩지던 일을 저는 지금도 잊을 수가 없어요. 나도 그런 엄마의 모습을 보고 이불 속에서 얼마나 울었는지 몰라요."

나오코는 바로 며칠 전 밤에 요시코가 남편과 주고받았던 것과 똑같은 말을 하면서 손등에 눈물을 떨구었다.

요시코는 다정한 손길로 딸의 머리를 쓰다듬었다.

"바보같이 이런 때 갑자기 옛날 얘기를 꺼내면 어떡하니. 나오코가 진심으로 엄마를 생각해 준다면, 너 시집갈 걱정이나 하려무나. 그 편이 엄마로서는 오히려 기쁘고 흐뭇한 일이니까 말이야."

나오코는 잠자코 엄마의 손가락을 잡고 있다가,

"알았어요, 엄마 하지만 나……"

하고 말을 꺼내려 할 때, 현관에서 발소리가 나더니 규슈 일주여행을 갔던 마코토의 목소리가 들려왔다.

"다녀왔습니다. 엄마, 어디 나가세요?"

새까맣게 탄 얼굴로 마코토는 예쁘게 차려입은 엄마를 눈부신 듯 바라보았다.

"어머나, 어쩌면 그처럼 새까맣게 탔니? 요전에 보내준 그림엽서에서는 모레 돌아온다고 씌여 있더니. 그래서 저녁 준비도 하지 않았어……"

"괜찮아요. 그보다 엄마의 멋진 모습을 찍어드릴 게요."

마코토는 어깨에 메고 있던 소형 카메라를 바싹 들이대고 찰칵, 셔터를 눌렀다.

"얘, 시간이 얼마 안 남았어. 엄마 모시고 큰길까지 나가서 택시 좀 잡아드려라."

나오코가 누나답게 일렀다.

"알았어. 엄마, 가요."

마코토가 샌들을 신고 앞장서 나갔다. 두 사람을 따라 현관을 나서던 나오코가 우편함 속에 들어 있는 엽서를 보고 외쳤다.

"어머, 다니카와 아저씨로부터 온 거예요. 아빠한테 왔는데 엄마가 읽어보고 가시겠어요?"

요시코는 지난 일요일, 근처에 시회가 있어서 왔다가 잠깐 들렀다던 다니카와의 노타이셔츠 차림을 떠올리며 엽서를 읽었다.

지난번 시회는 매우 흥취를 돋구어주어 오랜만에 즐거움을 맛보았네. 오늘 엽서를 보내는 것은 다름 아니라 다케무라 마사루 씨가 갑자기 고혈압으로 입원하는 바람에 문병을 갔었네. 적절한 치료를 하여 크게 염려할 정도는 아니라서 무엇보다 다행이야. 하지만 삼복더위라 피서 겸 한동안 쉬시라고 말씀드렸지.

그분의 성격으로 미루어 볼 때 문병 가는 것을 달갑게 여기지 않으시겠지만, 이키 자네에게는 남다른 상관인 만큼 몇 자 적어 알리네.

끝에 병원 이름과 주소, 전화번호, 병실 등이 적혀 있었다. 요시코는 남편에게 알려주려고 메모지에 자세히 적은 후 집을 나섰다.

암투

요시코가 메지로다이(目白臺)의 진잔장(椿山莊)에 도착한 것은 5시가 조금 지난 시간으로 남편과의 약속시간까지는 꽤 여유가 있었다. 고급 양탄자에 고양이 발 모양의 고풍스러운 응접 소파가 놓인 일본 고유 양식의 널찍한 홀 안을 삥 둘러보았으나, 깅키상사측에서 참석하기로 된 다이몬 사장 부인도 아직은 눈에 띄지 않았다. 요시코는 한동안 창 너머로 보이는 잘 손질된 일본식 정원을 바라보며 즐겼다.

전에는 야마가타 아리토모(山縣有朋·일본 최초의 총리, 육군 원수) 공작의 별장이었던 1만여 평의 넓은 정원엔 인공 동산이며 연못이며 정자 등, 지난날의 권세와 금력을 대변하듯이 모든 것이 갖추어져 있었다.

요시코는 남편이 도착하기만을 무료하게 기다리던 중 조금 전에 메모해 둔, 다케무라가 입원한 병원에 전화를 걸어보고 싶은 생각이 들었다.

핸드백 속에서 메모를 꺼내 아오야마에 있는 병원 전화번호를 돌린 다음 내과 병동으로 연결해 달라고 부탁했다.

"다케무라 씨의 가족분이 계십니까?"

"네 조금 전에 따님께서 오신 것 같습니다. 불러드릴까요?"

"부탁드립니다."

다케무라에게는 딸이 없으니까 두 아들 중 어느 한쪽의 며느리임에 틀림없다고 생각했다.

"여보세요, 기다리시게 해서 죄송합니다. 누구신지요?"

차분하면서도 산뜻한 목소리가 요시코의 귀에 들려왔다.

"이키의 안식구입니다. 조금 전 다니카와 선생님께서 다케무라 선생님의 입원 통보 엽서를 보내주셔서 깜짝 놀랐습니다만, 아버님 병환은 좀 어떠신지요?"

그러자 상대쪽에선 아무 대꾸도 없었다.

"여보세요, 제 말 들립니까? 아버님 병세는 좀 어떠신가요?"

요시코가 거듭 물었을 때에야 비로소,

"다케무라 선생님의 병환은 그리 심한 편이 아니니까 안심하세요. 단지 날씨가 워낙 무더워 좀 쉬시는 게 좋겠다고 해서 앞으로 1주일가량 입원해 계실 예정이랍니다."

하고 이상하리만큼 무뚝뚝한 대꾸가 들려왔다. 더욱이 '다케무라 선생님'이라는 호칭을 쓴 점으로 보아 분명히 가족은 아니었다.

"저, 실례입니다만 어떻게 되시는 분인가요?"

요시코가 넌지시 물었다.

"네, 실은…… 미리 말씀 드려야 하는 건데, 저 아키츠 지사토입니다. 이키 선생님에게는 늘 신세를 지곤 하면서도 실례했습니다."

"어마, 아키츠 지사토 씨군요. 처음 뵙겠습니다. 댁에 관해서는 그이로부터 들어 잘 알고 있습니다. 늘 정성을 담은 작품과 진귀한 교토의 별미를 보내주셔서 정말 감사합니다만, 그런 걱정 안 하셔도 됩니다……."

뜻밖이었지만 요시코는 아주 자연스러운 말투로 여운을 남겼다.

"그렇게까지 말씀하실 만한 물건은 못됩니다."

전화 저쪽에서는 다시 부자연스럽고 딱딱한 목소리가 들려왔다.

"하지만 늘 폐만 끼치다 보니 마음에 부담이 가는군요."

요시코는 이렇게 대답하면서 자신의 마음 한구석에 지사토의 선물을 그다지 달가워하지 않는 느낌이 도사리고 있었다는 사실을 깨닫고 몹시 당황했다.

"그럼, 그이가 곧 찾아뵙겠습니다만, 다케무라 선생님께 부디 몸조리 잘하시라고 전해 주세요. 아키츠 지사토 씨는 언제까지 머물 예정이신가요?"

"일 때문에 1주일 정도……"

"그럼 시간 나시는 대로 우리 집에도 들러 주세요."

"네, 고맙습니다. 사모님께서도 교토에 오시는 길이 있으시면 들러 주세요."

전화가 끊겼다. 시종일관 딱딱하고 부자연스러울 만큼 서먹서먹한 지사토의 응답이었다. 요시코는 그런 지사토의 태도가 마음에 걸렸다. 막 전화 앞을 떠나 소파로 돌아가려는데 종종걸음으로 들어오는 남편의 모습이 시야에 들어왔다.

요시코는 얼른 손을 들어 신호했다. 그런데도 남편은 알아차리지 못했는지 곧장 공중전화가 있는 쪽으로 발걸음을 옮기는 것이었다.

"여보!"

요시코의 부름에 이키는 비로소 요시코를 알아보고는 한참 응시했다.

"왜 그러세요? 그렇게 뜯어보시다니."

요시코는 갑자기 귓불이 달아올라 멋쩍은 듯 말했다.

"아니, 어느 댁의 아름다운 귀부인인가 싶어서."

이키는 놀랍다는 듯이 말했다. 남편의 이 말에 요시코의 가슴은 한껏 부풀어 올랐다.

"급히 전화 거실 데라도 있으세요?"

"응, 다케무라 씨가 고혈압으로 입원하셨다는 소식을 들었어."

"그 일이라면 다니카와 선생님한테서 엽서가 왔어요. 그래서 제가 병원에 전화를 걸었더니 아키츠 지사토 씨가 전화를 받지 않겠어요? 정말 깜짝 놀랐어요."

남편의 눈치를 살피면서 요시코가 조심스레 말했다. 이키의 눈빛이 약간 움직이는 것 같았다.

"그래? 지사토 씨가…… 다케무라 씨는 그렇게 나쁘신가?"

"아뇨. 마침 지사토 씨는 일 때문에 1주일가량 여기 머무르신데요. 당신, 모르고 계셨어요?"

"몰랐어. 아무튼 내일이라도 문병을 가야지."

어젯밤 르보아의 마담으로부터 지사토가 와 있다는 것을 들어 알고 있었으나 이키는 다케무라 병문안으로 화제를 돌렸다.

"자아, 이제 파티장에 가 있어야 할 시간이오. 어서 갑시다."

이키는 요시코를 재촉하면서 빠른 걸음으로 파티장을 향했다.

넓은 정원에 면해 있는 파티장에는 오스트레일리아 대표단 환영 파티의 일본측 주최자들이 저마다 부인을 동반하고 있었다. 호·일 경제위원회 중에도 상사, 은행, 제철, 양모, 제분, 식육 등 오스트레일리아와 특히 관련 깊은 회사 20여 군데와 제트로, 외무성, 통산성에서도 관계자들이 나와 있었다.

이키는 안면 있는 사람들과 인사를 나누며 서로 아내를 소개했다.

초대 손님이 나타날 시간이 다 되었는데도 다이몬 사장 부부의 모습이 나타나지 않자 은근히 걱정스러웠다. 사토이 부사장은 무대의상처럼 요란한 파티복으로 살찐 몸을 휘감은 부인과 더불어 뭇사람들 틈새에서 유쾌하게 인사를 주고받고 있었다. 멋쟁이 사토이와는 너무나도 어울리지 않는 부인이었지만, 쓰다 영학숙(英學塾 : 일본의 상류층 여자들이 다니던 명문 여자대학) 출신인 데다 오랫동안 해외에 나가 있었기 때문인지 외국어가 유창하고 사교 매너도 훌륭했다.

"여보, 다이몬 사장님 내외분이 오셨어요."

요시코의 말에 입구 쪽을 보니 검은 예복을 차려입은 다이몬 사장과 호화로운 파티복을 입은 다이몬 부인이 폭스 안경을 낀 갸름한 얼굴에 주위의 시선을 의식한 새침데기 표정을 하고 들어섰다.

이키와 요시코가 맞으러 나가기 한발 앞서 사토이 부부가 재빨리 앞으로 나섰다.

"사모님, 이 무더위에 먼길을 나들이하시느라 얼마나 고생이 많으셨습니까?"

사토이는 얼굴 가득히 웃음을 띠며 인사말을 건넸다.

"사모님, 일전에 롯코산(六甲山) 컨트리클럽에서 한 수 가르쳐주셔서 정말 감사합니다. 어머나, 오늘은 정말 눈이 부실 만큼 아름다운 의상이시군요."

사토이 부인도 새 옷으로 갈아입는 것이 취미인 다이몬 부인의 파티복을 침이 마를 정도로 칭찬해 마지않았다. 그러자 다이몬 부인은 새침한 표정을 거두고 얼른 미소지었다.

"사토이 부인과의 골프는 참 즐거웠어요. 이번 여름 안에 한 번 더 오세요. 여름 플레이는 시원한 롯코산 컨트리가 제일 좋거든요. 사토이 씨도 오랜만에 어때요?"

"영광입니다, 사모님. 다음 주 휴가 때에는 집사람과 같이 가서 한 수 지도받을까 합니다."

사토이의 능수능란한 응수는 그가 공사에 걸쳐 다이몬 내외를 잘 모신다는 사실을 충분히 입증해 주는 셈이었다.

"자주 찾아뵙지 못해 죄송합니다."

그제서야 이키가 인사를 건넸다.

"저까지도 생각이 깊지 못해 자주 찾아뵙지 못해 죄송합니다만, 건강하신 모습을 봬서 반갑습니다."

조심스럽게 인사하는 요시코를 보고 다이몬 부인은 비로소 이키 부인의 존재를 의식했다는 듯이,

"어머, 훌륭한 묵필 서장(書狀)을 늘 받아왔어요. 그다지 마음 쓸 것 없어요."

하고 짐짓 고자세를 취했다. 그러면서 아름답고 기품 있는 요시코를 노골적으로 응시했다. 호화로운 파티복 중에서도 짙고 옅은 보라색으로 처리된 요시코의 옷차림은 한층 돋보여 뭇사람들의 눈길을 끌기에 충분했다. 다이몬은 여송연을 피우며 요시코를 향해 말했다.

"이런 파티에 나오시는 것은 오늘이 처음인 것 같군요."

"네. 제구실이나 제대로 할지 불안스럽기만 합니다."

다이몬은 미소를 지었다.

"부인의 내조에는 늘 감탄하고 있습니다. 집사람에게 그 백 분의 1이라도 좀 가르쳐 주셨으면 싶을 정도입니다."

다이몬 부인과 사토이 부인의 심술 담긴 눈길이 요시코를 훑고 지나갔다.

"과찬의 말씀입니다. 저는 아무것도……"

"그런 겸손하고 고운 마음씨가 한 걸음만 밖에 나오면 일곱 사람의

적과 싸우는 남자에게 가장 큰 힘이 됩니다. 이키 상무가 딴마음을 먹지 않는 것이 전혀 이상스럽지 않군요. 일, 일, 일만 하는 것도 좋지만, 이처럼 훌륭한 부인을 두고 이키, 조금쯤 부인에게 잘 해드리지 않았다간 정말 큰일 날 거야. 하하하."

다이몬 사장이 큰소리로 거침없이 웃어넘길 때, 입구 쪽에서 작은 술렁임이 일었다. 오스트레일리아 대표단 일행이 당도한 것이다. 기다리고 있던 일본인 내외들 사이에서 환영을 표시하는 박수소리가 우렁차게 쏟아졌다.

그들은 일본측 대표인 데이코쿠제철 사장 부부의 안내를 받아 한가운데로 나아가 초대자들의 박수에 대한 답례로 손을 흔들어 보였다.

제철회사인 BHP 회장 부부, 제당 회사인 콜로니얼 슈거 사장 부부, 매킨리 양모회사 회장 및 사장 부부, 멜버른 은행장 부부 등 오스트레일리아의 경제계를 대표하는 기업체 인사 부부들과, 주일 오스트레일리아 대사, 참사관, 재일 무역상 등 도합 17쌍으로, 남자들은 대개 검은 예복 차림이었으나 부인들은 야간 파티답게 가지각색의 칵테일드레스에 보석까지 번쩍거리면서도 서글서글한 국민성 탓인지 친근하고 밝은 분위기가 넘쳐흘렀다.

이키는 요시코에게 바싹 다가가 속삭였다.

"지금 다이몬 사장 내외가 악수하고 있는 분이 매킨리 양모 회장, 그 오른쪽 옆이 사장 내외요. 나중에 인사하게 될 테니 그리 알고 있어요."

낮에 다이몬 사장으로부터 소개받은 회장, 사장 형제를 눈짓으로 가리켰다.

"알았어요. 형제분이 너무 닮아서 부인을 보고 회장, 사장을 구분해야겠군요. 잘 기억해 두겠어요."

요시코가 약간 상기된 얼굴로 고개를 끄덕였을 때, 데이코쿠제철 사장이 일본측을 대표하여 환영연설을 시작했다.

"이번에 동부인하여 일본을 찾아주신데 대해 진심으로 환영합니다. 호·일 경제회의는 1963년 캔버라에서 조인되어 제1차 회의를 가진 이래 어느덧 5년째를 맞이하게 되었습니다. 그동안 양측 사이에 유지되어 온 긴밀한 협력관계는 여기 참석해 주신 여러분의 변함없는 정리(情理)덕분이라 해도 과언이 아닐 것입니다. 이와 같은 민간 경제교류가 머지않아 오스트레일리아와 일본 양국 정부의 경제합동위원회로 결실을 맺어 양국의 친선과 우호가 보다 깊어지기 바랍니다. 그럼 오늘 저녁에는 모두들 마음 푹 놓으시고 일본의 정서를 한껏 즐겨주시기 바랍니다."

유창한 영어라곤 할 수 없었으나 부인 동반의 리셉션에 어울리는 부드러운 인사말이었다. 이에 대하여 오스트레일리아측 대표인 BHP회장이 칠순답지 않게 다부지고 당당한 체구로 마이크 앞에 서서 답례연설을 시작했다.

"일본의 여러분, 안녕하십니까? 오늘 정성이 가득 담긴 초대를 해주시어 정말 감사합니다. 우리 모두 함께 여러분을 만나 뵙게 되는 것도 1년 만이군요. 그런데도 귀국의 경제가 급속히 성장되어 서독을 앞지를 추세에 있다는 데 대해서는 실로 놀라움을 금할 수 없습니다. 아울러 여러분의 파트너로서 기쁨을 감출 수 없는 바입니다. 우리나라 인구는 비록 도쿄의 1천만 정도에 지나지 않지만, 양모, 철광석, 구리, 보크사이트, 우라늄 등 자원이 많으므로 일본의 여러분과 서로 협조하여 산업발전을 도모하고, 국민의 행복을 위해 최선을 다하고 싶습니다."

다시 장내가 떠나갈 듯 요란한 박수 소리가 일어나고, 웨이터들이 날라 온 샴페인 터뜨리는 소리와 함성이 한데 어우러졌다. 호·일 경제협회의 수석이사 다이몬은 모두의 잔에 샴페인이 채워지자 홀 구석구석까지 울릴 만큼 우렁찬 목소리로 건배를 선창했다.

"그럼 제 5차 호·일 경제회의를 축하하는 뜻에서 건배!"

그러자 양모의 매킨리 회장이 그 말을 받았다.

"우리 부인들의 내조의 공에 건배!"

영어 가운데, '내조의 공'이라는 일본어를 마치 혀를 깨물 듯이 서투른 발음으로 말하자, 좌중에 폭소가 터져 나왔다. 그리고는 모두들 샴페인 글라스를 들고 정원으로 나갔다.

이키는 요시코와 함께 밖으로 나갔다. 인공 동산과 아담한 연못과 정자가 있는, 조경술의 극치를 자랑하는 정원이 펼쳐지고 어둠 속에 반딧불을 놓았는지 파릇파릇한 반딧불이 시원스러운 바람에 날리듯 곳곳에서 흔들거리며 깜빡거리고 있었다.

요시코가 눈앞을 가로지르는 반딧불 때문에 걸음을 멈추자 이키는 연못가의 정자에서 얘기를 주고받는 매킨리 회장 부부와 오스트레일리아 대사 일행을 보고 아내와 함께 그쪽으로 다가갔다.

"안녕하십니까. 매킨리 회장님과 사모님."

이키가 인사를 건네자 내외는 지나치게 과장된 동작으로 손을 내밀며,

"감사합니다, 이키 씨."

하고 햇볕에 탄 얼굴을 요시코 쪽으로 돌렸다.

"제 아내 요시코입니다."

이키가 요시코를 소개하자 매킨리 회장은,

"안녕하십니까, 이키 부인? 매킨리입니다."

하고 큼직한 손을 내밀었다.

"안녕하세요?"

요시코는 차분한 음성으로 인사를 하고 미소 띤 얼굴로 악수한 다음, 부인과도 초대면 인사를 나누었다. 그러자 칵테일 드레스 앞가슴에 큼직한 진주로 된 초커를 한 예순 정도의 부인은 요시코의 연보라색 예복에 포도주 빛깔의 띠를 맨 일본 옷차림을 유심히 바라보며 칭찬을 아끼지 않았다.

"굉장히 아름답군요. 마치 겐지모노가타리의 무라사키 노우에 같군요."

아무리 사교적인 말이지만 '겐지모노가타리(源氏物語·일본의 유명한 고전·옛날 궁중생활을 묘사한 소설)'의 여주인공인 무라사키 노우에(紫上)에 빗대어 말하자, 요시코는 얼굴을 붉히지 않을 수 없었다.

"겐지모노가타리를 읽어보셨나요?"

"물론이지요. 영역본이었지만 아주 멋진 이야기였어요."

남편과 더불어 일본에 자주 드나드는 매킨리 회장 부인은 상당히 교양 있는 부인인지 '겐지모노가타리'를 영어로 읽었음을 자랑스럽게 말했다. 옆에서 물탄 위스키를 마시고 있던 오스트레일리아 대사가 이키 쪽을 장난스럽게 가리키며 말했다.

"부인께서 무라사키 노우에면 이키 씨는 히카루 겐지가 되는 셈이지요."

이키가 대답할 말을 찾지 못하고 잠시 머뭇거리고 있을 때 등 뒤에서 말소리가 들렸다.

"히카루 겐지는 플레이보이가 아닙니까? 그러나 이키 씨는 오직 부인만을 사랑하고 있는데요."

돌아다보니 도쿄상사의 사메지마가 가느다란 눈으로 부드럽게 인사를 한 다음 아름다운 아내를 자랑하듯이 소개했다.

사메지마는 득의만면하여 미모의 아내에게 쏠리는 시선과 찬사 속에서 이키의 옷자락을 끌다시피 하여 좌중으로부터 빠져나오더니,

"이키 씨, 요즘 또 활약이 대단하신 모양이더군요."

하고 말했다.

"또라니, 무슨 말씀이십니까?"

"물론 자동차죠. 그런 식으로 옆에서 끼어들어 대체 지요다자동차를 어쩔 작정이십니까?"

타진이라도 하듯 말했을 때, 사토이 부사장이 다가왔다.

"손님 접대를 제쳐놓고 둘이서 무슨 이야기들이오?"

사토이의 말에 사메지마는 얼른 사토이 부인에게 정중히 인사한 뒤 그의 곁으로 다가가,

"이거 마침 잘 만나 뵈었군요. 실은 요즘 깅키상사에서 지요다자동차에 맹렬히 접근하는 바람에 가슴이 두근거려 밤잠조차 제대로 못 이룰 지경이랍니다."

하고 타고난 능청으로 거침없이 말했다.

"사메지마 씨답지 않은 말씀이군요. 그보다도 포크사와 도와자동차의 중개역을 맡으셨다던데, 얼마나 진전이 되고 있습니까?"

사토이의 물음에 사메지마는 억지웃음을 입가에 떠올렸다.

"바로 그 점이 문젭니다. 중개역인 우리로서는 정부에서 바라는 대로 닛신자동차를 끌어들이려 하는데 도와자동차의 마쓰시다 사장이 그건 약속과 다르지 않느냐고 호통 치시고, 정부방침을 어기면 행정면에서 엉뚱한 먼지가 털려 두 손 들게 될 지경이니, 아닌게 아니라 요즘에는 신경쇠약에 걸리고 말 것만 같답니다. 말도 마십시오."

실은 소네자키 간사장을 통하여 압력을 넣는 방법을 동원하여 억지로 밀어붙이고 있다는 눈치는 전혀 보이지 않고 시치미를 뚝 뗐다.

"그보다 깅키상사야말로 잽싸게 이키 씨가 아이자와 자동차과장을 스키지 요정으로 불러내어 상사라면 질색인 아이자와 과장을 높은 단수로 주물러 놓았다는 소문이 있던데요."

이키가 깜짝 놀라 말릴 사이도 없었다. 사토이의 무테안경이 번쩍 빛을 발했다.

"이키 군, 정말로 아이자와 과장을 만났는가?"

뜻밖의 물음에 대꾸할 말을 찾지 못했으나, 사토이에게서 전에 자동차에 대한 정보는 모두 자기를 중심으로 일원화하라는 말을 들은 적이 있었던 만큼 이키는 시치미를 뚝 떼었다.

"아닙니다. 그런 적 없습니다."

그러자 사메시마가 말했다.

"허어, 그러고 보니 이키 씨의 능청도 보통은 넘는군요. 그렇다면 얘기가 나온 김에 내 안테나에 걸려든 정보를 또 하나 말씀드리지요. 댁의 업무본부에 근무하는 효도 군이 현재 자카르타에 출장 중이지요? 그는 지요다자동차가 자카르타에 건설 예정인 트럭 조립공장이 영업부문의 반대로 말미암아 일시 중단사태에 있자, 어떻게든 재개시키려고 후앙 공사와 결탁하여 선발인 아이치자동차에 대한 롤백 작전으로 인도네시아 육군에 접근한다는 정보는 어떻습니까?"

어떻게 그 정도까지 냄새를 맡았는지는 몰라도 이키의 코앞에 바싹 들이대듯 밀어붙였다. 이쯤 되고 보니 이키로서도 시치미를 뗄 수만은 없어서 잠자코 있었다. 그러자 사토이가,

"그래? 자네 이제 보니 그런 식으로 책략을 쓰고 있었군."

하고 모두에게 들리도록 큰소리로 떠들었다. 옆에서 환담 중이던 매킨리 회장과 콜로니얼 슈거 사장 부부가 놀란 표정으로 돌아보았다. 사메지마는 얼른 세리주를 입에 가져가며 짐짓 아무렇지도 않다는 표

정을 지었다.

이키가 아까부터 시치미를 뗀 것은 자기 때문이 아니라 사토이 부사장 때문이었음을 깨닫고 목소리를 죽여,

"아차, 집안싸움이었군요. 그런 줄도 모르고 이거 실례가 많았습니다."

하고 상어 눈과도 같은 실눈을 날카롭게 떠 보이며 얼른 다른 자리로 가버렸다.

"여보……"

혼자 남게 된 남편 곁으로 다가가며 요시코가 창백한 얼굴로 불렀으나 이키는 돌아보지 않았다.

사별

"자네들은 이 깅키상사를 어떻게 보는 건가? 그래, 하필이면 내가 수석이사로 있는 호·일 경제위원회의 파티 식상에서 사메지마 따위에게 선동되어 아옹다옹하다니!"

진잔장에서의 파티를 마치고 단골인 호쿠라호텔 스위트룸으로 들어서자마자 화가 머리끝까지 치민 다이몬이 사토이와 이키를 질책했다. 함께 따라 들어온 다이몬 부인은 여우같이 생긴 얼굴을 찌푸리며,

"여보, 차 안에서부터 하시던 얘기가 아직도 덜 끝났어요? 나는 오늘 저녁에 모처럼 여러분과 함께 즐거운 시간을 보내려고 잔뜩 별렀는데, 두 분이 집안싸움을 벌인 덕분에 어수선해진 분위기를 이끌어나가느라고 정말 혼났어요. 난 이제 그만 쉬어야겠으니 할 얘기가 있으면 좀 조용조용히 해주세요."

하고 은근히 압박하는 어조로 말한 뒤 옆방 침실로 들어가려 했다.

그러자 다이몬은,

"회사 일로 할 얘기가 있으니 끝날 때까지 당신은 아래층 그릴이나 라운지에라도 가 있어요."

하고 단호하게 말했다.

다이몬 부인은 눈초리를 올리며 무언가 말대꾸를 하려다가 남편의 엄한 표정에 말문이 막혔던지,

"밤 9시가 지나 녹초가 되었는데 혼자 그런 데 가서 무슨 멋으로 앉아 있어요. 딴 방을 잡아서 먼저 쉬어야겠어요."

하고 핸드백을 집어 들고 밖으로 나가 문을 쾅 닫았다.

방 안이 조용해지자, 사토이는 기가 죽은 모습으로 다이몬 앞에 깊숙이 머리를 숙여보였다.

"사모님에게까지 뜻밖의 심려를 끼쳐드리게 되어 정말 송구스럽습니다."

그러나 이키는 눈길을 내리깐 채 입을 굳게 다물고 있었다.

"저는 더 이상 이키 군의 비열한 행동을 눈감아 줄 수 없습니다. 불과 반달 전 사장님 앞에서 자동차에 관한 정보는 모조리 기계담당인 나를 통해 일원화해 달라고 분명히 일러두었는데도 뒷전에서 통산성의 자동차과장을 만나지 않나, 자카르타에 부하를 보내 나의 계획과 정반대되는 일을 획책하지 않나…… 그러고서도 사내대장부라고 할 수 있을까, 이키?"

사토이는 기회라는 듯이 격렬한 어조로 이키를 비난했다.

그러한 사토이의 말을 들으며 눈을 내리깔고 있는 이키를 다이몬은 금테안경 너머로 흘낏 바라보았다.

"때와 장소를 가리지 않고 큰소리를 낸 사토이 자네가 경솔했네. 그러나 이키 자네도 사토이 부사장의 방침에 이의가 있다면 분명히 말하고 행동해야지, 하나의 문제를 놓고 중역 간에 서로 다른 행동을 취하고 있는 것이 회사 바깥으로 알려지면, 이거야말로 크나큰 망신이 아니고 뭐란 말인가?"

사토이는 이 말에 용기를 얻은 듯,

"사장님 말씀이 옳습니다. 그럼에도 불구하고 이키는 걸핏하면 업무본부만의 비밀주의를 취하여 영업부문의 발을 잡고 늘어지곤 하니 사장님을 비롯한 선배 여러분이 합심 노력한 결과 이만큼 성장시킨 회사를 뭘로 아는 건지 알다가도 모르겠습니다. 대체 깅키상사를 어떻게 하려는 건지 이 기회에 분명히 말해 보게나."

하고 채근했다.

이키는 천천히 눈길을 들고 대꾸했다.

"새삼스럽게 그와 같은 질문을 하신다 해도 나에게 다른 뜻이 없는 이상 달리 답변할 말이 있을 수 없습니다. 회사경력이야 부사장님하고 비교조차 안 되지만, 깅키상사에 대한 충성만은 누구 못지않다고 자부하고 있습니다."

사토이의 입가에 엷은 웃음이 떠올랐다.

"말은 제법 그럴듯하네만, 지요다자동차 문제 하나만 놓고 보더라도 자네는 회사방침과 완전히 어긋나는 일을 꾀하고 있지 않나? 자네의 그 알량한 충성심이 언제까지나 통할 것이라 생각한다면 큰 오산이야."

이키는 그 말에 대꾸하는 대신,

"지요다자동차 건에 관한 한 아직 회사방침이 결정되지 않은 줄로 압니다."

하고 또렷한 목소리로 이의를 제기했다.

"이키, 그런 주제넘은 소리 하지 말게. 지요다자동차와 후코쿠자동차를 제휴시킨다는 방침은 내가 담당하는 기계부문에서 이미 옛날에 결정되었으며, 현재 하나둘 포석 중에 있는 줄 모르나?"

하고 사토이는 아니꼽다는 듯이 말했다.

"기계담당인 부사장님 밑에서 어떤 방침이 정해져 있든, 자동차에 관한 한 장래 자본자유화정책 속에서 컴퓨터와 더불어 일본의 주요 전략산업인 만큼 전사적(全社的)인 경영회의에서 그 대응책을 강구해야 하는 것으로 알고 있습니다. 따라서 자동차를 직접 담당하고 있는 수송기본부뿐만 아니라 업무본부, 뉴욕지사 등 각자의 입장에서 수집한 정보와 방침을 경영회의에 상정, 충분한 토의를 거쳐야 한다고 생각합니다."

단 한걸음도 양보할 수 없다는 듯 단호히 말했다.

"자네는 걸핏하면 경영회의를 들먹이는 걸 보니 경영자가 꽤나 좋은가 보군. 그래, 다수결로 자네 의견을 밀고 나가겠다 이건가?"

"천만의 말씀입니다. 저도 평소부터 이 정도 큰 회사에서 책임과 권한에 따른 조직체계가 너무 애매하다는 점에 의문을 품고 경영회의를 제창해 왔습니다만, 저의 이런 뜻은 아직도 중역들의 이해를 얻지 못해 지금까지와 같은 다수결원리로 회사의 최고방침이 결정되고 있습니다. 그러나 수치에 의존하는 다수결원리가 회사의 방침을 그르치는 경우도 많다는 사실은 굳이 과거에 파산한 기업의 실례를 들지 않더라도 자명한 일입니다. 최소한 전사적인 경영방침에 관계되는 문제에서 최종결정을 내릴 수 있는 사람은 오로지 사장님 한 분뿐인 줄로 알고 있습니다."

"아니, 그럼 자네는 무엇 때문에 경영회의를 연다는 건가?"

사토이가 따지듯 물었다.

"경영회의란 어디까지나 사장님의 결정을 보좌하는 기관인 줄로 압니다. 왜냐하면 사장님은 회사의 절대적 권한자이기 때문이며, 중역들이 서로 충분하게 논의할 수도 있지만 그 결과 모두들 반대한다 해도 심의를 거쳐 사장님이 내리신 결정사항에는 반드시 따라야 한다고 생각합니다."

"경영회의가 사장의 보좌기관이라니, 그렇다면 이거야 천황을 보필하는 어전회의 같지 않은가. 이 시대의 첨단을 걷는 상사에서 그런 시대착오적인 체제가 용납될 수 있다고 생각하나? 그따위 짓을 하다간 사장님 또한 몸이 몇 개가 있어도 모자랄걸."

코웃음 치듯 사토이가 말했다.

"사물의 진리란 언제나 시대를 초월하는 법입니다. 중국의 고전인 손자병법, 일본의 작전요무령, 그리고 미국 기업들의 경영전략 등, 그 어느 것을 보더라도 최후결단을 내리는 사람은 그 조직의 우두머리이며, 그 결단이 잘못 내려지지 않도록 보좌하는 것이 바로 내가 말하는 경영회의인 것입니다."

마침내 두 사람의 대화를 쭉 듣고 있던 다이몬이 결단을 내리듯 말했다.

"얼마 전에 듀퐁 회사 사장을 만났을 때, 중요한 각료회의에서 각료들이 토의를 충분히 마친 끝에 모두 찬성했는데도 링컨 대통령은 모든 의견을 겸허한 자세로 경청한 뒤 '노'라고 용기 있게 결단을 내렸다는 얘기를 하면서, 최고책임자의 결단이 얼마나 중요한가를 깨우쳐 준 적이 있지. 지요다자동차 문제는 경영회의의 논의를 거친 다음 결정하도록 하겠네."

요시코는 파티에 입고 나갔던 나들이옷을 옷걸이에 걸어 통풍이 잘 되는 안방 문 가까이에 걸면서도, 진잔장에서 사토이 부사장에게 면박 당하던 남편의 모습이 줄곧 눈앞에서 아른거렸다.

풍경소리가 울리는 마루 끝에 서서 조용한 앞뜰의 화초를 바라보고 있자니까 나오코의 목소리가 들려왔다.

"엄마, 뭘 그리 골똘히 생각하고 계세요?"

"아니야. 좀 피곤해서 그런다. 엄마처럼 영어회화가 서투르다 보면 잔뜩 긴장되어서……"

"그런 자리는 처음이니까, 피곤한 게 당연하지요. 집에 자주 오는 업무본부의 가이베 씨처럼 타고난 상사원인 듯한 사람도 외국인 접대는 피곤한 일이라고 투덜거리지 않던가요."

"하지만 일상회화쯤은 할 줄 알아야 상사원 부인 노릇을 할 수 있다는 것을 절실히 깨달았단다. 아버지한테 미안할 정도였어."

가슴속의 무거운 것을 영어회화에 빗대어 털어놓자 나오코는 빗질을 멈추고,

"일상회화 정도는 연습만 하면 가능해요. 지금부터라도 하면 되지 뭐. 내가 가르쳐드릴 게요. 그보다 엄마, 오늘 파티에서 무슨 일이 있었어요?"

하고 요시코의 얼굴을 뻔히 들여다보며 물었다.

"아니, 아무 일도……"

"그래요? 아까 엄마가 목욕하실 때 도모아쓰로부터 전화가 걸려 왔는데, 도모아쓰 부모님도 파티에 참석하셨다면서요?"

요시코는 가슴이 뜨끔했다.

"그리고 보니 거기서 도모아쓰 부모님을 처음 만났단다. 그 댁 아버님은 도모아쓰와 꼭 닮았더구나. 그리고 어머님은 소문보다 훨씬 아름답고, 전 외교관 집안 출신이라 그런지 매너도 꽤 세련되었더구나."

나오코는 빙긋 웃었다.

"그야 타고난 미모는 틀림없는 모양이지만, 도모아쓰 말에 따르면 파티 때문에 어제는 긴자의 미장원에서 전신 마사지까지 한 데다가 수면이 부족하면 주름살이 생긴다면서 도모아쓰와 아버님에겐 어제저녁 호텔에 가서 자고 오라고까지 할 정도로 야단법석을 피웠다지

뭐예요."

"설마, 그런 터무니없는 짓을……"

"물론 호텔까지 가지는 않았지만 늦게 귀가한 아버님은 침실에도 못 들어간 채 도모아쓰 방에서 자고, 아침에는 아직도 취침 중인 어머님에게 방해가 되지 않도록 살며시 집을 빠져나와 역전에 있는 다방에서 부자간에 토스트와 커피만으로 아침을 대신하고 각자 회사로 출근했대요."

나오코는 까르르 웃었지만, 요시코는 아직 돌아오지 않은 남편을 생각할 때 딸의 우스갯소리를 맞상대할 기분이 나지 않았다.

"실없는 소리 그만해라. 아버지는 모레부터 미국 출장이니까 준비를 해둬야겠어……"

나오코는 여전히 재미있다는 듯이 말했다.

"이건 농담이 아니라 진짜라니까요. 도모아쓰네 아파트에서는 불면증인 어머니의 비위를 건드리지 않기 위해 부자가 날마다 쩔쩔맨다나요. 도모아쓰가 늘상 투덜거리던데요."

"알았다, 알았어. 엄마는 바쁘니까 이제 그런 얘기 그만해 둬라. 그리고 나오코, 도모아쓰와 어떤 교제를 하고 있는지는 모르지만, 사메지마 씨네 가정이 그렇다면 결혼을 전제로 한 교제는 아버지는 말할 것도 없고 엄마도 반대야."

전에 없이 엄하게 말한 다음, 요시코는 남편의 출장용 트렁크를 열어 리스트를 보면서 다시금 옷가지를 정리하기 시작했다.

나오코는 돌연 정색을 했다.

"엄마, 아까 나가시면서, 지금 들어와 있는 맞선 이야기를 진지하게 생각해 보라고 하셨죠? 하지만 역시 거절하겠어요. 아빠가 육대를 수석으로 졸업하셨을 때 장래가 촉망된다 하여 수많은 장군들 집안에서 혼담이 들어왔지만 육대의 교관 딸이던 엄마를 선택하셨듯이, 나 역시 장래의 반려자만큼은 내가 직접 선택하고 싶어요."

"그래서 그 사람이 바로 사메지마 도모아쓰란 말이냐?"

남편과 사토이 부사장 사이의 다툼이 도쿄상사의 사메지마가 남편의 발을 잡아끄는 것 같은 말을 꺼낸 데서 야기되었음을 아는 만큼 요시코는 날카로워진 감정을 좀처럼 억제할 수가 없었다.

"엄마, 역시 오늘 무슨 일이 있었군요. 도모아쓰의 전화로는 아빠가 파티 석상에서 부사장과 다투신 것 같다던데, 혹시 아빠가 늦으시는 것도 그 일 때문이 아닌가요?"

나오코는 엄마 곁으로 바싹 다가서며 물었다.

"나오코, 그게 무슨 말이냐?"

요시코가 나무라듯 말했다.

"도모아쓰한테 들었을 때만 해도 대수롭지 않게 여겼어요. 그런데 엄마 눈치를 보니까 꽤 걱정스러운 일 같군요. 도대체 무슨 일이에요? 엄마가 옆에서 잘 마무리지을 만한 일이 못 되었나 보죠?"

아버지를 끔찍이 생각하는 나오코는 어머니의 어두운 표정에서 무언가 불안을 느끼며 캐물었다. 그 말 한마디 한마디가 요시코의 가슴에 파고들었다.

때마침 현관으로부터 차 멎는 소리가 들려왔다.

"돌아오셨나 봐요."

나오코는 재빨리 현관으로 나가고 요시코는 에어컨을 틀었다.

이키는 아무 일도 없었던 것처럼 태연한 표정으로 재킷을 벗어 요시코에게 건네주고 넥타이를 풀었다.

"아빠, 오늘 엄마 참 예뻤죠? 다시 봤죠?"

"네가 도와줬다며? 외국 손님한테도 엄마가 마치 '겐지모노가타리'

의 무라사키 노우에 같다는 찬사를 받았지 뭐냐. 그런데 마코토는 규슈에서 돌아왔나? 벌써 자니?"

2층을 눈짓으로 가리키며 물었다.

"네, 2주일이나 긴 여행을 하고 나니까 몹시 피곤하다며 저녁도 안 먹고 잠들어버렸어요. 깨워 올까요?"

"아니, 내버려둬라. 그렇게 피곤하다면 자는 게 좋겠지. 오늘은 아빠도 피곤하니까 얼른 목욕이나 하고 잠 좀 자야겠다."

이키는 곧장 욕실로 들어갔다.

나오코는 어머니의 얼굴을 마주 보며,

"별일 아닌 것 같네? 안심했어요. 그럼 엄마도 주무세요."

하고 나서 2층으로 올라갔다.

요시코는 열어젖혔던 트렁크를 한옆으로 치운 다음 이부자리를 폈다. 그러고는 피곤해 보이는 남편의 등이나 밀어줄까 싶어 일어서는데, 겨우 물만 뒤집어쓰고 나오는지 남편이 욕실에서 나왔다.

"어머, 빠르시군요. 지금 막 등이나 밀어드릴까 하고 가려던 참인데요."

이키는 아무 대꾸도 없이 요 위에 벌렁 드러누웠다. 요시코와 단둘이 되자 다시금 사토이 부사장과의 일이 마음에 걸리는 모양이었다.

잠자코 천장만을 쳐다보고 있는 이키에게,

"여보, 미국 출장 준비를 하셔야죠. 필요한 것이나 빠진 것이 있다면 이 리스트를 보고 말씀해 주세요."

하고 요시코가 자잘한 글씨가 적힌 종이를 내밀었다.

"출장 갈 때 가지고 갈 물건 따위는 당신이 알아서 챙기구려."

이키는 무뚝뚝하게 대꾸하고 리스트는 거들떠보지도 않았다.

"사토이 부사장님과의 일은 상관없으시겠어요?"

요시코가 조심스럽게 물었다.

"그 정도는 아무것도 아냐. 걱정할 것 없어."

이렇게 말하고 이키는 사토이에 대해서는 더 이상 거론조차 하기 싫다는 듯 돌아누워 버렸다.

요시코는 다이몬 사장의 인정을 받고 이례적으로 거듭 승진했으면서도 중도채용자로서의 설움을 감수해야 하는 남편의 입장을 새삼 실감하며 살며시 자리에서 일어나 미닫이를 닫았다.

유이가하마가 한눈에 보이는 가마쿠라(鎌倉)의 고쿠라쿠지다니(極樂寺谷) 언덕 위에 있는 도예가 가미고 쇼후(上鄕松風)의 응접실에 도예평론가인 사에키 하루히코와 아키츠 지사토가 자리를 같이하고 있었다.

사에키 하루히코는 가미고 쇼후와 마주 앉아 맥주잔을 기울이면서 오드볼을 입으로 가져갔다.

"가미고 선생님의 소개 덕분에 아키츠 지사토 양도 마시코(益子)에서 가장 오래된 공방에 들어가 수업할 수 있게 되었습니다."

그러자 새하얀 마직 원피스를 입은 아키츠 지사토는 무릎을 가지런히 모으며 말했다.

"덕택에 공부할 수 있는 절호의 기회를 얻게 되어서 정말 고맙습니다."

두 손을 짚고 공손히 인사를 드리자, 일본 민예도예협회 회장이며 일전(日展·우리 나라의 국전에 해당함) 미술공예부 심사위원인 가미고 쇼후가 온화한 표정으로,

"여름에만은 가마쿠라에 돌아와 있지만 지난 30년 동안 줄곧 그쪽에 가마를 가지고 그 고장 사람들과 함께 일해 왔기 때문에 마시코 사

람들은 한집안 식구나 다름없지요. 마시코야키(益子燒·마시코 지방에서 생산되는 독특한 도자기)의 공부는 어쨌어요?"
하고 물었다.
지사토는 가미고 쇼후를 똑바로 바라보며 대답했다.
"이제까지 청자에만 몰두해 오다가 마시코를 공부해 보니 흙이 지니는 따사로움과 일본 특유의 토속적인 멋이 느껴져 청자와는 달리 아주 뜨거운, 온몸이 불타오르는 것 같은 느낌을 받았습니다."
지사토는 20명 정도의 도예공들과 더불어 근처 산에서 흙을 파 나르고, 발로 짓이기고, 손으로 주물러 빚는가 하면, 발틀 녹로를 사용하며, 가마에 소나무 장작불로 구워내는 등 시종일관 손을 사용하는 중노동을 견뎌내면서 마시코야키를 익혔다.
"그대의 진지한 의욕에 대해서는 마시코의 도공들한테서 들었소. 청자를 전공하면서도 토속적이며 소박한 것을 공부하려고 착안해 낸 점은 정말 높이 살 만하오. 온갖 것을 배우고 받아들인 뒤 그것을 죄다 훌훌 털어버렸을 때에야 비로소 진짜 자기 개성이 태어나는 법이오. 성급하게 자기의 독자적인 개성을 만들어 내려고 하면 무리가 생기오. 앞으로도 꾸준히 해보도록 하시오."
가미고의 격려의 말에 사에키 하루히코가 술기운으로 붉어진 얼굴로,
"가미고 선생님, 이것을 계기로 아키츠 지사토 양을 잘 좀 돌봐 주십시오. 저 자신도 여성도예가들 중에서는 뛰어난 신인으로 보고 있습니다만, 뭐니 뭐니 해도 도예계의 거장이시며 일전 심사위원이신 선생님께서 관심을 기울여 주셔야지요. 앞으로 여러모로 잘 부탁드리겠습니다."
하면서 맥주잔을 놓고 다시 말을 이었다.

"얼마 전에 열린 가미고 선생님의 개인전에는 정말 감탄했습니다. 가키우와구스리(柿釉·유약의 일종)에 희끄무레한 귀얄 자국을 낸 네모꼴의 꽃병, 대담하고 토속적인 역감(力感) 넘치는 좋은 작품이었습니다."

"고맙습니다. 신문에 실린 사에키 선생의 평을 읽고 무척 흐뭇해 했습니다."

이어 다른 작가들의 작품에 대한 비평이 화제에 올랐다. 환담이 한동안 계속된 뒤 지사토가 말했다.

"저, 현관에서 잠깐 뵙고 감사의 뜻이나 표하려던 것이 그만 너무 폐를 끼쳤습니다. 그럼 이만 실례해야겠습니다."

지사토가 일어서자 사에키도,

"저도 이만 실례하려던 참이었습니다."

하며 따라서 일어섰다.

가미고 쇼후는 제자로 하여금 차를 불러오게 하였다.

차는 녹음이 짙은 고쿠라쿠지다니를 내려가 가마쿠라의 번화가를 지나 마침내 국도 1호선으로 들어섰다.

지사토는 묵묵히 창밖을 내다보았다. 사에키는 아직도 술 냄새가 밴 숨을 내쉬며 말했다.

"아키츠 양, 이번에 단아미류의 이에모토 집안 둘째 아드님과 결혼한다는 소문이 있던데, 그게 사실입니까?"

"네, 사실이에요."

"아키츠 양처럼 재능 있는 도예가가, 그것도 앞으로 얼마든지 역량을 발휘할 만한 여건이 갖추어진 이때에 어째서 결혼을 하려는 것인지 알 수 없군요. 아까 가미고 선생님도 '녹로는 냉엄한 것, 녹로를 통해 사물을 보면 그 사람의 체격이나 연령, 성격까지 알 수 있지요. 여자의 경우는 결혼을 함으로써 모든 것이 끝장이오. 왜냐하면 도예란 그 자체가 매우 중노동이기 때문이오'라고 말씀하시지 않았나요?"

"하지만 반드시 끝장이라고 말할 수는 없어요. 결혼을 한 뒤에도 이 일을 하는 사람이 얼마든지 있잖아요?"

"그야 없는 건 아니죠. 하지만 아키츠 양이 서둘러 정한 결혼에는 뭔가 떨쳐버리고 싶은 다른 무엇이 개재되어 있는 게 아닌가요? 아무래도 얘기의 진전이 너무 빠른 데다 아키츠 양 자신도 그리 기뻐하지 않는 것 같고, 또 하필이면 골치 아픈 일이 많은 고전가면극의 이에모토 집안이라니, 이거야말로 아키츠 양의 재능을 썩히는 일입니다. 이것도 어디까지나 아키츠 양의 장래를 걱정해서 하는 말입니다."

말을 하는 도중 사에키의 손이 지사토의 무릎에 은근히 와 닿았다.

지사토는 운전사가 눈치채지 못하도록 슬쩍 무릎을 비키면서,

"선생님이 그렇게 말씀해 주시니까 새롭게 자신감이 솟는 것 같군요. 평생토록 도예 일을 할 결심이니 앞으로도 잘 지도해 주세요."

하고 화제를 돌렸다.

"그건 아키츠 양의 마음에 달려 있소. 아무튼 결혼 따위는 집어치워요. 그건 그렇고, 다음 주 토요일에 마침 가라쓰(唐津)의 가마에 가는데 같이 가지 않겠소? 비행기표도 이미 예약해 놓았는데."

50대 남자의 엉큼하고 뻔뻔스러운 속셈이 깃든 말이었다. 지사토는 소름이 끼칠 만큼 싫었지만 내색은 하지 않았다.

"어떡하죠? 다음 일요일에는 니시징의 숙부님 댁에 꼭 가야 하는데요."

"그래도 어떻게 적당히 시간을 내보지 않겠소?"

사에키는 지사토 옆으로 바짝 다가앉았다.

"그럴 수는 없어요."

지사토가 딱 잘라 말하자 사에키는 무안함을 감추기나 하려는 듯,

"아키츠 양도 많이 컸군. 도예가로서 이만큼 성장할 수 있었던 것이 반드시 자신의 실력만이라고 생각한다면 그건 큰 착각이지."

은근히 위압적으로 말했다.

"그건 잘 알고 있어요. 선생님이 도와주시지 않았더라면 도저히 이 세상에 알려지지 못했을 거예요."

지사토는 순순히 시인했다.

그러고는 차가 요코하마에 들어서자마자,

"잠깐 요코하마에 들를 데가 있어서 먼저 실례하겠어요."

하고 운전사에게 요코하마 역에서 내려달라고 부탁했다.

그곳에서 지사토는 도요코선(京橫線·도쿄와 요코하마 사이의 철도)으로 갈아타고 돌아가신 아버지의 친구인 다케무라가 입원 중인 아오야마 병원으로 향했다.

아오야마 병원 3층의 동쪽 끝의 '다케무라 마사루'라는 명패가 붙은 병실을 노크하려는 순간, 안쪽으로부터 문이 열리면서 체온기 케이스를 가슴에 안은 간호사가 나왔다.

"지금 괜찮을까요?"

지사토는 조심스럽게 병실 안의 형편을 물었다.

"잠이 드셨지만 들어가세요. 사모님은 요 앞에 잠깐 뭘 사러 가셨어요."

지사토는 꽃다발을 안은 채 발소리를 죽이며 창가에 놓인 의자에 조심스레 걸터앉았다.

다케무라는 평온한 숨소리를 내며 잠들어 있었다. 이틀 전 문병 때도 다케무라 부인이 저녁식사를 마련하고자 장보러 나가고 없었기 때문에 마침 걸려온 전화를 대신 받았더니 이키의 아내였던 일이 생각

났다.

이키의 아내가 여자다운 청아한 음성으로, 남편이 늘 폐를 끼치고 있습니다, 하고 정중히 말한 데 반해 자신은 어찌 그다지도 무뚝뚝하고 어색한 인사말밖에 늘어놓을 수가 없었을까? 단아미 야스오와 결혼할 작정인 자신이 무엇 때문에 이키의 아내를 의식하여 당황해하고 온몸이 굳어져야만 했던가? 스스로의 마음 깊숙이에 되물었을 때, 지사토는 자기 자신도 어쩔 수 없는 슬픔과·미칠 듯한 감정에 휩싸였다.

조금 전에 사에키가 차 안에서 말했듯이, 자기는 무언가를 떨쳐버리기 위해 단아미와의 결혼을 서두르고 있는지도 모른다…… 그런 생각이 들자 돌연 마음속에 무언가 주먹만한 덩어리가 치밀어 오르는 것 같은 느낌이 들었다.

그때 조심스럽게 노크하는 소리가 들렸다. 잠든 다케무라가 깨어나지 않도록 슬며시 일어나 문을 열자 이키가 서 있었다.

이키 또한 뜻밖에 지사토의 모습을 보고 깜짝 놀란 모양이었으나 잠든 다케무라가 깨지 않도록 가만히 들어와 문을 닫았다.

"오랜만에 뵙는군요."

지사토는 뜻밖의 만남에 당황하면서도 인사말을 건넸다.

"참, 축하합니다."

단아미 야스오와의 결혼을 말하는 것이었다.

"고맙습니다."

지사토는 가볍게 목례를 했다. 그러나 시집갈 처녀의 표정이라곤 할 수 없는 어두운 그늘에 휩싸인 그녀의 얼굴을 대하자 이키는 충격을 받았다.

"이제 니시징의 숙부님께서도 한시름 놓으셨겠습니다. 일전에 교토에서 뵈었을 때 지사토 양이 결혼하시기 전에는 죽어도 눈을 감을 수 없노라고 걱정하시더니……"

"하지만 저는……"

그때 다케무라가 눈을 떴다.

"곤히 잠들어 계셨어요. 주스라도 드시겠어요?"

지사토는 조용히 침대 곁으로 다가가며 상냥하게 물었다.

"또 와주었군. 아니 이키 군은 어떻게 알고……"

다케무라가 놀란 표정으로 이키를 쳐다보았다.

"다니카와 씨에게 들었습니다. 많이 좋아지신 것 같군요."

이키는 침상으로 다가가 그의 얼굴을 들여다보았다.

"그 친구, 또 쓸데없는 소리를 지껄였군. 이키 군이 알면 바쁜데도 무리하여 달려올 테니까 입 다물고 있으라고 했는데 말이야."

"아닙니다. 다니카와 씨도 제 심정을 잘 알기 때문에 알려주신 겁니다. 그렇지 않아도 내일 미국으로 출장을 떠나기 때문에 잠깐만이라도 뵙고 싶던 참이었습니다."

"현기증을 일으켰다고 해서 입원을 시킨 것 자체가 너무 요란을 떤 처사란 말이야. 40대부터 억류당했던 사람은 비단 나뿐만 아니라 거의 대부분이 고혈압이거든."

이미 칠십을 넘긴 고령에도 그는 아무렇지도 않다는 듯이 말했다.

"이키 군, 지난 종전기념일(8월 15일)에도 생각했지만, 우리들 중 노동 25년형을 받은 전범들은 역사의 흐름이 바뀌지 않았더라면, 지금쯤 자네는 라조 광산에서 산송장이 되고 난 모스크바 근처의 감옥에서 이리저리 끌려 다니고 있을 거야."

"그러고 보니 아직 형기가 남았군요."

이키는 저도 모르게 웃었다.

"그건 그렇고, 지사토 양, 마시코야키 수업에 열중하는 것도 좋지만, 약혼자를 그런 식으로 혼자 있게 내버려두면 곤란해요. 아무튼 빨리 출가하여 돌아가신, 아키츠 중장님의 손자를 낳아야지. 안 그런가, 이키?"

하고 다케무라는 지사토에게 눈길을 돌렸다.

"네, 저도 좀 전에 그 얘기를 하고 있었습니다."

이키는 약간 어색한 표정으로 고개를 끄덕였다.

"결혼식은 가을이던가?"

"11월 상순으로 잡고 준비 중에 있어요."

다케무라의 물음에 지사토는 작은 목소리로 대답했다.

"그때는 이키 군하고 함께 꼭 피로연에 참석해야지. 틀림없이 아름다운 신부일 거야."

두 딸을 잃은 다케무라가 자기 딸이 신부가 되었을 때의 모습을 연상하면서 기뻐하고 있을 때, 물건 사러 나갔던 다케무라 부인이 돌아왔다.

"어머나, 모두들 와 계셨군요. 이키 씨 부인도 방금 도착하셨어요. 엘리베이터 앞에서 만났지 뭐예요."

은발의 기품 있는 얼굴 가득히 웃음을 담고 말했다. 과일 바구니를 들고 들어오던 요시코도 이키를 발견하고 크게 놀라면서,

"어머나, 당신이 먼저 와 계셨군요."

하고 지사토 쪽을 흘낏 보았다.

이키는 오늘 아침 집에서 떠날 때 3시쯤 병원에서 만나자고 요시코에게 말했었다. 그러던 것이 형편상 30분 일찍 오게 되었던 것이다.

"아이구, 이거 부인까지 오시게 해서 정말 미안합니다. 이쪽은 고 아키츠 중장의 따님인 지사토 양입니다."

다케무라가 지사토를 소개하자 요시코는,

"일전에는 전화로 실례했습니다. 남편이 여러모로 폐가 많습니다."
하고 새삼스럽게 인사를 건넸다.

지사토는 처음으로 대하게 된 이키의 아내를 뚫어지게 바라보았다.

"아니에요. 저야말로……"

다케무라 부인은 그런 지사토의 태도를 미혼여성이 흔히 지닐 수 있는 호기심으로 받아들였던지,

"지사토 양도 결혼해서 남의 아내가 되어 보세요. 아무래도 남편을 위한 일에 이모저모 신경을 쓰게 될 거예요."

하고는 잠시 말을 끊었다가 다시 입을 열었다.

"그러고 보니 이키 선생님은 군인 세계와는 전혀 다른 상사에 들어가셔서 눈부신 활약을 하고 계시다고 들었는데, 부인께서도 여러모로 마음이 쓰이시겠군요."

"아닙니다. 저야 사모님의 고생에 비하면 아무 일도 안하는 거나 다름없죠. 뭐니 뭐니 해도 저는 그 철수 당시의 고생을 겪지 않았으니까요."

요시코가 전 관동군 사령부 가족들이 일본으로 철수할 당시에 겪은 얘기를 꺼내자, 다케무라 부인은 먼 곳을 응시하며 중얼거렸다.

"군인 가족들은 곧 열차에 오르라는 명령이 떨어지자마자 맨몸으로 신경에서 평양까지 갔지요. 그곳에서 지낸 1년은 생지옥이었어요. 특히 사령부의 좌관급 이상 가족은 동포들에게까지도 미움을 받았고 평양의 고급관리들 집으로 일하러 보낼 때에도 우리가 최우선이었기 때문에 노예나 다를 바 없이 혹사당했죠. 병들어 쓰러진 부인들을 입원시킨다면서 엉뚱한 주사를 놓아 처치해 버리는가 하면 하루에 죽 한 공기조차 못 얻어먹어서 끝내 굶어 죽은 사람…… 게다가 차갑게 식어가는 노인이나 이가 자꾸 빠지는 아이 등 그 참혹한 광경은 지금도

잊을 수가 없어요. 저는 두 아이를 잃고 말았어요……"

그녀는 눈물을 주르르 흘리다 놀란 듯 얼른 화제를 바꾸었다.

"어머, 일부러 문병을 와주셨는데 이런 부질없는 소리를…… 곧 차를 내 올게요."

포트의 더운물을 사기 주전자에 따르려 하자,

"어머, 아니에요. 사모님은 병간호하시느라 피곤하실 텐데 제가 할게요."

하고 요시코가 대신 차를 집어넣었다.

"노처(老妻)란 말이 틀림없군. 옛날에는 푸념 한 번 안하더니, 요즘 들어 부쩍 잔소리가 늘었단 말이야."

다케무라가 나무라듯 말했지만 그 눈빛엔 은연중 아내를 감싸는 기색이 어려 있었다.

"이키 군, 우리 작은아들 녀석에게도 내년에는 손자가 생길 것 같네. 이제 나오코 양도 출가시켜야 하지 않겠나?"

"네, 좋은 자리가 있으면 좀 부탁드립니다."

이키의 이 말을 요시코가 받았다.

"다케무라 선생님 앞이라서 저런 말을 하지, 저이는 사실 나오코 혼담만 나오면 시무룩해진답니다. 선생님께서 좀 타일러 주세요."

두 쌍의 부부 사이에 오가는 화제에 공통점이 생기자, 지사토 만이 외톨이가 되는 것 같았다.

이키는 그런 지사토에게 생각이 미치자,

"너무 오래 있어서 다케무라 선배님이 피곤해하시면 안되니 이제 그만 실례하도록 합시다."

하고 말했다. 다케무라도 재촉이라도 하듯이,

"내가 피곤한 것쯤은 상관없지만, 내일 미국으로 떠나야 하는 자네가 이런 데 오래 있어선 안 되지. 어서 돌아가게나."

"네, 이 눈으로 직접 건강하신 모습을 확인했으니 마음 푹 놓고 다녀오겠습니다."

다케무라는 상쾌한 얼굴로 고개를 끄덕여 보였다.

"지사토 양도 같이 돌아가지…… 이 더위에 몇 번씩이나 문병을 와줘서 정말 고맙군."

진심어린 치하에 지사토 역시 핸드백을 들며 작별인사를 고했다.

"그럼 몸조리 잘하세요. 저는 모레 교토로 돌아가겠어요."

이키 부부와 지사토는 함께 병실을 나와 엘리베이터로 맨 아래층까지 내려왔다.

"잠깐 전화 좀 걸고 올게요. 여기서 잠시 기다려주세요."

요시코가 이렇게 말한 뒤 공중전화 있는 쪽으로 가버리자 이키와 지사토만이 남게 되었다.

지사토가 문득 이키 쪽으로 돌아서며 물었다.

"미국 출장은 오래 걸리시나요?"

"아니, 열흘쯤 지나면 돌아올 겁니다."

"비즈니스 관계로 힘드시겠지만, 여기저기 다니실 수 있는 것을 보니 정말 부럽군요. 저도 매이기 전에 세계 각국의 도예를 돌아보고 싶어요."

지사토의 눈이 강렬한 빛을 발했다. 이키는 대답할 말을 얼른 찾지 못하고 이유없이 당황함을 감추고 말했다.

"지사토 씨의 일에 참고가 될 만한 것이 있으면 사다드리지요. 무엇이 좋을까요?"

지사토의 눈은 여전히 빛나고 있었다.

"행선지마다 흙을 부탁드리고 싶지만, 그건 불가능한 일이니까 메트로폴리탄 미술관의 그림엽서라면 좋겠어요. 그리고 또 한 가지 어려우시겠지만 편지를……"

강렬하게 쏘는 듯한 눈빛으로 지사토는 이키를 보며 말했다.

"원래 나는 편지 쓰는 일을 싫어하지만 노력해 보겠소."

약속처럼 이렇게 말했을 때 지사토의 시선이 등뒤 쪽으로 움직였다.

얼른 돌아보았더니 어느 틈엔가 요시코가 돌아와 그곳에 서 있었다.

아까부터 지사토와 자기의 대화를 듣고 있었는지도 모른다는 걱정이 불현듯 이키의 머리를 스쳤다.

"오래 기다리셨죠? 아키츠 양, 괜찮으시다면 같이 가실까요?"

"네, 하지만 저는 서둘러 참석해야 할 모임이 있어서 이만 실례해야겠어요."

지사토는 고개를 숙여 인사한 뒤, 하얀 원피스 자락을 바람에 날리며 부리나케 현관 쪽으로 걸어갔다.

냉방이 잘된 병원에서 나오자 높은 습도와 무더위 때문에 콘크리트 보도가 뜨겁게 달아 있었다. 택시를 잡기위해 걸어가는 동안, 이키는 부자연스러울 만큼 침묵을 지키는 아내가 의식되었다.

"덥군. 시원한 거라도 마시고 갈까?"

이키가 말을 건네자 요시코는 손수건으로 이마의 땀을 꼭꼭 눌러 찍어내며,

"하지만 회사일이 바쁘지 않으세요?"

"아무리 바쁘지만, 이 근처 다방에서 시원한 것 한 잔 마실 시간쯤이야 없을라구."

이키 또한 땀으로 축축해진 목덜미 언저리에 손수건을 가져가며 말했다.

"하지만 벌써 4시가 지났어요. 아까 병원에 일찍 오신 것은 저녁때

부터 회의 스케줄이 꽉 차 있기 때문이라고 하셨잖아요?"

"당신이 너무 더울 것 같아서 한 말인데, 그렇게 삐딱하게 나올 건 없잖소. 병원에 일찍 간 것도, 아키츠 지사토 양을 만난 것도 모두 우연한 일이었단 말이오."

불쑥 내뱉자 요시코의 표정이 크게 일그러졌다. 아키츠 지사토와의 만남이 우연이었다는 남편의 새삼스러운 해명에서 오히려 그녀에 대한 남편의 기분을 읽을 수 있었던 것이다.

"나는 당신이 아키츠 지사토 양과 시간약속을 하고 오셨다는 생각은 하지 않았어요. 그런데 당신이야말로 그 일에 신경을 쓰시는군요."

이키는 넓은 길모퉁이에 있는 다방 쪽으로 시선을 돌렸다.

"그래서, 쉬었다 가지 않겠다는 얘긴가?"

새삼 다짐을 하듯이 물었다.

"네, 센다이로 돌아가는 마코토에게 줄 속옷류와 당신 출장에 필요한 물건 중에도 부족한 것이 있어서 시부야에서 쇼핑을 해야겠어요."

"그럼 나는 회사로 갈 테야."

이키는 잔뜩 화난 얼굴로 말했다.

"저는 마루노우치와는 반대방향이니까 저쪽으로 건너가서 택시를 잡겠어요. 저…… 오늘 괜히 나온 것 같군요."

요시코는 눈길을 내리깔고 말한 뒤 이키에게 등을 돌리자 곧장 횡단보도 쪽으로 걸어갔다. 이키는 마루노우치 방향으로 가는 택시를 잡으려다가 빨간 신호등이 켜진 횡단보도 앞에서 신호가 바뀌기만을 기다리고 있는 아내의 모습을 바라보며 왠지 쓸쓸한 느낌을 받았다.

이키는 아내를 이대로 보내도 괜찮을까, 신경이 쓰여 신호가 파랑으로 바뀌자마자 횡단보도를 건너려는 요시코를 불러 세웠다.

"요시코!"

흰 양산이 한 바퀴 빙그르 돌며 요시코의 얼굴이 이쪽을 향했다. 순간 대형 트럭 한 대가 요란스럽게 삐꺽거리며 난폭하게 횡단보도로 좌회전해 왔다.

"위험해!"

이키의 외침과 동시에 타이어가 미끄러지며 요시코의 몸은 허공으로 떠올랐다. 이키는 미친 듯이 아내 곁으로 달려갔다.

"요시코! 여보, 요시코!"

아내를 안아 일으키며 소리질렀다. 의식을 잃은 요시코는 한마디 대답도 없었다.

"요시코, 정신 차려! 요시코……"

이키는 정신없이 아내의 이름을 부르며 둘러선 사람들을 향해 소리쳤다.

"구급차를, 누가 구급차를 불러줘요!"

사람들 속에서 한 중년남자가 옆으로 달려왔다.

"방금 트럭 조수가 전화했으니까 곧 올 겁니다."

"구급병원은 가깝습니까?"

"저쪽으로 7백 미터쯤 가면 구급병원이 있으니까 문제없습니다. 살릴 수 있을 테니까 누구보다 당신이 정신 바짝 차려야 합니다."

중년남자는 이키의 마음을 진정시키듯 말했다.

"알겠습니다. 그런데 구급차는 어찌 됐나요? 빨리 좀 불러주세요."

이키는 아내의 몸을 껴안은 채 온몸의 피가 거꾸로 흐르는 듯한 심정으로 구급차를 기다렸다.

이키는 맥박을 재어보려고 아내의 팔을 잡았으나 제정신이 아닌 터라 제대로 맥박수를 헤아릴 수가 없었다.

"요시코, 정신 차려! 이제 곧 구급차가 오니까."

자기 자신에게 이르듯 소리쳤을 때 구급차의 사이렌 소리가 가까이 들렸다.

"여보, 구급차가 왔어. 어서 정신 차리라구!"

이키는 의식을 잃은 아내를 필사적으로 부르며 사람들 사이를 헤쳐 나갔다. 막 당도한 구급차에서 두 사람의 구급대원이 뛰어나와 즉시 요시코의 맥박을 재어보았다.

"괜찮겠습니까?"

이키는 다급하게 물었다.

"당신이 바깥어른 되십니까?"

"그렇습니다. 집사람은 살겠지요?"

"별로 외상이 있는 것 같지는 않으니까 괜찮을 겁니다. 곧 병원으로 옮기겠습니다."

들것에 실려 요시코의 몸이 구급차에 태워지고 이키 역시 구급차에 올랐다.

싸이렌 소리를 울리며 구급차는 달리기 시작했고, 요시코의 입에 산소마스크가 대어졌다.

"여보, 요시코!"

귓전에 대고 큰소리로 부르자 투명한 플라스틱 산소마스크 속으로 아내의 입술이 약간 움직이는 것 같았다. 이키는 산소마스크에 바짝 귀를 대었다.

"……여보……"

눈은 감은 채였지만 희미하게나마 마스크 속에서 아내의 목소리가 실처럼 가늘게 들렸다.

"정신이 나오? 내가 옆에 있소!"

기운을 북돋우듯 큰소리로 말한 뒤 얼굴을 바싹 대었다.

"일은…… 당신 일……"

의식이 흐려지는지, 아니면 회복되어가고 있는지 이키를 향해 무언가 물으려 하였다. 이런 지경에서도 일 걱정을 하는 아내를 보며 이키는 칼로 창자를 도려내는 것 같은 아픔을 느꼈다.

"요시코, 기운을 내요 이제 곧 병원이야!"

이키가 다시 소리쳤지만, 요시코의 입술은 더 이상 움직이지 않았다.

이윽고 구급차는 커다란 구급병원 앞에서 멎었다. 요시코를 태운 들것이 순식간에 병원 안으로 옮겨졌다. 입구에 대기 중이던 운반차로 옮겨질 때 맥을 재어본 간호사는 주저하는 표정을 지었다.

"의사는 어디 있어요? 내가 운반하겠소."

이키는 간호사를 밀치며 운반차의 손잡이를 붙잡았다.

"안 됩니다. 익숙한 우리가 운반하지 않으면 시간이 늦어져요."

구급대원이 만류하며 재빨리 운반차를 밀고 복도의 막다른 곳에 있는 응급처치실로 운반했다. 실내에는 산소 텐트와 링겔이 준비되어 있었다. 응급처치실로 들어온 의사는 즉시 요시코의 경동맥을 만져보고 동공반사를 살펴보더니,

"안 됐습니다……"

하고 고개를 가로저었다.

"무슨 말이오! 그런 법이 어디 있소. 아무런 처치도 않고! 어쨌든 살려낼 수 있는 온갖 방법을 다해 살려주시오."

이키는 몸을 떨며 절규했다.

"외상은 우상완부(右上腕部)의 열상과 두 다리의 찰과상뿐이지만, 뇌출혈 때문에 손쓸 도리가 없습니다. 벌써 귀에서 출혈하고 있습니다."

의사는 요시코의 흐트러진 머리를 헤치고 귀를 가리켰다.

"……요시코!"

이키는 눈앞이 캄캄해져서 주저않고 말았다. 눈에는 핏발이 섰다.

요시코의 초칠일(初七日)을 치르고 사람들도 돌아간 뒤 이키는 조용해진 집안에서 넋 나간 사람처럼 아내의 위패 앞에 앉아 있었다.

아무리 기구하다지만 이처럼 가혹한 운명이 또 있을까…… 그때 자기가 아내를 부르지만 않았던들 뒤돌아보지 않았을 것이고, 파란불이 켜진 횡단보도를 곧장 건너가 좌회전하던 트럭에 치이는 일도 없었을 것이다. 게다가 아내를 부른 까닭은, 아키츠 지사토에 대한 마음의 동요를 아내가 눈치 채지나 않았을까 하는 떳떳치 못한 마음 때문이 아니었던가! 아내를 죽인 사람은 난폭한 운전으로 업무상 과실치사죄란 죄목으로 입건된 트럭 운전사가 아니라, 바로 남편인 자기라는 자책을 억누를 길이 없었다.

"아버지, 나는 센다이로 돌아가겠어요."

마코토의 말에 이키는 문득 정신이 들었다.

"그래? 앞으로 여러 가지 어려운 일이 많겠지만, 어머니는 네가 대학을 졸업하고 훌륭한 사회인이 되기를 바라셨다. 아버지는 어머니처럼 자상하게 너희들을 돌봐주지 못하겠지만 부디 용기를 잃지 말고 무사히 졸업해 주기 바란다."

이키는 내년 봄에 도후쿠대학을 졸업하게 될 아들을 아버지다운 말로 격려했다. 마코토는 어머니의 위패를 모신 탁자 앞에 앉아 사진을 바라보았다. 진잔장에서 오스트레일리아의 경제계 인사들을 위한 환영 파티가 열리던 날, 고운 옷으로 단장한 요시코가 집을 나서려 할 때 우연히도 마코토가 찍은 마지막 모습이었다.

"……엄마!"

침묵을 지키고 있던 마코토의 입에서 찢어지는 듯한 소리가 터져 나왔다. 마코토로서는 철없는 어린 시절부터 14세 때까지 시베리아에 억류되어 사진으로밖에 얼굴을 모르던 아버지보다는 아버지 몫까지 사랑을 쏟으며 뼈와 살을 깎아 길러준 어머니 쪽에 정을 느끼고 있었던 만큼 더욱 비통스러웠다.

"마코토, 이제 그만 가지 않으면 차 시간에 늦겠다."

나오코가 살며시 말을 걸었다.

"그럼 엄마의 49재 때 다시 오겠어요."

마코토는 어머니의 사진을 보며 말한 뒤 일어섰다. 나오코는 옷가지를 챙겨 넣은 보스턴백을 마코토에게 건네주었다.

"엄마가 준비해 주신 거야. 가을부터 입을 속옷과 스웨터는 다케무라 아저씨를 문병하고 돌아오시는 길에 살 예정이었기 때문에 들어 있지 않아. 하지만 일이 정리되는 대로 내가 사서 보내줄게."

"누나도 앞으로는 직장과 집안일에 쫓길 테니까 내 일에 신경 쓰지 마."

"무슨 소리를 하는 거니? 네가 필요한 건 엄마가 살아계셨을 때와 마찬가지로 부족하지 않도록 살펴줄 테니까 그런 생각하지 마. 그 밖에 다른 일도 너 혼자 속 끓이고 고민하지 말고 어려운 일이 생기면 곧장 이 누나나 아빠한테 의논해야 해. 알았지?"

누나답게 꿋꿋이 타일렀다.

"그럼 가보겠습니다."

"그래, 역까지 바래다줄까?"

신을 신으려 하는 아버지를 무표정하게 응시하며,

"아니에요. 혼자 가는 편이 좋겠어요."

하고 마코토는 슬픔을 피하듯 빠른 걸음으로 그곳을 떠났다.

아들을 전송하고 돌아온 집은 별로 넓지도 않은 데다 이상하리만큼 텅 빈 것 같고, 홀로 남은 자의 적막함에 짓눌릴 것 같았다.

나오코도 이키와 마찬가지로 멍하니 서 있다가 느닷없이 흑! 하는 소리와 함께,

"아빠!"

하고 이키의 가슴에 얼굴을 파묻고 엉엉 울어버렸다. 유해를 지키면서 밤샘을 할 때와 장례식 때 눈물을 보이기는 했지만 꿋꿋이 슬픔을 이겨내며 조문객들에게 답례하던 나오코도 이제 친척들마저 돌아가고 동생까지 보내고 나자 잔뜩 긴장되었던 마음이 일시에 풀려 무너져 버린 것이다.

이키는 세차게 들먹거리고 있는 딸의 어깨를 어루만져주며,

"아빠가 있지 않니, 나오코."

하고 딸의 얼굴을 들어올렸다. 통통하고 신선하던 양볼이 며칠 사이에 부쩍 야위어 있었다. 나오코는 그칠 줄 모르고 흐느꼈다.

"엄마에게 걱정만 끼친 채 가시게 했으니, 어쩌면 좋아요……"

어머니가 권하던 맞선을 마음이 내키지 않는다는 이유로 자꾸만 미루던 일을 후회하는 말이었다.

"그야 걱정하긴 했지만 딸의 혼담문제로 안달하는 것은 엄마의 즐거움이기도 했단다. 너한테 서너 군데나 혼인 자리가 나타나서 엄마는 크게 기뻐하며 자랑스러워하셨어. 자, 오늘은 이만 쉬도록 해라."

"하지만 도저히 잠을 잘 기분이 아니에요……"

"아니다. 지난 6일 동안 정말 잘해 주었다. 아마 몹시 피곤할 거다. 잠이 안 오더라도 어쨌든 눕도록 해라."

"네, 아빠도 일찍 쉬세요……"

층계를 올라가는 나오코의 훌쩍거리는 소리가 들렸다.

이키는 안방에 마련한 제단 앞에 다시 앉았다. 그때 부르지만 않았던들…… 그와 같은 회한이 끝도 없이 이키를 책망하고 채찍질했다. 마흔이 지나면서 아키츠 지사토라는 젊은 여자에게 일시적이나마 마음이 기울어진 자신이 부끄러웠으며, 오로지 자기에게 헌신하던 아내에게 끔찍한 슬픔을 맛보게 한 일이 뼈저리게 후회스러웠다.

현관에서 미닫이문이 열리는 소리가 난 것 같았지만 이키는 넋을 잃고 아내의 위패 앞에 앉아 있었다. 등 뒤에서 인기척이 느껴졌다. 돌아다보니 다니카와 전 대좌가 문 앞에 서 있었다.

"오셨군요. 나가지도 못하고 실례를……"

이키가 일어나려 하자, 다니카와는 묵묵히 그의 옆에 와서 앉았다.

"잘 참아냈네, 이키. 밤샘할 때에도 장례 때에도 자네는 눈물 한 방울 보이지 않고 부인의 관을 내보냈어."

조용히 상처를 어루만져주듯 부드럽게 말했다.

죽은 아내의 아버지이자 육대 시절 이키의 교관이었던 사카노 대좌마저 작고한 지금, 이키로서는 다니카와 대좌가 아버지와도 같은 존재였다.

"다니카와 선배님, 나는 아내를……"

다니카와는 그의 말을 가로채기라도 하듯 얼른 요시코의 사진에 눈길을 주며 말했다.

"생각해 보니 지난 일요일 이 근처에서 있었던 시회에 참석하기 전에 들렀던 게 마지막으로 부인을 만난 셈이군. 마음이 곱고 인품이 훌륭한 부인이었는데……"

"그런데도 나는 지금껏 아내를 고생만 시키다가……"

이키는 복받치는 감정을 억누르기 위해 주먹을 불끈 쥐었다.

"그렇게 자신을 탓하는 게 아니야, 그날 부인은 내가 억류 생활에서 지었던 시를 읊었더니, 11년째 되던 해에 귀환한 자네를 마이쓰루에서 맞이했을 당시의 기쁨을 되살리며 시베리아 땅에서 영영 못 돌아온 분들의 유족에 비하면 너무나 행복하다고 눈물을 글썽이지 않았는가……"

"하지만 전 다니카와 선배님이나 다케무라 선배님처럼 아내를……"

이키는 말을 잇지 못했다. 군인시절과 같은 고생만은 시키지 말아야겠다면서 깅키상사에 입사한 이래 온 가족이 한자리에 앉아 식사를 즐긴 적이 고작 몇 개월에 지나지 않았다. 얼마 후 방위청에의 전투기 납품관계 상전(商戰)에 휘말려들어 기밀누설, 수뢰혐의를 뒤집어쓰고 경시청의 조사를 받았으며, 육사시절부터 절친한 사이이던 가와마타 공장보가 기차에 치여 시체로 발견되는 등 요시코의 마음이 결코 편하지만은 않았을 것이다.

"다니카와 선배님, 아내를 죽음으로 몰아넣은 것은……"

참을 수가 없어 말을 꺼내려는데, 다니카와가 다시 가로막았다.

"이키, 더 이상 아무 말도 말게. 무장해제를 당하고 치욕적인 억류생활이 시작되었을 때 자네는, 더 이상 산다는 것은 견딜 수 없으니 자결 하는 것이 낫지 않겠느냐고 내게 물은 적이 있었지. 하지만 그런 상황에서 죽음보다 치욕을 참고 견디며 살아남는 것만이 국민으로서의 참된 의무요 책임이라고 한 내 말, 기억하나?"

"살아서 역사의 증인이 되라고 하신 말씀은 지금도 잊지 않고 있습니다. 극북의 유형지 라조 광산 갱에서 굶주림에 지쳐 곡괭이를 들어올릴 수조차 없게 되었을 때, 몇 번이나 그 고통스러운 노동에서 해방되기 위해서는 차라리 자결하는 편이 낫다고 생각하면서도 다니카와 선배님의 말씀 때문에 살아남을 수가 있었습니다."

다니카와는 이키의 얼굴을 똑바로 바라보았다.

"시대가 어떻게 바뀌든 우리는 이미 목숨을 나라에 바친 사람들이야. 상사원으로서 나라의 이익을 위해 일할 수 있는 한은 계속 일하는 것이 시베리아에서 돌아온 자네의 의무이며, 동시에 자네를 위해 오로지 한마음으로 살다 간 부인에 대한 마지막 선물이기도 하네."

이키의 목구멍에서 흐느끼는 소리가 나며 눈물이 왈칵 쏟아졌다. 아내가 죽은 후 처음으로 이키는 소리내어 울었다.

창밖으로 오사카 성이 한눈에 바라보이는 킹키상사 오사카 본사 사장실에서 이키는 다이몬 사장과 마주 앉아 있었다. 중역회의가 끝난 다음 잠시 나눌 얘기가 있다면서 이키를 사장실로 부른 것이다.

다이몬은 이키의 얼굴을 살펴보았다. 여느 때와 마찬가지로 차분하고 침착한 표정이었지만 어딘가 어두운 그림자가 깃들어 있는 것 같았다. 하지만 두 눈만은 날카롭게 빛나고 있었다. 그것은 갑작스러운 사고로 아내를 잃은 남자가 이를 악물고 일에 온 정신을 쏟고 있는 얼굴이었다.

"여러모로 고생했네. 49재를 치르고 나니 정신이 좀 드나?"

"네, 덕분에……"

이키는 조금도 흐트러지지 않은 표정으로 대답했다.

"그나저나 자네는 역시 군인 출신답군. 유해를 지키며 밤샘할 때나 장례식 때 보니 자네는 일절 감정을 노출시키지 않았고, 장례식 다음날에도 여느 때와 다름없이 출근해서 일을 하더군. 그렇기 때문에 혼자 있을 때의 슬픔이 더욱 클 거야. 아무튼 착한 부인이었어. 진잔장 파티에서는 정말 기품 있고 우아한 모습이었어. 바로 그 이틀 뒤에 돌아가시다니……"

다이몬은 파티 때의 일을 눈앞에 그리듯이 말했다.

이키는 아내 생각에 뜨거운 것이 울컥 치밀었지만 내색하지는 않았다.

"부르신 용건은……"

이키의 물음에 다이몬은 소파에 등을 기대며 말을 꺼냈다.

"자네, 뉴욕에 주재해 보지 않겠나?"

이키는 지난번 미국 출장이 아내의 죽음 때문에 돌연 취소되었던 일과 무슨 관련이라도 있지 않나 싶어,

"제가 뉴욕에…… 출장이 아니라 주재원으로요?"

하고 납득이 가지 않는다는 듯 물었다.

"음, 내 나름대로 여러모로 생각해 봤네만, 부인을 잃고 난 뒤 자네는 겉으로는 아무렇지도 않은 것 같지만, 확실히 어딘가 달라. 첫째 내가 보기에 자네는 요즘 일하는 게 지나쳐요. 부인 잃은 슬픔을 잊기 위해 황소처럼 일만 하고 있단 말일세. 그런 식으로 나가다간 아마 몸이 배겨나지 못할 걸. 이번 기회에 심기일전하기 위해서 뉴욕의 아메리카 깅키상사 사장직을 맡아보는 게 좋지 않을까 싶네만."

다이몬은 온정을 베풀어 취하는 조처인 듯 말했으나, 사실 이 기회에 사토이와 이키의 불화를 냉각시키는 한편 세계경제의 중심지인 뉴욕에서 상사원이 겪어야 할 온갖 어려움을 맛보게 해보려는 이른바 경영자로서의 도박을 시도하고 있는 셈이었다.

이키는 갑작스러운 다이몬의 권유에 대꾸를 못한 채 잠시 입을 다물고 있다가,

"아시다시피 저는 영업실무 경험이 없고 외국어도 유창한 편이 못 됩니다. 군에 있을 때 주재 무관으로서 얼마 동안만이라도 미국에 머문 경험이 있었다면 몰라도 지금의 저로서는 아메리카 깅키상사 사장직을 감당할 수 없습니다. 오히려 다른 사람들이 하는 일에 거치적거

리기만 할는지 모릅니다. 그보다도 지금처럼 업무본부에 있는 편이 군 시절에 다소 익혀둔 조직편성과 사고방식을 살릴 수 있어서 저도 편하고 사장님께도 도움이 될 것이라 생각합니다만."

하고 뉴욕 주재 문제가 거론된 저의를 알지 못한 채 말했다.

"아니, 자네는 할 수 있어. 자네의 능력과 노력으로는 지금 당장이라도 해낼 수 있어. 물론 누구든 자네의 손발이 되어 일할 만한 사람을 데려가야지. 상사원으로서 대성하려면 무엇보다 해외주재 경험을 쌓아야 해. 자네의 장래를 위해서는 큰맘 먹고 나가보는 게 좋을 거야. 게다가 지금의 자네로선 매우 홀가분한 단신 부임이잖은가."

그러고 보니 날마다 아내 없는 집으로 돌아가는 괴로움보다는 아예 훌쩍 뉴욕으로 떠나는 것도 괜찮을 듯한 생각이 문득 들었다.

"이 문제에 대해서는 어느 정도 생각할 여유를 주셨으면 합니다."

"음, 그러지. 잘 생각해 보고 대답해 주게."

다이몬은 그 이상 강요하지 않고 고개를 끄덕였다.

사장실을 나와 비서실 앞에 이르렀을 때, 이키는 사토이 부사장과 정면으로 마주쳤다

"지난번에 여러모로 배려를 해주셔서 송구스럽습니다."

사토이는 49재에도 꽃을 보냈다.

"아닐세. 그보다 이제 슬슬 마음을 잡았나? 아직 안색이 좋지 않은 것 같은데, 어서 빨리 심기일전해야지."

이키는 정신이 번쩍 들었다. 조금 전에 다이몬 사장도 심기일전이란 말을 하지 않았던가. 사토이는 지난번 경영회의에서 업무본부가 제안한 탈섬유 지향 3개년 경영계획에 섬유담당 이치마루 전무와 한패가 되어 사사건건 이의를 제기하며 '이키 군은 아직 영업부문의 고충에 대해 잘 모르는 모양이니 뉴욕 주재라도 한 번 해야 할 것 같다'고 노

골적으로 본사 추방의도를 비친 적이 있었다. 물론 사토이가 다이몬 사장에게 어떤 식으로 획책을 꾸몄든 간에 지금의 이키로서는 상관없는 일이었다.

　상무실에 돌아온 이키는 중역회의의 의제로 올랐던 안건을 훑어본 뒤 회의 중 도쿄 업무본부로부터 걸려온 전화내용에 대한 지시를 내렸다. 그리고 혼자 회사를 나와 나카노지마에 있는 오사카시립도서관 쪽을 향해 걸었다.

　10월 초의 하늘은 구름 한 점 없이 맑았다. 점심시간의 나카노지마 공원에서는 젊은 샐러리맨들이 배구를 즐기기도 하고, 강가에 앉아서 흘러가는 강물에 눈길을 보내기도 하는 등 저마다 일로부터 해방된 한 낮의 휴식을 만끽하고 있었다. 8년 전 이키가 깅키상사에 들어갔을 때, 다이몬 사장의 허락을 받고 오전 중에만 도서관에 다니던 때와 똑같은 풍경이었다.

　이제 아내마저 잃은 터에, 아무 연고도 없는 뉴욕으로 날아가 주재한다는 것은, 어쩐지 인생의 새 출발이 될는지도 모른다는 생각이 들었다. 자칫 상사원으로서의 자신감을 상실할 뻔한 이키에게 큰 힘이 되어주곤 하던 아내도 잃어버린 채 찬바람 속에 홀로 서 있는 듯 으스스한 기분으로 외로이 출발점에 서 있다. 하지만 여기서 다시 한 번 용기를 짜내어 진짜로 맞서 보자…… 이키는 지난날 11년이란 긴 공백을 메우는 장소가 되어준 도서관 앞에서 걸음을 멈추고 한동안 동상처럼 서 있었다.

이역의 하늘

이키 다다시는 얼음이 흐르는 이스트 강변의 아파트에서 새해를 맞이했다. 뉴욕에서 맞는 두 번째 설이다.

이키는 창문가에 우두커니 서서 부빙이 흐르는 강을 물끄러미 지켜보았다. 맨해튼의 이스트 58번가의 고급주택가에 자리 잡은 아파트 37층에 있는 이키의 방은 아메리카 깅키상사의 사장이란 체면도 있고 해서, 객실을 겸한 15평 정도의 거실과 그 반쯤 되는 넓이의 식당이 있고 부엌과 욕실, 화장실, 사실인 서재와 침실 두 개가 있으며, 가구와 집기는 모두 유럽식으로 갖추어져 있는데 이 넓고 호화스러운 아파트의 거주자는 이키 한 사람뿐이었다.

만일 아메리카 깅키상사의 사장으로서 격무를 맡은 몸이 아니었다면 아무리 호화스러운 가구나 쾌적한 난방이라도 이키에게는 별로 관심이나 의미가 없었을 것이다. 3년 전 자기 눈앞에서 불의의 사고로 죽은 아내를 묻고 딸과 아들을 남겨둔 채 떠나온 이키로서는 현재 맡고 있는 업무만 없었다면 혹한에 시달리던 시베리아의 감옥생활과 크게 다를 바 없었다.

베란다 바로 아래쪽으로 느릿한 속도로 화물선이 지나갔다. 이키는 꿈에도 생각지 못하던 뉴욕 생활을 하는 자기 운명에 새삼스러운 감회를 느꼈다. 대본영 작전참모로부터 시베리아 억류 11년, 그리고 무역상사 사원으로서 또 11년이 흐른 지금, 뉴욕의 하늘 밑에서 일찍이 군사력으로 대결하던 상대와 매일처럼 가혹한 경제전쟁을 벌이고 있는 것이다.

한 번도 안식을 가져보지 못한 자기의 삶, 더구나 운명이 크게 바뀔 때마다 이상하게도 죽음이 가까이 다가와 겹치곤 했다. 태평양 전쟁에서 패전했을 때 항복을 거부하며 자결한 전우의 죽음, 시베리아 억류 중 굶주림과 혹한, 중노동에 쓰러진 동포의 죽음, 제2의 인생으로 깅키상사에 들어와서는 FX에 휘말려 육사 동기이자 방위청의 공군 준장인 가와마타 이사오의 자살인지 사고사인지 석연치 않은 열차에 치인 죽음…… 그 죽음들이 모두 이키의 운명이 바뀌는 길목에 떼어 놓을 수 없이 착 달라붙어 있는 것만 같았다.

그리고 아내마저도 자기가 불러 세우지만 않았던들 생기지 않았을 교통사고로 죽었다. 그것이 자신의 운명이었던 것이다. 이키는 우중충한 하늘을 향해 치솟은 빌딩들 하나하나가 꼭 주검이 잠든 거대한 석탑의 묘비처럼 보여, 대도시 뉴욕의 낯선 거리를 끝없이 더듬는 유랑객의 적막함에 마음이 얼어붙는 것 같았다.

견디다 못해 텔레비전 스위치를 틀었다. CBC방송은 오전 7시 일기예보를 전하고 있었다. 북미대륙의 기압 배치도가 나온 다음 아나운서의 설명이 이어졌다.

"1월 2일 뉴욕 시의 일기예보를 말씀드립니다. 오늘의 날씨는 종일 흐리겠고, 기온은 캐나다로부터의 한파로 오전에는 화씨 5도에서 6도, 낮부터는 8도 가까이까지 오르겠으나, 저녁부터는 곳에 따라 눈이 내릴 것으로 보입니다."

이어서 켄트 담배 선전이 흘러나왔다. 1월부터 9월까지 맑게 갠 날에는 1킬로미터쯤 떨어진 거리의 빌딩 옥상에 붙어 있는 켄트 광고판의 전광시계와 기온을 알리는 숫자가 보이지만, 흐린 날뿐인 겨울철 아침에는 그 불빛조차 보이지 않는다.

이키는 텔레비전을 끄고 아침식사를 하기 위해 부엌으로 갔다. 일본에서는 연초가 공휴일이지만, 12월 20일경부터 연말까지 크리스마스 휴가를 지내는 미국인으로서는 연초인 1월 2일은 정상업무를 시작하는 날이었다.

하얀 빛으로 통일된 부엌에 들어가 냉장고 문을 열자, 연말에 일본인 가정부 하루에가 정성껏 만든 설맞이 특별요리가 반쯤 남아 있었고, 일본떡국도 데우기만 하면 먹을 수 있게 타파웨어에 구분되어 담겨 있었다.

이키는 맑은 떡국이라 표시된 청색 타파웨어를 꺼내 떡을 넣어 끓이고는 가운 차림 그대로 식당의 큰 테이블에 자리 잡고 앉아서 젓가락을 들었다. 가정부 하루에는 패전 후 일본에 주둔한 흑인 하사관과 결혼하여 미국으로 건너와 자녀도 셋이나 낳았는데, 베트남 전쟁에서 남편이 전사하는 바람에 미망인이 된 여자였다.

식사를 마치고 식기를 싱크대로 옮긴 다음, 이키는 넓은 거실을 가로질러 서재로 갔다. 8평쯤 되는 서재에 침대를 들여놓고 식사 이외의 일은 모두 이 방에서 했다.

가운과 파자마를 벗은 이키는 내의를 입고 양말을 신은 다음 신사복으로 갈아입었다. 그리고 책상 서랍에서 만년필과 볼펜, 샤프펜슬을 꺼내다가 책상 위에 그대로 놓여 있는 연하장을 또 다시 집어 들었다. 그것은 나오코와 마코토에게서 온 연하장이었다. 나오코의 것은 화지로 만든 엽서에 제 어미를 닮은 글씨체로 씌어 있다.

*

새해 안녕하세요. 이곳은 모두 잘 있습니다. 후토시(太)는 새해 1월로 만 1년 2개월이 됩니다만, 제 이름처럼 오동통 살이 쪘어요. 연말에 아빠께서 보내주신 장난감을 어찌나 좋아하는지, 목욕하는 동안에도 손에서 놓으려 하지 않아요. 참, 후토시의 얼굴은 자랄수록 점점 도모아쓰를 닮아서 그는 아주 좋아합니다만 다음에는 아빠를 닮은 아이를 낳았으면 하고 혼자 마음으로 빌고 있습니다.

이키의 입가에 저절로 미소가 어리는가 싶더니 이내 사라졌다. 나오코와 사메지마 도모아쓰의 결혼이 양쪽 부모의 반대를 무릅쓴 것이었던 기억이 새삼스레 떠올랐다.

나오코가 도쿄상사 사메지마 다쓰조의 외아들인 도모아쓰와 결혼하겠다고 말한 것은 이키의 뉴욕 부임이 결정된 무렵이었다. 아내가 죽은 뒤 나오코는 일본항공 홍보과에 근무하는 한편 가사를 모두 도맡아 꾸려나가면서, 이키가 가정부를 두자고 하면 '염려 마세요. 아빠와 단둘인 편이……' 하고 막았었다.

일요일 같은 날, 빨래나 집안 청소를 하느라 부지런하게 움직이는 나오코의 모습은 놀랄 만큼 아내 요시코를 닮아 있었다. 그랬던 만큼 이키로서는 나오코의 결혼 자체가 섭섭한 일이었다. 게다가 상대가 하필 사메지마 다쓰조의 아들이란 말을 듣고 도저히 허락할 수 없어 강력하게 반대했다. 하지만 나오코의 마음은 변할 줄 몰랐다. 이키는 결국 딸자식의 행복을 위해서 창자가 뒤틀리는 괴로움을 억누르고 결혼은 허락했지만, 사메지마측은 도모아쓰와 나오코의 결혼을 끝끝내 반대했다.

이키를 호텔로 불러 '내 아들과 당신 딸과의 결혼을 허락해야만 한다면 차라리 내 아들과 인연을 끊겠다'고 펄펄 뛰었다. 사메지마 아내 역시 '내 귀한 외아들의 신부감은 내가 고르겠어요, 내가요!' 하고 주위에 대한 체면도 생각지 않고 실성한 여자처럼 소리를 마구 질러댔던 것이다.

그러나 아들 도모아쓰는 부모의 강경한 반대도 아랑곳없이 결혼식을 올릴 식장과 그 밖의 준비를 혼자 처리하고 다녔다. 그 대담성에 이키는 약간 두렵기조차 했다. 도모아쓰가 문안을 만들어 내민 청첩장을 받아든 아버지 사메지마는 충격을 받은 나머지, '앞으로 어떤 상거래에서도 깅키상사와 경합하게 되는 경우에는 모두 당신네한테 양보할 테니, 제발 이 결혼만은 막아주오' 하며 눈물로 부탁했었다.

이키는 '결혼은 비즈니스가 아니오' 하고 거절했는데, 사메지마 부부는 외아들의 결혼식인데도 끝까지 나타나지 않아 신랑 부모의 불참이라는 사태를 빚었다. 그리고 때마침 뉴욕으로 부임하게 된 이키가 가키노키사카에 남겨둔 빈집에서 그들이 신혼살림을 차리자 사메지마 부부의 노여움은 더욱 심해져 지금까지 일절 상종을 않고 있다.

나오코가 보낸 연하장을 놓고, 이번에는 인도네시아에서 마코토가 보낸 크리스마스카드를 집어 들었다. 금박과 검정색으로 인도네시아 고전무용의 모습을 인쇄한 크리스마스카드에 '연말연시는 자카르타에서 보내겠습니다' 하는 짧은 사연이 씌어 있었다.

마코토는 도후쿠대학을 마치고 이쓰이물산에 들어간 지 2년 쯤 되었을 때 뉴욕 주재를 권유받았으나 곡물부가 진출해 있는 인도네시아 농업개발계획에 자원하여 그곳으로 부임한 것이다.

이키로서는 마코토가 뉴욕으로 오게 되면 함께 지낼 수 있을 것이라고 은근히 기뻐했었는데, 마코토는 뉴욕 따위에는 전혀 관심도 없다는 듯 전기도 수도도 없는 적도 바로 아래 수마트라의 정글에 뛰어들어 그곳 토인들과 함께 땀투성이가 되어 개발계획에 참가하고 있다.

어려서는 비교적 선이 약하고 말이 없어 어딘가 부족한 녀석으로 생각했던 마코토가 자기와는 전혀 다른 방향에서 건장한 상사원으로 커가는 모습을 이키는 믿음직스럽게 생각했으나, 한편으로는 쓸쓸함도 느끼는 것이었다. '크리스마스 휴가 때 한 번 뉴욕 구경을 하렴. 비행기표는 보내주마'고 했는데도 마코토는 아버지가 있는 뉴욕에는 오지 않고 자카르타에서 지내겠다는 것이다. 그것이 이키의 가슴을 더욱 아프게 했다.

책상 위의 전화벨이 울렸다. 수화기를 들자 아파트 경비실의 수위가 나왔다.

"안녕히 주무셨습니까, 이키 씨. 모시러 왔는데요."

매일 아침 8시 20분에 자신을 태우러 오는 운전사가 도착했음을 알려주는 것이다.

이키는 9시에 출근하는 가정부 하루에게 올해도 잘 부탁한다는 메모를 남긴 뒤 방을 잠그고 나와 조용하고 긴 복도를 걸어 엘리베이터가 있는 쪽으로 갔다.

아메리카 깅키상사의 사무실은 에비뉴공원 300번지에 우뚝 솟은 90층 건물인 뉴팬암빌딩 안에 있다.

이키는 서류가방을 들고 지하주차장에서 내렸다. 집에 있을 때와 같은 그늘은 이미 그의 얼굴에서 말끔히 사라지고 맑고 예민한 표정이 되어 있었다. 30층까지 곧장 올라가는 엘리베이터에 올라 45라는 버튼을 눌렀다. 엘리베이터는 30층까지 조용하게 올라갔다. 미국인, 독일인, 중국인 등 여러 인종이 함께 타고 있었다.

이키는 45층에서 내려, 아메리카 깅키상사의 팻말이 붙은 커다란 유리문을 열었다. 접수석에는 일본의 신년맞이식으로 소나무 가지와 국화로 꽃꽂이가 되어 있었다. 아직 접수계 여사원은 출근 전이고 멀리서 흑인 수위가 '안녕하십니까' 하고 인사했다.

이키는 아무도 없는 복도를 지나 맞은편의 육중한 도어를 밀었다. 문을 들이서면 비서실이 있고 그 너머에 사장실이 있다. 실제 내용은 깅키상사의 뉴욕지사였지만, 세법상 현지회사의 형태를 따르고 있는 것이다.

사장실 창문에서는 맨해튼의 중심가인 에비뉴공원의 넓은 길과 늘어선 고층 빌딩, 센트럴파크의 숲 등이 한눈에 바라보였다.

재작년 봄 아메리카 깅키상사의 사장으로 부임해 처음 이 방에 들어와 창가에 섰을 때, 그는 억눌려 숨이 막힐 것 같은 위압감과 함께 비록 작기는 하지만 아메리카 깅키상사의 책임자로 세계적인 기업과 겨루어야만 한다는 책임감, 그리고 그러한 기회를 마련해 준 다이몬 사장에게 감사를 느꼈었다. 그런 기억이 이키의 마음에 새삼스럽게 되살아났다.

이윽고 9시 5분 전, 비서가 출근하고 부사장 가이베 가나메와 재무담당 이케다 간리(池田元利)가 방으로 들어왔다.

"안녕하십니까. 올해엔 뉴욕에 있는 일본 상사 중에서 최고의 이익을 올려야겠습니다."

오사카 본사의 재무부문에서 일했던 이케다는 영어로 말할 때를 제외하고는 심한 오사카 사투리로 말했다. 그는 자금조달을 위해서는 격식 따위에 얽매이지 않고 뉴욕 금융계를 사방으로 뛰어다니는 행동파였다.

그러자 금테안경을 쓴 업무담당 부사장 가이베가 잘생긴 얼굴을 사뭇 투지로 불태우며 말했다.

"금년엔 꼭 미사일급 대형 비즈니스를 발사하렵니다."

"나야말로 자네들의 협력이 없었다면 도저히 아메리카 깅키상사의 사장 직무를 무난히 감당치 못했을 거야. 금년에도 잘해 보세."

이키는 두 사람의 얼굴을 보면서 말했다. 언어 문제부터 원활치 못해 회화 개인지도를 받고 또 홀아비생활이 불편하기도 해서 몸무게가 8킬로그램이나 주는 등, 남에게 말하기조차 서글픈 고난의 연속이었다. 하지만 사장으로 자기를 받들어 도와준 사원들의 노고를 생각하면 감사한 마음뿐이었다. 특히 가이베 가나메에 대해서는 말로 표현할 수 없는 고마움이 있었다.

가이베는 이키가 무역상사 사원으로 제2의 인생을 출발한 직후 미국에 출장 왔을 때, 아직 현지회사로 등록되지 않은 뉴욕지사 곡물과 직원이었다. 이키는 그의 유연하고 예리한 두뇌를 주목했었다. 그래서 업무본부를 만들게 되자 효도 싱이치로, 후와 슈사쿠와 함께 해외정보에 밝은 기획요원으로서 일본으로 불러들였던 처지였으므로 아메리카 깅키상사 사장으로 부임한다고 해서 함께 떠나자고 청하기가 곤란했다.

효도는 이키가 미국에서 심복으로 부리기에는 그릇이 컸다. 후와 슈사쿠는 해외경험이 없다는 이유에서뿐만 아니라 자기의 분신으로서 업무본부에 남겨두어야 할 인물이었다. 이래저래 이키는 혼자서 부임하기로 결심했다.

그러자 가이베는 승낙만 하신다면 자기라도 가겠다고 자원하여 이키보다 1개월 먼저 부임해서 기초작업을 도맡아 주었던 것이다.

노크 소리가 나고 이어 비서 스잔이 들어왔다.

"신년 인사를 시작할 시간입니다. 그리고 아메리칸은행의 코네리 씨와의 점심식사 장소로는 스카이 클럽을 예약해 놓았습니다. 3시에는 제트로의 신년회에 참석하실 예정으로 되어 있습니다."

그녀는 짤막하게 보고했다.

이키는 가이베와 이케다를 앞세우고 자리에서 일어났다. 엘리베이터 홀을 건너 맞은편 쪽의 영업부로 들어갔다.

여느 때 같으면 벌써 거래처로 흩어졌을 영업사원들이 모두 모여 있었고 재무 법무 총무 등 관리부문 사원들도 집합해 있었다. 도쿄 본사에서 파견된 주재 사원 80명, 현지 채용자 1백 명이 아메리카 깅키상사의 가족이었다.

이키는 모두의 앞으로 나가 영어로 연설을 시작했다.

"1970년 신년을 맞아 아메리카 깅키상사가 한 해를 시작하는 첫 날에 즈음하여 여러분께 신년 인사를 드립니다. 크리스마스에 닉슨 대통령이 텔레비전 방송으로 연설한 것을 들으셨을 줄 압니다만, 베트남 전쟁이 장기화되고 심각해짐에 따라 미국은 국제적으로나 정치, 외교, 군사면에 있어 어려운 시련을 당하고 있으며, 미국을 중심으로 하는 자유주의세계로서도 문제가 많은 시기입니다. 그러나 그 어떤 변화가 일어난다 해도 우린 미국의 저력을 믿고, 일본과 미국, 양국의 번영과 자유주의 국가의 발전을 위해 기여해야 한다고 생각합니다. 다행스럽게도 아메리카 깅키상사는 180명 사원 여러분의 노고로, 작년 3월과 9월의 결산에서 어디에 내놔도 손색없는 이익을 보아, 회사의 업적 향상에 이바지할 수 있었습니다. 여러분께 진심으로 감사드립니다. 금년에도 국제사회 속에서 진보와 조화를 이루고, 업적의 향상을 위해 활약하시길 기대합니다……"

인사말이 끝나자 힘찬 박수가 터졌다. 이키는 앞줄에 서 있는 미국인 매니저들과 일일이 악수한 다음 사장실로 돌아오기 위해 영업부를 나왔다. 그때 기계담당 하나와 시로가 바삐 다가와 말했다.

"방금 포크 회사와 정식 교섭이 이루어졌습니다. 포크 회장의 참모이자 해외기획담당인 플래트 집행 부사장이 이키 사장님을 만날 뜻을 표명해 왔습니다."

평소에는 차분한 하나와지만 속삭이듯 말하는 목소리는 가늘게 떨리고 있었다.

이키도 덩달아 눈을 빛냈다.

"야쓰카에겐 알렸나?"

"네, 조금 전에……"

옆으로 지나가는 사원들이 들을까 조심하면서 말했다.

"그럼 말이야, 연초부터 미안하네만 오늘밤 7시에 내 아파트로 와주게."

"알겠습니다. 야쓰카와 함께 찾아가겠습니다."

하나와는 대답을 마치자 재빨리 떠나갔다.

이키는 마음의 흥분을 억누르면서 사장실로 돌아왔다. 아메리카 깅키상사의 사장으로서 무난히 1년을 지냈을 때 자신에게 부과된 것이 지요다자동차와의 외자제휴문제였다.

국내 메이커와의 제휴도 잘 안되고 자주독립노선을 고수하기도 이미 불가능해진 지요다자동차를 이키는 3대 메이커의 하나인 포크사와 제휴시킬 것에 착안했다.

그래서 지난가을 잠시 귀국한 길에 지요다자동차의 모리 사장과 주거래은행인 다이산은행의 다마이 총재를 만나 극비리에 위임장을 받아왔다. 이 사실을 아는 사람은 깅키상사 안에서는 다이몬 사장과 업무본부에 남은 후와 슈사쿠, 미국 쪽에서는 가이베와 하나와, 야쓰카 이렇게 세 사람뿐이었다.

아직도 일본 정부가 민족자본 옹호론을 강력히 주장하는 속에서 지요다자동차와 포크사의 제휴를 성공시킨다는 것은 매우 어려운 일이었다. 그런데 그것이 반년간의 공작기간을 거쳐 드디어 움직일 기미가 보였다. 이키는 파노라마처럼 정연히 펼쳐진, 거대한 기업의 빌딩들이 늘어선 도심으로 도전하듯 눈길을 집중시켰다.

뉴팬암빌딩 90층에 있는 스카이클럽에서 이키는 아메리칸은행의 코네리 부총재와 일본담당 부장 토머스를 초청해 오찬을 들면서 유쾌하게 이야기를 나누고 있었다.

1개월에 한 번씩 정례적으로 갖는 오찬회였다. 거대한 자금이 필요한 종합상사로서는 은행과의 접촉은 일본 은행과의 접촉과 마찬가지로 중요한 일이고, 또 금융계 인사들을 통해서 미국 산업계의 정보를 얻을 수가 있었다.

에비뉴공원을 한 눈에 내려다볼 수 있는 창가의 테이블을 사이에 두고 이키와 가이베 가나메, 이케다 간리가 앉았다. 아메리칸은행의 극동담당 부총재인 코네리는 세련된 하버드 어조로 마이애미에서 가족들과 같이 지낸 크리스마스 휴가 얘기를 했다. 일본담당 부장인 토머스는 근육질 몸을 흔들며 캐나다로 사냥갔다가 순록 두 마리를 쏘아잡은 자랑을 야단스럽게 늘어놓았다. 가이베와 이케다는 이따금씩 맞장구치듯 고개를 끄덕였고, 이키도 조용히 미소를 띠고 앉아 있었다. 한창 휴가 이야기로 흥이 오르자, 코네리 부총재가 이키에게 말을 걸었다.

"이키 씨, 두 번째 새해를 뉴욕에서 맞은 감상이 어떻습니까?"

"이제 겨우 이곳 생활에 익숙해졌으니, 금년에는 여러분들로부터 거래 관계의 지원을 받아 대형 비즈니스를 해볼 생각입니다."

이키는 굳은 결의를 보이면서 차분하게 대답했다. 중요한 비즈니스라든가 복잡한 내용을 말할 때는 대부분 통역을 쓰지만, 개인지도를 받은데다가 잘은 못해도 직접 나서서 이야기하는 노력을 거듭한 덕분인지 일상회화에는 불편을 느끼지 않게 되었다.

코네리 부총재는 그런 이키에게 호감을 갖고 있었다. 그는 양주를 마시면서 느릿하게 말했다.

"그것은 우리도 크게 바라는 바입니다. 베트남전쟁이 장기화하고 노동력의 질과 양이 모두 나빠져 미국 국내기업에의 투자가 줄고 있는 시기인 만큼 전 세계적으로 활동망을 가진 일본 종합상사에 좋은 계획이 있다면, 우린 그 계획에 적극적으로 투자할 생각입니다."

"금년 대통령 연두교서는 어떤 내용이 될 것으로 생각됩니까?"

코네리 부총재는 냅킨으로 입 언저리를 닦고 나서 입을 열었다.

"글쎄요, 베트남 휴전은 몇 차례나 거듭됐고, 물가는 1년 동안 6퍼센트나 뛰었으니까 인플레이션 대책에 중점이 쏠리고 연방준비제도 이사회는 통화공급량을 어느 정도 줄일 수 있느냐 하는 것이 주목되는 점입니다."

가이베는 금테안경을 번뜩이며 일본 무역상사로서는 가장 궁금하고 불안한 점을 물었다.

"미국의 국제수지 적자를 메우기 위하여 대일 수입제한이라든가 하는 식의 강경책이 나올 염려는 없겠습니까?"

"그 점은, 작년에 서독이 마르크의 평가절상으로 수출을 실질적으로 억제했을 때 일본은 아무런 대책도 강구하지 않았으니까 대일 수입제한 또는 관세 인상이 고려될는지도 모릅니다. 하기는 미국의 막대한 국제수지 적자가 대일 수입제한 정도로 해결될 수 있는 문제는 아니지만……"

코네리는 포크를 손에 쥔 채 무거운 표정으로 대답했다. 거리에서는 베트남 전쟁 반대운동이 확대되고, 지하철 안에 '미국 배를 이용하라!

미국 제품을 사라!'고 하는 노동조합의 벽보가 붙는 등 미국 내외에 위기감이 감돌고 있었다.

"그렇다면 회생책으로 금년 중에 어떤 비상수단을 쓴다든가 하는 일은 생각할 수 없을까요?"

이키가 묻자, 아메리칸은행에 근무하면서 일본 대학에 유학한 경험이 있는 일본담당 부장 토머스가 대답했다.

"과연 이키 씨다운 예리한 관측입니다. 코네리 부총재와 나도 역시 닉슨이 어떤 정책을 쓸 것인가 하는 점을 생각하고 있었습니다."

"그것은 어떤 형태로, 언제쯤 취해질 것으로 생각하십니까?"

"알 수 없습니다. 어쨌든 이대로 끌고나갈 수 없다는 점은 분명합니다. 따라서 일본 정부는 미국의 자본진출에 문호를 개방하고 자유무역의 속도를 가속시켜야만 할 것입니다. 지금 상태로는 대일 수입제한을 감행할는지도 모르는 험악한 공기가 감돌고, 특히 상원의 보호무역파는 미국이 베트남 군사비와 후진국을 위한 대외원조에 돈을 쓰고 있는데도 불구하고, 일본은 그런 일엔 전혀 무관심하게 열심히 달러 모으는 일에만 열중한다면서 비난하고 있습니다."

이키 일행은 섬뜩한 느낌이 들었다. 하지만 토머스는 은행가답게 그 이상은 말하지 않았다.

코네리 부총재가 미소 띤 얼굴로 말했다.

"우리들 은행인 입장으로는 극단적으로 말해서 수입이든 수출이든 가릴 바 없이 환 수수료만 들어오면 그만이라고도 할 수 있지만, 축소균형보다는 일본도 문호를 열어 확대균형을 하는 편이 낫지요."

재무담당인 이케다가 말을 받았다.

"금리의 전망은 어떻습니까? 지금의 공정이율 6퍼센트는 좀 내릴 것 같지 않습니까?"

"그것은 대통령 연두교서가 발표되기 전에는 알 수 없습니다만, 이제까지의 지나친 금융정책으로 나빠진 경기후퇴를 막기 위해선, 하반기에는 물가안정을 도모하면서 금융완화를 꾀하고 금리를 내린다는 관측도 가능하겠지요."

이키는 다그치듯 물었다.

"만약 내린다면 어느 정도로, 언제쯤이 되겠습니까?"

"글쎄요. 5.5에서 5퍼센트, 시기는 금년 10월 이후가 되지 않을까 예측됩니다."

코네리가 대답했다. 이케다가 여전히 금리문제를 화제로 삼으려 하자 가이베가 그를 제지하듯 말했다.

"그렇다면 금년 말부터 미국 경기가 호전될 것이라면 우리도 열심히 대형계획을 세우지 않을 수 없는데, 우리들에게 무슨 참고가 될 만한 움직임은 없습니까?"

"내무성의 에너지 각 부·국과 정부의 관계기관이 적극적으로 추진 중입니다. 가까운 장래에 이 문제는 미국으로서도 중대한 것이 될 겁니다."

코네리 부총재가 이렇게 말하자, 토머스 부장도 중근동 산유국들의 움직임에 대해 이야기했다. 12시 반부터 열린 오찬회는 2시간 반이 지나서야 끝났다.

코네리와 토머스를 보내고 아메리카 킹키상사 사무실로 돌아오자 가이베는 이케다를 보고 말했다.

"당신의 적극적인 열성에는 늘 탄복하고 있지만 하버드 출신인 그들에겐 그처럼 속이 들여다뵈는 금리전망 따위를 캐내려들 것이 아니라, 좀더 세련된 방식으로 대해 주었으면 하네."

"바보 같은 소리! 이쓰이물산이나 이쓰비시 상사라면 몰라도, 내가 뉴욕에서 체면이나 차리고 앉았으면 어디 돈을 모을 수나 있을 것 같아요? 그뿐인가, 좋은 계획을 짜면 또 뭘 해? 돈이 마련되지 않으면 다 소용없는 거요. 자금을 마련하고 그걸 어떻게 활용하느냐 하는 게 바로 내 일이오. 또 모처럼 세계의 금고라는 뉴욕에 있는 이상, 그 금고 속의 돈을 얼마나 긁어모을 수 있을지 한번 뛰어보겠소."

이케다는 서슴없이 말하고 은행을 세 군데쯤 돌고 오겠다면서 서둘러 뛰어나갔다.

가이베와 둘만이 남게 되자 이키가 말했다.

"드디어 포크 회사로부터 정식으로 교섭이 들어왔네."

"정말입니까, 그게……"

"물론이야. 포크 회사의 참모라고 불리는 해외기획담당인 플래트 집행 부사장이 디트로이트의 포크 본사에서 만나자는 편지를 보내왔다네."

가이베는 기쁨에 찬 눈빛으로,

"굉장하군요. 자동차의 외자제휴 같은 대형 비즈니스는 이키 사장님이 아니곤 해낼 수 없었을 겁니다."

하고 소리치듯 말했다.

"아냐, 일은 이제부터일세. 상대는 3대 거물인 포크사 아닌가? 오늘 이 문제로 하나와와 야쓰카 두 사람이 내 아파트에 와서 회합을 갖기로 되어 있네."

아메리카 깅키상사에서 이 일을 맡고 있는 것은 두 사람뿐으로, 직속상관인 기계부장에게도 극비에 붙여두었던 것이다.

"두 사람 모두 아직 30대라서 가끔씩 가슴이 덜컥 내려앉는 일도 저지릅니다만, 이케다와 마찬가지로 일단 뉴욕에 온 이상 커다란 업적을 올리겠다는 것이 그들의 꿈입니다. 다행스럽게도 이키 사장님을 위해서는 죽어도 좋다는 사람들이니까 마음 놓고 있습니다만, 앞으로는 사장님이 될 수 있으면 포크사와의 교섭에만 전념하실 수 있도록 제가 알아서 엄호하겠습니다."

가이베는 자진해서 궂은일을 맡겠다는 투로 말했다.

6시 반에 이키는 이스트 강변의 아파트로 돌아왔다. 37층의 문을 밀었지만 안으로 잠겨 있었다. 초인종을 누르자 가정부인 하루에가 달려 나왔다.

"아주머니, 여태 계셨군요. 미안합니다."

이키는 하루에에게 인사를 하며 코트를 벗어 걸었다.

중년이라 살이 찐 편이나 동그란 얼굴 때문인지 45세라고는 보이지 않는 하루에였다.

"새해 복 많이 받으십시오. 작년엔 여러 가지로 신세가 많았습니다. 올해도 잘 부탁드립니다."

하루에가 일본식으로 정중하게 새해인사를 했다.

"아닙니다. 부탁은 내가 드려야지요. 늘 수고만 끼칩니다."

이키는 아내를 잃고 홀아비생활을 하는 자기를 위해 무슨 일이고 자상하게 돌봐주는 하루에에게 진심으로 감사했다.

"수고라니 천만의 말씀입니다. 그보다도 이렇게 바쁜 일에 쫓기면서도 독신으로 지내시는 모습을 뵈니 돌아가신 마님에 대한 마음이 엿보여 그만 딱한 생각이……"

하루에는 말끝을 맺지 못했다.

이키는 37층 아파트 창문으로 광선의 숲처럼 보이는 고층빌딩의 불빛에 어두운 눈길을 보냈다. 이 찬란한 뉴욕 시가에서 쓸쓸한 애수를 느끼며 살아가는 사람은 자기뿐이구나 하는 생각이 문득 이키의 가슴을 스치고 지나갔다.

"제가 그만 연초부터 괜한 말씀을 드려서……. 오늘 저녁엔 공기찜 요리(일본식 요리로 공기에 계란과 생선묵을 풀고 고기 등을 넣어 통째로 찐 음식)를 만들었는데 곧 식사하시겠어요?"

하루에는 밝은 표정으로 물었다. 이키도 곧 태연한 얼굴이 되었다.

"아, 공기찜 요리라, 참 오랜만이네요? 7시에는 하나와와 야쓰카 군이 올 테니 내 얼른 식사를 하리다."

이키는 일본 식당의 테이블로 갔다. 하루에도 부엌으로 들어가면서 말했다.

"그럼 오르되브르를 마련해 두어야겠군요. 명절요리 남은 게 있으니, 그걸 합치면 되겠어요."

"그렇게 해주면 좋기야 하지만, 아주머니가 좀 늦어질 테니 공기찜 요리가 됐으면 그냥 돌아가세요."

뉴욕에서 오래 살아 거리가 낯설지는 않다 해도, 이곳의 밤거리란 여자 혼자 다니기에는 역시 위험한 곳이었다.

하루에는 전자레인지로 데운 공기찜 요리를 식탁에 차려놓곤,

"그럼 말씀대로 전 이제…… 그리고 저, 내일은 슈퍼마켓에 가서 뭘 좀 사와야겠습니다. 필요한 것이 있으면 메모해 두세요."

하고 집으로 돌아갈 차비를 했다. 그때 초인종이 울렸다.

"하나와 씨가 오셨나봅니다."

하루에가 문으로 달려 나갔다.

현관문을 열자 야쓰카 이사오가 성큼성큼 식당으로 들어와 신기하다는 듯 말했다.

"와! 공기찜 요리네요."

이키는 빙긋 웃으며,

"하루에 아주머니 덕분에 설은 잘 쇠고 있네. 아직 저녁식사 전이면 같이 드세나."

하고 권했다.

"회사 근처에서 들었습니다. 하루에 아주머니가 계신 줄 알았으면 여기 와서 먹는 건데. 안 그렇습니까?"

선배인 하나와를 돌아보며 야쓰카가 말했다. 하나와는 어딘지 쓸쓸해 보이는 단정한 얼굴에 미소를 띠었다.

"아무리 부인이 산후라 밥을 못 한다해도 그렇게 게걸스럽게 굴면 되나, 이 사람아. 하루에 아주머니도 이젠 돌아가셔야 할 시간일 거고."

"그렇지 않아도 막 나설 참이었어요. 야쓰카 씨, 부인과 아기는 건강한가요?"

하루에는 지난 그믐날에 순산한 야쓰카의 아내와 아기의 건강을 물으며 웃었다.

"우리 와이프는 말도 마십시오. 운전하다가 해산 기미가 있어 그 길로 차를 몰고 산부인과에 가 혼자 해산했을 정도니까요. 아기도 3.5킬로그램이고 저를 닮아 미남입니다."

백만 달러짜리 미소라는 말을 듣는 보조개 웃음을 지으면서 야쓰카가 자랑을 늘어놓았다.

"얼마나 기쁜 일입니까. 저, 그럼 먼저 실례하겠어요."

"수고 많으셨습니다. 길조심하십시오."

이키는 위로의 말로 하루에를 보내고 거실로 들어갔다. 하나와와 야쓰카도 제집같이 낯익은 방구석에 있는 음료수장에서 마실 것을 가지고 소파로 와서 이키와 마주 앉았다.

하나와는 마티니를 한 모금 마시고 서류가방에서 자료를 꺼냈다.

'세계의 자동차 업계' '3대 거물급 회사의 해외전략' '3대 거물급 회사와 일본' '일본·미국 자동차 교섭의 경과' 등 여러 파일의 표지와 그 속의 서류는 지난 반년간 이키의 아파트에서 그 세 사람이 머리를 맞대고 가진 회합의 횟수를 말하듯, 귀퉁이가 닳았고 또 빨강과 연두색으로 각자 써넣은 글씨가 빽빽하게 들어차 있었다.

"오늘 포크사에서 온 편지내용을 도쿄의 후와 군에게 전했나?"

"마침 일본은 연휴라, 후와 씨 댁으로 전화를 걸어 포크사의 편지내용 전부를 전했습니다."

하나와는 자료 속에서 포크사에서 보내온 편지를 꺼냈다.

"자, 그럼 이젠 지요다자동차 쪽의 동향이 문제로군. 외자제휴의 결의가 흔들린다든가 하는 일은 없겠지."

이키가 다짐하듯 물었다.

"그 점에 대해선 저도 생각해 보았습니다. 포크사로부터 고대하던 반응을 받긴 했지만, 교섭 도중 통산성의 의향이 염려되어 역시 아이치나 닛신과 같은 국내 메이커와 제휴하는 편이 수월하겠다는 말을 듣는 날엔 킹키상사의 신용에 영향이 미칠 테니까, 후와 씨에게 그 점에 대해 확인해 봤습니다. 그랬더니 지요다자동차에 대한 공작은 자기가 모든 책임을 지고 추진할 테니, 이쪽에서도 전력을 기울여 단기결전으로 성공하도록 추진하라고 하더군요."

"그랬었군. 나도 다이몬 사장님께 전화를 했더니 아주 기뻐하시면서 지요다자동차의 모리 사장과 다이산은행의 다마이 총재를 곧 만나 직접 이야기를 나누고, 다시 한 번 지요다의 결심을 굳힐 것이니 마음놓고 교섭을 추진하라며 기대하신다고 격려까지 해주셨네."

이키는 몇 시간 전 다이몬 사장과 한 국제전화 내용을 그들에게 들려주었다. 그러고는 얼음을 탄 양주를 한 모금 들이켰다.

이키가 지요다자동차의 대응책에 관계하게 된 것은 도쿄 본사의 업무담당 상무로 재직할 때부터였다. 기계담당 사토이 부사장은 자동차 업계를 재편성하려는 통산성의 계획을 재빨리 감지하고 업계 4위인 지요다자동차와 5위인 후코쿠자동차를 서로 제휴시키려 바삐 움직이고 있었다.

한편 이키는 중동전쟁의 정보수집을 위해 연락하고 있던 국제적인 로비스트 다케나카 간지로부터, 지요다자동차의 기술담당 오마키 상무를 소개받아, 자주독립을 하려는 회사의 방침을 지원해 달라는 간청을 받았다. 그리고 은밀히 당시 통산성 중공업국 자동차과장이던 아이자와를 만나 그에게 지요다자동차의 자주독립노선을 지원해 주도록 부탁했었다.

그러나 그 이듬해 봄, 지요다자동차가 개발한 신형차 115, 상품명 타이거 1600이 아이치사의 카로나, 닛신사의 레드버드에 완전히 패배하여 자주독립의 희망은커녕 하위의 후코쿠자동차의 제휴조차 파기당했다. 그리하여 국내 2대 메이커와 종속적인 제휴를 감수하든지, 아니면 일본 시장을 노리는 외국자본과 제휴라도 하지 않으면 존속하기가 어려웠다. 그런데도 일류의식을 버리지 못한 지요다의 수뇌부는 하루하루 미루며 결단을 망설였고, 보다 못한 주력은행인 다이산은행은 이키가 제의한 외자제휴를 수락했던 것이다.

이키는 양주를 단숨에 들이켜고는 힘을 주어 말했다.

"자, 이젠 포크사에 대한 대책인데 첫 회담에서 지요다자동차와의 제휴에 반드시 흥미를 갖게끔 완벽한 이론을 짜가지고 나가지 않으면 안 돼. 그렇게 하는 첫째 요점은 일본 자동차 시장의 현황, 둘째는 통산성의 정책과 업계의 의도, 셋째는 장래 일본의 성장성……"

그러고는 3대 메이커의 하나인 포크사와는 어떤 식으로 교섭해 나갈 것인가 하는 냉철한 작전을 구상했다.

 가이베 가나메는 고속도로를 달려 뉴욕 교외 웨체스터에 있는 자기 집으로 가고 있었다. 차내는 훈훈하지만 바깥 기온은 영하 20도 내외로 떨어진 듯 앞쪽의 유리창에 뿌옇게 김이 얼어붙었다.
 싱가포르에서 온 거래처 손님에게 저녁식사를 대접한 다음, 프랭크 시나트라가 출연하는 나이트클럽에 안내하고 호텔에까지 데려다주고 돌아오는 길이었다.
 아메리카 깅키상사 부사장이라는 직함 때문에 그러한 접대로 뛰어다녀야 하는 일이 그의 업무 중 절반을 차지했다.
 웨체스터에 들어서면서부터 검은 그림자처럼 차창을 스쳐 지나가는 나무들의 키가 눈에 띄게 커졌다. 거기부터는 아담한 교외 주택가였다. 가이베의 집 앞에는 하나와의 자동차가 먼저 와 있었다. 가이베는 차를 차고에 넣은 뒤 초인종을 눌렀다.
 "당신이군요. 에이미 부인이 오셨어요."
 스웨터에 롱스커트 차림의 아내는 하나와의 미국인 부인이 와 있다는 것부터 알렸다.
 "무슨 일이야, 이런 시간에."
 "하나와 씨가 매일 11시가 넘어서야 돌아오기 때문이죠 뭐. 에이미는 꼭 노이로제 환자처럼, 시로는 이젠 자길 사랑하지 않는다면서 울고 있어요. 어떻게든 좀 달래야 할 텐데……"
 가이베가 거실로 들어가자, 에이미는 갈색 머리를 흐트러뜨린 채 해쓱한 얼굴로 호소했다.
 "시로는 어디 있지요? 어디서 무얼 하고 있을까요?"
 "사무실에서 회사 일을 하고 있어요."

가이베의 대답에 에이미는 고개를 저었다.

"거짓말 마세요. 6시와 7시, 8시에 세 번이나 사무실로 전화를 해봤습니다. 7시까지 남아 있던 사람이 시로는 벌써 퇴근했다고 하던데요."

가이베는 할 말이 없었다. 이키의 아파트에 야쓰카와 함께 있다는 것을 알릴 수는 없었다.

포크사와 지요다자동차의 제휴문제는 회사 내부에도 비밀로 하고 있는데, 만일 여기서 하나와가 있는 장소를 가르쳐주면 에이미는 당장 전화를 걸고 달려갈 것이다.

"가이베 씨, 시로는 여태까진 아무리 바빠도 반드시 거처를 알려왔어요. 그런데 한 달쯤 전부터 날마다 늦고, 또 어디 있는지 알려주지도 않아요. 도중에 전화 한 번 안하구요. 분명히 시로에게 애인이 생긴 거예요. 나하고 결혼하기 전에 사귀던 애인이 있었어요."

에이미는 갑작스러운 질투심으로 발작이 일어난 사람처럼 말했다.

"아닙니다. 그는 지금 회사를 위해 매우 중요한 비밀업무를 수행 중이라 있는 장소를 말할 수 없습니다."

"하지만 저는 그의 아내예요. 아무리 비밀업무라 해도 아내는 남편의 거처를 알 권리가 있는 거예요."

에이미는 따지듯 말했다.

"에이미 부인, 바로 그 점이 일본과 미국 사회의 차이입니다. 부인도 예전에 깅키상사 로스앤젤레스 지사에 근무한 경험이 있으니까 아실 겁니다. 지금 그는 이키 사장으로부터 유능한 사원으로 평가받고 있는 만큼 그로서는 여간 귀중한 기회가 아니에요."

가이베는 에이미를 달래듯이 말했다. 미국인으로선 작은 몸집의 에이미는 몸을 움츠리면서 또렷또렷한 목소리로 말했다.

"그렇긴 하지만 이키 사장은 군인 출신으로 가미카제 스타일의 사장이니까, 우리 가정엔 조금도 고마운 분이 아녜요."

"하지만 에이미 부인, 시로가 출세한다는 일은 아주 좋은 일이잖아요. 이젠 다 아셨으니 걱정 말고 어서 집으로 돌아가세요. 마리와 조지가 그새 잠이라도 깼으면, 엄마가 없다고 얼마나 무서워하겠어요."

가이베의 아내도 6살과 4살짜리 아이들 걱정을 하자 에이미는 급히 핸드백에서 자동차 열쇠를 꺼내들고 자리에서 일어났다.

"참, 그 애들은 유난히 설움을 잘 타서 내가 없는 걸 알면 아마 울 거예요."

에이미가 돌아간 뒤 가이베의 아내는 평소의 불만을 털어놓았다.

"난, 에이미에게 동정이 가요. 나도 같은 신세니까 말예요. 야쓰카 씨 부인은 또 어떤 줄 아세요? 아들을 순산했는데 아기 아빠는 별로 집에 붙어 있지도 않고, 더구나 매일 밤늦게야 들어오니, 이키 사장처럼 사람을 심하게 부리는 사람은 없다면서 원망하더군요."

"그렇게 말하는 게 아냐!"

가이베는 화난 말투로 아내의 말을 막았다.

"아니긴 뭐가 아니란 말예요! 그런 면에선 우리가 가장 큰 피해자지요. 8년 전, 미국인 초등학교에서 '잽'이라고 놀림을 받아 자폐증에 걸린 이치로를 데리고 간신히 일본으로 돌아가, 한 학년 낮춰 중학교에 넣고 고등학교까지 마쳐서 막 대학에 진학하려는 중요한 때에, 또 다시 뉴욕 근무니 말이에요. 아메리카 깅키상사에서 부사장이라 하지만 이름뿐이고 본사에 돌아가면 고작 부장급 직위인데 외아들의 대학 진학을 희생시키면서까지 이키 사장에게 충성을 다해야만 하는 건가요? 이것도 저것도 아닌 식의 교육 때문에 이치로가 만일 일본의 대학 입학시험에서나, 미국의 대학 진학에 실패한다면 대체 당신은 어떻게 하실 작정이세요?"

"자식놈이 변변찮아서 그런 걸 회사 때문에 치른 희생이라 떠들어 대는 것은 마치 잘못되면 조상 탓이라 하는 것과 같아. 똑똑한 녀석들은 해외에서 돌아와서 그 길로 식은 죽 먹듯이 도쿄대학에 입학만 잘하더구먼. 머리가 둔한 녀석은 어디에 있어도 떨어지는 법이오. 그런 녀석은 애써 대학 보낼 필요가 없어. 초밥 요리사라도 되라지 뭐."

"아니, 초밥 요리사라뇨? 어떻게 그런 말을 하실 수 있어요."

아내의 얼굴은 벌겋게 상기되고 목소리는 떨려 나왔다. 그때 이치로의 방문이 벌컥 열렸다. 고등학교 2학년 나이에 다시 미국 고등학교 1학년부터 다니고 있는 이치로는 빨간 스웨터에 장발을 늘어뜨리고 잠자리 안경을 쓴 얼굴로 대들었다.

"아빠 말이 맞아요. 난 공부와는 거리가 먼 놈이니까 핫도그 장사나 스낵 술집이라도 차릴 테니, 점포 낼 자금이나 부탁합니다. 외아들이니까 그 정도는 밀어줘도 될 게 아닙니까?"

그러고는 유행하는 로큰롤 가락을 흥얼대며 부엌으로 갔다. 가이베는 입으로는 야박하게 말했으나 문득 마음이 허전해지는 느낌이었다.

"여보! 외아들은 자칫하면 핫도그 장사꾼, 아내인 나는 회사 파티가 있을 때마다 이키 사장을 위해 호스티스 역으로 불려가, 그 흑인과 결혼한 가정부한테 이래라 저래라 하는 지시나 받는 처지예요. 도대체 그 가정부가 뭐예요? 부지런하다느니 충실하다느니 하는 정도를 넘어, 이건 숫제 이키 사장 부인 행세니 정말 못 봐준다니까요."

가이베의 아내는 입을 일그러뜨렸다.

"말을 삼가 해! 하루에 부인은 흑인의 아내이긴 해도 착실한 사람이야. 베트남에서 전사한 남편의 연금과 일해서 번 수입으로 자식을 대학에까지 진학시키며 어엿한 생활을 하고 있어. 백인과 결혼한 어설

픈 전쟁부인보다 훨씬 훌륭하단 말이야."

"어머, 이키 사장 일이라면 그저 그 집 가정부까지 칭찬하시는군요. 대단한 정성이시네요. 기왕이면 사장님께 누군가 중매해 하루라도 속히 재혼이라도 시켜주시죠. 이제 더 이상 날 호스티스 노릇 시키지 마시구요."

가이베의 아내가 딱 자르듯이 말했을 때, 전화벨이 울렸다. 가이베가 일어나 수화기를 들었다. 로스앤젤레스에서 걸려온 장거리전화였다.

"여보세요, 나 효도일세. 별일 없지?"

"아, 효도. 뉴욕 도착은 내일이지? 이키 사장님도 자네 만나길 고대하고 계시다네."

"그런데 말일세, 예정이 바뀌었네. 휴스턴에 들러야 하기 때문에 사흘쯤 늦겠는데, 그때쯤의 사장님 출장 예정은?"

"다행스럽게도 출장 예정은 없네. 오늘밤엔 아파트에서 하나와와 야쓰카 군을 불러 회의 중이시네."

"잘 좀 전해 주게. 그럼……"

평소대로 무뚝뚝하게 전화를 끊었다. 이키가 뉴욕에 부임한 뒤, 업무본부에서 석유부장 자리로 옮긴 효도 싱이치로는 1년 6개월 이상을 세계의 산유국으로 바삐 돌아다녔다.

"당신, 효도 씨가 오시면 또 늦게 들어올 핑계가 생기겠군요."

화난 아내의 목소리가 가이베의 귓전을 때렸다.

매일처럼 몰아치는 강추위에 꽁꽁 얼어붙은 뉴욕에 두 번째 눈이 내렸다. 한낮이 지나서부터 내리기 시작한 눈은, 오후 4시쯤에는 잿빛 뉴욕 거리를 하얗게 덮었다.

에비뉴공원 300번지에 치솟은 뉴팬암빌딩 45층에 있는 아메리카 깅키상사의 사장실에서 내려다뵈는 맨해튼은 크리스마스카드 그림처럼 멋진 설경을 이루고 있었다.

그러나 이키는 아침부터 노무문제로 골머리를 썩이고 있었다. 뉴욕시가 흑인 및 소수민족 보호정책의 하나로, 뉴욕에 본사를 둔 기업에 대해 전체 종업원의 20퍼센트는 이들을 고용하도록 하고 있었다. 그래서 흑인과 푸에르토리코인들을 고용했는데, 인종적 문제에 얽힌 직장 내부의 갈등이 끊이지 않는 것이다.

더구나 노무관리를 현지인에게 담당시키고 있었는데, 그가 갑자기 증권회사로 전직하게 되어 후임자 물색 문제도 있었다. 이틀 뒤, 디트로이트에 있는 포크사의 본사에서 지요다자동차와의 제휴에 관해서 첫 번째 회담을 열기로 되어 있는 이키로서는 여간 귀찮은 일이 아니었지만, 그대로 내버려 둘 수도 없는 문제였다.

도어를 노크하는 소리가 나고 비서인 스잔이 들어와 보고했다.

"방금 도쿄 본사의 효도라는 분이 오셨습니다."

효도 싱이치로가 로스앤젤레스에서 휴스턴에 들러, 오늘 아침 뉴욕에 도착한다는 소식을 가이베로부터 듣고 오전부터 줄곧 기다리고 있는 참이었다.

"그동안 소식 못 드렸습니다."

효도가 의연한 모습으로 들어섰다.

"눈이 이렇게 와서 하이웨이 교통이 형편없었겠군. 잘 지냈나?"

"덕분에 감기 한 번 안 걸렸습니다. 건강은 어떻습니까?"

"그럭저럭 괜찮은 편이네. 가이베는 만났나?"

"네, 조금 전에 만났는데, 뭐 노무를 담당할 관리사원 문제로 정신이 없다나요. 여전히 바쁜 모양이에요."

"응, 오랫동안 근속해 온 담당자가 갑자기 증권회사로 스카우트되는 바람에 우리도 그 후임자를 어디선가 뽑아 와야 할 형편이지. 그래서 바쁜 거야. 도쿄에서는 이런 고생 모를 테니 좋겠네."

"글쎄요. 그건 그럴지도 모르지만, 일본에서는 딱 우리 회사에 한한 것만은 아닙니다만, 고도성장에 들떠서 경영의 기본방향들을 잃고 있어요. 지금 본사에서 이익을 올리고 있는 게 무언지 아십니까?"

효도는 이키를 마주 보았다.

"지난가을, 경영회의에 참석차 잠깐 귀국했을 땐 면사시세가 문제였지 아마……"

이키는 담배에 불을 붙여 물고는 씁쓸한 표정으로 말했다. 면사시세는 1965년이 최하락 시세였고 그 이후 조금씩 계속 올랐는데, 그 흐름을 멋지게 타서 최근 2년 동안 40억 엔이나 벌었다고 다이몬 사장이 자랑스럽게 말했었다. 그때 평소 다이몬 사장의 투기벽을 비판하던 중역들도 흥분하고 감탄하던 광경이 머리에 되살아나 씁쓰레한 기분이 들었다.

효도는 스잔이 가져다 놓은 종이컵에 든 커피를 마시고 말했다.

"요즘은 마이홈 마련의 잠재수효가 대단한 데 착안해 주택산업 쪽으로 진출하기 시작했지만, 복덕방 장사와 다를게 없어요. 너무 어이가 없어 미국 출장 직전 우연히 다이몬 사장이 베푼 술자리에 수행하게 된 기회를 타서 손님이 돌아간 뒤, 술기운을 빌어 지금의 회사 경영은 바람직하지 못하다고 정식으로 말했습니다."

효도는 배짱 좋은 웃음을 지었다. 이키도 따라 웃었다.

"다이몬 사장에게 정면으로 그런 얘길 하다니, 과연 자네답군. 그래, 어떤 점이 틀렸다고 말했나?"

"우선, 경영 체질상의 문제입니다. 3년 전 이키 선배께서 업무본부장이었던 당시, 섬유의 비율을 낮추고 중공업화를 강력히 추진하지 않는다면 종합상사 3위의 지위를 지켜나가기 어렵다 하여, 경영회의에 3개년계획을 제출하고 섬유부분의 축소에 착수하지 않았습니까? 그러나 선배님이 뉴욕으로 부임하자, 이치마루 전무가 부사장으로 승격되고 그때까지 실현되고 있던 축소정책은 백지화되었지요. 현재 우리 회사에서 섬유가 차지하는 비율은 42퍼센트나 됩니다. 작년 말 사바시(佐橋)·닉슨 회담에서 현재의 미·일 섬유교섭은 오키나와 반환 흥정에 이용되어, 곧 일본의 섬유업계는 쓰러질 운명이라는데, 고위층은 무슨 생각들을 하고 있는지 안달이 날 지경입니다."

"다이몬 사장은 왜 단호하게 중공업화를 추진하지 않았을까?"

이키는 분통이 터질 것 같은 마음으로 듣고 있었다.

"다이몬 사장은 좋은 인품을 갖춘 분이긴 합니다만, 경영전략을 생각하고 포진해 나갈 타입은 못 됩니다. 그래서 우리 회사의 중공업화와 국제화를 촉진할 수 있도록 이키 선배를 도쿄 본사로 모셔 와야 한다고 말씀드렸습니다."

"그러나 난 아직 그럴 마음이 없네."

적어도 포크사와 지요다자동차의 제휴가 성공할 때까진 본사로 돌아갈 생각이 이키에게는 없었다.

"이키 선배님 의사는 그렇더라도 회사가 선배님을 필요로 한다는 점도 고려해 주십시오. 뉴욕은 세계정세라든가 국제상품의 동향을 파악하기엔 다시없는 장소일 수도 있겠지만, 어쨌든 마음을 돌리고 귀국하도록 하시죠."

효도는 거듭 부탁했다.

"아마도 나를 원하는 것은 회사보다도 자네 자신인 모양이군. 무슨 계획이라도 있나?"

"간파하셨군요. 실은 석유개발을 시작하고 싶습니다."

효도의 발상에는 가끔 상상도 못할 엄청난 데가 있었다.

"회사에서 찬성해 주지 않는 모양이군."

"네, 중동에서 얼마든지 안전하게 살 수 있는데, 국제석유자본 흉내를 낸다고 아무도 상대조차 안 합니다. 하지만 선배님, 만일 그 중동의 석유공급이 끊기는 날엔 어찌 되겠습니까? GNP 세계 2위의 경제대국도 물거품이 되고 그야말로 공황에 빠지게 될 겁니다. 나로선 산업의 중요한 핵심부는 남에게 맡기고 한가롭게 앉아 있는 통산성이라든가 제철, 전력회사 등 소비만 하는 수요층의 안이한 자세를 이해할 수 없습니다."

"하긴 지금 일본이 80퍼센트 의존하고 있는 중동의 석유가 언제 공급 중단될지 알 수 없다는 공포는, 제3차 중동전쟁 이후 자꾸 높아지는 긴장도를 보아도 부정할 수 없지. 며칠 전, 아메리칸은행 부총재와 오찬을 했는데, 내무성의 에너지국이 본격적인 에너지 조사를 시작했다는 말을 하더군. 산유국인 미국이 그렇다고 하니 놀랐었네. 곧 담당에게 조사시켜봤더니 미국의 에너지 부족현상은 1968년부터 나타났으며, 작년 1월의 미국의 석유 생산능력은 1일 1,250만 배럴로 1년 전보다 23만 배럴이 줄었네. 또 천연가스의 탐광과 채굴도 1950년부터 제자리걸음이고, 재작년 천연가스의 소비량은 환경오염방지문제가 시끄러워지자 수요가 늘어 가스부족 사태를 빚고 있다는 걸세."

이키는 그렇게 말하고 표정을 바꾸며 물었다.

"그런데 효도 군, 석유개발은 리스크가 너무 커. 또 일본엔 기술자도 별로 없을 테고 뒤를 댈 만한 자금도 없네. 그런 문제를 어떻게 생각하고 있나?"

"제3차 중동전쟁, 그때부터 석유자원에 관심을 가지셨다니 과연 선배님답습니다. 일본에서는 이쓰비시 그룹이 셸 석유회사와 반반씩의 출자로 일본 면적과 거의 비등한 넓이의 광구를 홋카이도에서 오키나와에 이르는 해역에 신청했다더군요. 이쓰비시 그룹조차도 셸과 공동개발을 할 정도니까 감히 우리 따위가 혼자 할 수 있으리라곤 생각할 수조차 없습니다만, 나는 국제 석유개발자본과 손잡고 싶지 않습니다. 그래서 각 해외지사에 국제 석유개발자본이 아닌 회사로서 시굴에 성공했다든가 하는 곳이 있으면 알려달라고 의뢰했습니다. 이번에도 로스앤젤레스의 해역에서 시굴에 성공했다는 텔렉스가 들어와 달려왔습니다만, 과학적 자료가 불명확하여 믿을 수가 없더군요. 저는 서두르지 않고 착실히 추진해 볼 생각입니다만, 금후의 일본에서 석유와 식량은 장기적인 세계전략을 세워 처리하지 않으면 안 될 부분입니다. 그것을 실행하기 위해서는 자금과 인재 면에서 본사가 아니면 불가능한 일이기 때문에, 선배님께 속히 돌아와 주십사 부탁을 드리는 겁니다."

효도는 이키를 똑바로 쳐다보며 말했다. 이키는 가슴의 고동소리가 커지는 것을 느꼈으나,

"효도, 내겐 반년이 걸릴지 1년이 걸릴지 알 수 없지만 꼭 성공시키고 싶은 외자제휴문제가 있다네. 여기 있으면서도 자네의 의논 상대가 될 수 있고, 정보도 보낼 테니까 노력해 보게. 자네가 하고자 하는 일은 일본의 장래를 위해 꼭 필요한 사업이네."

하고 당분간은 본사로 돌아갈 생각이 없음을 밝혔다.

1월 10일 오전 8시 30분, 이키는 하나와와 함께 아메리칸항공으로 뉴욕의 라가디아 공항으로부터 디트로이트를 향해 출발했다.

야쓰카 이사오는 세 사람이 함께 디트로이트로 간다는 사실이 새지

않도록 시카고 지사의 출장을 겸해 미리 출발해서 이키와 하나와의 도착시각에 디트로이트 공항에서 만나기로 되어 있었다.

이키는 창가에 있는 시트의 등받이를 눕히고 오랜만에 2만 5천 피트 상공의 푸른 하늘을 바라보면서, 새벽녘에 일본의 다이몬 사장한테서 걸려온 국제전화를 상기했다. 다이몬은 시차 따위는 신경 쓰지 않는 듯 침대 속에서 수화기를 든 이키에게,

"드디어 오늘이 디트로이트 공략의 첫날이군. 승산은 어떤가?"

하고 일선부대에 격려의 글을 보내는 사령관처럼 힘찬 목소리로 물어왔다.

"승패는 반반입니다만 전력을 다할 따름입니다."

이키가 대답하자 다이몬은,

"자네가 벌인 일이니 진주만 기습식의 작전을 생각하고 있을 테지?"

하고 거듭 큰 기대를 하고 있다는 투로 말했다.

"자동차의 외자제휴는 미·일 경제전쟁이 아니라 미·일 경제우호조약과 같은 거니까, 기습작전이 아니고 어디까지나 정공법으로 교섭할 겁니다."

이키는 신중하게 대답하고 전화를 끊었다.

문득 하나와가 말했다.

"사장님, 새삼스런 말 같습니다만 포크사는 어째서 반년이나 지난 후에, 갑자기 지요다자동차와의 제휴에 흥미를 보이게 되었을까요."

"자네가 보기엔 무엇 때문일 것 같은가?"

"솔직히 말씀드리자면, 이키 사장님께서 정상급과 어떤 막후교섭을 하신 게 아닐까 생각하는데요."

"내가 포크와 막후교섭을? 하지만 말일세, 자네도 알다시피 나는 포

크 회장은 물론이고 오늘 만나는 해외담당 플래트 부사장과도 전혀 안면이 없는 사이야. 그러니까 자네와 야쓰카에게 포크사에 대한 공략을 전부 맡기고 있었던 게 아닌가."

하나와는 커피를 마저 마시고 말했다.

"확실히 저희는 포크 회장과 친분이 있는 사람들의 명단 속에서 우리 회사와 친한 에어크래프트사의 존 J. 네빈 회장을 택해서, 그분의 소개장을 받아 포크사로 뛰어들어 이제까지 반년 동안 '디트로이트 참배'를 하루도 빼먹지 않았지만, 포크사의 반응은 쇠귀에 경 읽는 식이었습니다. 최고정책에 관한 내용은 아무리 노력해도 알 수 없다는 것이 판명된 참이었는데, 솔직히 말해 꼭 여우에 홀린 것만 같습니다. 여러 가지로 곰곰 생각해 본 결과, 작년 말께 한국의 육군참모총장을 지낸 이석원 씨가 워싱턴을 방문하고 돌아가던 길에 뉴욕에서 사장님과 단둘이 만났다는 사실이 떠오른 겁니다."

이키는 표정 하나 움직이지 않은 채 말했다.

"음, 그와는 사실 육사 동기라네. 그 사람의 집안은 왕족 혈통으로 군인이 되고자 일본의 사관학교에 입학했었지. 그런데 졸업하곤 조국으로 돌아가 그 후 30년 가까이 만날 기회가 없었다네. 그런데 한국영사관에서 내가 상사원으로 뉴욕에 주재하고 있다는 소식을 듣고, 사무실로 전화를 걸어 찾아주었다네. 나는 너무나 반가워 하룻저녁 집에 초대해 회고담을 나누었지. 그런데 그것이 포크사와 어떤 관계가 있다는 건가?"

"그렇게 노골적으로 물으시면 난처합니다. 이석원 씨는 육군참모총장직에서 물러난 뒤에도 주미대사며 국회의원을 오래 지냈죠. 한편 포크사는 3년 전부터 한국에 진출해 기반을 다지고 있으니, 그런 관계로 이번 일이 성사된 게 아닐까 상상해 보았을 뿐입니다."

하나와는 시무룩한 표정에서 차츰 열이 오른 눈빛이 되었다.

"언제나 냉철한 자네답지 않게 비약한 추측이군. 유감스럽게도 이 씨와 그런 대화는 없었네."

이키는 가볍게 부정했지만, 실은 하나와가 추측한 그대로였다. 게다가 이석원과 만난 것은 작년 말이 처음이 아니라 이키가 뉴욕으로 부임한 지 3개월이 되었을 때였다.

서로 만나 미국, 소련, 중국 3국간의 외교, 군사정세에 대한 정보를 얻고 있었다. 때로는 한국·일본 사이의 무역문제로 이키가 조언하는 경우도 있었고, 포크사에 대한 접근책을 논하기도 했었는데, 그런 사정을 아는 사람은 가이베 가나메뿐이었다.

이윽고 2시간 20분 후, 비행기는 사막 한복판에 있는 디트로이트 메트로폴리탄공항에 도착했다. 비행기 문을 나서자, 50미터쯤 앞에서 야쓰카가 기다리고 있었다.

"안녕하십니까. 자동차는 포크사 주차장에 세워두었으니까, 빙 돌아서 출발용 건물까지 걸어가셔야만 하겠습니다."

"그건 괜찮네만, 자동차 준비는 됐는가?"

포크사를 방문하는 이상, 포크자동차를 쓰는 것이 예절에 맞는 일이었다. 그러나 디트로이트 출장소가 없는 깅키상사로선 야쓰카가 전세자동차가 아닌 승용차를 재주껏 구해야만 했다.

"문제없습니다. 하나와와 제가 뛸 때에는 스포츠 쿠페를 빌려 썼지만 오늘은 워싱턴 콘티넨털을 빌려왔습니다. 그럼 뒤따라오십시오."

야쓰카는 그렇게 말하고는 먼저 성큼성큼 걸어갔고, 이키와 하나와는 일정한 거리를 두고 걸어갔다.

이윽고 로비에 도착해 막 밖으로 나서려다가, 이키는 문득 발을 멈추었다. 2명의 미국인과 대화를 나누며 로비로 들어오는 일본인이 도쿄상사의 사메지마 상무였기 때문이다.

의아한 듯 이키의 시선을 뒤쫓던 하나와도,

"이크, 사메지마……"

하고는 이키와 함께 기둥 뒤로 몸을 숨겼다.

사메지마 다쓰조는 미국인에 못지않게 키가 큰 늘씬한 체격, 거뭇한 얼굴에 상어처럼 약간 처진 가느다란 눈을 빛내면서 항공권 카운터가 있는 쪽으로 걸어갔다.

"사메지마 씨가 어디 다녀가는 길인가보군요. 그야말로 마음 놓을 수 없는 사람입니다."

"자네는 사메지마 씨에게 얼굴이 알려져 있지 않겠지?"

"네, 저야 뭐 누가 거들떠볼 존재나 되나요?"

"그렇다면 그의 행선지를 알아보고, 만일 뉴욕이라면 가이베에게 전화해서 숙박장소를 체크하도록 하게나."

"알았습니다."

하나와는 재빨리 카운터 앞에 줄을 서 있는 사메지마 쪽으로 다가갔다. 이키는 그것을 확인하고 야쓰카가 손을 들어 신호를 보내고 있는 포크사 주차장으로 걸어가 은회색의 워싱턴 콘티넨털에 올랐다.

"자칫했으면 도쿄상사의 사메지마와 마주칠 뻔했네."

이키가 안도의 숨을 내쉬며 말했다.

"그럼 사메지마 씨가 중개한 포크사와 도와자동차의 자동변속기 합자회사의 일로 포크사에 왔겠죠."

"그럴지도 모르지만, 어쩌면 우리와 같은 목적이었는지도 몰라."

"설마하니, 아무리 포크사라 해도 같은 목적으로 같은 일본의 상사를 농락하는 짓은 못할 겁니다."

야쓰카는 낙관적으로 말했으나, 이키는 포크 회장이 일본에 왔을 때의 거만하던 태도를 생각하면, 포크사는 도쿄상사가 중개하는 포크 · 도와자동차와 깅키상사가 중개하는 포크 · 지요다자동차의 제휴를 저울에 올려놓고 그 어느 한쪽을 헐값으로 굴복시키려고 할지도 모른다는 생각이 들었다.

"행선지는 역시 뉴욕이었습니다. 즉시 가이베씨에게 전화를 걸었는데, 마침 회사에 계시더군요. 그래서 사메지마 씨가 탄 항공편을 알리고 사장님의 말씀도 전했더니, 틀림없이 해내겠다고 했습니다."

"알겠네. 그럼 야쓰카, 출발하세."

이키는 이렇게 말하고 비로소 자기 딸인 나오코가 사메지마 아들의 아내라는 생각이 들었다. 자기와 사메지마는 사돈이라는 인연에도 불구하고 서로 싸우지 않으면 안 될지도 모른다고 생각했다.

디트로이트 교외는 뉴욕보다 훨씬 춥고 6차선 고속도로에는 차가 홍수처럼 넘쳐났다. 야쓰카는 40마일 정도의 속력으로 운전하면서 뒷좌석의 이키에게 말했다.

"참, 좌석 포켓에 오늘 조간 '디트로이트 프리 프레스'를 넣어두었습니다. 참고로 자동차의 생산대수표를 읽어두시죠."

이키는 좌석 포켓에서 네 겹으로 접힌 '디트로이트 프리 프레스'를 꺼내, 2면 위쪽에 실린 'The Auto Tall' 난을 펴들었다. 거기에는 미국의 전국 자동차 생산대수의 95퍼센트를 차지하는 3대 회사와 아메리카 오토 4개 회사의 10일 동안의 생산대수가 실려 있고, 그 생산량이 높은지 않은지를 한눈에 볼 수 있도록 지난해 같은 기간의, 또 지난해 연간 생산대수도 함께 기록되어 있었다.

표 밑에는 해설이 있었는데, 최근 1년간 전국의 자동차 생산은 10일에 평균 3퍼센트 정도씩 떨어지고 있으며, 금년에 더 심하게 저하될 것이 틀림없을 것이라는 위기감을 가지고 쓴 글이었다.

도심지에 잇닿은 교외 디아본에 들어서자, 조금씩 보이기 시작한 녹색과 다갈색의 평지 너머로 번쩍거리며 빛나는 유리성 같은 건물이 보였다. 그것이 3대 자동차 회사 중 가장 오랜 전통을 자랑하는 포크사의 새 본부건물이며 도로 표지도 어느새 'Fork Road'라고 되어 있었다.

외벽이 모두 유리로 된 15층 건물 앞에 오니, 주차장에는 엔젤, 팔콘, 미스탱 등 포크사의 자동차가 수백 대 늘어서 있었다.

야쓰카가 수위실 경비원에게 해외담당 집행 부사장 플래트를 찾아왔다는 뜻을 알리자, 지하의 간부 주차장으로의 통행이 허용되었다.

"이 지하 주차장에 차를 댈 수 있는 것은 중견급 이상의 엘리트이고 외래자로는 포크 회장, 아이아콜 사장 이하 15명의 이사들을 만나려는 손님뿐입니다. 그동안 저희들이 기획담당 매니저를 방문했을 땐 항상 옥외 주차장을 이용했어요. 반년 가까이 여기 출입을 계속하면서 가슴 깊이 감명을 받은 것은, 15층 중역실로의 승진을 목표로 삼고 매일 아침 6시 반쯤부터 출근해서, 아무리 일찍 퇴근하는 날이라도 하루 12시간 미친 듯이 일하는 엘리트들의 모습이었어요."

야쓰카는 지하 주차장으로 내려가 보조개가 보이게 웃으며 말했다. 그리고 지정구역에 자동차를 넣었다.

지하주차장에서 엘리베이터로 맨 꼭대기 층까지 올라가니, 약속된 오후 1시 5분 전이었다. 정면에 안내계가 있고 양쪽으로 중역실과 응접실이 늘어서 있었다.

방문한 목적을 말하자, 차분해 보이는 중년 여비서가 이키 일행을 정중하게 맞아 플래트의 방으로 안내했다.

해외기획담당 집행 부사장 플래트는 책상에서 서류를 뒤적거리며 전화를 걸고 있다가 이키 일행이 들어서자 서둘러 전화를 끊고 자리에서 일어났다. 그는 포크사 이사회에 참석하는 중역 중에서 가장 젊은 61세이고, 키는 별로 크지 않지만 근육질 체구였다.

플래트는 야무지게 다문 입가에 밝은 웃음을 지으며 이키 일행과 악수를 나누었다.

인사가 끝나자, 플래트는 포크사 부사장 이상만이 사용할 수 있는 하늘색 메모용지를 들고 회의용 테이블로 안내했다.

이키는 먼저 지요다자동차의 모리 사장이 발행한 영문 위임장을 내보였다.

플래트는 그것을 힐끗 보고 말했다.

"수년 전부터 일본 진출을 심각하게 검토하고 있는 우리로선 대단히 흥미 있는 이야깁니다만, 우리가 진출하는 이상, 되도록이면 대기업을 파트너로 택하고 싶습니다. 지요다자동차는 포크사의 파트너로는 너무나 빈약합니다."

일본 진출의 관심은 강하게 갖고 있으면서도 이키가 제시한 위임장은 애초부터 무시하는 듯한 태도였다.

통역을 맡은 야쓰카는 당황한 표정으로 이키를 쳐다보았다. 작년도 포크사의 연간 생산대수 282만, 총 매상고 5조 3천억 엔에 비해 지요다자동차는 15만 2천 대, 2천 3백억 엔으로 비교도 되지 않았지만, 지요다자동차의 카드밖에 가지지 못한 깅키상사로서는 지요다 하나만 내세워서 승부를 내는 수밖에 다른 도리가 없었다.

이키는 플래트의 네모난 안경 속에 눈을 정시하며, 포크사의 일본 진출 조건을 슬쩍 돌려서 알아보았다.

"우리는 지요다자동차와의 제휴를 전제로 당신과 의논하기 위해 뉴욕에서 왔습니다. 포크사에선 일본 진출에 관해 어떤 정책을 가지고 있는지요?"

플래트는 앉은 채, 회전의자에 양팔을 얹고 대답했다.

"우선 첫째로 출자 자본에 대하여 우리 사의 비율은 50퍼센트 이상일 것, 둘째로 대표권이 있는 임원을 파견할 것, 셋째로 파트너는 승용차 부문에 있어서는 일본 국내에서 7퍼센트 이상을 점유하는 메이커라야 합니다. 이 세 가지는 포크 회장 자신의 강한 의사라는 점을 알아주십시오."

포크 재벌의 회사다운 색채가 강하게 풍겼다. 결국 승용차 부문의 점유가 1.5퍼센트인 지요다자동차와의 제휴는 전혀 생각지도 않는 듯했다.

"플래트 부사장, 제아무리 3대 메이커인 포크사라 해도 그런 조건으로 일본에 들어가긴 매우 어려울 겁니다. 당신의 실무진인 기획담당 매니저인 스티븐슨 씨에게 자료를 첨부해서 이미 설명했습니다."

이키의 곁에 앉아 있던 하나와가 더는 못 참겠다는 듯이 지요다자동차를 대상에서 제외한 회담은 약속과 다르다는 점을 간접적으로 지적했다.

"해외부문의 종합기획을 장악하고 있는 내겐 수많은 정보가 들어오는데, 그중의 하나로 보고받은 기억은 있습니다. 그러나 우리가 당신들 종합상사를 통해 알고 싶은 것은 승용차 부문에서 7퍼센트 이상을 점유하고 있는 메이커 중에 우리와 가장 원만하게 제휴할 가능성이 있는 상대가 어딘가 하는 점입니다."

플래트 사장은 위압적으로 말했다. 하나와와 야쓰카는 그 거만스러운 태도에 노골적으로 불만을 표시했지만, 이키는 표정 하나 흔들리지 않고 말했다.

"플래트 씨, 포크사는 7퍼센트 이상을 점유하는 메이커와 제휴하는 것과 일본 진출 제1진이 되는 것과 어느 쪽을 우선적으로 생각하고 있는 겁니까?"

플래트는 이키의 질문을 이해하지 못하겠다는 듯 고개를 갸우뚱했다.

"1백 퍼센트 출자가 불가능한 이상, 일본의 기존 메이커와 제휴하지 않을 수 없잖소. 그러므로 일본 진출과 파트너는 표리일체의 문제요. 그런데도 이키 씨는 어째서 그런 식으로 분리해 생각하는 겁니까?"

"내가 포크사의 입장에서 생각한다면 제휴할 상대와, 일본진출 제1진과는 나누어 생각해야 할 문제라고 생각합니다. 그 이유는, 당신네가 원하는 상대, 즉 승용차 부문의 점유율이 7퍼센트 이상인 메이커로는 아이치자동차가 37퍼센트, 닛신자동차가 26.7퍼센트, 기다오토가 8.9퍼센트, 도와자동차가 7.7퍼센트로 4개 회사입니다. 아이치와 닛신은 국산 메이커의 2대 계열론을 내세우고 있는 통산성의 보호 아래 약소 메이커를 흡수통합하여 확고한 위치를 차지하고 있으므로 외자제휴라든가 하는 것은 논의할 여지조차 없습니다. 다음에 기다오토는 오토바이와 경차로 출발한 특수 메이커라 당신네의 파트너가 되기엔 적합하지 않습니다. 남은 하나, 도와자동차에 대하여는 3년 전 귀사와 자동변속기의 합자회사를 만들어 이미 교류가 있는 데다가, 차츰 곤란해지는 국내사정으로 보아 이 기회에 귀사와 제휴하는 것이 바람직하다는 견해가 금융관계 인사들 사이에서 거론되고는 있습니다만, 그 회사 창업주인 마쓰시다 사스케는 외자제휴는 절대로 하지 않겠다고 단언하고 있으니 5년이나 10년쯤 후에라면 모르지만 현재로는 가망없습니다."

이키는 조용한 목소리로 말했다. 야쓰카가 통역을 마치자 그는 다시 말을 이었다.

"따라서 승용차 부문의 점유율 7퍼센트 이상의 파트너를 고집하는 한, 포크사의 일본 진출은 앞서 말한 메이커들이 경영파탄이라도 일어나지 않는 한 거의 불가능합니다. 그렇다고 해서 경영 위기가 일어난 후에 움직이면 이미 때가 늦습니다. 그보다는 나는, 당신네가 일본에 진출하려는 의사가 분명하다면 지금부터 교두보를 마련해 두어야 하며, 그러기 위해선 어떤 방법이 있는가 하는 문제를 먼저 생각해야 한다고 권하는 바입니다."

플래트는 이키의 말에 차츰 끌려드는 듯 상체를 테이블 쪽으로 내밀었다.

"그렇군요. 이키 씨가 말하는 뜻을 이제 이해하겠소. 당신은 우리를 위한 구체적인 계획이라도 있습니까?"

이키는 크게 고개를 끄덕였다.

"나는 포크사의 진출형태로서 가장 바람직한 A안은, 저공해의 로터리엔진을 가진 도와자동차와 지요다자동차의 우수한 기술과 높은 수익을 자랑하는 트럭 부문을 하나로 엮는 것이라 생각합니다. 다음으로 B안은 도와자동차와의 제휴, C안은 지요다자동차, D안은 지요다자동차의 승용차 부문과의 제휴입니다만, 이 중에서 가장 실현성이 있는 것은 D안입니다. D안은 우선 일본 국내에 진출해 일본 사회에 낯을 익히고 정부와도 접촉하여, 미국의 3대 메이커는 결코 수단방법을 가리지 않는 기업사냥꾼이 아니라는 걸 보여주는 것입니다. 그런 다음에 C안이나 B안으로 넓히게 된다면 일본 시장에는 포크사 이외의 외자가 발붙일 수 없을 겁니다."

그러기 위해서 포크사로서는 10년 이상의 장기전략이 필요하지만 유럽에서의 미국 3대 메이커의 움직임으로 보아 불가능한 일은 아니었다.

플래트는 테이블 위에 놓은 하늘색 메모용지에 이키가 말하는 논점을 간추려 적으며 보통이 아닌 이키의 재능과 설득력에 감탄한 듯한 눈길을 보냈다.

"이키 씨, 당신은 우리의 해외전략을 정말 잘 이해하고 있군요. 하지만 일본에 진출하기 위해서는 D안, 즉 지요다자동차 승용차 부문과의 제휴가 가장 빠르고 저항 없이 추진될 것이라고는 해도 우리로선 너무나도 희생이 큽니다. 나는 지요다자동차의 승용차 부문이 원래 약체라는 것, 특히 3년 전에는 회사의 운명을 건 신종차 발매에 실패해 3백억 엔의 적자를 내어 바야흐로 승용차 부문 전체가 무너질 상황이라는 것을 알고 있소."

맞대놓고 숫자를 들어 아프게 찌르는 말이었다. 그러나 이키는 침착하게 말했다.

"아닌 게 아니라 지요다의 승용차 부문은 참담한 상황에 있어요. 또 재건하는 데에는 꽤 많은 시간이 필요합니다. 하지만 분명하게 말해서 그런 상태에 놓인 데가 아니라면 외자와 제휴해서까지 살 길을 찾으려고 하는 메이커는 없을 겁니다. 그 점을 잘 이해해 주셨으면 좋겠습니다."

"나 한 사람이 이해한다고 해도 포크사의 주주는 3년이나 5년 뒤에 흑자를 올릴 수 있을 거라는 불투명한 이야기로는 납득해 주지 않소. 그런 의미에서 지요다자동차에서 수익을 올리고 있는 트럭 부문은 빼고 막대한 적자를 내고 있는 승용차 부문하고만 제휴하는 것은 진흙탕에 돈을 버리는 격이어서 그 효과가 너무 빈약합니다."

플래트는 10년 앞의 장기전략을 펴면서도 자본주의 회사답게 목전의 이익을 빈틈없이 챙기고 있었다.

"사정은 알겠습니다만, 지요다자동차가 외자와 제휴해도 되는 것은 어디까지나 승용차 부문만입니다. 지요다자동차는 도쿄 근교에 한 달

평균 3만 대의 능력을 가진 최신설비의 공장이 있는데 현재 가동률은 10분의 1 이하입니다. 거기다 포크사의 기술을 들여다가 일본에서 잘 팔리는 포크의 자동차, 카프리 같은 차종을 도입해 조립한다면 충분히 아이치나 닛신과도 경쟁할 수 있을 겁니다. 게다가 지요다는 원래 아이치, 닛신과 어깨를 견줄 수 있는 일본의 명문회사이며, 기술자, 종업원의 질로는 정평이 나 있는 데다가 전국적으로 판매망도 잘 갖춰져 있습니다. 그런 지요다의 승용차 부문에서 우선 기초를 잡고 실적과 시간을 벌고 나서 그 다음의 전개를 생각하는 것이 어떻겠습니까? 지금 만일 포크사가 들어가지 않는다면 글렌슬러나 유나이티드 모터스가 들어갈는지도 모릅니다. 또는 폭스바겐이 들어갈 수도 있습니다. 사실, 지요다의 외자 찬성파 기술진 중에는 유럽계 자동차와 손잡는 편이 회사의 특이성을 살린다는 점에서 낫지 않겠느냐 하는 식의 의견도 있습니다."

이키는 마지막 일격을 가했다. 그러자 플래트는 마음이 동요된 듯 생각에 잠기더니,

"만일 D안을 우리가 받아들이는 경우엔 50퍼센트 출자비율과 임원 파견에 지요다자동차 측은 이론이 없는 거지요?"

하고 다짐하듯 물었다.

지요다자동차로부터 이키에게 보내온 제휴조건은, 포크사의 출자는 25퍼센트 이하, 임원 파견은 받아들이지 않는다고 하는 까다로운 것이지만, 이 자리에서 그 문제를 거론한다면 당장 실패로 끝날 것이 뻔하다. 이키는 눈썹 하나 까딱하지 않고 말했다.

"출자 비율, 임원 파견에 대해서 지금 여기서 확답을 할 만한 권한이 내겐 없습니다. 먼저 포크사와 지요다자동차가 서로의 의사를 내보이고 한 테이블에 마주 앉아 직접 회견해야 할 줄 압니다. 그리고

그 문제로, 가능하다면 오늘 포크 회장의 위임장을 받아 내가 곧 일본으로 갔으면 합니다만, 회장을 직접 뵐 수는 없습니까?"

플래트는 손목시계를 보더니,

"회장은 오늘 아침 시카고의 포크 제철소로 가셨는데, 4시부터 자동차 제조부문 회의에 출석하게 되어 있으니까 벌써 회사에 돌아와 계실지도 모르겠군요."

하고 의자에서 일어났다.

그때 창밖으로 포크사를 상징하는 빛깔과 같은 하늘색 헬리콥터가 잿빛 하늘에서 하강하고 있는 것이 보였다.

"저건 포크 회장 전용의 헬리콥터 아닙니까?"

야쓰카가 자리에서 일어나며 엉거주춤한 자세로 말했다.

"잘 아시는군요. 고속도로가 붐비는 시간대에는 공항에서 헬리콥터로 오십니다. 이제 3분쯤 지나면 회장실에 들어서실 겁니다."

플래트는 이렇게 대답하고는 인터폰으로 회장 비서를 불러, 회의가 시작되기 전까지의 시간을 비워두도록 일렀다.

"이키 씨, 나는 지금까지 많은 일본인을 만나봤지만, 당신처럼 냉철한 분석력과 설득력을 지닌 사람은 처음 보았소. 당신이라면 이 제휴를 멋지게 리드해 줄 것이라고 포크 회장께 전하겠습니다."

그리고 플래트는 잰걸음으로 방을 나갔다.

그로부터 15분 뒤, 이키는 포크 회장의 방으로 안내되었다.

회장실은 15층의 한쪽을 널찍하게 차지하고 있었다. 큼직한 방의 정면에서는 창설자인 포크 1세의 초상화가 걸려 있었다. 그 옆에 포크 2세가 구레나룻을 길게 기른 민첩해 보이는 얼굴로 서 있었다. 플래트가 이키를 소개하자 그는 웃으면서 말했다.

"지요다자동차와 제휴하는 문제에 대해선 플래트 집행 부사장에게 들어서 알고 있소. 우리 회사에서 제일가는 이론가인 플래트를 첫번 회담에서 감탄시켰다는 것은 놀랍소. 한국의 미스터 리가 추천할 만도 하군."

포크사에 거의 반년 전부터 접근했어도 아무 응답이 없다가 돌연 만나자고 알려온 것은 역시 이석원의 중재 때문이었다.

"아닙니다. 플래트 씨가 유럽이나 미국과는 전혀 다른 일본의 특수한 기업체질을 잘 연구했기 때문입니다."

이키는 이석원의 중재에는 관심이 없다는 듯 말했다. 포크는 그런 공치사는 들은 척도 않고 다시 말을 이었다.

"미스터 리와는 자주 만납니까?"

"아닙니다. 1년에 한 번이나 두 번쯤 됩니다."

"그가 소개하길, 이키 씨는 일본 육사와 육군대학을 나온 수재라고 하더군요. 나도 웨스트포인트 사관학교 출신이긴 하지만, 성적이 부진한 간부후보생이었다오."

회장은 말을 마치고 곧 책상으로 가서 지요다자동차와의 제휴 교섭을 위임하는 서류에 솜털이 더부룩한 손으로 서명했다.

같은 날, 가이베 가나메는 뉴욕 중심가로부터 북쪽으로 5, 60마일 떨어진 화이트플레인에 있는 유니온선박회사의 허드슨 회장 저택에서 열린 파티에 참석했다.

파티에 초대받은 사람들은 유니온 선박회사와 친근한 화주 관계의 사람들로, 그들은 스스럼없는 분위기에서 이야기 꽃을 피우고 있었다.

가이베도 브랜디 술잔을 한손에 받쳐 들고 머지않아 일본을 방문한다는 화장품 회사 사장 내외에게 도쿄에 가면 깅키상사를 찾아달라고 말하고 있었다. 그러면서도 일본인으로 또 한 사람, 그 파티에 초대된 도쿄상사의 사메지마 다쓰조에게 접근할 기회를 노리고 있었다. 그러나 공작기계 메이커, 곡물회사, 화학품 메이커 등 50명 가까운 초대객 속을 헤엄치듯 이리저리 돌아다니면서 활달하게 이야기를 나누고 있는 사메지마를 붙들기가 여간 어려운 일이 아니었다. 그가 담뱃불을 붙이려고 한쪽 구석으로 다가갔을 때, 가이베는 자연스럽게 접근해서 말을 걸었다.

"아니, 사메지마 씨, 이렇게 허드슨 씨네 파티에서 만나 뵙게 될 줄 정말 몰랐는데요."

오늘 아침, 가이베는 디트로이트 공항으로부터 사메지마가 뉴욕행 비행기표를 샀으니 그의 동향을 살피라는 이키의 지시를 받았다. 원래 파티엔 결석할 예정이었지만, 사메지마가 나온다는 정보를 듣자마자 서둘러 달려온 것이다. 하지만 그런 내색은 전혀 하지 않고 호들갑스럽게 놀란 표정을 지어 보였다.

"아니, 깅키상사의 가이베 아닌가! 자네가 어떻게 이 파티에?"

"저는 먼저 뉴욕 주재 시절엔 곡물을 오랫동안 담당하고 있었어요. 허드슨 씨와는 그 무렵부터 알고 지내는 사이입니다. 그건 그렇고, 사메지마 씨는 언제까지 뉴욕에 머무르실 예정입니까?"

"3, 4일 정도일 거야. 하고 싶은 일은 산더미처럼 쌓였는데, 중역이 되면 아무래도 본사 일이 너무 많아 곤란하다네."

작년에 상무로 승진한 사메지마는 말과는 달리 만족스러운 얼굴이었다. 그리곤 야유하듯이 말했다.

"그래, 이키 씨는 안녕하신가? 소문을 듣자니 부인 잃은 슬픔을 일로 달래려는 듯 주말도 없이 일만 한다고 회사 안에서도 빈축을 살 정도라던데?"

"일이라면 사메지마 씨가 더 극성스럽게 하시잖습니까? 뉴욕에선 사메지마 씨가 나타난다는 뉴스가 전해지기만 해도 각 사원들은 바짝 긴장하니까요. 그 포크사와의 자동변속기 회사, 잘 나간다고들 하던데요."

"그럭저럭이지 뭐."

가이베는 유도하듯 물었다.

"하지만 어느 날 갑자기 포크와 도와자동차 제휴, 뭐 어쩌고 하는 뉴스로 우릴 깜짝 놀라게 하는 건 아닙니까?"

"그렇게만 되면 오죽이나 좋겠냐만 워낙 일본엔 외자도입을 반대하는 통산성이라는 존재가 버티고 있어서 뭐가 돼야 말이지."

입맛이 쓴 듯 혀를 차고는 오히려 가이베의 말을 유도하려는 듯 물었다.

"그런데 자네네 이키 씨는 그 문제에 대해 어떻게 전망하시던가."

가이베는 어깨를 으쓱해 보였다.

"솔직히 말하자면 외국어 때문에 엄두도 못 내는 형편입니다. 사메지마 씨처럼 영어, 불어에 능통하고, 상무가 되어도 마음대로 혼자 나서서 일을 할 수 있는 것이 아니니까, 본인 자신도 따분하게 여기고 있을 겁니다."

가이베는 의도적으로 이키가 난처해하는 모양을 강조했다.

그러자 사메지마는 크게 웃었다.

"흐왓, 흐왓, 흐왓…… 그럴 테지. 하필이면 이키 씨가 아메리카 킹키상사 사장이라니, 자네네 다이몬 사장이나 사토이 부사장도 어떤 속셈으로 그런 잔인한 인사처리를 했는지 모르겠네. 아니 그런데 허드슨 사장과 얘기하고 있는 사람은 베니코 부인 아닌가?"

중앙 테이블 앞에서 호스트가 된 허드슨과 인사를 교환하고 있는 여자를 사메지마는 한눈에 알아보았다.

베니코는 호스티스 역인 허드슨 부인과도 다정하게 말을 나누며 웨이터에게서 마실 것을 받아들었다. 그때 사메지마가 재빨리 곁으로 가서 인사했다.

"베니코 부인, 안녕하십니까?"

베니코는 사메지마를 거들떠보지도 않고 가이베 쪽으로 걸어오며 큰 눈을 반짝였다.

"어머나! 오랜만이군요, 가이베 씨."

"석달 만인 모양입니다. 그런데 여긴 언제?"

"오늘 막 도착했어요. 아까 이키 씨 아파트에 전화했더니 아무도 없는 것 같던데, 출장 가셨나요?"

"아뇨, 오늘밤은 일본에서 오신 손님 접대입니다. 1주일 전쯤에 효도가 출장을 와서 당신 얘기를 했었지요."

디트로이트에 가 있는 이키의 근황을 눈치 채지 못하도록 화제를 효도 쪽으로 돌렸다.

"그럼 한발 늦었군요. 일찍 알았으면 나도 예정을 앞당겨 달려왔을 텐데. 분하군요."

베니코는 사메지마를 무시하고 깅키상사와의 친밀함을 과시하려는 듯 말했다. 그러나 사메지마는 아랑곳하지 않고,

"베니코 부인은 여전히 아름답다고 할까, 요염하다고 할까…… 그런데 후앙 선생님은 어디 계십니까?"

하며 사람들 속에서 후앙 깐천을 찾으려고 두리번거렸다.

"안됐군요. 후앙은 지금 당신이 보낸 롯폰기의 여자와 인도네시아에서 새해를 즐기고 있답니다. 물건을 잘 골라주셔서 그런지 후앙이 아주 만족스러워 하던데요."

사메지마는 여자를 좋아하는 후앙에게 롯폰기 클럽의 호스티스를 접근시켜 인도네시아로 보냈던 것이다.
"물건을 고르다니 무슨 뜻이죠?"
"시침 떼지 마세요. 그건 사메지마 씨의 수출상품이 아니었나요?"
"농담 마십시오. 여자를 수출하다니 듣기 거북합니다. 천지신명에 맹세코 난 결백합니다. 관련 없는 일이에요."
애써 변명했으나, 베니코는 콧등으로 웃었다.
"속 보이는 변명 따윈 듣고 싶지 않아요. 그보다 그 여자, 맡긴 일은 잘해 주던가요? 미리 말해 두지만, 그 여자가 모 상사로 정보를 흘리고 있는지도 모르니까요."
"저, 잠깐 이리 좀 와서……"
사메지마는 당황한 표정으로 베니코의 롱드레스 소매를 잡아끌어 가이베와 떼어놓았다.
"모 상사라니, 어디예요, 그곳이?"
"글쎄요. 본인에게 직접 물어보시죠."
"베니코 부인, 부탁입니다. 제발 가르쳐 주십시오. 이렇게 간절히 부탁……"
사메지마는 베니코에게 양손을 모아 보였다.
"호호호, 뭐 그렇게까지 놀랄 것 없잖아요. 그런 애가 무슨 정보를 입수해서 알리겠어요? 그보다는 슬슬 다음을 생각해 두는 것이 좋을 거예요. 후앙은 끈질긴 사람이 못되니까 아마 3년이 고작일 겁니다. 보증기간 말이에요."
둘째 부인인 베니코는 여유있게 말했다. 사메지마는 약이 올라 가느다란 눈을 치켜떴다가 곧 사교적인 웃음을 띠고 베니코에서 춤을 청했다.

"댄스가 시작됩니다. 자 추시죠……"

"모처럼입니다만, 가이베 씨와 의논할 것이 있어요."

쌀쌀하게 거절하고 베니코는 가이베 곁으로 돌아가서, 다이아몬드로 장식한 백금 손목시계를 들여다보며 말했다.

"이키 씨, 이젠 돌아와 계시겠죠? 10시 반인데요."

"글쎄, 어떨는지요……"

가이베는 애매하게 대답했다.

"그럼 돌아가는 길에 잠깐 들를까보다. 이키 씨 아파트는 내가 있는 5번가에서 아주 가깝거든요."

"아닙니다. 비록 돌아오셨더라도 오늘밤은 피곤해서 이미 잠자리에 들었을지도 모릅니다. 더욱이 독신이니까요."

눈치 채지 않게 말했으나, 베니코는 여느 때와 달리 육감적인 표정으로 말했다.

"그럼 어때요. 너무 딱딱한 말씀 마세요……"

디트로이트에서 돌아온 이키는 다이몬 사장 저택으로 국제전화를 걸었다. 일본 시간으로는 아침 7시였으나, 일찍 일어나는 다이몬은 기다리고 있었는지 활기찬 목소리로 말했다.

"으음, 그래서 포크 회장까지 직접 만났단 말이지?"

"네, 해외기획담당 플래트 집행 부사장과 만날 약속으로 방문했다가, 뜻밖에 포크 회장도 직접 뵈었습니다. 그리고 포크사와 지요다자동차의 제휴에 관한 위임장에 서명까지 받았습니다."

"그런가? 잘했군. 그 위임장을 가지고 구체적으로 일을 추진해야겠네. 그러니 자네가 그걸 갖고 일본으로 오게나. 그건 그렇고 역시 자네답군. 첫 번 회담에서 위임장을 받아내다니 말일세. 진주만 기습공

격 못지않은 성공이야."

다이몬의 만족스러운 목소리가 쨍쨍 귓전을 울렸다.

"그럼 곧 찾아뵙고 보고드리겠습니다."

이키는 수화기를 놓고 실내복 차림으로 잠자리에 들기 전에 마시는 브랜디를 술잔에 따랐다. 그때 현관의 초인종이 울렸다. 현관문의 체인을 벗기자 밍크코트를 입은 베니코가 서 있었다.

"안녕하세요? 베니코예요."

"아니, 베니코 씨, 뉴욕에 와 있었어? 그나저나 오늘은 밤이 늦었고 난 잠잘 시간인데……"

베니코가 혼자 찾아온 것을 보고 이키는 당황하여 자신의 가운 차림을 가리켜 보였다.

"어머! 이렇게 추운 날 일부러 왔는데 들어오란 말씀도 없군요."

"아냐, 내일 하루에 아주머니에게 식사 부탁을 해서 정식으로 초대할 테니, 오늘은 그냥 돌아가 줘."

"하루에 아주머니가 없는 게 더 좋아요. 곧 돌아갈 거니까, 그렇게 걱정하지 마세요."

베니코는 재빨리 안으로 들어왔다.

"어머, 마침 잘됐군요. 이 브랜디, 내가 마시겠어요."

베니코는 난처해하는 이키의 사정은 알 바 없다는 듯 거실로 들어가 테이블 위의 술잔을 들었다. 그리고 소파에 깊숙이 앉았다.

"이런 시간에 여자 혼자 나다니다니, 무슨 일이야?"

이키는 어딘가 자포자기한 것 같은 베니코의 마음을 진정시키려고 물었다.

"무슨 일 같은 건 없어요. 유니온선박 회장댁에서 열린 파티에 갔다가 사메지마 씨를 만났지 뭐예요. 그래서 기분 잡쳐버렸어요. 그 양반은 말 그대로 사람 피를 빨아먹는 식인상어예요. 롯폰기의 호스티스를 후앙에게 접근시켜 상거래 정보를 빼내려고 했으니까요."

"설마…… 후앙 씨 정도나 되는 사람이 그런 수단에 넘어갈 리도 없을 거고……"

"하지만 후앙은 여자라면 정신을 못 차리거든요. 그래서 결국 사메지마 씨의 뇌물에 넋을 잃었어요. 보다 못해 나는 뉴욕으로 놀러온 거예요. 양해해 줘요, 이키 씨."

베니코의 어깨에서 밍크코트가 흘러내리고, 롱드레스의 가슴 언저리가 연분홍색으로 상기되어 있었다.

"취했군. 파티에서 어지간히 마신 모양이지?"

"저, 취하지 않았어요. 그 증거로 사메지마 씨에게 분명히 말했거든요. 그 계집애가 도쿄상사로 빼돌리는 정보는 다른 상사로도 흘러나가고 있다고."

이키는 자기도 모르게 베니코의 얼굴을 쳐다보았다. 약간 술기운은 올라 있지만 눈빛은 정상이었다.

"어때요, 놀랐죠? 하지만 수단꾼이라면 그 정도는 해낼 줄 알아야 해요. 이키 씨처럼 늘 깨끗한 것만 찾다간 안돼죠."

"내가? 베니코 씨, 높이 평가해 주는 것도 정도껏 해야지, 종합상사에 들어와 13년이 된 나는 몸도 마음도 때가 묻었어요."

베니코는 갑자기 큰소리로 웃기 시작했다.

"그만두세요. 자기 입으로 나는 때 묻었다고 진지하게 말하는 게 바로 당신이에요. 우리 후앙 같은 이는 인도네시아 정부에 파고들기 위해 늘 여자니 뇌물이니 설쳐대죠. 그러면서도 조금도 자기가 부정한 방법을 쓰고 있단 생각은 안 해요. 그런 일만 계속 듣고 보노라면 이따금씩 후앙의 얼굴만 봐도 구역질이 나요. 그럴 때면 혼자 일본으로 돌아가기도 하고, 뉴욕 맨션으로 오기도 하죠. 이번에도 저 혼자 왔어요……"

베니코의 목소리는 차츰 가라앉고 촉촉히 젖어들었다. 이키가 조금은 엄격하게 말했다.

"하지만, 그건 베니코 자신이 택한 일이 아니오? 르보아를 경영하는 어머니가 결사적으로 말리는 것도 뿌리치고……"

"그래요. 난 사치스런 것을 좋아하고 씀씀이도 헤픈 성격이에요. 그래 어중간한 일본인보다는 화교 후앙이 더 낫다 싶어 후처라도 상관없다고 했었어요. 하지만 사치라는 것도 할 만큼 해보면 시시하고. 이키 씨, 나 쓸쓸해요."

베니코는 이키에게 얼굴을 기대며 그의 가슴에 파고들었다. 이키는 급히 베니코의 몸을 밀어냈다.

"베니코, 난 효도가 아냐. 취해서 어리광부릴 상대를 잘못 찾은 거 아니야?"

"효도 씨는 여자의 신세타령 같은 걸 들어줄 분이 아녜요. 그런 멋없는 사람한테 어리광부린들 무슨 소용이 있겠어요."

"나 역시 그런 건 싫어요. 자, 내가 바래다줄 테니 어서 돌아가요."

어린아이를 달래듯 말하자, 베니코는 커다란 눈을 암표범처럼 번득이며 따지고 들었다.

"역시 이키 씨는 아키츠 지사토 씨를 좋아하시는군요. 우리 엄마한테서 모두 들었어요. 지사토 씨는 이키 씨가 상처했다는 것을 알고 파혼했다구요…… 분명히 이키 씨를 기다리는 거예요. 그렇다면 그녀와 남자답게 결혼하면 되지 않아요?"

"그런 게 아냐. 지사토 씨의 일은 상관없는 문제야. 나는 현재의 베니코 씨의 처지를 생각해서 바보 같은 행동은 하지 말라는 거야."

"그렇다면 난 이키 씨가 좋아. 무척이나 좋아해요……"

베니코는 양팔로 이키의 목을 끌어안고 탐스러운 몸을 밀어붙였다. 순간, 이키는 몸을 뒤로 피하면서 목에 감긴 베니코의 팔을 풀었다.

그러자 베니코는,

"이키 씨는 바보! 겁쟁이예요."

하고 코트를 들고 난폭한 걸음으로 뛰어나갔다.

혼자 남은 이키는 베니코의 '이키 씨는 바보! 겁쟁이예요' 하던 말을 생생하게 되새겼다.

베니코가 말했듯이 아키츠 지사토의 파혼이 정말 자기와 관계있는 것일까. 아내를 잃은 슬픔에만 젖은 나머지, 아키츠 지사토가 왜 갑자기 단아미 야스오와의 약혼을 취소하고 지금까지 독신으로 있는지 생각해 보지도 않았다.

이키는 문득, 자기와 지사토 사이에 흐르는 한줄기 고요한 마음을 느꼈다.

외자상륙

지요다자동차의 모리 사장은 깅키상사의 다이몬 사장과 만난 뒤 스키지에 있는 본사로 돌아왔다. 그는 마중 나온 비서에게 아쓰키 공장에 가 있는 오마키 상무를 급히 불러달라고 이른 뒤, 사장실 문을 잠그고 생각에 잠겼다.

다이몬 사장이 말한, 포크사가 지요다자동차와의 외자제휴에 관심을 갖고 있으며, 또 그 중개를 깅키상사에 위임하고 정식 위임장을 맡긴 일을 혼자 심사숙고하기 위해서였다.

사장실은 천장이 높고 고풍스러운 벽포로 발라져 있었다. 집무용 책상, 응접용 소파, 비품류 등은 모두 무게 있는 것들이었으며, 실내 한쪽 구석에 놓인 서양 장기판인 체스판은 지요다자동차가 한창 날리던 때의 격조와 여유를 풍겨주고 있었다.

포크사와의 자본제휴는 경영침체를 극복하기 위한 수단이었다. 아니면 국내 2대 업체인 아이치자동차나 닛신자동차와의 굴욕적인 제휴를 감수해야 한다. 주거래은행인 다이산은행의 총재도 이젠 그 방법이 최선이라고 했다. 회사 내부는 민족자본 제휴파와 외자 제휴파로 갈라져 아직 조정이 되지 않고 있었다. 그러나 모리 사장은 아무도 모르게 포크사와의 중개를 깅키상사에 위임했었다.

위임한 이래 반년 동안이나 기다리고 기다리던 외자제휴 소식이었다. 그러나 막상 받고 보니 일종의 망설임이 다시 일었다. 미국 3대 업체인 포크사와의 제휴 기회를 놓친다면 지요다자동차는 도산을 면치 못할 것이다. 그러나 혹시 회사를 빼앗기게 되지나 않을까 하는 공포심이 그를 괴롭혔다. 그리고 외자제휴를 결단한다 치자, 과연 통산성이 허가를 할 것인가? 또 통산성을 상대로 절차가 진행이 된다고 치자, 과연 은행이 과감히 융자해 줄 것인가? 주거래은행인 다이산은행의 총재가 제휴를 권한 것은 포크사에게 거액의 자금을 내게 하기 위해서가 아니라, 다이산은행 총재가 다이몬 사장에게 속은 것이나 아닐까 하는 의심이 일자, 학처럼 마른 몸이 바싹 죄어들었다.

그러고 보니 제휴의 중개역인 아메리카 깅키상사의 이키란 인물은 한 번밖에 본 적이 없다. 그는 군인 출신이며 작전참모였다는데, 그때는 미국을 적으로 싸워 패했는데 과연 미국 3대 업체와의 거래를 성사시킬 능력이 있을까? 의심하기 시작하면 모든 것이 의심스럽고 불안해진다. 그렇다고 이대로 앉아서 죽음을 기다리는 꼴이 될 수는 없다.

1시간 반이 지났을 때 기술담당 상무 오마키가 왔다. 그는 원래 완고한 자주독립파였다. 그러나 경영면에서 이것을 지키기가 불가능해지자, 동업자에게 굴복하기보다는 차라리 외자제휴를 택하자고 나선 사람이었다.

"사장님, 무슨 급한 일이라도 생겼습니까?"

오마키가 인사 대신 물었다.

"음, 우선 거기 좀 앉게나."

모리 사장은 초조감과 불안의 빛을 감추고 응접용 소파를 눈으로 가리킨 뒤, 오마키와 마주 앉아 낮은 목소리로 말했다.

"사실은, 포크사가 드디어 우리 회사와의 제휴에 반응을 보여 그 중개를 깅키상사에 위임해 왔네."

순간 오마키의 표정이 긴장되었다.

"그래서 우선 자네가 외자제휴를 찬성했으니, 다시 한 번 포크사와의 제휴에 대한 의견을 듣고 싶네."

모리 사장의 말이 떨어지자, 오마키는 해군 기술장교 출신으로서 엔진부문의 전문가답게 힘있는 어조로 설명했다.

"자동차 업체는 무엇보다도 승용차를 생산해 내야 합니다. 그러나 우리는 3년 전, 타회사보다 먼저 개발한 신형 '타이거 1600'이 시험제작단계에서 외부로 정보가 새어나갔습니다. 정작 발매 때엔 경쟁업체들이 철저하게 염가작전을 펴는 바람에 팔리지 않았구요. 그 후유증으로 아직도 신형차를 개발할 힘이 없고 또 앞으로도 그럴 가망이 없습니다. 그렇다고 해서 지금 국내 자동차 업체와 제휴한다고 가정한다면, 3년 전 닛신자동차와 프리마자동차 합병의 경우처럼, 흡수된 회사는 실질적인 존재가치를 잃고 맙니다. 그런 사태는 회사를 유일한 보람으로 여기고 지요다의 자동차를 세상에 내놓아 온 저희들에겐 죽음이나 다름없는, 도저히 참을 수 없는 일입니다."

모리 사장은 여윈 몸을 떨며 고개를 끄덕였다. 오마키는 잠시 묵묵히 앉아 있더니, 마치 모리 사장의 불안해하는 심중을 꿰뚫어보듯이 또렷하게 말을 이었다.

"저희가 포크사와 제휴하면 처음 한동안은 분명히 포크사의 소형차에 빛을 잃을 겁니다. 하지만 그 후부터 포크·지요다의 소형차를 공동개발하여 이쪽의 기술을 살릴 수 있게 됩니다. 역시 아직까지는 소형차의 설계에 있어서는 일본이 우수하니까 저희가 주도권을 잡고 잘 이끌어나가면, 제휴한 뒤 5년쯤 뒤엔 포크·지요다의 신형차를 세상에 선보이고, 아이치와 닛신에게도 도전이 가능할 것입니다."

몹시 자신에 찬 말투였다.

"하지만 오마키 군, 포크의 해외전략은 아주 가혹한 것이라던데, 영국 포크의 경우는 45.4퍼센트의 주식을 시가의 1.6배로 매수하고, 그 총액 3억 6천 8백만 달러는 미국으로부터의 송금에 의해서 전달되었네. 당시 미국 정부의 달러 해외유출방지를 무릅쓰고 말일세. 그런 점으로 볼 때, 포크사와의 제휴를 쉽사리 받아들이기가 꺼림칙한데……"

"그것은 1960년의 일입니다. 1970년인 요즘은 절대로 그런 방식이 통하지 않을 것입니다. 첫째 일본에선 통산성이 엄격하게 외자 지주비율을 규제하고, 또 이번 제휴안은 주거래은행인 다이산은행의 총재도 적극적으로 권하고 있으니, 영국 포크처럼 될 리는 없습니다. 아무래도 일본인은 미국 대자본이 상륙한다고 하면 금방이라도 먹히는 줄 압니다. 그러나 이쪽이 정신만 차리고 있으면 저쪽이 아무리 잡아먹으려 해도 방법이 없지 않을까요?"

오마키는 모든 문제는 정상에 선 경영자의 자세에 의하여 결정된다는 점을 역설했다.

"옳은 말일세. 제휴라든가 병합은 돈 문제는 아니지. 언제나 가장 중요한 것은 사람이니까."

모리 사장은 크게 고개를 끄덕이고 나서 말을 이었다.

"인물 이야기가 나왔으니 말이네만, 포크사의 위임장을 받아냈다는 그 아메리카 깅키상사의 이키라는 사람 말일세. 믿을 수 있는 사람인가 몰라…… 한 번 만난 것만으로 알 수가 있어야지."

"그분은 전적으로 믿을 만한 사람입니다. 3년 전에 제가 우리 회사의 자주독립 노선을 주장했었죠. 그때 이키 씨는 우리 회사의 실정을 잘 이해해 주셨거든요. 이번에도 그분이 중개역을 해주셨기 때문에 일이 잘 되나보다고 생각될 정도입니다. 따라서 저는, 이번보다 더욱 좋은 외자제휴 기회는 다시없을 줄 압니다. 앞으로 가까운 장래에 우리 회사의 기술이 담긴 포크·지요다의 혼혈 신형차가 미국 포크의 판매망, 깅키상사의 전 세계에 있는 지사망을 통해 수출될 겁니다."

오마키 상무는 기술자다운 기백을 가지고 주장했다.

그 열의에 탄복되어 모리 사장의 결심은 확고했다.

"알겠네. 자네 말과 같이 지금이 가장 중요한 때로 승부가 결정되는 시기야. 포크사와의 외자제휴에 사운을 걸어보겠네."

"사장님의 결정에 따라 저희들 기술자는 최선을 다해 외자제휴 준비를 하겠습니다."

오마키는 가볍게 고개를 숙여 인사하고 방을 나갔다.

혼자 남은 모리 사장은 시간이 흘러감에 따라서 또 다시 외자제휴에 대한 불안과 의구심이 일기 시작했다.

오마키의 의견은 어쩌면 기술에만 집착을 둔 것이 아닐까? 그는 기술분야 출신으로 세상 물정에는 어두울지도 모른다. 만일에 그렇다면 경영면에서 중요한 것을 미처 깨닫지 못하고 있을 수도 있다. 지금 이것은 회사의 흥망을 좌우하는 일이 아닌가? 모리 사장 얼굴엔 다시 불안과 초조가 어렸다. 모리 사장은 책상 위에 놓인 인터폰을 눌러 영업담당 무라야마 전무를 호출토록 지시했다.

무라야마 전무는 줄곧 외자제휴를 반대하고 국내 영업체와의 제휴를 주장해 왔다. 그에게 포크사와의 제휴문제를 의논한다는 것은 거북스러웠지만, 마음이 어지러워진 모리 사장은 무라야마 전무의 의견도 참작하지 않을 수 없었다.

무라야마 전무는 풍채 좋은 모습으로 사장실에 나타났다.

"사장님, 무슨 걱정거리라도……"

회의 도중에 호출당한 무라야마는 조심스럽게 모리 사장의 안색을 살피며 물었다.

"사실은 좀 전에 깅키상사의 다이몬 사장으로부터 연락이 왔네. 포크사가 우리 회사와 제휴하는 것에 흥미를 보이고 그 중개역을 깅키상사에 위임했다더군. 무라야마, 자넨 이 문제를 어떻게 보나?"

모리 사장이 물었다. 골프로 알맞게 탄 얼굴을 들고 무라야마는 오히려 반문했다.

"사장님은 어떻게 생각하십니까? 사장님은 재무분야 출신이시니까 먼저 의견을 들려주십시오."

모리 사장은 망설이다가 이윽고 입을 열었다.

"자네도 알겠지만, 신형차 발매는 실패했고, 또 종래의 레베카도 한 달에 2천 대밖에 팔리지 않네. 이 상태에선 금리가 2억 5천만 엔이고, 한 대당 금리만도 12만 5천 엔이나 되지 않나? 이런 지경이니 어디하고든 하루라도 빨리 제휴를 해야만 하네. 그리고 주거래은행도 그걸 권하고 있다네. 그렇다고 하면, 국내 업체에게 굴복하느니 차라리 외자와 제휴를 하면 우리 자동차도 포크의 판매망을 타고 수출될 테니, 그것만이 우리 회사가 존속하는 길이 아닌가 생각되네."

무라야마는 어렵다는 표정으로 고개를 갸우뚱거렸다.

"그렇게 단순히, 포크사의 판매망을 이용해서 우리 제품을 팔 수 있을 것으로 보는 것은 지나친 기대가 아닐까요? 저희가 가장 골탕 먹는 문제도 바로 판매원 아닙니까? 제아무리 좋은 차를 만들어 내도 판매원이 팔아주지 않으면 한 대당 12만 5천 엔이나 금리가 붙어 비싸집니다. 그러니까 판매망은 자동차 업체의 가장 중요한 카드인 것입니다. 더구나 포크사는 독일 포크를 결성하고 나서, 먼저 증자할 때의 실권주를 긁어모아 84.1퍼센트까지 지주비율을 올렸습니다. 그 다음엔 무배당으로 전락시켜 실망한 주주에게 시가의 2배로 사채와 교환하는 교묘한 술책으로 통째 먹어치운 악마입니다. 그런 그들이 우리 생각만큼 호락호락 도와주겠습니까?"

모리 사장은 흠칫했다. 조금 전에 오마키가 한 영국 포크 이야기보다 더 악랄한 것이었다. 주춤하는 모리 사장의 표정을 읽은 무라야마가 다시 말했다.

"그래서 저는, 언제 먹힐지 모르는 외자보다 국내 업체와의 제휴가 더 바람직하다고 말씀드린 것입니다."

"하지만 우리의 주거래은행인 다이산의 총재도 관여하고 계신다네. 또 중개역인 깅키상사의 다이몬도 믿을 만하니까 아마 자네가 말하는 그런 위험은 없을 거야."

무라야마는 단호하게 말했다.

"그럴까요? 은행은 채권보전만 해두면 만일의 경우에도 손해를 입지 않을 겁니다. 또 깅키상사는 포크와 지요다의 제휴로 자기네 상권만 넓히면 그만일 것입니다. 그러니 만일의 경우를 생각한다면 그런 위험한 외자제휴보다는 역시 국내 쪽이 안전하고 믿을 만합니다. 저는 이것이 우리가 존속하는 가장 바람직한 방법이라고 확신합니다. 그러면 사장님의 결심은 어느 쪽으로?"

"음. 나 혼자 좀 더 생각해 보겠네……"

"네, 다시 곰곰 생각해 보십시오. 그럼 아마카와 상무한테는 어떻게 할까요? 어차피 이런 문제는 통산성의 인가를 얻어야만 하니 말씀입니다."

2년 전, 통산성에서 닛신자동차와의 제휴 추진 창구역으로 보낸 상무를 말하는 것이다.

"아니야, 아마카와 상무에겐 아직 알리지 말게. 현 단계에서는 자네와 오마키, 나 이렇게 세 사람만 아는 비밀로 해두세."

이렇게 말하는 모리 사장의 표정에는, 일단 외자제휴를 결정지었으나 무라야마 전무와의 토론으로 다시 복잡해진 마음의 동요가 그대로 드러나고 있었다.

깅키상사의 사토이 부사장은 신바시의 한 요정에서 해외에서 온 손님을 접대 중이었다. 손님은 캐나다의 펄프 업체의 중역 4명으로 가까운 장래에 일본·캐나다 합자의 펄프 제조회사를 설립하고자 방문 중이었다.

담당이사와 목재부장, 일행과 같이 온 밴쿠버 지점장이 참석했고 사토이는 깅키상사의 대표자로 나와 있었다. 게이샤들이 들어오자 이를 틈타 사토이는 화장실로 갔다.

복도를 지나 화장실로 들어간 사토이가 등롱 불빛이 비치는 밤 정원을 들창 너머로 내다보면서 한가로이 소변을 보는데,

"여, 안녕하십니까? 사토이 씨!"

하는 소리가 들렸다. 옆을 보니 도쿄상사의 사메지마 다쓰조가 소변을 보러 들어와 있었다.

"아, 사메지마 씨, 이런 곳에서 만납니다그려……"

"연회도 밤마다 계속하니 일종의 고역인데요. 오늘밤의 접대 상대는 함께 골프를 칠 때마다 하품이 나오는 아주 따분한 손님들이니……"

사메지마는 손을 씻으며 하품을 삼키듯 말했다.

"지난번엔 오랜만에 뉴욕 출장을 다녀왔어요."

"그럼 이키를 만났겠군요?"

"아닙니다. 난 당신네 회사와 유감은 없습니다만, 이키 씨는 아무리 시간이 남아도 만나고 싶은 상대가 아닙니다."

사메지마는 그럴 리가 있냐는 투로 말했다.

"하지만 당신의 아들은 그의 딸과 결혼했잖습니까? 그럼 사돈지간인데……"

"농담 마시오. 나는 그 결혼을 인정한 적 없습니다. 그러니 내 아들의 아내도, 내 며느리도 아닙니다. 동거하는 여자로밖엔 생각지 않고 있지요. 요즘 아들 녀석이 가끔 집에 찾아와 역시 직업군인 딸은 틀렸다, 외교관의 영애인 어머니와 같은 우아함이 없다고 한탄하곤 한답니다. 그러니까 아마 그리 오래 가지는 못할 겁니다."

사메지마는 가늘게 눈초리가 올라간 눈을 번득이며 내뱉었다. 마치 이혼을 고대하는 말투였다. 사토이는 그만 자기까지 이키의 악담에 가담하는 것이 아닌가 싶어 섬뜩했다.

"실례지만, 아메리카 깅키상사의 업적은 어느 정도입니까? 그 이키라는 사람은 아직도 영어를 제대로 못하더군요. 그러니 주위 분들이 일일이 통역해야 하고, 어디 갔다 오는데도 수행원 두셋은 필요하고요. 또 외국인의 파티엔 거의 참석하지 않아, 전혀 안면을 넓히지 못하고 있어 미국의 비즈니스 사회에선 제대로 이름조차 기억하는 사람이 없다더군요."

사메지마는 사토이와 이키의 사이가 좋지 않다는 것을 이용해 노골적으로 험담을 늘어놓았다.

"글쎄올시다. 그런 점이야 똑똑한 사원을 딸려서 이키 군의 손발이 되어 돕도록 하고 있습니다만."

사토이가 말했다.

"그런데 그 심복부하로 뛰는 사원들이 돌아서서는 불평이 대단하다던대요. 우리 사원의 보고에 의하면 말입니다. 일본 단골 술집에서 댁의 사원들은, 일은 밤낮없이 부리고 파티에는 부인들까지 동원되어 시중을 들어야 하니 꿈도 희망도 없다고 불평한다더군요."

"허어, 아무리 그렇기로서니 그토록 소문이 나쁘리라고는……"

사토이는 놀란 듯 말했다. 그러나 내심, 이키를 중상하는 사메지마의 한마디가 야릇한 쾌감을 안겨주었다. 사메지마는 그런 사토이의 마음을 읽은 듯이 다시 그의 환심을 사려고 지껄여댔다.

"사토이 씨, 며칠 전에 '신자이카이(新財界)'란 잡지를 보았는데요, 마루후지 상사의 사장 교체 후 다음 차례는 깅키상사이며, 그 사장 자리는 사토이 부사장이 계승할 거라는 기사가 났더군요."

사토이는 싫지 않은 듯 대답했다.

"아니, 그저 억측 기사에 불과합니다."

"하지만 우리들의 눈은 정확한 것 아닙니까? 자그마치 12년 동안이나 다이몬 사장의 내조역으로 깅키상사의 탈섬유, 중공업화 노선을 적극 추진시켜온 사토이 부사장의 역량이라면 충분하잖습니까. 솔직히 사토이 씨가 사장으로 취임한 후의 깅키상사를 생각하면 겁부터 앞서는군요."

사메지마는 자꾸 추켜세웠다.

"그런데 이키 씨도 머지않아 돌아오겠군요. 임기가 거의 끝나갈 텐데…… 그의 다음 직책은 무엇입니까?"

"글쎄, 그 문제가 말입니다……"

사토이는 걱정이란 듯이 고개를 갸웃하며 생각에 잠겼다.

"돌아오면 또 무슨 인기작전을 펼 테니까, 다음 직책은 신중히 생각하셔야 할 것입니다. 그렇지 않으면 다음번에 사장이 될 당신에게 귀찮은 존재가 될 수도 있을 겁니다. 자식놈의 결혼문제로 심하게 당한 사메지마가 경험에서 드리는 말입니다."

사메지마는 비꼬듯이 말했다.

사토이의 가슴에 자기를 통하지도 않고 포크사와 지요다자동차 사이의 제휴를 추진하고 있는 이키의 행동이 못마땅하게 되살아났다.

그 무렵 이키는, 뉴욕에서 하와이로 날아와 호놀룰루공항에서 대한항공으로 갈아타고 서울을 향해 태평양 상공을 날고 있었다.

서울에는 포크 회장과의 면담에 조언을 해준 이석원을 만나기 위해 귀국하는 길에 잠시 들르기로 한 터였다.

이윽고 비행기가 군산을 지나 계속 북상하자 수원 부근에서부터 바다가 보였다. 썰물 때인지 해안선은 진흙 빛깔이었다. 인천항을 굽어보며 선회하는 동안 한국어, 영어, 일본어 3개 국어로 비행기에서 사진촬영을 금지한다는 방송이 있은 후 곧 김포공항에 착륙했다.

트랩이 내려졌다. 공항에 내리니 영하 5, 6도의 날씨에 하늘은 구름 한 점 없이 맑게 개어 있었다.

그러나 태극기가 펄럭이는 공항 주변에 위장한 장갑차와 대공기관포가 배치되어 있고, F86 전투기 4대, 군용수송기 C54 다섯 대가 대기 중이었다. 완전무결한 전시체제였다.

입국수속을 끝내고 세관을 나서자, 마중 나온 사람들 중 순백의 비단 저고리에 연둣빛 긴 치마를 입은 중년부인이 다가와서 물었다.

"이키 씨죠? 이석원의 아내입니다. 잘 와주셨습니다."

이석원의 부인은 2차 대전이 시작되기 전에 일본에서 여자대학을 졸업했기 때문인지 유창한 일본어로 이키를 맞았다.

"부인께서 마중 나와 주시다니 너무 황송합니다."

이키의 놀란 표정에 부인이 살결이 희고 조그만 얼굴에 미소를 지으며 뒤에 서 있는 청년에게 안내를 지시했다.

"실은 바깥양반께서 나오실 예정이었습니다만, 정부에 급한 일이 생겨 제가 대신 나왔습니다. 저기 차 있는 곳으로 가시죠."

"아닙니다. 저희 회사 서울 지사장이 마중 나와 있어서요……"

그제서야 비로소 뒤쪽에 서 있던 야마모토 지사장이 정중하게 인사했다. 부인도 웃는 낯으로 답례를 하고,

"그럼 점심시간에 저희 바깥양반이 호텔로 찾아뵐 것입니다. 그때 뵙기로……"

하며 이키에게 일본식 절을 하고 발길을 돌렸다. 이키도 부인을 자동차까지 배웅하고 서울 지사에서 나온 차에 올랐다.

야마모토 지사장이 뒷문을 얌전히 닫고 조수석에 타려 하자, 이키가 말했다.

"야마모토, 여기 뒷좌석으로 오게. 이야기 좀 하자구."

"죄송스럽게도 지금은 예전의 이키 씨가 아니고 상무님이시라……"

"농담 말게나. 예전에 자네는 나의 상사가 아니었나."

이키가 깅키상사의 오사카 본사에 입사해서, 사장실 소속의 촉탁으로 섬유부에 배치되었을 당시 섬유수출 과장이었던 사람이 바로 야마모토였다. 그는 하루의 업무가 끝나면 과원을 모아놓고 활발히 회합을 가지곤 했었다.

효도 싱이치로가 아라비아 시장조사를 위해 메카 순례를 가장하고 나다닌 일을 털어놓은 것도 그런 회합 중에 있었던 일이었다.

"제발, 그때 얘기를 들을 때면 쥐구멍이라도 찾고 싶어집니다. 싱가포르에 주재하는 이시하라 신지 군도 그 일이 겸연쩍어 입이 유죄라고 말한답니다."

"참, 그러니 말이네만, 그 친구한테는 상업용어와 부기 등을 배웠

지. 내가 자꾸 알아듣지 못하니까 그 친구, 당신 같은 분이 종합상사에 들어온 것은 불행이오, 하고 말했지."

이키는 당시가 그리운 듯이 미소 지었고 황송해하는 야마모토 지사장은 이키 옆에 앉았다.

차는 공항을 벗어나 곧 고속도로로 들어섰다.

차창 밖의 풍경은 도쿄나 오사카와 다름없었다.

기와지붕의 민가와 숲, 오가는 자동차도 일본제가 많아 한글로 쓴 간판과 광고탑마저 없었다면 일본으로 착각할 지경이었다.

"어떤가, 한국의 무역은?"

이키가 업무문제를 꺼냈다.

"한국측이 강력하게 수입초과의 시정을 요구하고 있어 아직 고전을 면치 못하고 있습니다."

그는 정말 힘들다는 듯이 말했다. 이키는 서울 거리를 둘러싸고 있는 야트막한 산꼭대기까지 꽉 들어찬 집들을 바라보았다.

한국의 경제동향을 예견하며 이키가 말했다.

"그렇다면 한국 입장에선 중공업 노선을 채택하지 않으면 수입초과를 면하기는 어렵겠는걸."

차는 서울 도심으로 접어들었다. 이미 아침 러시아워가 지난 시간이었지만 아직도 시내의 도로에는 지하철이 없는 탓인지 택시와 버스가 혼잡을 이루고 있었다.

인도에 사람의 물결이 꼬리를 물고 흘렀다. 서울에 인구가 계속 집중되고 있는 것이다.

이윽고 차는 을지로 반도호텔 현관으로 미끄러지듯 들어갔다. 15층짜리 최신 호텔로 3층까지는 큰 회사의 사무실로 쓰이고 있었다.

종업원은 재빨리 이키의 짐을 들고 맨 위층 객실로 안내했다. 야마모토 지사장도 뒤따라 올라왔다. 그는 예약한 방이 고급이며 조용한가를 확인하고 나서 말했다.

"그럼, 저는 이제 물러가 사무실에서 대기하겠습니다. 필요한 것을 지시해 주십시오."

"고맙네, 이젠 샤워나 하고 푹 쉬어야겠네. 점심은 이석원 씨와 함께 들기로 약속했으니까, 연락은 아마 그 이후가 될 것 같군."

이키는 야마모토를 보내고 옷을 갈아입기 시작했다.

이석원의 집은 덕수궁 북서쪽에 있는 대한성공회 근처의 조용한 주택가에 있었다.

흙담을 친 넓은 대지에 사원의 지붕 같은 기와를 얹은 ㄷ자형 단층집이 무게 있게 보였다. 안마당에 잇닿은 한식과 양식이 절충된 식당에서 이키는 이석원의 부친 내외와 함께 점심을 들고 있었다.

점심이 끝나고 홍차가 나왔다. 부인은 이키와 시아버지, 남편의 순으로 찻잔에 차를 따르면서 말했다.

"이키 씨, 음식이 식성에 맞으셨는지 모르겠군요."

"예, 불고기를 비롯해 하나같이 모두 별미였습니다. 거기다 김치를 먹어보니, 모처럼만에 가정의 아늑함을 느낄 수 있었습니다."

주부로서는 집에서 담근 김치의 맛을 칭찬받는 것이 제일 큰 기쁨인 것이다.

"칭찬 감사합니다. 다음번 우리 바깥양반이 뉴욕에 가시는 편에 좀 보내드리겠습니다."

그렇게 말하며 남편 쪽을 바라보았다. 이석원은 부친을 닮아 이목구비가 단정한 얼굴에 미소를 띠며 말했다.

"아무리 칭찬해도 뉴욕까지 보낼 만큼 맛있는 것은 못 돼."

"아니다. 김치 꼭 보내드리도록 하거라."

부친이 흰 턱수염을 어루만지면서 아들의 말을 받았다. 이 말에 부인은 얼굴 가득히 웃음을 띠었다.

"부인께서 손수 담근 김치 꼭 보내주십시오. 기다리겠습니다."

이키가 말했다.

"물론이지요. 차는 응접실에서 드시지요."

부인은 이키와 남편이 이야기를 나눌 수 있도록 배려해 주었다.

온돌방인 응접실의 정면에는 여섯 폭짜리 산수화 병풍이 놓여 있었다. 응접세트는 목각 팔걸이에 단자직으로 등받이를 입혔다.

테이블에 마주 앉자, 이석원은 담배상자의 뚜껑을 열고 한국산 담배를 권했다.

"자, 한 대……"

"고맙네."

이키는 담배를 집으면서 마음이 누그러지는 듯 말했다.

"음, 부인께선 정말 정숙한 분이시군."

이석원은 고개를 끄덕이며 물었다.

"이래저래 시간에 쫓기는 나에겐 정말 고마운 반려라네. 그래, 자네는 재혼할 생각이 없나?"

"아닐세, 나는……"

이키는 짧게 부정하고 고개를 가로저었다.

"그런가? 뉴욕에서 자네가 그 넓은 아파트에서 혼자 지내는 걸 보고 나는 혼잣속으로, 이젠 멀지 않았구나, 하고 생각했지. 하지만 재혼할 마음이 생기지 않는다는 것도 이해할 수 있네. 자네도 알겠지만 아내와는 남북분단, 6·25, 정부수립 등의 세월을 동고동락하며 함께 보내왔다네."

이석원은 가라앉은 목소리로 말했다. 그는 표면상 광성물산 회장직에 있으나 정계의 실력자이기도 한 터였다.

잠시 침묵이 흘렀다.

새삼스럽게 이키는 자세를 고쳐 앉으며 그에게 진심으로 고맙다는 인사를 했다.

"이번엔 정말 큰 도움이 되었어. 고맙네. 포크 회장에게 소개해 준 덕분에 일이 잘 진척되었네. 게다가 또 이렇게 신세를 지니 정말 미안하군."

"포크 회장은 자네가 꽤 마음에 들었던 모양이야. 미스터 이키라면 포크사를 아무 탈 없이 일본에 상륙시켜 줄 것이라고 몹시 기뻐하고 있다더군."

"아무 탈 없이 상륙이라니, 말의 뉘앙스가 이상하군. 나는 해외기획 담당 플래트 씨에게 일본에 외자가 상륙하는 것이 어렵다는 일을 자세히 설명했다네. 그래, 포크사가 그것을 이해하고 위임장을 내어준 것이라고 믿고 있네만."

이키는 포크 회장의 사인을 받던 당시를 돌이켜 보았다. 이석원의 말의 뉘앙스를 따져보니 전혀 뜻밖이란 생각이 들었다.

"포크사는 까다로운 편이니까, 한국에 포크사가 상륙한지 벌써 3년이 지났지만 아직도 원할하게 이루어지지 못한것 같네."

한국에는 외국의 자동차 업체가 포크사 말고도 일본의 아이치, 이탈리아의 피트가 이미 들어와 있었다. 이들은 각각 50 대 50의 출자비율로 한국 업체와 제휴했는데, 규모는 모두 월 생산대수 2천 대 정도였다.

"포크사의 평판이 안 좋은데, 그 이유는 뭔가?"

이키가 물었다.

"한국측의 의견을 전혀 반영치 않는다는 거겠지. 생산계획, 차종, 모델의 변경 등 직접 결정권은 오스트레일리아 포크의 극동담당 사무소에 있네. 그런데 디트로이트 본사도 방관할 수는 없잖나, 서울의 포크를. 그러니까 서울, 시드니, 디트로이트의 삼각관계는 뒤틀리기만 하지. 그 틈에 뒤늦게 상륙한 일본의 아이치가 계속해서 활발하게 진출하고 있다네. 결국 우리나라의 도로 사정에 따라, 아름답지만 험한 길에 약한 구미계의 차종보다는 차라리 일본의 도로 여건에서 만들어진 일본 자동차 쪽이 더 많이 팔리는 모양이야."

"공항에서 들어오는 길에 보니 아이치가 성공하고 있던데, 한국 도로사정 이유 외에 다른 비결이 있는 것은 아닐까? 듣자하니 아이치 합자회사도 포크와 마찬가지로 별로 운영이 시원찮은 것 같고, 상품자재의 수송 등 운영면에서 포크나 피트보다 훨씬 유리한 입장인데도 크라크나 카로나 가격이 일본 현지 가격보다 2배나 비싸다던데."

이키는 성공하고 있는 회사의 경영비밀을 은근하게 물었다.

"솔직히 말해 아이치는 정부의 호감을 사고 있다는 이유 하나뿐일세."

이석원의 대답에 이키는 가볍게 고개를 끄덕이고 나서 화제를 바꾸었다.

"그런 그렇고, 내년 봄 선거는 어떻겠나?"

"이번 대통령 선거가 우리에겐 매우 어려운 고비일세. 안정세력을 모아 경제입국을 건설하느냐 하는 것……"

이석원은 잠시 생각에 잠겨 말을 끊었다. 이윽고 다시 물었다.

"그런데 자네 서울 지하철 건설에 대해 뭐 좀 알고 있나?"

"아니, 그건 언제부터 착공할 예정인데?"

"경제기획원의 기획으론 금년 여름까지 노선을 결정한다더군. 하지만 기술과 차량 등 일본측의 원조가 필요하므로 협력을 요청하기로 했다네."

이석원은 미묘한 어조로 말했다.

"그래서 그 건설사업의 규모는 어느 정도나 되나?"

"아직 확정적은 아니지만, 서울역-청량리간 공사비는 약 2백억 원 정도지. 그중 5천만 달러는 외자도입을 계획하는 모양이네."

서울 시민의 환호와는 달리 일본의 입찰을 둘러싸고 각 기업으로부터 상사에 이르기까지 치열한 경쟁을 벌일 것이다. 이키는 벌써 그런 광경이 눈에 보이는 듯싶어 암연한 느낌이 들었다.

이윽고 이석원과 이키는 서울 구경에 나섰다.

점심식사 후, 이키와 이석원은 차를 몰고 서울 시내 몇 군데를 관광했다. 빌딩이 정연히 늘어선 거리마다 인파가 홍수를 이루고 있었다.

이윽고 차는 서울 시가지를 한눈에 내려다 볼 수 있는 북악스카이웨이로 들어섰다.

"북쪽과의 거리는 어떤가?"

이키는 운전사를 의식하고 영어로 물었다.

"비행기로 북에서 서울까지는 5분밖에 걸리지 않아. 그래서 하늘의 경계를 소홀히 할 수 없지. 현재 서울시민이 한 달에 한 번씩 방공훈련을 하는 이유도 바로 거기에 있네."

한국에서는 남·북 관계가 민감해서인지, 이석원의 말수는 적었다.

차는 한산한 드라이브 길로 올라갔다. 가끔씩 택시가 스쳐갈 뿐, 꼬불꼬불한 길에는 자동차의 통행이 거의 없었다. 적갈색 흙이 드러난 산들이 겹치듯이 이어져 있었다.

하늘은 구름 한점 없이 높푸르게 펼쳐져 있었다. 뉴욕에서는 보지 못하던 신선한 푸르름이었다.

4킬로미터쯤 달리자 게이트였다. 정면에 깎아지른 바위산이 나타났다. 그 왼쪽으로는 일찍이 이곳을 방어하던 성곽이 이어져 있었다.

산 정상의 전망대가 있는 곳에서 이석원은 운전사에게 차를 멈추게 했다.

"이키, 여기서는 서울 거리가 잘 보인다네."

이석원은 이키에게 차에서 내리기를 권했다.

차에서 내려 언덕에 섰다. 과연 아름다운 남산이 보이고, 서울 시가가 한눈에 바라보였다. 거리는 고층 빌딩의 숲을 이루고 있고 고가도로가 종횡으로 뚫려 세계 10대 도시로 꼽히는 번영을 실감케 했다.

"이키, 지금부터 2년 전 북한 무장공비가 대통령 관저를 습격하기 위해 바로 이 산을 넘어왔다네."

"내 기억으로는 31명이었지, 아마, 그들은 한국 경찰관 불심검문에 걸려 총격전을 벌이다가 2명은 잡히고, 9명은 자폭하고, 1명은 귀순한 사건이었지?"

이키도 기억이 난다는 듯 대꾸했다.

"그렇다네. 그 귀순자의 자백에 따르면, 그들의 남파 목적은 우선 대통령 암살, 그다음 정부요인의 살해와 주요시설의 파괴였지. 지금도 생각만 하면 등골이 오싹해지네. 여하튼 여기서 80킬로전방, 그러니까 도쿄에서 말하자면 오다하라쯤에 북괴군이 있는 셈이지."

이석원은 잠시 침묵을 지키며, 서울 시가를 남으로 가로질러 흐르는 강물을 물끄러미 바라보았다. 거울처럼 햇빛을 반사하면서 강물은 유유히 바다를 향해 흐르고 있었다.

이키가 물었다.

"저게 아마 한강이지?"

"그렇지. 한국 사람은 저, 한강을 볼 때마다 산지사방으로 흩어진 부모형제, 일가친척의 생각에 눈물을 머금곤 하지. 저 강은 비극의 강이라네……"

이석원이 비통하게 말했다. 한강이 비극의 강이라는 것은 이키도 알고 있었다. 한국전쟁 때 북의 남하를 저지하기 위해 한국군은 재빨리 철교를 폭파했다. 그때 갑자기 공산군의 공격을 피해 철교를 건너려다 많은 시민들이 익사했다. 다리를 건너지 못한 나머지 시민들은 학살당했다. 이듬해 1월 또다시 북괴군이 재남침했을 때, 학살을 경험한 시민들은 저마다 짐을 이고 지고, 노인과 어린 것들의 손을 잡아끌면서 얼어붙은 한강을 건넜다. 거세게 몰아친 눈보라에 휘말려 얼어 죽은 사람, 부모 형제를 잃어버린 사람, 행방불명된 사람 등이 수십 만에 달했다. 그래서 지금도 동하(凍河)의 비극이라 불린다.

해가 저물자 살을 에는 듯한 찬바람이 벼랑 아래로부터 불어왔다. 이키와 이석원은 자동차로 돌아갔다. 차는 다시 스카이웨이를 달리기 시작했다. 기우는 저녁 햇살 속에서 남화(南畵)의 산수화 같은 경치가 차츰 어둠에 휩싸였다.

모처럼 만에 일본에서 아침을 맞은 이키는 나오코가 끓인 된장국으로 느지막하게 아침식사를 마쳤다.

좁긴 하지만 정원에는 회양목, 팔손이나무, 히말라야 삼나무 등이 힘차게 가지를 뻗고, 동백꽃도 예년보다 많이 피어 있었다.

부엌에서 설거지를 하던 나오코는 앞치마 차림으로 거실에 들어왔다.

"아버지, 서울에 들렀다 오셔서 피곤하실 텐데요. 어차피 오늘은 일요일이잖아요. 푹 주무시잖고……"

나오코는 맞은편 소파에 앉았다.

"아니다. 간밤에 아주 잘 잤다. 그런데 도모아쓰는 언제 온다더냐?"

이키가 귀국하자 효도와 후와가 찾아왔고 도모아쓰는 편의를 제공할 생각이었는지 요쓰야에 있는 부모의 아파트로 간 터였다.

"하루 더 묵겠다고 연락이 왔어요."

"저런, 아무리 그렇지만 내가 미안하구나."

집에 있으면 있어서 매사가 신경이 쓰이고, 또 없으면 딸아이의 아버지로서 그것도 역시 신경이 쓰이는 것이다.

"일요일에도 IBM은 연수회 같은 것을 열곤 하거든요. 그래서 집에 있는 일은 거의 없었어요. 커피라도 드시겠어요?"

"아니, 차라면 일본차가 좋겠다. 그런데 거실의 실내장식을 바꾼 게로구나."

예전의 일본풍 실내는 나오코 부부가 옮겨온 후에 현관에서 거실까지 카펫을 까는 등 서양풍으로 바뀌어 있었다. 재래식 토벽에는 벽지를 발랐으며 빨강 노랑의 포스터 같은 비구상화도 걸려 있었다.

"거실이 훨씬 밝아 보이죠? 도모아쓰는 아주 바쁜 몸이면서도 이런 실내장식 같은 걸 좋아해요. 그래 그이가 모든 일을 직접 계획하고 일꾼에게 지시해 주니까, 저는 아주 편해요."

나오코는 스스럼없이 말하고 뜨거운 일본차를 끓여 내왔다.

"도모아쓰의 취미를 이러니저러니 탓하고 싶진 않지만, 내 눈엔 어쩐지 너무 화려해 보여 안정감이 없구나. 안방만은 이런 식으로 하지 말아다오."

"물론이에요. 안방에는 어머님의 불단이 있으니까 그대로 놔둘게요. 걱정하지 마세요."

"그렇다면 다행이구나. 나오코, 너 좀 여윈 게 아니냐?"

이키는 나이가 들수록 제 어머니를 닮아가는 딸을 유심히 살펴보며 물었다.

"아니에요. 약간 살이 오른 걸요. 일전에 후토시와 둘이 찍은 사진을 인도네시아의 마코토에게 보냈더니, 누나, 중년부인 티가 나게 살찌기엔 아직 이르지 않느냐고 답장이 왔어요."

"그런가. 예전에 너는 볼이 통통했던 것 같은데 말이다. 도모아쓰가 늦게 돌아와 혹 수면부족이 쌓이고 있는 게 아니냐?"

이키는 이렇게 말하며 다시 나오코를 살펴보았다.

"아버지도, 참. 뭐든지 그이 탓으로 돌리지 않으면 마음이 개운치 않으신가 봐요! 사실 그이의 귀가는 매일 밤 늦는 편이긴 해요. 하지만 미국식으로 자기 일은 자기 손으로 척척 해치워주니까, 별로 나무랄 데는 없어요. 제일 걱정되는 것은 후토시예요. 이제 뒤뚱뒤뚱 걸음마를 하기 시작했기 때문에 하루 종일 깜짝깜짝 놀라는 일투성이예요."

제법 어머니다운 표정으로 말했다.

"도모아쓰 군의 어머니는 와서 도와주려고도 않니?"

이키는 사메지마네 일족을 친척으로 대하기는 죽기보다도 싫었지만, 아무 의논 상대도 없이 아이를 기르는 일에 쫓기고 있는 딸이 측은했다.

"그런 일 바라지도 않고 있어요. 이상한 간섭을 받느니 차라리 깨끗해서 좋아요."

"하지만 아버지는 말이다……"

염려된다는 말을 하려 했을 때 2층에서 후토시의 울음소리가 들렸다.

후토시를 돌보려고 나오코가 2층으로 올라가자, 이키는 거실에서 안방으로 건너가 아내의 불단 앞에 앉았다.

향을 피우고 위패를 바라보자니, 3년 전 가을의 일이 떠올랐다. 아내의 49재가 끝나자, 나오코는 자기의 필사적인 반대를 무릅쓰고 사메지마 도모아쓰와 결혼식을 올리겠다고 했다. 바로 결혼식 전날 밤이었다.

마코토는 이미 인도네시아의 근무지로 돌아가고 없었다. 오늘처럼 아버지와 딸이 저녁 식탁에 마주 앉아 있었다. 그때 나오코는 갑자기 자세를 바로잡고 시집가는 딸로서 인사를 했다.

"아버지, 오랫동안 길러주셔서 감사합니다. 또 아버지 마음에 들지도 않는 결혼인데도 제 고집을 용서해 주셔서 감사하구요. 내일 시집가겠습니다."

이키는 생각도 못한 딸의 인사에 당황하였다.

"뭐냐, 갑자기 새삼스럽게"

이키는 문득 옛날의 기억이 떠올라 말했다.

"네가 아직 너덧 살쯤 되었을 때다. 너는 여자아이면서도 내게 목말을 태워달라고 조르곤 했었지, 그래서 자주 목말을 태워주던 옛날의 일이 생각나는구나. 나오코, 아버지가 한번 업어 줄까?"

"하지만 이젠 어른인 걸요."

나오코는 난처해졌는지 부끄럼을 타면서 고개를 저었다.

"상관없다. 아마 불단에서 어머니도 웃으면서 보고 계실 거다."

이키가 나오코 앞에 등을 돌리고 업히라고 쭈그려 앉자, 나오코는 더욱 난처해하는 얼굴로 말했다.

"싫어요, 어버지. 전 48킬로나 나가는 걸요."

"괜찮다. 나는 시베리아에서 광내 노동도 해봤으니까 그 정도 무게쯤은 문제도 아니다. 자, 업히거라."

이키의 재촉에, 나오코는 머뭇거리며 등에 업혔다.

"어라차, 이거 꽤 무겁구나."

생각보다 무거운 딸의 몸을 추슬러 올려 등에 업고 이키는 8조짜리 방 안을 느릿느릿 돌기 시작했다.

방 안을 도는 동안 이키의 가슴에는 나오코의 배우자를 자신이 골라주지 못한 데 대한 서운함이 차올랐다. 마코토는 아들이니까 멋대로 상대를 택해 데려온다고 해도 괜찮지만 나오코의 경우는 어떤 일이 있어도 자기가 골라주고 싶었던 것이다. 게다가 딸이 고르고 고른 상대가 사메지마 다쓰조의 아들이란 사실을 알고는 참을 수 없는 분노가 끓어올랐다. 그러나 그것이 나오코가 원하는 길이고 행복이라는 데에는 별 도리가 없었다. 아내를 잃고 이제 또 나오코도 떠나간다 생각하니 자기 몸의 일부가 떨어져 나가는 것 같은 느낌이었.

딸을 업고 있는 이키의 눈에 눈물이 괴어 다다미 이음새가 뿌옇게 흐려졌다.

"아버지, 이제 됐어요?"

등에서 나오코가 말했다.

"응, 이제 지쳤나보다."

이키는 더 업어주고 싶었으나, 딸에게 눈물이 보이지 않도록 눈을 껌벅이고 나서 나오코를 살며시 내려놓았다.

이키는 멍하니 불단 앞에 혼자 앉아 있었다. 어느새 내려왔는지 나오코의 목소리가 들렸다.

"아버지, 점심때 잡수시고 싶은 거 없으세요? 솜씨껏 만들어 드릴게요."

이키의 기분을 바꿔주려는 듯 말했다.

"아니다. 사토이 부사장 집을 방문하기로 되어 있단다. 그래서 쉴 겨를이 없을 것 같구나."

이키는 불단 앞에서 물러나 외출준비를 시작했다.

"어쩜, 일요일인데 사토이 씨네 집엘요?"

나오코는 어이없는 모양이었으나 이키의 외출준비를 도우며,

"서울의 이 선생님으로부터 받으신 저 고려청자, 정말 좋아요."

하며 장식장에 얹어놓은 항아리를 눈으로 가리켰다.

서울에서 귀국할 때, 마음에 들면 가져가라고 하여 미술품 반출에 필요한 모든 절차를 마친 뒤 선사받은 항아리였다.

"너 보기에도 좋으냐? 은은한 정취가 풍기는 좋은 도자기다."

이키는 고개를 끄덕였다.

"참, 청자라니까 생각나네요. 3일 전에 긴자에 나갔더니 아키츠 지사토 씨의 개인전이 열리고 있었어요."

느닷없이 아키츠 지사토의 소식을 듣고 이키는 넥타이 매던 손을 멈칫했다.

"아버지께는 가끔 소식이라도 있어요?"

"아니, 하지만 긴자에서 개인전을 연다니 대단하구나. 그래, 아키츠 씨를 만났니?"

"어머님 장례와 제사 때 고맙게 해주셨잖아요. 그래서 작품도 구경할 겸 인사를 드리려고 생각했었는데 후토시를 데리고 나간 길이라서 못했어요. 전시장은 긴자 6가 하야마 빌딩에 있는 하야마 회장이예요. 분명히 6시까지라고 적혀 있던데. 아버지, 돌아오는 길에 들러보세요."

"글쎄다. 시간이 있으면 들러보마."

이키는 아무렇지도 않은 듯 대답했으나 회장의 위치와 폐회시간을 기억해 두었다.

*

 이키는 도요코선의 도리쓰 대학 역에서 두 번째인 뎅엥조후에서 내렸다. 역에서 10분쯤 걸어가면 고급 주택가가 나온다. 그곳의 가운데쯤에 사토이의 저택이 있다. 어제 효도와 후와의 얘기를 들으니 이키가 뉴욕에서 사토이를 거치지 않고 포크 회장으로부터 지요다자동차와 제휴교섭 위임장을 받았다는 데에 그가 크게 감정을 품고 있다는 것이다. 그래서 포크·지요다의 제휴를 순조롭게 진행시키기 위해서 잠시 귀국 인사를 빙자해 사토이를 달래야겠다고 생각했다.
 흰 담장을 두른 저택의 벨을 눌렀다. 개 짖는 소리가 요란스레 들리더니, 잠시 후에 사토이 부인이 대문을 열었다.
 "어머나, 이키 씨 아니세요?"
 쓰다 영학숙 출신임을 자랑하는 사토이 부인의 턱은 생선 아가미처럼 뾰족했다. 그녀는 일요일인데도 일부러 이키가 방문해준 데에 만족했는지 웃음을 띠며 맞아들였다. 콜리 종인 개가 금방 달려들 듯이 사납게 짖어댔다.
 "그래 그래, 주리. 이키 씨를 몰라보니? 벌써 낯을 잊었냐?"
 사토이 부인이 개를 달랬다. 자녀가 없는 사토이에게 주리는 자식처럼 귀여움을 받고 있었다. 이키는 짖어대는 개를 쫓아버릴 수도 없어 곁눈으로 살피며 조심조심 부인을 따라 현관으로 들어섰다.
 중앙식으로 난방이 잘된 응접실로 들어갔다.
 "잠깐 기다려주십시오. 갑자기 찾아주신 데다가 저의 주인양반도 쉽게 손을 털고 일어서지 못할 일이 있고 해서……"
 사토이 부인은 거드름을 피우며 방을 나갔다.
 10여 분이 지나자 사토이가 나타났다. 캐시미어 스웨터에 화려한 아스콧 타이를 맨 모습이었다. 집에 있을 때도 빈틈 하나 없는 멋쟁이 차림이었다.

"자네가 와주다니 뜻밖이군, 무슨 일이라도 생겼나?"

"아닙니다. 잠시 귀국 인사 겸. 포크사로부터 받은 위임장 문제로 연락을 드리는 일에 잘못이 있었죠? 혹 부사장님께서 언짢아하시지나 않을까 해서요."

먼저 허리를 굽히는 식으로 이키는 말을 꺼냈다.

"그 일 말인가? 다이몬 사장으로부터 갑자기 그 이야기를 들었을 땐 사실 별로 기분이 좋지 않았지. 그러나 지요다자동차 내부는 어지러워서 포크사로부터 위임장을 받아내긴 했지만 여보게, 지금부터 어려울 걸세."

사토이는 앞으로 남은 일의 어려움을 강조했다. 하지만 이키는 어젯밤에 지요다자동차의 오마키 상무로부터 걸려온 전화로, 동업인 다른 업체의 지배 아래 들어가 하청이나 맡아 처리하느니 차라리 외자와 제휴하자고 하는 추세가 일고 있다고 들었다.

그러나 이키는 그런 내색은 조금도 보이지 않고 물었다.

"그럼 통산성의 의향은 어떤 것 같습니까?"

이키는 사토이의 위신을 세워줄 셈으로 물었다. 사토이는 차와 과일을 내온 아내가 있는 자리임을 의식하며 대답했다.

"어려운 것은 바로 그 점이네. MITI(통산성의 약칭)가 자동차의 자유화에 대하여 매우 신경질적인 데에는 아직도 변함이 없네. 하지만 내 판단으로는 MITI에서도 착실하게 개방경제를 부르짖는 국제파의 요구가 높아진 뒤로 MITI가 지도하는 외자제휴라면 인가하자는 데까지와 있어. 아직은 외자 출자의 비율과 그 밖의 구체적인 사항은 사람마다 모두 달라서 도쿄에 본부를 두고 차근차근 정보를 수집하지 않는 한 달리 어떻게 손을 댈 수 없네."

"그 점은 나도 같은 의견입니다. 그래서 부사장님께 먼저 보고드리고자 찾아뵌 것입니다."

이키가 말하자 사토이는 이키의 공손함을 탐색하듯이 살펴보았다.

"그런데 듣자하니 서울에 들렀다던데, 무슨 일이었나?"

"육사 동기가 마침 광성물산 회장으로 있는 관계로 초대를 받았습니다. 그냥 가벼운 마음으로 응했습니다."

사토이를 자극하지 않도록 아주 담담하게 말했다.

"그래, 무슨 좋은 일이라도 있었나? 자네의 탁월한 솜씨를 가지고 맨손으로 돌아오진 않았을 텐데."

사토이는 이키가 한국에서 어떤 비즈니스를 가지고 돌아왔는지 궁금한 듯 물었다.

"지하철 건설계획이 있는 모양이더군요. 공사비는 약 2백억 원, 일화론 140억 엔, 착공은 내년 봄, 구간은 서울역에서 청량리라고 들었습니다만."

사토이의 무테안경이 번쩍 빛나는 듯했다.

"이키 군, 그 문제를 사장에게 알렸나?"

"아닙니다. 서울에 들렀던 보고는 아직……"

"그런가. 지하철 건은 어렴풋이 들어 알고는 있었네만, 입찰에 대해서는 내 나름대로 복안이 마련되어 있다네. 사장에겐 내가 직접 말해서 급히 대책을 세우겠네."

자기가 맡고 나서겠다는 얘기였다.

"그 문제는 필히 신속한 대책을 세워주십시오. 또 한 가지, 합섬 플랜트 건이 있습니다만, 그것은 서울의 야마모토 지사장으로부터 이치마루 부사장 앞으로 보고가 되어 있습니다."

이키는 별로 신경 쓰지 않겠다는 식으로 화제를 바꿨다. 사토이의 표정이 흐려졌다.

"이치마루 군 얘기네만, 부사장이 되고부터는 파벌 만들기에 혈안이 되어 있어 곤란해졌네. 그가 다음번의 사장 후보로서 나와의 관계를 무책임하게 이러쿵저러쿵 떠드는 바람에 피해막심일세. 이 문제를 자네는 어떻게 보나?"

"글쎄요. 뉴욕에 있는 몸이라 본사의 사정에는 도무지 감감입니다. 그런데 우리 회사의 사장 교체가 그렇게 가까워졌다는 얘깁니까?"

"시기야 다이몬 사장의 마음에 달렸으니 알 수 없지. 나는 다만 다음번 사장의 하마평에 대한 자네 의견이 듣고 싶을 따름이네."

"그 문제야 다들 사토이 부사장님 말고는 달리 생각할 수 없을 겁니다."

사토이의 눈가에 엷은 웃음이 번졌다.

"하여간 이키 군, 그런 점은 가슴에 간직해 두게. 자네가 그런 마음을 갖고 있다면 나는 더 할 말이 없네. 자네가 하는 일이라면 나도 뒤에서 밀어주지"

그 말 속에는, 모반 따위를 기도한다든가 하면 자기가 사장이 되었을 때 신상에 좋지 않을 것이라는 의미가 담겨 있었다.

사토이 집에서 꽤 시간을 지체했다. 긴자로 나오니 벌써 사방에 땅거미가 지기 시작했다.

아키츠 지사토의 개인전이 긴자 6가에 있는 하야마악기 빌딩 안에서 열리고 있더라고 나오코가 말했다. 그러나 불과 2, 3년 사이에 완전히 달라진 긴자 거리라서 일일이 빌딩을 확인하지 않고는 찾지 못할 것 같았다. 손목시계는 이미 5시 55분을 가리키고 있었다. 폐회까지는 5분밖에 남지 않았다.

이키는 이제 제시간에 찾기는 어렵겠다고 생각하며 거의 체념한 채 어두워진 하늘을 쳐다보았다. 그때 바로 두 집 건너 빌딩의 하야마악기 네온사인이 눈에 띄었다.

재빨리 건물로 들어가 레코드 가게 옆에 있는 에스컬레이터로 2층에 올라가서 하야마화랑의 문을 밀었다.

20평 정도의 실내에 30점 가량의 작품이 전시되어 있었다. 폐장하기 직전인데도 아직 몇 명쯤의 관람객이 있었으며, 한가운데 휴게용 의자에 앉아 있는 아키츠 지사토의 모습이 보였다.

그녀는 이키가 온 줄도 모른 채 동료 도예가인 듯한 4, 5명의 남자들과 담소하고 있었다.

이키는 지사토에게 말을 걸지 않고 전시된 작품들을 하나하나 유심히 구경하며 돌았다. 작품은 5년 동안 지사토가 다뤄온 청자 단지와 물병이 중심이었다. 그것들은 전통적인 색채와 형태에서 벗어나 대담한 창의성을 띠고 있었다. 이키는 작품을 보며 여성도예가로서의 지사토의 성장과 외곬으로 정진하는 정열을 느꼈다.

"이키 씨……"

인기척에 뒤를 돌아보았다. 아키츠 지사토가 다가와 있었다.

"어쩜, 이키 씨…… 역시 이키 씨였군요."

지사토는 커다란 눈에 놀람과 기쁨을 담뿍 담은 채 다음 말을 잇지 못했다.

"오랜만입니다. 여전히 바쁘게 활약하시는군요."

이키는 눈이 부시다고 생각하며 말했다.

"설마 하고 생각했는데 정말 잘 오셨어요. 귀국하신 줄도 몰랐어요."

"급한 일로 잠깐 귀국했습니다. 마침 오늘 이쪽에 나올 일이 있는 데다 개인전 소식도 듣고 해서 들른 것입니다. 2, 3년 뵙지 못한 동안에 작품이 퍽 바뀐 것 같군요."

작품을 둘러보면서 이키가 말했다.

"아직도 기법이 미숙해서 생각을 충분히 표현하는 데까지는 도달하지 못했습니다만, 지난 몇 년 동안 제 나름대로 구성해 본 것이 이번 개인전이지요. 감상해 주셔서 얼마나 기쁜지 모르겠어요."

그리고 나서 지사토는 조금 떨어진 받침대에 놓인 5, 60센티미터 가량의 화병을 가리켰다.

"작년에 스페인 여행을 하는 길에 그라나다를 방문했는데, 도중에 본 마가라의 코발트블루 빛깔의 하늘이 잊히지 않아, 크게 마음먹고 대담한 색채를 써보았어요."

그녀의 음성은 마음의 설렘을 그대로 드러내고 있었다.

이키는 그 작품 쪽으로 걸어가 눈에 띄는 코발트블루 화병에 눈길을 보냈다. 그때,

"지사토 씨, 사에키 선생께서 돌아가신답니다."

하는 관서지방 사투리의 남자 목소리가 들렸다. 지사토는 이키에게 잠깐 실례하겠다고 말한 뒤 도어 쪽으로 갔다.

"선생님, 일요일인데도 불구하고 이렇게 여러 번 찾아주셔서 감사합니다. 다시 찾아뵙고 인사 올리겠습니다."

정중하게 인사를 하는 그녀의 목소리가 들려왔다.

"성공적이어서 무엇보다 다행이오. 이제야 무리를 해서 전시장을 빌린 내 체면도 서는 셈이군. 어쨌든 이곳의 하야마 사장은 유화가 취미라서 이곳을 경영하고 있거든. 그래서 도예전에는 빌려주지 못하겠다고 해서 말이야. 하지만 그러던 하야마 씨도 지사토의 역량과 미모에 탄복한 모양이야. 앞으로 도쿄 개인전은 여기서 열도록 해요. 어디

서 개인전을 여느냐 하는 것도 도예가로서의 지위에 영향을 주게 되는 법이니까 말이야. 그리고 이달 '비쥬쓰슌쥬(美術春秋)'의 평은 내 알아서 좋게 써두겠어."

야릇하게 생색을 내며 말했다.

"여러 가지로 생각해 주셔서 참으로 황송스럽습니다."

"그런데 이미 폐장시간도 됐으니까 성황을 축하하며 어디 식사나 같이 하러 가지. 단아미 군도 함께 어떤가?"

"모처럼 말씀이지만, 저는 지금부터 잠깐 노가쿠(能樂·일본 고유의 가면 음악극) 모임이 있어서 오늘밤 막차 편으로 교토에 돌아가야만 하는데……"

"그런가? 그럼 아키츠, 나가지."

"저어, 전 지금 찾아오신 분께……"

"저 사람, 누군가?"

"돌아가신 아버님의……"

지사토는 말끝을 흐렸다.

이키는 무심코 등뒤의 세 사람의 대화를 들었다. 그리고 낙타털 오버코트를 입은 미술 평론가가 아키츠 지사토를 젊은 나이에 출세시켜 준 사에키 하루히코이고, 또 관서지방 사투리를 쓰는 젊은 남자가 예전에 지사토와 약혼했던 단아미 야스오라는 사실을 알았다. 이키는 착잡한 심정이 되었다.

이키가 등을 돌린 채 지사토의 작품을 바라보고 있자니까, 이윽고 그들은 돌아갔다. 계속 시계를 보던 접수계의 안내 아가씨도,

"아키츠 선생님, 먼저 실례하겠습니다. 열쇠는 여기 두겠습니다."

하며 핸드백과 코트를 들고 나갔다.

이키는 한 바퀴 빙 돌면서 지사토의 작품을 감상했다.

"늦은 시간에 찾아와 미안하게 되었군요."

갑자기 고요해진 화랑에 지사토와 단둘이 있다는 것이 어쩐지 어색해져 이키는 머쓱하게 말했다. 지사토도 약간 긴장하면서 물기에 젖은 듯 촉촉한 눈으로 이키를 바라보았다.

"아니에요. 전 이키 씨가 찾아와주셔서 얼마나 기쁜지 몰라요."

아내인 요시코가 세상을 떠난 이후, 처음으로 주고받는 그런 눈길이었다. 그러나 이키는 곧 가까이에 있는 청자 쪽으로 시선을 옮기면서 말했다.

"이 꽃병, 3년 전에 오라버니이신 세이키 씨 일로 교토를 방문했을 때 열심히 녹로를 돌리던 그 꽃병과 꼭 닮았군요. 그때 내가 사기로 약속까지 했었는데 이루지 못했으니, 만일 선약이 없으시면 부디 나한테 주셨으면 좋겠습니다."

그때 약속한 청자 꽃병은 잘못 만들어졌다며 지사토가 거절했었다. 그러나 그것은 당시 행복한 가정생활을 하던 이키로부터 마음을 돌려 단아미 야스오와 결혼하도록 지사토 자신을 타이르는 거절이었다.

이키로선 그런 결심을 알 리가 없었다.

지사토는 잠시 망설이다가 대답했다.

"이 꽃병은 모양이나 유약의 정도 등 제 나름으로는 회심의 작품이니까 자진해서 드리고 싶습니다. 내일 화랑 사무실 직원에게 일러두겠어요. 그런데 어디로 보내도록 하면 좋을까요?"

"가능하면 내가 뉴욕으로 돌아갈 때 가져가고 싶습니다만."

"언제 가시는데요?"

"금주 말이 될 겁니다."

지사토의 눈에 얼핏 쓸쓸함이 스치고 지나갔다.

"전시회가 수요일까지거든요. 그러니까 출발하실 때까지 늦지 않게 가키노키사카의 댁으로 보내드리도록 하겠어요."

그때 복도에서 뚜벅뚜벅 발소리가 울렸다. 이윽고 화랑의 출입문 앞에서 구두소리가 멎고 빌딩의 경비원이 이키와 지사토의 얼굴을 번갈아 쳐다보며 말했다.

"아니, 여태 여기 계십니까? 이젠 빌딩 정문의 셔터를 내려야 하니까 뒷문으로 나가주십시오."

"수고하십니다. 곧 돌아갈 참입니다."

경비원의 발소리가 다시 멀어지자 지사토는 이키 쪽으로 몸을 돌리며 뜻밖의 말을 했다.

"저는 이 개인전이 끝나면 일에서 해방되거든요. 그럼 뉴욕으로 찾아봬도 괜찮겠어요?"

"오신다면 대환영입니다. 어쨌든 여기서 나갑시다."

거의 7시를 가리키고 있는 시계를 보면서 이키는 서둘렀다.

지사토는 테이블 위의 재떨이를 재빨리 치우고 접수석 뒤편에 있는 옷장에서 양가죽 코트를 꺼냈다. 지사토가 한쪽 팔을 코트에 끼우려 하자,

"내가 입혀드리지……"

하며 이키는 자연스럽게 지사토의 등 뒤로 돌아갔다.

"어머나, 많이 변하셨군요. 뉴욕에선 언제나 여성에게 코트를 입혀주세요?"

그녀는 뚜렷한 윤곽의 옆얼굴을 이키에게로 돌렸다.

"언제나라면 뭐하지만 그게 에티켓이니까요."

이키는 조용히 웃으며 코트를 입혀주었다. 그는 문득 지사토의 검은 머리카락 냄새와 하얀 목덜미에 빨려들 것 같은 충동을 느꼈다.

지사토도 같은 마음인 듯 등을 돌리고 서 있는 그녀의 코트 어깨가

바르르 떨렸다.

손을 뻗으면 이내 닿을 가까운 거리에 스위치가 있어 두 사람을 비추는 전등불은 곧 꺼질 것이다. 그러나 이키는 간신히 자신을 억제하고 도망치듯 출입문 밖으로 나왔다.

마루노우치에 있는 도쿄 본사의 지하 주차장에 택시가 멈추었다. 이키는 그 길로 서류가방을 들고 13층의 이사실 구역으로 올라갔다.

복도에서 마주치는 비서과 직원들이 인사를 건넸다.

"상무님, 안녕하셨습니까?"

"잘 있었나? 오랜만이군."

이키는 한 사람 한 사람 일일이 답례하고 잠깐 귀국할 때 사용하는 방으로 향했다.

"아니, 이키 군. 언제 귀국했나?"

식량담당 전무로 승진한 무기노가 자기 방에서 나오다가 이키를 보고 놀라 물었다.

"안녕하셨습니까? 그제 돌아왔습니다."

"그래, 이번엔 무슨 용건인가?"

한 걸음 다가서서 속삭이듯 물었다. 무기노 전무의 눈빛은 갑자기 무슨 낌새라도 살피려는 듯이 번쩍였다. 이키는 포크사와 지요다자동차와의 제휴문제 따위는 내색하지 않고 슬쩍 받아넘겼다.

"아, 네, 이번의 일시 귀국은 마침 한국에 초청을 받아 갔던 길에 잠깐 들른 것입니다."

"허어, 뉴욕에 있는 자네가 한국에 초대를 받다니, 그건 또 무슨 일로?"

미국의 곡물, 한국의 어물, 조개류 등 폭넓게 관계하는 무기노가 더욱 알고 싶다는 듯 다그쳐 물었다.

그때 등 뒤에서,

"어서 오게, 이키 군."

하는 걸찍한 목소리와 함께 어깨를 툭 치는 손이 있었다.

돌아보니 오사카의 섬유담당인 이치마루 부사장이 거무튀튀하면서도 위엄 있는 얼굴에 활짝 웃음을 띠고 서 있었다.

"아, 부사장님, 실은 보고드릴 일이 있어 오사카로 찾아뵐 생각이었습니다."

이키가 인사를 했다.

"그거 마침 잘 됐군. 나도 섬유 교섭 건으로 통산성에 알아볼 일이 있어서 올라왔다네. 자, 그럼 내 방으로 가세나."

이치마루 부사장은 작년 가을 경영회의 때까지만 해도 어떤 일에서든 이키를 고약한 원수 취급했었다. 그런 그가 이제 와서는 언제 그랬느냐는 듯이 친근함을 보이고 있다. 이키 자신은 물론, 곁에 있는 무기노 전무까지도 그처럼 완전히 달라진 태도에 어이가 없어 눈이 휘둥그레졌다.

이키는 이치마루가 기분 나빠하지 않도록 말했다.

"부사장님, 실은 지금 막 회사에 나오는 길이어서 다이몬 사장님께 인사도 드리지 못했습니다. 다녀와서 곧 찾아뵙겠습니다."

"사장은 아직 나오시지 않으셨어. 자, 이게 얼마나 오래간만인가. 1, 2분쯤이야 어떻겠나, 좀 들렀다 가게."

이치마루는 천성인 고집스러움으로 이키를 구석진 이사실로 끌어당기기라도 할 듯이 말했다. 이키는 더 이상 사양할 수가 없어 그의 방으로 들어갔다.

"그래, 한국에선 뭐 좋은 얘기라도 있었나?"

그는 소파를 가리키면서 궁금하다는 듯이 말했다.

"야마모토 지사장으로부터 대강 들은 보고입니다만, 상공부에서 보류 중이던 합섬 플랜트 건을 다시 검토할 테니 사양서를 제출해 달라는 부탁이 들어왔습니다. 일단은 낙관적이라 생각됩니다만."

이키는 업무상의 간략한 의견만을 피력했다.

"아무튼 이것으로 데이코쿠 레이온에 대한 체면은 세운 셈이군. 하지만 마무리일도 있고 하니 자네와 한번 서울에 갔으면 하네."

지금의 이키로서는 이치마루 부사장을 수행해서 서울에 갈 시간은 없었지만,

"기회가 있으면 기꺼이 수행하죠."

하고 적당히 얼버무렸다. 그러고는 기회를 보아 그의 방에서 물러나오려고 했다.

"그럼, 저는 이만……"

"그런데 이키 군, 사토이 부사장을 만날 생각인가?"

"그럴 생각입니다만."

"매사에 철저한 자네니까 이미 소식을 들었을는지도 모르겠네만, 그는 자네가 뉴욕에서 본사로 돌아올 때의 직책을 관련회사 쪽으로 알아보고 있다네."

이키는 설마하고 생각했다. 어제 사토이 집을 방문했을 때, 그는 이치마루 부사장을 견제하며 이키가 자기편이 되어줄 것을 은근히 바라고 있지 않았던가?

이키는 이치마루가 사토이와의 실랑이에 자기를 이용하려 함을 재빨리 알아차리고 가볍게 받아넘겼다.

"하필 저같이 영업에 서투른 사람에게 그런 엄청난 직책을 생각해 주시겠습니까?"

"과연 이키 군은 자신과 여유를 지닌 사람이야. 하지만 이키 군, 조직 속에선 자신의 능력을 과신하면 위험하네. 자네와는 섬유축소문제로 여러 번 대립도 했지만 결국 회사를 위하는 순수한 마음은 마찬가지가 아니겠나?"

그는 이키의 눈을 들여다보며 말했다. 그것은 사토이를 밀어내고 이키와 동맹을 맺고 싶어하는 그런 눈이었다.

"회사를 위해 헌신하는 마음이 누구보다도 강한 이치마루 부사장님으로부터 그런 말씀을 듣다니, 감사하게 생각합니다. 그럼 또."

이키는 실례가 되지 않도록 머리를 깊이 숙여 인사하고 이치마루의 방을 나왔다.

그는 자기 방에는 들르지도 않고 곧장 사장실로 갔다.

이키가 들어섰을 때 다이몬은 집무용 책상에 앉아서 비서과장과 무엇인가를 의논 중이었다.

"사장님, 돌아왔습니다."

이키가 자세를 가다듬고 인사했다. 다이몬은 불그레하게 윤기 있는 얼굴에 반갑다는 듯 웃음을 띠며 말했다.

"오, 잘 왔네. 별 탈 없어 보이는군."

"덕분입니다. 이것이 포크 회장이 우리 회사에 맡긴 제휴교섭 위임장입니다."

이키는 서류가방에서 엷은 하늘색 포크사 CI가 찍힌 봉투를 꺼냈다.

"이키 군, 정말 잘해 주었네. 지요다자동차, 다이산은행, 우리 이 셋의 3자회담은 오늘 오후 3시 반부터 오쿠라호텔에서 열리기로 되어 있네. 그들도 직접 이 위임장을 보지 않고는 믿지 않을 거야."

내로라하는 그도 흥분을 감추기 어려운 모양이었다.

"사실 아메리카 깅키상사의 사장으로 보낼 당시엔 자네가 설마 이런 큰일에 도전하리라곤 생각지 못했네. 역시 자넨 어디에 가든지 보통 사람은 할 수 없는 큰일을 해낼 남자야."

다이몬은 기대를 걸고 있는 사람에 대한 신뢰감과 만족감이 넘치는 얼굴로 은근하게 이키를 바라보았다.

"하지만 사장님, 지요다자동차 내부는 포크사와의 제휴를 맞아들일 준비가 되어 있습니까? 실은 어제 사토이 부사장을 댁으로 인사차 방문한 길에 저쪽의 내부사정을 물어보았는데, 무척 어려운 일이라고 합니다만."

마냥 기뻐만 하는 사장에게 이키가 신중하게 물었다.

"허어, 자네 사토이 군한테 들었는가? 그렇다면 서울의 지하철문제도 자네가 사토이의 기분을 맞춰주기 위해 준비한 선물이었다는 얘긴가?"

정곡을 찌르는 물음이었다. 이제 사토이는 이키로부터 서울의 지하철 규모, 공사기간, 공사비 등에 대해 듣고 나서, 이미 자기도 정보를 갖고 있는 데다 입찰에는 자기 나름의 묘안이 있으니까 사장님께는 자신이 보고하겠노라고 말했었다.

"어젯밤에 말일세. 후쿠오카로부터 마지막 비행기를 타고 도쿄에 도착했더니, 사토이 군한테서 전화가 걸려왔더군. 몹시 다급하게 확실성 높은 얘기를 꺼내길래 눈치를 챘지. 한국에 들러 이석원 씨를 만나고 온 자네밖에는 모를 정보였으니까 말일세."

여전히 날카로운 직감력을 발휘하는 다이몬이었다.

"그런데 이치마루 군은 만났나? 그 사람도 꽤 일찍부터 회사에 출근해 자네가 아직 안 왔느냐고 찾아다닌 모양이던데."

"이치마루 부사장과는 바로 사장실에 들어오기 전에 복도에서 우연히 만났습니다. 그래서 예의 그 합성섬유 플랜트 건을 보고했습니다."

이키가 말하자, 다이몬은 눈가에 짓궂은 웃음을 띠며 말했다.

"자네는 아주 명배우로군. 그 까다로운 두 사람에게 따로따로 선물을 줘 자네의 팔을 서로 잡아당기게 했으니 말일세."

"사장님, 그런 말씀은…… 저는 그 두 분을 만나보고, 솔직하게 말씀드리자면 뭔가 회사에 어수선한 분위기를 느꼈습니다."

"뭔가, 그 분위기란?"

"사장님께선 혹 조만간에 퇴진할 생각을 갖고 계십니까?"

이키의 직선적인 질문에, 다이몬의 눈에서 웃음이 싹 가셨다.

"누가 그런 말을 하던가?"

"아닙니다. 아무도 그런 말씀은 안했습니다만. 아무리 생각해 봐도 다음번 사장 취임을 의식하고 하는 말투라 솔직히 불쾌해서 견딜 수 없었습니다."

다이몬은 빳빳이 곤두선 눈썹에 힘을 주면서 큰소리로 말했다.

"매스컴에서 재미삼아 떠들어대는 사이에 두 사람 모두 그게 사실이라고 생각하기 시작했겠지. 그러나 나는, 그만둘 때는 스스로 물러나는 길을 장식하고 그만두겠네! 아무리 시간을 잡아먹어도 남이 이러쿵저러쿵하게 두진 않겠네."

그때 비서과장이 황급히 들어와 보고했다.

"방금 지요다자동차로부터 4시 반부터 열릴 3자회담의 정보가 '니혼산교' 신문에 새어나간 모양이라며, 오쿠라호텔이 아니라 메지로 다이의 진잔장으로 장소를 변경하고 싶다고 급히 연락이 왔습니다."

"뭐라고! 신문이 냄새를 맡았는지도 모른다구? 정말 멍청한 회사로군."

다이몬은 울화가 터지는 듯이 말했다.

*

깊숙한 진잔장의 방에서는 정자며 인공산, 여기저기 파놓은 연못 등 넓은 정원이 내다보였다. 수천 그루나 된다는 동백나무가 울창하게 우거져 마치 야산같았다.

지요다자동차측은 아직 도착하지 않았다. 다이산은행의 다마이 총재는 젊었을 때 유도를 해 단련된 몸을 소파에 깊숙이 파묻으며 못마땅한 표정으로 말했다.

"곤란한 일이군요. 어쩌다가 신문사에 눈치를 채였을까요?"

"그렇게 극비로 다루기로 약속했는데 첫 회합부터 이런 식이니, 앞 일이 우려됩니다. 저희 쪽에선 절대로 새어나갈 리가 없고, 당신네 은행측에서도 새어나갈 여지가 없지 않습니까? 아직도 지요다자동차 내부에선 국내제휴파와 외자제휴파가 서로 대립 중이니까, 혹시 그 외자반대파한테서 새어나간 것이 아닐까요?"

다이몬이 이맛살을 찌푸리며 말했을 때, 지요다자동차의 모리 사장과 상무가 바쁘게 들어왔다. 모리 사장이 사과하듯 말을 꺼냈다.

"여러분, 갑작스런 장소 변경으로 불편을 끼쳐드려 죄송합니다. 연락드린 바와 같이 오늘의 3자회담을 니혼산교 기자가 냄새를 맡은 것 같아 이쪽으로 옮기게 된 것입니다."

"이런 제휴문제는 사전에 얘기가 새어버리면 될 일도 안 되게 마련입니다. 앞으로는 더욱더 조심하기로 합시다. 자, 그럼 이제 시작할까요?"

다마이 총재는 은행가답게 곧 실무로 들어갔다.

커다란 테이블의 정면에 다이산은행이 자리 잡고, 왼쪽에 지요다자동차, 오른쪽에 깅키상사가 각각 앉았다.

먼저 이키는 포크 회장이 직접 사인한 위임장을 다이산은행측에 제시했다.

다마이 총재는 위임장을 받아들고 확인한 후, 지요다자동차의 모리 사장에게 건네주었다. 모리 사장은 '포크사는 일본의 지요다자동차와의 제휴에 관한 교섭을 깅키상사에 위임한다'고 쓰여 있는 위임장과 포크 회장의 고집스러운 성격이 그대로 나타난 사인을 뚫어지게 바라보았다. 그는 길게 한숨을 내쉰 뒤, 염치도 체면도 버리고 애원했다.

"총재님, 다시 한번 재고해 주실 순 없습니까? 자동차 업체 중에서 가장 전통 있는 우리 회사가 외자제휴를 하다니, 나는 역시 결심이 흔들립니다. 실은 며칠 전 중공업국장을 만났어요. 그는 닛신과 제휴를 한다면 통산성이 돌봐줄 것이란 뜻의 말을 했습니다. 우리는 한 번만 더 다이산은행에 대폭적인 융자를 부탁하여 3년 전에 개발한 스포츠 세단인 타이거 1600의 모델을 완전히 변경하여 최후의 승부를 걸어보고 싶습니다. 타이거 1600은 시험운행을 하는 도중 디자인 설계도와 성능을 라이벌 회사가 훔쳐가는 바람에 발표 단계에서 그만두었습니다만, 그 차는 우리 회사의 엠페러나 레베카보다 우수한 명품인 것입니다. 부디 한 번만 더 기사회생의 기회를 주십시오."

"모리 씨, 그 심정은 알겠습니다만, 아이치, 닛신이 9천억, 8천억의 연간 매상액을 올리고 있을 때 지요다는 1천 990억인 데다가 매상에 대해 총이익 150억, 경상이익은 겨우 3천만이라고 하는 상태로까지 떨어진 지금, 아직도 그런 우유부단한 태도라면 우리도 더 견디기 어렵군요."

다마이 총재가 따끔하게 일침을 놓았다.

융자담당인 다케우치 상무는 서류뭉치를 돌리며,

"저희 융자부가 새로 조사한 지요다자동차, 아이치, 닛신의 상·하반기 손익계산표입니다. 한 번 읽어봐 주십시오."

하고 말했다.

이키는 주요항목을 간추려서 자기 나름대로 정리했다.

전원이 모두 한 차례씩 훑어본 다음, 다이산은행의 다케우치 상무가 솔직하게 사실을 지적했다.

"먼저 수익면에서 말씀드리자면 연간 1,990억의 매상에 대하여 경상이익이 3천만이고, 보유주식이나 유휴 고정자산을 팔아서 겨우 공표이익이 4억이라고 하는 것은, 이미 기업의 수익력은 제로와 같다고 밖에 달리 표현할 수 없습니다. 또 재무구성의 면에서 보면, 차입금 899억에 대하여 자본 감정(자본금 및 잉여금)은 427억이나 차입과다입니다. 여기서 인건비라든가 기타경비가 조금이라도 증가하게 되면, 적자결산의 위험이 큽니다."

"그뿐만이 아닙니다. 앞으로 수익력과 재무구성에 있어서 개선될 확실한 계획이라도 있으면 또 모르겠으나, 자력으로 사업전개, 즉 생산 규모의 확대를 바랄 수 없는 지금은, 내부유보를 전부 써버리기 전에 결단을 내릴 때라고 판단하고 포크사와의 제휴를 권하는 겁니다."

다마이 총재는 모리 사장을 향해 냉정한 결단을 요구했다.

"하지만 총재님, 아까 말씀드린 스포츠 세단 타이거 1600의 완전한 모델 변경 사업에 한 번만 더 지원해 주십시오. 난 우리 회사 사원들에게 이제 더는 혼자 이끌어 나갈 수가 없어 눈동자가 새파란 외국 회사와 손을 잡게 되었다느니 하는 말은…… 사장인 나로선 도저히 할 수가 없습니다."

모리 사장은 다시금 긴 침묵에 잠겼다가 호소했다. 다마이 총재의 빈틈없는 얼굴에 엄한 빛이 떠올랐다.

"모리 씨, 우리 은행으로서는 댁의 문제가 아무렇게 돼도 무방한 남의 일이 아니오. 지요다를 소생시킬 수 있는 일은 외자제휴가 최선이라고 판단했기 때문에 깅키상사에게 교섭을 부탁했소이다. 그리고 우린 반년 동안이나 기다려 왔소."

총재의 음성은 노기를 띠고 있었다.

오마키 상무도 더는 참을 수 없다는 듯, 위임장을 앞에 놓고 아직도 망설이고 있는 사장에게 결단을 재촉했다.

"사장님, 총재님 말씀 그대롭니다. 어차피 우리 힘으로 유지하지 못할 바에는 사원들도 동업인 다른 회사 밑으로 굽히고 들어가 하청회사가 되느니 비록 5년 후에라도 포크·지요다 신형을 개발해서 지요다의 이름과 기술을 남기는 대책에 찬성할 겁니다. 사원들의 심정은 벌써 여러 번 말씀드려 알아들으셨을 게 아닙니까?"

다이몬은 외자에 대한 오해를 풀어주기라도 하려는 듯 말을 이었다.

"모리 사장은 왜 그렇게 외자제휴를 비판적으로만 보십니까? 상대는 뭐니 뭐니 해도 미국의 3대 업체 중에도 으뜸인 포크사입니다. 그런 세계적인 업체와 제휴를 하면 우선 기업 이미지가 쇄신되어 사원과 판매원인 세일즈맨들의 사기가 높아지고, 둘째 포크의 특허를 이용할 수 있으며, 셋째로, 처음엔 기술제휴와 자본도입으로 수익면에서 도움을 얻고, 다음엔 포크사와 공동개발한 차의 판매, 미국의 포크 판매망을 통해 포크·지요다가 만든 혼혈차를 팔게 된다는 여러 가지 이점이 있는 게 아닙니까?"

"그러나 포크에 대한 평이 처음에는 순진한 처녀 같고 나중에는 재빠른 토끼 같다는 말이 있으므로……"

다이몬은 모리 사장의 우유부단함에 어이없다는 표정으로 말했다.

"일본은 외자에 대해 너무나 큰 피해망상을 갖고 있습니다. 그리고 다이산이라고 하는 든든한 은행이 밀어주는 것이니까, 제휴 내용을 3자가 철저하게 체크한다면 안심하셔도 됩니다."

"제휴내용에 있어서는, 먼저 출자비율의 책정, 그 다음엔 쌍방의 중역배치문제가 가장 큰 문제점인데, 포크 쪽의 의향을 우리 이키 상무가 설명하겠습니다."

사토이가 재빨리 말한 뒤 이키에게 눈짓을 했다. 그때까지 잠자코 의견을 듣고 있던 이키가 비로소 발언을 시작했다.

"솔직하게 말하자면 포크의 처음 의향은, 첫째로 출자비율은 최저 50퍼센트일 것, 둘째로 대표권을 가진 이사를 파견할 것, 셋째로 지요다자동차와 제휴하는 경우엔 트럭과 버스 부문을 포함시켜 지요다 전체와 제휴해야만 한다는 조건이었습니다."

그러자 모리 사장은 화난 듯 이키를 노려보며,

"글쎄, 그것 보시오. 어떻게 잠자코 있겠는가. 출자비율이 최저 50퍼센트라느니, 파란눈의 이사가 들어앉는다느니, 또 나는 트럭과 버스 부문은 별도로 떼어놓는다고 밝혔었는데 당신은 어째서 그런 무책임한 교섭을 벌이는 겁니까?"

하고 쏘아붙였다.

"이것은 어디까지나 포크사의 최초 요구였습니다. 하지만 지요다는 외자제휴는 승용차에 한해서만이고, 그 이외의 제휴엔 흥미가 없다는 입장을 분명히 전했습니다. 포크사는 그런 것으로는 자기네 주주에게 핑계가 될 수 없다면서 좀처럼 굽히진 않았습니다만, 여하튼 한자리에 마주 앉아 회담을 나누자는 데는 승낙했습니다."

이키가 침착한 표정으로 말했다

"그런데 문제는 통산성의 승인을 어떻게 받아내느냐 하는 겁니다."

사토이는 재빨리 문제를 진전시켰다. 다이산은행의 다케우치 상무도 말했다.

"바로 그 점입니다. 외자의 출자정도를 어느 수준까지 눌러야 통산성이 승인할 것인지, 저희 은행도 알아보고는 있습니다만 확실한 것을 알 수 없습니다. 사토이 씨 예측은 어느 정도입니까?"

사토이는 무테안경을 빛내며 신중하게 대답했다.

"통산성 방침으론 외자 출자비율은 50퍼센트 이하라고 합니다만, 이하라는 것이 어느 정도인지는 매우 판단하기가 어렵습니다. 생산원국인 중공업국의 50퍼센트 이하와 정책원국인 기업국, 통상국의 50퍼센트 이하 사이엔 큰 차이가 있습니다. 도대체 어느 정도를 통산성이 승인할 것인지 하는 출자비율의 산출은 아주 정확하게 타진하지 않고선……"

"큰 차이라면 어느 정도가 될까요?"

모리 사장이 불안해하며 물었다.

"수일 내로 야마노우치 통상국장을 만나기로 되어 있으니까 제가 재주껏 알아내도록 하겠습니다."

사토이가 자신 있는 얼굴로 대답했다.

"아무튼 이제부터의 일은 중개역인 저희 회사에 맡겨주십시오. 결코 지요다자동차측에 불리하게는 하지 않겠습니다. 우리는 지요다자동차의 수출대리점이기도 하니, 일심동체가 아닙니까?"

다이몬은 남의 일이 아니라는 식으로 장담했다. 사실 다이몬은 포크사와 지요다자동차의 제휴를 중개함으로써 얻어지는 이익을 생각하고 있었다. 즉 강판 납품의 상권확대도 엄청난 것이지만 자동차 같은 하나의 업종으로 막대한 외국환을 다룰 수 있고, 게다가 그것을 다이산은행에게 취급토록 함으로써 다이산은행도 큰 덕을 입게 될 일석삼조의 효과가 기대되었다.

신바시의 요정에서 사토이는 통산성의 야마노우치 통상국장과 자리를 같이 하고 있었다.

'이색관료'라는 이름으로 일찍부터 널리 알려진 이시바시(石橋) 차관이 퇴임하면서 '이시바시 연대'라고 불리던 국내산업보호파가 교체되었다. 그리고 최근에는 이제까지 주류로부터 밀려나 해외 일본공관에 파견돼 있던 해외주재 경험자들이 모여 공공연하게 개방경제를 부르짖기 시작 했다. 그래서 신문기자들은 이시바시 연대의 나머지 추종자를 '민족파', 야마노우치 등 개방경제 제창자를 '국제파'로 나누어 사사건건 대립하는 성내(省內)의 움직임을 기사화시키고 있었다.

그런데 작년 6월 '국제파'의 우두머리인 오야가 차관이 되고 다음 번 차관의 자리라고 불리는 기업국장에 모로구찌가 취임한 후부터 '국제파'가 통산성 내부에서 주도권을 잡기 시작했다. 현재 성내에서 기업국에 이어 중요한 부서로 꼽히는 통상국장이 된 야마노우치도 이시바시 연대가 맹위를 떨칠 때에는 소외당하여 캐나다 대사관에 파견됐었다. 그는 서글픈 마음을 달래고자 골프에 열중한 생활 끝에, 본성으로 돌아오고 나서도 캐나다 시절의 주5일 근무제도를 그대로 지켜 토요일에는 계속 결근을 한 비주류파였다. 그도 오야 차관과 모로구찌 기업국장의 등장에 따라 부상한 '국제파'의 논객이었다.

사토이는 야마노우치 국장의 술잔에 술을 따르면서 물었다.

"그런데 아까 말씀드렸던 지요다자동차의 외자제휴문제 말입니다. 포크의 출자비율이 어느 정도라야 가능할 거라고 생각하십니까?"

야마노우치 통상국장은 술잔을 손에 든 채 등받이에 깊숙이 기대고 냉정한 표정으로 말했다.

"글쎄, 외자 지주비율은 50퍼센트 이하라는 원칙은 있지만 말이오, 3대 업체인 포크와 지요다라면 하늘과 땅만큼의 격차가 있잖소. 게다가 무엇보다도 자동차 업계에선 최초의 자본제휴가 될 테니까 모델케

이스가 될 것은 뻔하지. 그렇다면 외자에 점령당했다는 인상을 세상 사람들에게 주지 않고 성공을 거두려면 그 비율은 3분의 1인 33.3퍼센트가 하나의 기준이 되지 않을까요?"

사토이는 다짐하듯 물었다.

"3분의 1이 기준이라고 하신다면 포크가 3분의 1을 확보해도 된다는 말인가요?"

"글쎄, 그런 구체적인 숫자는 통상정책과에 검토시켜 보기 전엔 뭐라고 확답할 수가 없소. 기업국 제1과만 해도 그들 나름대로 생각들이 있을 테니까. 그런데 포크 쪽에선 좀 더 내려도 된다는 생각은 없나요? 51퍼센트의 지배권을 쥐겠다고 나서지는 않겠지."

오히려 포크의 일본 진출 자세를 탐색하려고 되묻는 것 같았다.

"저희 회사는, 포크의 해외기획 담당뿐만 아니라 포크 회장과 직접 만나 이야기를 나누었습니다. 그들은 일본 정부의 의향을 자세하게 연구하고 있더군요. 지배권의 장악은 단념하지만 7퍼센트 이상 시장점유율을 가진 업체와 제휴, 아이치, 닛신과 대결할 만한 세력을 구축하고 싶다는 것이 그들의 본심인 듯했습니다. 그러므로 시장점유율이 겨우 1.3퍼센트인 지요다와 제휴하는 경우엔 설사 50을 양보한다 해도 그것은 49 또는 48을 의미하는 50에 가까운 비율이 아니고선 고려될 수 없다고 합니다."

사토이는 술잔을 놓고 이키한테 들은 이야기를 마치 자기가 디트로이트의 포크사에서 직접 듣기라도 한 것처럼 말했다.

"음, 7퍼센트 이상의 시장점유율을 요구한 상대가 1.3퍼센트로 내려가도 그대로 제휴교섭을 응낙했다니, 그들이 일본에서의 거점 확보를 꽤 서두르고 있든지, 혹은 당신네 유치술이 능숙하든지 그 어느 한쪽이겠군요. 그런데 그 이야긴 중공업국에도 되어 있나요?"

생산원국인 중공업국 자동차과의 의향도 함께 알아보았느냐는 질문이었다.

"아닙니다. 아직…… 여느 업종과 달리 자동차의 자본제휴라서, 역시 자본자유화를 정책으로 밀고 나가시는 통상국장의 의향을 먼저 묻는 것이 선결문제라고 판단했기 때문에……"

사토이는 안경을 손끝으로 밀어올리며 통상국을 추켜세웠다. 사실인 즉 국내업체 보호를 주장하는 민족파가 많은 중공업국 자동차과에 외자제휴문제를 제기한다면 자동차과에서 구상 중인 재편성의 청사진대로 지요다자동차를 닛신에 떠맡길 것이다. 포크의 출자비율을 중요결의의 거부권을 행사할 수 있는 3분의 1은커녕, 누적투표 청구권을 갖고 이사를 파견할 수 있는 4분의 1인 25퍼센트 이하가 아니면 절대로 승인하지 않을 것 같은 분위기였다.

야마노우치 국장은 젓가락으로 요리를 집으며 사토이의 마음을 헤아리듯 말했다.

"닛신과 지요다자동차 제휴는 정말 사라졌습니까? 중공업국에서는 냉각기간을 두고 있을 뿐이라고 하던데……"

"사라지고 뭐고가 아니라, 제가 알고 있는 한에서는 두 회사 사이에는 제휴에 대하여 깊은 토의가 있었던 것이 아닙니다. 그리고 닛신과의 제휴를 위해 무역진흥국에서 낙하산식으로 취임한 아마카와 씨도 이젠 벌써 그 존재가 희미해졌습니다."

야마노우치 국장은 고개를 끄덕이며 사토이의 이야기를 듣고 있었다. 그러다가 문득 요리를 집던 젓가락을 놓고 말했다.

"정말 닛신과 아무 일도 없다면, 우리 통상국은 포크와 지요다의 제휴에 원칙적으로 찬성이오. 지난번 국(局) 간부회의에서 우리들 정책원국과 생산원국 사이에 예기치 못한 외자독약론(外資毒藥論) 얘기가 나왔어요. 말은 같지만 우리가 말한 독약론은 치사량만 아니면 외자 도입은 국내산업의 체질개선에 자극제가 된다. 즉 독약으로 양약의 효과를 얻자는 것이었지요. 그런데 중공업국장인 히로자와 씨와 관방 심의관인 아이자와 군을 중심으로 하는 민족파 독약론자의 주장은 외자가 1백 프로 해롭다는 것이었지요. 그런데 말입니다. 기업에 있어서가 아니라 국민에게 있어서 어느 쪽이 좋은가에 대해 말하자면 값싸고 성능 좋은 자동차를 살 수 있으면 좋은 것이고, 또 국제경쟁을 견디내기 위해서도 혼합경제가 아니면 어렵지 않겠느냐 하는 것이 내 신념이오. 다행스럽게도 우리의 자동차 업계는 아이치, 닛신 등 대기업이 버티고 있으니까 오히려 영향력이 적은 업체가 외자와 혼합 한다면 좋은 자극제 구실을 할 거 아니겠소?"

그의 말은 한 기업의 운명을 걱정하기보다는 일본 업계 전체의 수준을 높이고 나아가서는 국제경쟁에 대처하기 위해서 영향력 적은 회사 하나쯤은 희생을 치러도 별 수 없지 않겠느냐는 정책관료다운 논리가 뚜렷했다.

"저도 전적으로 동감입니다. 가까운 장래에 제가 직접 디트로이트에 가서 포크사가 양보할 수 있는 최저한계가 어디까지인가를 다시 교섭하고 오겠습니다. 그때 가서 잘 좀 지도해 주십시오."

사토이는 통산대신이 민족파 히사마쓰 세이조에서 국제파인 미야자끼 이치로(宮崎一郎)로 바뀐 이 기회에 포크사와 지요다의 제휴교섭을 앞으로 이키로부터 가로채어 자기가 진행시키리라고 마음먹었다.

이윽고 술자리가 끝났다. 사토이는 야마노우치 국장을 요정 밖까지 전송하고 다시 방으로 돌아온 순간 가슴에 통증을 느끼며 괴로워했다. 갑자기 일어난 통증은 온몸으로 퍼져 견딜 수 없는 구토까지 일어났다.

몇 분쯤 지났을까, 차츰 고통이 덜해지고 구토감도 가라앉았다. 그러나 심장의 혈관은 물결치듯 울리고 두근거렸다.

사토이는 간신히 몸을 가누고 앉았다. 흘러내린 허리띠를 고쳐 매고 축축이 번진 얼굴의 기름땀을 닦아냈다. 이런 발작이 1개월 전 오쿠라 호텔 파티 회장을 나올 때도 일어났다는 것을 문득 기억해 냈다.

사람들과 이야기하며 엘리베이터로 가려할 때였다. 갑자기 가슴 통증과 구토감을 느껴 사토이는 급히 화장실로 가서 토했다.

이제 두 차례나 같은 발작이 일어난 셈이니 단순한 피로 때문은 아닐 것이다. 담석증이거나 혹은 구토 증세로 보아 위암이 아닐까……

사토이는 크게 한숨을 들이쉬면서 미국으로 출장을 떠나기 전에 진찰을 받아 봐야겠다고 생각했다.

이키는 저녁 무렵의 회합이 끝나자, 조후(調布)의 시영주택에 사는 전 대좌 다니카와의 집을 방문했다.

게이오(京王)선의 조후역에서 내린 그는 희끄무레한 가로등 불빛을 따라 15분쯤 걸었다. 광장을 건너자 쭉 늘어선 소메지 시영주택들의 창문으로 전등빛이 흘러나오고 있었다.

이키는 반년에 한 번쯤 뉴욕에서 잠깐 귀국하는데, 그때마다 어떻게든 시간을 쪼개어 히비야의 삭풍회 사무실이나 다니카와의 집을 방문하기로 작정했다.

이키가 현관문을 두드리며 계십니까 하고 부르자, 곧 다니카와 부인이 나와 문을 열었다.

"아이구, 이키 씨, 바쁘실 텐데 이렇게 찾아주셨군요. 전화를 받고 저녁때부터 바깥양반께서도 줄곧 기다리고 계십니다."

"이렇게 밤에 찾아뵈어 죄송합니다."

이키는 죄송스럽다는 표정으로 말했다.

"어서 오게나, 술이 있으니까 난로불을 쬐면서 마시면 좋을 거야."

솜을 두둑하게 넣은 실내복 차림의 다니카와가 이키를 맞으며 말했다. 4조 반과 6조의 비좁은 살림이었지만, 6조짜리 안방에는 일본식 난로가 있었다.

"그동안 격조했습니다. 제가 없을 때에도 저희 집에 들르셔서 망처(亡妻)의 불단에 향을 피워 주신다는 말씀, 딸애한테서 전해 듣고 황송하게 여기고 있습니다."

"아니야, 그냥 그 근처에 갔던 길에 잠깐씩 들르는 것뿐이네. 나오코 양은 아기를 보고부터는 더욱 착실해지고, 돌아가신 어머님을 꼭 닮았더군. 마코토 군도 몸 건강히 인도네시아의 미개지에서 농업개발에 열심이라지?"

"덕분에 자식들 걱정은 않고 저는 제 일에 열중하고 있습니다."

이키가 대답했다. 난로 옆의 작은 책상 위에는 원고지며 편지지 다발이 쌓여 있었다.

"삭풍회의 시베리아 억류기입니까?"

"음, 10년 이상이나 시베리아에 억류되었던 사람들은 역시 크건 작건 건강이 나빠졌는가 보더군. 요즈음은 빗살이 연달아 빠져가듯 어이없게 죽어버리는 사람이 많아졌네. 그래서 더 늦기 전에 2천 명의 회원이 시베리아 곳곳의 수용소에서 겪은 각자의 억류수기를 써 모아 남겨놓기로 했다네. 모두들 그날그날의 생활에 쫓기면서도 부지런히 써 보내는군. 원고용지를 살 돈이 없는 사람은 편지지나 광고용지 뒷면에 써 보내기도 하는데, 난 이렇게 그것들을 원고지에 옮겨 쓰고 있다네. 개중엔 시베리아 후유증인 고혈압이나 백내장 우안맹을 앓아 구술로 부인에게 필기시켜 보낸 것도 있어 그런 것을 읽노라면 새삼 눈물이 난다네."

다니카와는 말을 끊고 이키의 술잔에 술을 따르며 물었다.

"그런데 미국에서의 사업은 그 후에도 잘 진행되어 가나?"

"운 좋게도 손발처럼 움직여주는 부하들을 만나 이럭저럭 큰 실수 없이 해내고 있습니다."

"그런가? 그렇다면 다행이네만, 외국에서의 독신생활이란 여러 가지로 불편할 거야."

"그런 일쯤이야, 별로 어렵지 않습니다. 시베리아에서 11년간이나 뭐든지 혼자 해냈으니까 몸에 익어 있습니다."

"하지만 미국 생활은 부부동반 파티라든가 접대해야 할 일이 많잖은가? 이젠 재혼을 생각해 보는 게 어떤가? 실은 다케무라 씨도 염려하고 계신다네."

"고맙습니다. 하지만 저로선 아내가……"

이키는 말끝을 맺지 못했다. 새삼 자신의 아내는 오직 요시코 한 사람뿐이란 생각이 사무쳤다. 다니카와도 잠시 말없이 앉아 있었다. 그때 현관의 유리문 여는 소리가 들리고 곧 다니카와 부인의 목소리가 들려왔다.

"데라다 씨로군요. 오랜만에 뵙겠습니다. 어서 들어오세요."

"저어, 누가 와 계신 것 아닙니까?"

"이키 씨가 와 계세요."

"어? 이키 씨가……"

데라다의 놀라는 목소리가 들렸다.

장지문 너머로 다니카와가 말했다.

"데라다 군인가? 원고는 가지고 왔는가? 마침 잘 왔네. 여기 이키 군이 와 있네."

데라다는 잠시 망설이는 기색이더니, 곧 방으로 들어왔다.

"여어, 데라다, 오래간만이네. 반갑군. 그래 잘 있었는가?"

이키는 우연한 만남을 기뻐하며 반가워했다. 데라다와 이키는 시베리아의 최북단에 있는 유형지 라조 광산에서 함께 일했었다. 그때 데라다는 너무도 심한 노동의 고통을 못 이겨 자기 손가락을 도끼로 자르고 장애자가 되었다. 그리고 지금은 사무용품 회사에 다니며 왼손 하나로 생계를 이어나가고 있다.

"원고는 서투릅니다만, 라조에서 겪었던 이야길 조금……"

하며 데라다는 두 개 남은 오른손 손가락을 슬쩍 옷소매 속으로 감추었다.

"잘했네. 생각하기조차 괴로운 일을 용케 써주었군"

다니카와는 데라다의 원고를 받아들고 말을 이었다.

"마침 잘됐네. 자네도 함께 마시도록 하지."

"아닙니다. 좀 바쁜 일이 있어서 이만 실례하겠습니다. 이키 씨, 뉴욕에서 더욱더 많은 활약하시길 빕니다."

그는 불안한 기색으로 방을 나가려고 했다.

"데라다, 뭐 어려운 일이 생겨서 온 게 아닌가? 안색이 나빠 보이는군. 이키 군이 있어서 거북하다면 돌려보내겠네."

다니카와의 말에 데라다는 느닷없이 풀썩 꿇어앉았다.

"실은, 대단히 부끄러운 부탁을 드리려고…… 저어, 돈을 좀 빌려주십사고 이렇게 찾아뵌 것입니다."

"돈을? 나한테……"

다니카와는 의아하다는 듯 되물었다.

"사실은 아내가 신경통으로 건강이 나빠졌습니다. 그래서 생명보험 회사의 외무사원을 그만두고 집에서 요양하고 있었습니다. 요즈음에는 신장까지 나빠서 입원을 해야만 하게 되었는데 출가한 두 딸은 손가락 없는 내 손이 징그럽다고 집에도 오지 않고, 제가 간호를 하며 회사엘 다녔습니다. 그동안엔 월급을 가불하기도 하고 그 밖에 여러 가지로 변통을 해왔습니다만 아무리 뛰어다녀도 6만 엔을 마련할 길이 없어서 다니카와 씨에게 어디 돈을 융통해 줄 만한 데를 주선해 주십사……"

그렇게 말하는 데라다는 무척 고생을 하는 모양인지, 3년쯤 못 만난 동안에 흰머리가 많이 늘고 광대뼈가 두드러져 있었다.

"부인께서 그렇게 건강이 나쁘셨나요? 전혀 몰랐습니다. 제가 곧 문안하겠습니다."

다니카와의 아내는 몹시 염려스러워하며 말했다.

"네, 왜 좀 더 일찍 아프단 말을 하지 않았을까 하는 생각이 듭니다. 게다가 전 오른손 손가락이 없어 귀환한 후에도 좀처럼 취직을 못했죠. 간신히 직장을 얻고 나서 보험회사를 그만두라고 했던 것인데, 노후의 저축을 위해 능력이 미치는 한 일하겠다고 계속 출근을 했지요…… 그렇게 반년 전까지 줄곧 맞벌이를 해왔습니다. 쓰러졌을 때는 신경통과 신장병을 앓고 있었습니다."

이키는 데라다의 이야기를 듣고 남의 일 같지 않아 가슴이 아팠다.

"데라다 군, 실례가 되겠지만, 마침 오늘 삭풍회 회비와 기부금으로 3만 엔을 가지고 왔네. 그리고 나머지 3만 엔은 우편으로 보내주겠네."

"아닙니다. 모처럼 해외에서 귀국하신 이키 씨께 그런 폐를……"

데라다는 사양했다.

"그거 참 잘됐군. 나도 삭풍회 일 이외에는 별로 쓸모없는 사람이 됐다네. 사양 말고 이키 군에게 빌려 쓰게나."

외자상륙

이키는 양복 안주머니에서 삭풍회 회비와 기부금을 넣은 봉투를 꺼내어 데라다에게 주었다.

"정말 면목이…… 돈을 빌리기 위해 사람 찾아다니는 일은 정말 서글픈 노릇입니다. 되도록 빨리 갚겠습니다."

데라다는 고개를 숙이며 말했다.

"아니, 그 이상 무리해선 안 돼. 부인께서 완전히 회복되시고 또 여유가 생긴 후에 갚으면 돼요. 나는 지금 외국에서 지내니까 거의 돈쓸 일이 없다네."

이키는 데라다의 부담을 덜어주려고 말했다.

그러나 그는 무척 괴로워하며,

"이키 씨의 말씀대로 빌려 쓰겠습니다. 그럼 병원에서 아내가 기다리고 있기 때문에 저는 먼저 실례하겠습니다."

그는 무안스러움을 견디지 못하겠다는 듯 어깨를 늘어뜨리고 자리에서 일어나더니 따라놓은 술도 마시지 않고 돌아갔다.

그 뒷모습을 눈으로 쫓으면서, 육군유년학교와 사관학교를 통해서 입에 돈이라는 말을 담지 말라고 교육받았던 그가 돈을 빌리러 다니다가 다니카와의 집까지 찾아왔을 심정을 생각하고, 이키와 다니카와는 말없이 얼굴을 마주 보았다.

다니카와의 집에서 나와 가키노키사카의 집에 돌아온 것은 10시가 넘어서였다.

대문의 초인종을 눌렀으나 좀처럼 대답이 없었다. 계속 몇 번 누르자 그제서야 나오코의 대답이 들리고 급히 문이 열렸다.

"미안해요. 도모아쓰와 둘이 후토시를 목욕시키는 중이라 빨리 나올 수가 없었어요."

나오코는 스웨터 소매를 걷어 올린 채로 젖은 양손을 앞치마에 닦으며 말했다.

"이렇게 밤늦게 아기 목욕을 시키느냐?"

"네, 그이가 후토시를 데리고 목욕하기를 좋아해서 아주 늦게 돌아오지 않는 이상, 제가 후토시를 먼저 목욕시키면 그이는 싫어해요."

"그런 버릇을 들여도 될까? 아이는 되도록 일찍 재워야지."

이키는 어이없다는 표정으로 거실로 들어갔다. 그때 욕실 쪽에서 도모아쓰의 커다란 목소리가 들려왔다.

"이봐, 나오코, 헬프 미……"

"지금 그이는 후토시의 머릴 감기고 있어요. 아버지 밤참 드세요. 식탁에 준비돼 있어요. 차는 포트 속에 있고요."

나오코가 말하는데 도모아쓰가 또 불렀다.

"밤참은 생각없으니 어서 가보렴. 후토시 감기 들겠다."

이키는 도모아쓰의 거침없는 목소리에 화가 났으나 나오코를 재촉해 보내고, 좀전에 데라다와 약속했던 3만 엔을 현금봉투에 넣었다. 갚는 문제는 생각지 말아달라고 간단히 몇 자 써넣고 봉했을 때, 나오코가 목욕물에 벌겋게 단 얼굴로 돌아왔다.

"이거 내일 속달로 부쳐다오."

나오코에게 건네주자, 그녀는 아래쪽에 적힌 금액을 보고 말했다.

"네에, 삭풍회에 계신 분이군요. 무슨 일이 있는가 보죠?"

"부인이 입원하고, 이래저래 고생이 심한 모양이야."

"알겠어요. 내일 오전 중으로 우체국에 다녀오겠어요."

나오코는 봉투를 서랍에 넣고 다시 물었다.

"내일 출발하실 비행기 편에 변경 없으시죠?"

"예정대로 JAL 6편이다. 10시 반에 떠나지만 회사에 들렀다가 공항에 가야 하니까 짐은 오늘밤에 챙겨놔 다오."

"이미 서류가방은 아버지 메모대로 준비해 놨어요. 아키츠 지사토 씨의 도자기도 화랑에서 완전히 포장해서 보냈으니까 염려 없어요."

재팬항공에 근무하던 때의 그 명랑한 말투로 말했다.

"아버지, 기왕 청자 항아리를 뉴욕으로 가지고 가시려거든 이석원 씨로부터 받은 것을 갖고 가시는 게 좋을 텐데요."

나오코가 의아스러운 얼굴로 물었다.

"이 선생한테서 선사받은 항아리는 한국 정부의 각별한 배려로 반출된 귀중한 것이니까 만일 파손이라도 된다면 어떡하겠니. 하지만 아키츠 씨의 것은 부피도 작고 하니 마음 편히 가지고 갈 수 있어서 그래."

이키는 내심 당황을 감추며 말했다. 아키츠 지사토와는 하야마 화랑에서 개인전을 구경한 뒤 커피를 함께 들고 헤어졌을 뿐이지만, 이키의 말투는 자기도 모르는 사이에 변명하는 식으로 바뀌어 있었다.

"그렇겠군요. 하지만 그 아키츠 지사토 씨는 정말 독신인가요?"

"왜 그러느냐, 그런 걸 다……"

"그처럼 재능도 있고 아름다운 분이 과연 진짜 미혼일까 하는 생각이 들어요. 여성 예술가라고 하는 사람은 보통 숨은 보호자 같은 사람이 있잖아요."

"그런 결례되는 말을 하다니, 그러는 게 아니다."

이키는 자기도 모르게 큰소리로 꾸짖었다. 나오코는 놀란 듯이 물끄러미 아버지를 바라보며 말했다.

"참 이상하시네요, 아버지. 뭐 그렇게 정색을 하시고 노하세요? 전 그런 것이 나쁘다곤 생각지 않는데요."

"어쨌든 그분은 고 아키츠 중장의 따님이시다. 그분에 대해 그런 식의 저속한 억측은 하지 말아라."

이키의 표정은 더욱 험악해졌다. 몹시 언짢아하는 아버지를 보고 나오코는 흠칫했다. 아버지와 딸 사이에 불편한 침묵이 감돌고 있을 때 사메지마 도모아쓰가 가운 차림으로 거실에 들어와 이키의 맞은편 자리에 앉았다.

"장인어른, 안녕하십니까. 후토시가 이제야 잠이 들었어요. 그런데 내일 뉴욕에 돌아가시게 되었군요. 나흘 동안 와 계셨지만 변변히 말씀을 나누지도 못했으니, 오늘밤엔 한잔하시지 않겠습니까?"

이키는 마치 친구라도 대하는 듯한 사위의 태도가 못마땅했다. 그러나 딸이 보는 앞이라 딱 잘라 거절할 수도 없는 노릇이었다.

"그럼 조금 마실까."

"저도 한몫 끼어 조금 마셔볼래요."

나오코는 흥겨운 목소리를 남기고 일어서더니 양주와 술잔, 얼음을 갖추어 가지고 돌아왔다. 도모아쓰는 이키의 술잔에 얼음을 넣고 언더록을 만들어 권했다.

"장인어른의 왕성한 활동력은 정말 압도적입니다. 뉴욕에서 서울을 거쳐 돌아오셔서 일본에서의 4일 동안도 아침 8시 전에 출근하고 밤 12시까지 일하시니, 저희 아버지와 좋은 상대가 되시겠습니다."

도모아쓰는 미국에서 자란 젊은이다운 활발한 태도로 말했다.

"사메지마 다쓰조 씨는 여전하신가?"

"잘 계시는 정도가 아닙니다. 장인어른이 일시 귀국하신 뒤에는 더욱 흥분하십니다. 일전에 요쓰야의 집에 가서 하루를 묵었는데 말씀입니다. 귀국한 용건은 뭐냐, 며칠 동안 머물게 되느냐, 누구를 만나느냐고 어찌나 캐묻던지, 나는 도쿄상사의 사원이 아닙니다, 하고 말씀드렸지요."

"허어, 자네 부친께서. 그렇게 생각해 주신다니 영광이네. 사메지마 다쓰조 씨는 상사원이 되기 위해 태어난 분이니까."

"그렇기 때문에 아버지는 군인출신인 이키 다다시 씨한테 당하는 것이 가장 분하다고 하신답니다."

도모아쓰는 아버지를 그대로 닮은 상어처럼 가는 눈을 빛내면서 이죽거렸다. 사위 녀석한테 기묘한 면이 있다는 생각이 들자 이키는 어쩐지 찜찜한 느낌이 들어 시선을 피해 버렸다. 그때 전화벨이 울리고 도모아쓰가 일어나 싹싹하게 전화를 받았다.

"네? 지요다자동차의 오마키 씨. 네, 돌아오셨습니다."

수화기를 이키에게 넘겨주려 했다.

"나중에 내가 다시 걸겠다고 하게나."

이키가 당황한 듯 손을 내저었으나 도모아쓰는 위스키 잔을 손에 든 채 말했다.

"어서 받으세요, 제가 2층으로 올라가죠."

도모아쓰가 계단을 올라가자, 이키는 수화기를 들었다.

"오래 기다리셨습니다. 내일 떠납니다만, 무슨 하실 말씀이라도?"

오마키는 예절바르게 말했다.

"내일 비행기에 오르시기 전에 2, 30분만이라도 만나 뵙고 싶습니다만."

"출발 직전까지 바쁜데, 전화로 말씀하시죠."

"아닙니다. 역시…… 여쭈어볼 일이 있습니다. 하네다도큐호텔에서 2, 30분 정도 시간을 내실 수 없으신지요?"

"정 그러시다면 9시 반부터 30분 정도만."

"죄송합니다. 호텔방 호수는 내일 아침까지 연락해 드리겠습니다."

오마키는 그렇게 말하고 끊었다.

식탁 의자에 앉았으나 나오코도 올라갔는지 보이지 않았다. 2층에선 소리를 낮춘 스테레오가 들려왔다. 아마 둘이 음악을 듣는 모양이었다. 이키는 잠자코 정원을 내다보고 있다가 벌떡 일어나 전화 다이얼을 돌렸다. 교토에 있는 아키츠 지사토의 집 전화번호였다.

"여보세요, 아키츠입니다만."

"이키입니다. 청자 항아릴 출발에 맞춰 보내주셔서 고맙습니다. 내일 아침 떠나는데 고맙다는 인사라도 할까 해서…… 뉴욕엔 언제쯤 오시겠습니까?"

"저도 그 일로 이키 씨께 형편을 여쭈어보려던 참이었어요. 4월로 생각했었는데, 일전의 개인전 평이 좋아서 오사카에서도 열기로 되었어요. 그래서 다음 달 초순에 시간이 날 것 같아요. 지장 없으시겠죠?"

내달 초순이면 사토이와 쓰노다가 출장 올 가능성이 많았다. 하지만 바쁘다고 말하기가 거북스러웠다.

"언제든지 환영하겠습니다. 3월 초순의 뉴욕은 쌀쌀하니까 두텁게 입고 오십시오."

"고맙습니다. 일정이 정해지면 연락은 어디로……"

"그렇군요. 아파트로라도 좋습니다. 그럼 다시……"

이키는 그렇게 말하고 수화기를 살짝 놓았다.

뉴욕 직행편 비행기의 탑승 절차는 동행한 비서과 직원에게 맡겨놓고 이키는 도쿄 국제공항 안에 있는 하네다도큐호텔 앞에서 차를 세웠다. 젊은 비서과 직원은 출발 직전까지도 일로 바쁜 이키를 돕겠다는 듯 말했다.

"상무님, 만약 시간이 늦어질 것 같으면 탑승 절차를 마친 후 방까지 모시러 가겠습니다."

"아냐, 그럴 것 없네. 2, 30분이면 끝날 거야."

이키는 그렇게 말하고 급히 엘리베이터에 올라 5층에서 내렸다. 약속된 방문을 두드리자 안쪽에서 문이 열렸다. 방에서는 이미 지요다 자동차의 오마키 상무, 아침에 이키에게 방 호수를 알려주었던 기술개발실의 아다치 실장이 기다리고 있었다.

"출발 직전에 무리하게 간청을 드려 죄송합니다."

"그래, 긴급한 용건은 뭡니까?"

이키는 오마키 상무와 아다치 기술개발실장의 얼굴을 마주 보았다.

"매우 실례되는 질문입니다만, 앞으로 이 제휴를 추진시킬 담당관이 아메리카 깅키상사의 이키 씨에서 도쿄 본사의 사토이 부사장으로 바뀌었다는 말이 있는데, 사실입니까?"

오마키는 기술자답게 직선적으로 물었다.

이키는 오늘 아침 사토이 부사장에게서 포크사의 제휴건을 자기가 중심이 되어 추진하겠다는 말을 들었다.

"말씀대롭니다. 그것이 뭐 어떻습니까."

"그러면 이키 씨도 동의하셨습니까?"

오마키는 맥풀린 표정으로 확인하듯 물었다.

"동의고 뭐고 일본측 업체인 귀사의 입장을 최우선으로 하는 교섭이니 긴밀한 연락이 가능하고, 또 통산성과의 절충도 해낼 수 있는 사람이 아니면 전체를 지휘하기 어렵지 않겠소? 때문에 부사장이 직접 담당하는 거니까 아무것도 구애받을 일은 없을 것입니다."

"이키 상무의 말씀은 지당한 것입니다. 하지만 어제 귀사의 업무본부장인 쓰노다 상무로부터 전화가 왔었습니다. 내용은 제휴교섭에 관해 머지않아 영업 기술 재무 등의 실무팀을 만들 테니 협력해 달라는 것과, 겸하여 기술관계의 자료제출을 요구하더군요. 저희는 이제까지 아메리카 깅키상사와만 정보교환을 해왔고, 일전의 3자회담에서 합의서를 교환한 뒤에도 변함없을 것으로 믿고 있었으므로 쓰노다 상무의 갑작스런 요청이 이상합니다."

기술개발실장이 진지한 눈빛으로 말했다.

오마키도 덧붙였다.

"이키 씨, 나도 아다치로부터 보고를 받고는 깜짝 놀랐습니다. 이키 씨로부턴 아무런 연락도 받지 못했고, 또 사토이 부사장은 국내제휴파인 무라야마 전무와 손을 잡고 있었던 사람이라, 방침을 바꿔 외자제휴를 위해 힘써준다고 해도 얼마만큼이나 우리 기술진의 심정을 이해해 줄는지 의문입니다."

국내업체에 허리를 굽히는 것을 수치로 알고 외자제휴로 기사회생의 기회를 노리는 기술진으로서는, 무라야마와 친분이 있고 3년 전 후코쿠자동차와의 제휴를 주장한 사토이를 믿을 수 없어, 앞으로의 변화에 불안해하고 있었다.

이키는 애써 침착하게 말했다.

"네에, 그런 의심이 든다 그 말씀이시군요. 이미 알고 계시겠지만 사토이 부사장은 통상국장 야마노우치를 극비리에 만났습니다. 지요다·포크의 제휴에 관한 통산성의 의견과 포크측의 지주비율을 타진해보니 통상국장은 3분의 1까지라면 지지하겠다는 의향임을 알아냈지요. 또 포크측의 의향을 빨리 알아보란 부탁까지 받아, 부사장 자신이 머지않아 포크 회장을 만날 수 있도록 준비를 진행하고 있습니다. 이제까지야 어떻게 했던 간에 그도 3자 합의에서 'GO'라는 사인이 나온 이상 목적달성을 위해 매진할 거고, 나 역시 아메리카 깅키상사의 편에서 도울 것입니다."

오마키는 의아스럽다는 듯 아다치와 마주 보면서 물었다.

"사토이 부사장이 통상국장을 만난 내용은 모리 사장님께 대략 보고가 되어 저도 들었습니다만, 포크사의 지주비율에 대한 이야기까지 했다는 것은 금시초문인데, 사실입니까?"

"물론입니다. 사토이 부사장이 통상국장을 만난 이유가 바로 포크사의 지주비율을 어느 정도로 눌러야 통산성이 허가하겠냐는 것이었습니다. 당연히 모리 사장님께 보고되었을 겁니다."

오마키는 고개를 저었다.

"아닙니다. 모리 사장님도 캐물었다고 하시는데, 사토이 부사장의 얘기로는 통상국장은 포크사의 지주비율에 대해서는 즉답을 피하고 통산성이 검토할 자료로 포크사가 제시하는 비율이 어느 정도인가, 우선 그걸 알아오라는 것밖엔 다른 얘기가 없었다고 말했다는군요. 사토이 씨는 왜 그런 중대한 점을 우리 사장님에게 말하지 않았을까요?"

사토이에 대한 불신감을 강조하는 듯한 말투였다. 이키는 대답할 말이 궁해졌다.

"글쎄요, 그것까지야 나도…… 그보다 나로서는 통산성이 정말 외자 3분의 1비율을 승인할 의사가 있는지 어떤지 걱정스럽습니다. 야마노우치 씨는 이론가니까 비교적 직선적으로 말하는 분입니다만, 모로구찌 기업국장이나 오야 차관은 국제파라고는 해도 여간 아닌 정치가 아닙니까. 그들이 누적투표 청구권이 발생하여 외국인 중역이 파견되는 4분의 1단계를 거치지도 않고, 중요 결의안의 거부권까지 가지는 3분의 1 이상의 비율까지 승인해 가며 외자제휴를 인정하리라곤 믿어지지 않습니다. 아이치나 닛신도 그런 지주비율로 외자가 상륙한다면 방관하지 않을 게 분명하니까, 최종적으로는 정치적 해결이 필요할 겁니다."

오마키는 고민스러운 얼굴로 말했다.

"정치적 해결이라…… 큰마음 먹고 간신히 결심한 우리의 모리 사장으로서는 포크의 지주비율은 처음부터 4분의 1 이하로 눌러두어야 한다고 말씀하십니다. 그렇게 하지 않으면 교묘한 방법으로 일본의 법망을 피해, 속임수를 써서라도 시장주를 긁어모아 언제 3분의 1 이상으로 늘어날는지 모른다고 불안해하십니다. 하지만 그런 조건으로는 포크사도 응하지 않을 테고, 또 설사 제휴한다 해도 그 효과는 뻔한 것 아니겠습니까?"

"옳은 말씀입니다. 하지만 이 제휴는 양쪽이 모두 날이 선 칼이라는 것을 유념치 않고 나설 경우 실패를 해서, 결국 상처를 입는 것은 다이산은행이나 깅키상사가 아닌 지요다자동차가 될 겁니다."

이키가 야무지게 대답했다.

"지금의 지주비율의 예만 봐도 제휴교섭이 사토이 씨께 넘겨진 일은 불안을 더할 뿐입니다. 하지만 지금은 달리 어쩔 수도 없으니까 이키 씨와의 정보교환만은 종전대로 하고 싶습니다. 3년 전, 회사의 운명이 걸린 신형차 발매에 참여하여 지요다의 자주독립노선이 무너졌을 때의 충격, 거기서 조심조심 걱정스런 심정으로 외자제휴를 결심하고 이키 씨에게 미국 3대 업체 어딘가에 길을 뚫어달라는 부탁을 했을 당시의 막다른 심정, 그러고는 용케도 포크사가 응해 왔을 때의 기쁜 마음, 다른 한편으로는 아주 잃는 것이나 아닐까 하는 불안, 이키 씨 말고는 우리들의 이런 적나라한 심정을 알아줄 만한 사람이 없습니다. 물론 이키 씨께 지장이 없도록 아다치를 시켜 극비로 연락을 취하겠습니다."

오마키는 진심에서 우러나는 목소리로 말했다. 아다치도 완전히 신뢰한다는 듯이 말했다.

"외자제휴문제는 이사들 사이에선 아직도 소극적인 분이 있습니다만 부·과장급은 모두 일체가 되어 지요다의 핏줄을 이은 자동차가 세계의 길을 달리게 될 날을 고대하고 있습니다. 저희는 그 생명줄을 이키 씨께서 맡아 달라고 부탁드리는 것입니다."

이키는 그들의 열의에 감동하여,

"알겠습니다. 그늘에서나마 힘껏 협력할 것을 약속합니다."

하고 힘차게 고개를 끄덕였다.

그로부터 10분 후, 이키는 뉴욕발 비행기 안에 있었다.

이키는 공항 터미널 빌딩 쪽으로 시선을 보내며 사토이의 얼굴을 떠올렸다. 조금 전에 오마키의 열의에 감동되어 지금까지와 같이 오마키와 연락을 계속하겠다는 약속을 했다. 그것으로 사토이와의 불화가 다시 커질 것만 같은 예감이 들었다.

비행기는 활주로를 향해 천천히 육중한 기체를 움직이기 시작했다.

이키는 문득 뉴욕의 강추위가 생각나 창밖에 비치는 일본의 따뜻한 겨울 햇살에 푸근한 애착을 느꼈다. 그것은 아키츠 지사토를 향한 마음인지도 모른다. 다음 달에 뉴욕을 방문하겠다는 지사토의 말을 되새기면서 이키는 그날의 재회를 몹시 고대하는 자신을 발견했다.

불꽃

아키츠 지사토는 취침용 안경을 벗고 시계를 보았다. 앵커리지를 출발하여 6시간이 지났으니까 뉴욕까지는 얼마 남지 않았다.

창 밑의 시계(視界)는 구름에 가려져 있었다. 지사토는 뉴욕으로 다가가고 있다는 것을 시간이 지남에 따라 실감할 수 있었다. 뉴욕을 방문하는 이유는 다음 개인전을 대비하기 위하여 중국 도자기를 세계에서 가장 많이 소장하고 있는 프릭미술관과 보스턴미술관을 견학하는 한편, 미국의 도예 트렌드를 보기 위해서였다. 그러나 곰곰 생각해 보면, 그것은 역시 표면상의 구실에 지나지 않고, 이키를 만나고 싶은 것이 진짜 동기인 것 같았다. 그런 생각이 들자 지사토는 이키를 향해 기울어져가는 자신의 마음이 두려워졌다.

마침내 비행기는 케네디 국제공항의 활주로에 육중한 바퀴소리를 내고 착륙했다.

지사토는 선반 위에 놓았던 코트를 집으려고 손을 뻗었다. 그때 앞쪽의 비즈니스맨이 빙긋 웃었다.

"안녕, 행운을 빕니다."

그는 친절히 말하며 지사토의 코트를 집어주었다. 순간 지사토는 긴자의 하야마 화랑에서 이키가 입혀주던 그 가죽코트임을 상기하며 찡한 기분에 사로잡혔다.
지사토는 송영대와 직접 연결된 에어터미널 빌딩으로 들어가 통관 수속을 마치고 게이트를 나오면서도 문득 마중 나온 사람들 속에서 와 있을 리 없는 이키를 찾으려는 자신을 발견했다.
"아키츠 씨! 아키츠 지사토 씨지요?"
그때 32, 3세쯤 되었음직한 더블코트 차림의 남자가 가까이 다가왔다. 단아미 야스오가 소개한 뉴욕 안내를 맡아줄 사카모토인 듯했다.
"아키츠예요. 앞으로 신세를 져야 할 것 같군요. 잘 부탁합니다."
아키츠는 정중하게 인사했다.
"사카모토입니다. 단아미 야스오 씨로부터 전 약혼자이니 실수 없게 도와드려야 한다는 엄한 말씀을 들었으니까, 무엇이든 사양하지 마시고 말씀해 주십시오. 저는 그래도 4년 동안이나 여기에 있었으니까 대개의 일은 알고 있다고 생각합니다."
그는 관서지방 출신답게 싹싹했다. 짐꾼에게서 지사토의 가방을 받아들고 사카모토는 자기가 운전해 온 폭스바겐에 실었다. 지사토도 그의 차에 탔다.
사카모토가 운전하는 자동차는 화살처럼 달리는 다른 차들에게 자꾸만 추월당하면서 고속도로를 달렸다.
"정말 죄송합니다. 7만 킬로나 뛴 차라서 힘이 약해요."
"그런 건 상관없어요. 저는 단아미 씨의 아저씨 되시는 분이 지요다 자동차의 중역으로 계셔서 레베카를 헐값에 양도받았습니다만 딱정벌레(폭스바겐의 별명)는 원래 제가 좋아하는 차입니다."
지사토가 이렇게 말하자 사카모토는 안심했는지 다시 속력을 늦추고 바깥 차선으로 벗어나 달렸다.

맑게 갠 하늘 저편으로 맨해튼의 고층 빌딩들이 모습을 드러내기 시작했다.

"이곳엔 도예 연구차 오셨다고 들었습니다만, 일본의 도예가가 뉴욕에서 배울 것이 있습니까?"

사카모토는 천천히 핸들을 돌리면서 솔직하게 물었다.

"거창한 목적으로 온 건 아닙니다. 달러의 위력으로 모은 동양의 최우수 도자기들을 구경하고 또 알프레드 대학을 방문해 볼 작정입니다."

"그러고 보니, 알프레드 대학은 뉴욕에서는 도예가들이 가장 많이 모여드는 곳으로 산업 도기에서 예술 도기까지 좋은 스태프들이 모두 모여 있다더군요."

"잘 아시는군요. 제가 방문하려는 분은 교토의 근대 미술관에서 유학오신 구마가이(態谷) 씨입니다만, 혹 아시는 분이십니까?"

"아닙니다. 그분은 알지 못합니다만 미국인 교수진 가운데는 교토의 예술대학에 유학했던 사람들이 상당수인 모양이니까, 아키츠 씨 같은 신진 여성도예가가 찾아간다면 질문공세를 받느라고 돌아오지 못할지도 모릅니다."

사카모토는 겁을 주듯이 말했다. 차는 맨해튼 구로 들어가는 이스트 강을 건너 센트럴파크으로 향했다. 지사토가 머무를 곳은 센트럴파크의 정남방에 있는 바르비종 플라자호텔이었다.

오래된 유럽식 호텔에 도착하자 사카모토는 직접 자기가 지사토의 가방을 옮겨주고 투숙절차를 밟아주었다.

"처음부터 끝까지 이렇게 하나하나 보살펴주셔서 감사합니다. 그럼 이만……"

지사토는 안내원을 부르려 했다.

"아닙니다. 뉴욕은 험한 곳이니까 남자 동반인인 것처럼 보이는 편이 좋습니다. 제가 방까지 안내하겠습니다."

그는 엘리베이터를 타고 7층까지 올라와 지사토의 방에 짐을 옮겨 주었다.

"자, 이제 됐습니다. 시차 때문에 피곤하실 테니 우선 좀 주무십시오. 깨는 대로 아파트로 전화해 주세요."

그는 전화번호를 메모해 놓고 돌아갔다.

지사토는 창가로 걸어갔다. 바로 밑에는 센트럴파크이 있었다. 공원이라기보다는 숲이라 할 만큼 큰 규모로 연못의 물은 차가운 빛을 띠고 있었다. 지사토는 그 차가운 빛 속에서 얼핏 이키의 모습을 느꼈다. 어떤 경우에라도 자신의 마음을 자제하여 조금도 자세를 흐트러뜨리지 않는 남자…… 그런 생각이 들자 지사토는 이키의 사무실로 전화를 걸려던 일이 문득 망설여졌다.

이키는 아침부터 손님과의 면담, 사내 회의, 거래처와의 업무처리, 점심식사, 서류의 결재 등으로 바빴다. 그런데 그는 여느 때와는 달리 마음이 안정되지 않는 듯 자주 시계를 보곤 했다. 지금도 그는 가이베가 가져온 서류에 서명을 하면서 3시가 지나도록 어째서 지사토의 연락이 없을까 마음을 태우고 있었다.

"무슨 일이십까? 그 서류의 서명은 여기에 해주십시오."

가이베는 이상스럽다는 듯 고개를 갸웃거렸다. 이키는 당황하여 다시 서명했다.

"일본에서 돌아오신 뒤로 계속 바쁘셔서 지쳐버리신 게 아닙니까? 1주일 후에는 사토이 부사장과 쓰노다 상무까지 오셔서 디트로이트의 포크사와 교섭이 시작되니까, 하루쯤 쉬시는 편이 좋을 것 같은데요."

"아니야, 그럴 필요까진 없네."

이키의 말이 끝나자마자 탁상 위의 전화벨이 울렸다. 이키가 든 수화기를 통해 기다리고 있던 아키츠 지사토의 음성이 들려왔다.

"여보세요, 이키 씨십니까?"

"네, 무사히 도착했군요. 걱정하고 있던 참입니다. 아, 바르비종 플라자호텔이오? 바로 앞에 공원이 있어 조용하죠. 아니, 괜찮습니다. 오늘밤은 시간이 되니까 7시 반에 그곳 로비로 찾아뵙겠습니다."

이키는 전화를 끊었다.

"가이베 군, 내가 군대시절에 모시던 상관의 따님으로 여성도예가인 아키츠라고 하는 분이 뉴욕에 볼일이 있어 왔는데, 저녁대접이라도 하고 싶네. 그러니, 미안하지만 자네가 오늘밤 일본인 파티에 내 대신 참석해 주지 않겠나?"

"네에, 그 도예가 아가씨, 혼자 이곳에 오셨나요?"

"아가씨라고는 해도 서른이 넘었다네. 그 사람의 오빠도 군인인데, 효도 군의 1기 선배지."

이키는 아키츠 지사토의 경력으로부터 직업과 연령 등을 효도까지 들먹거리며 유난스럽고도 자세하게 설명하고 있는 자신을 발견하고 새삼 당황했다.

"다른 사람도 아니고 그런 분이 오셨다면 오늘밤 파티엔 제가 나가겠습니다."

가이베는 쾌히 응낙했다.

고전적인 분위기의 발비종 플라자호텔 로비는 투숙객들의 출입과 파티에 모인 화려한 차림의 사람들로 붐비고 있었다. 사람들 틈에서 이키는 곧 아키츠 지사토의 모습을 발견하였다. 지사토는 이내 이키를 알아보고 소파에서 일어났다. 화려한 빛깔의 드레스나 호화스러운 밍크코트로 치장한 여인들 틈에서, 긴 머리카락을 깔끔하게 빗어올리고 광택 있는 모아레 비단의 칵테일 드레스를 차려입은 그녀의 모습은 액자 속에 따로 넣은 듯한 강렬한 개성과 성숙한 여인의 아름다움을 갖추고 있었다.

"용케 오셨군요. 먼 길에 피곤하지 않으셨습니까?"

이키는 눈이 부시다는 느낌을 받으며 환영인사를 했다. 지사토는 얼굴에 싱그러운 웃음을 담고 말했다.

"다행스럽게 비행기가 붐비지 않았어요. 호텔에 도착해서 한숨 푹 잤더니…… 그보다도 갑자기 찾아와 지장이나 드리는 게 아닐는지요?"

"천만에, 초행이라 사실 제가 마중을 나갔어야 했어요. 여하튼 나갈까요?"

지사토는 들고 있던 코트를 입고 장갑을 꼈다.

호텔을 나와 택시를 잡아타자 이키는 뉴저지의 랩소디 그릴로 가도록 일렀다.

택시는 허드슨 강변의 고속도로를 달려 강바닥을 파 뚫은 터널을 통해 맞은편 강변의 뉴저지로 들어갔다. 택시는 강변으로 이어진 길을 따라 올라가 고층 아파트와 좌우로 잇닿은 검은 숲이 보이는 그릴 앞에서 멈췄다.

마중 나온 종업원에게 이름을 말하고 코트를 맡기자 예약된 허드슨 강쪽 창가의 좌석으로 안내됐다. 실내의 조명이 희미하기 때문에, 검게 흐르는 허드슨 강 너머로 빛의 띠처럼 빛나는 맨해튼 빌딩의 등불들이 북쪽에서 남쪽으로 40킬로미터에 걸쳐 거대한 파노라마같이 펼쳐져 있었다. 지사토는 의자에 앉는 것도 잊은 채 밖의 경치를 넋 나간 듯 바라보고 있었다.
　테이블에 마주 앉아 이키는 창문 밖을 손으로 가리키며 말했다.
　"랩소디는 웨스트사이드 45번가 건너편입니다. 강 너머로 맞은편에 큰 잔교가 보이죠? 그곳으로 퀸 엘리자베스 호가 입항하기도 한답니다."
　지사토는 그곳에 시선을 모았다.
　과연 맞은편 강변에는 작은 등불로 테를 두른 크고 작은 잔교들이 빗살처럼 들쭉날쭉하게 보이고, 정박 중인 희끄무레한 배의 모습이 한층 그윽한 분위기를 돋우고 있었다.
　식사에 앞서 마티니가 나왔다.
　"정말 잘 오셨어요. 건배합시다."
　이키가 술잔을 들었다.
　"기뻐요. 뉴욕 도착한 당일 밤에 이렇게 뵙게 될 줄은……"
　지사토는 물기로 촉촉이 젖은 눈빛으로 글라스를 맞부딪쳤다. 빨간 가리개를 씌운 촛불의 불꽃이 흔들리는 속에서 두 사람은 잠시 말없이 서로의 눈을 붙들기라도 하려는 듯 마주 보았다.
　주위에는 30쌍 정도의 손님들이 테이블에 둘러앉아 있고, 종업원들은 각 테이블을 살피면서 시중을 들고 있었다. 지사토를 만난 지 10여 년의 세월이 흐른 지금, 비로소 누구의 시선도 의식하지 않고 지사토와 단둘이 마주 앉아 있게 되자 이키는 곁에서 타는 촛불의 불꽃과도 같은 타오름을 느꼈다.
　말없이 앉아 있는 두 사람에게 문득 파도가 밀려와 닿는 듯한 소리가 들려왔다. 무언가를 묻는 듯한 표정이 지사토의 얼굴에 어렸다.
　"저 소리 말입니까. 저것은 건너편 기슭 웨스트사이드의 고속도로를 달리는 무수한 자동차들의 소리랍니다. 바람의 강도, 방향에 따라

불꽃　341

기슭으로 밀려오는 파도소리로도, 회오리바람 소리로도 들린답니다."

이키는 그렇게 말하며 수프, 샐러드, 스테이크를 먹기 시작했다.

"낮엔 거리를 좀 거닐어 보았습니까?"

지사토는 포크를 돌리며 대답했다.

"네, 공항으로 마중 나와 주신 분이 관광 코스를 대강 안내해 주셨어요. 미술관 순례라든가 도예가 방문은 내일 천천히 하겠어요."

"아무리 그렇더라도 차가 필요할 텐데, 차는 내가 구해드리지요."

이키가 염려하며 말했다.

"실은 마중 나와주신 분이 자기 차로 안내해 주기로 돼 있어요. 그런 일로 이키 씨께 폐를 끼치고 싶진 않은 걸요."

"그분도 역시 도예에 관계된 사람입니까?"

"아니에요, 고전가면극에 관계하고 계신 분인데요, 단아미 야스오와 선후배 같은 사이라서 거리낌 없이 부탁할 수 있어요."

이키는 그만 말이 막혔다. 지사토의 개인전에서 만난 적 있는 예전의 약혼자이던, 하지만 이미 다른 사람과 결혼했을 터인 단아미 야스오와 아직도 연락하고 지낸단 말인가? 그때도 신경이 쓰였는데, 도대체 미국 여행까지 스스럼없이 편의를 부탁할 수 있는 단아미 야스오와 지사토의 사이는 무엇인가. 이키는 이해하기 어려웠다. 동시에 단아미 야스오에 대하여 질투를 느꼈다.

조용한 실내에 밴드의 연주가 흐르기 시작했다. 몇 쌍의 남녀가 플로어에 나와 춤을 추었다.

"지사토 씨, 춤추실까요?"

이키가 청했다.

"이키 씨는 이곳에서 춤까지 익히셨어요?"

지사토는 놀란 듯 냅킨을 테이블 위에 놓고 일어나며 말했다. 이키는 지사토의 팔을 잡고 플로어로 나가면서 말했다.

"아닙니다. 이곳에서 배운 것이……"

"하지만 이키 씨는……"

"군인 출신인 사람이 어떻게 춤을 출 줄 아느냐고 묻고 싶은 것이죠? 사실은 대본영의 참모시절, 전국이 다급해지자 소련에 대한 정보를 얻기 위해 머리를 기르고 외교관 신분으로 위장하여 비밀 외교 사절로서 모스크바 주재 일본 대사관을 거쳐 독일에까지 가기로 되었었죠. 그래서 특별히 춤수업을 받았습니다. 전쟁 전에 배운 춤이니까 도저히 다른 사람과는 출 만한 것이 못 되지만, 지사토 씨라면 흉잡히지 않을 것이라 믿어져서 말입니다."

그렇게 말하며 이키는 약간 서투른 동작으로 지사토의 왼손을 잡고 어깨에 팔을 둘렀다.

곡은 느린 블루스였다. 처음에는 발을 밟지 않으려고 조심한 나머지 몇 번이나 다리가 엉킬 뻔했다. 차츰 지사토의 리드로 요령이 되살아나 원을 그리며 도는 사람들의 물결 속에서 춤을 추며 이키는 그녀를 바라볼 여유까지 생기기 시작했다.

"춤 솜씨가 아주 훌륭하시네요."

지사토는 차츰 이키의 리드에 맞추면서 미소를 지었다.

"파트너가 당신이니까 그렇겠죠."

이키가 속삭이듯 말했다. 이제까지 의식적으로 접촉을 피하던 두 사람의 몸이 마주 닿았다.

비단 드레스 너머로 부드러운 지사토의 살결을 느낄 때, 이키는 놀라서 몸을 뒤로 제쳤다. 그러나 완만히 돌 때 다시 몸이 닿고, 지사토의 상기된 얼굴이 이키의 가슴에 살짝 안겨왔다.

아키츠 지사토는 뉴욕에서 워싱턴으로 온 지 3일째 되는 날을 맞고 있었다.

그녀는 국회의사당이 높이 솟아 있는 캐피털힐 근처의 국립미술관에서 1구간 떨어진 울창한 숲속에 세워져 있는 프릭미술관에 매일처럼 나가고 있었다. 국립미술관에는 라파엘이나 렘브란트 등 유럽의 13, 4세기의 저명한 회화와 조각이 수집되어 있었다. 또한 프릭미술관에는 동양과 이슬람 문화의 미술품이 중점적으로 모아져 있었다. 그곳은 한적했지만 중국과 중근동의 도자기, 일본의 우키요에(浮世繪·일본 고유의 화법으로 그린 풍속화. 에도 시대에 성했음)의 소장품은 세계 최고였다.

오늘이 워싱턴에서의 마지막 날이었으므로 지사토는 10시에 문 열기를 기다렸다가 들어갔다. 19개실로 되어 있는 전시실 중 13에서 19까지의 중국 미술품이 전시되어 있는 전시실을 다시 한 번 자세히 구경했다. 기원전 9세기의 청동기로부터 도자기, 비취 공예, 칠기, 묵화의 뛰어난 작품들이 놓여 있었다. 지사토의 발걸음은 다시금 자주요 백지, 모란당초문편 앞에서 멈춰졌다. 북송 시대의 입이 크고 목이 긴 항아리로 백자 바탕에 모란과 당초무늬를 단숨에 파낸 솜씨가 눈에 띄었다. 그 선각(線刻)으로 파낸 선에는 힘이 들어 있었다. 높이는 90센티미터 가량으로 별로 크지 않은 항아리였으나, 숙연해져 옷깃을 여미게 하는 기품을 갖추고 있었다.

빨려드는 느낌으로 그 앞에 계속 서 있던 지사토는 문득 사람이 다가오는 기척을 느끼고 눈을 들었다. 목이 긴 밤색 스웨터에, 같은 색 트위드 스커트를 갖추어 입고 무릎까지 오는 부츠를 신은 자기 옆에 이키의 모습이 잘 닦여진 진열장 유리에 비치고 있었다. 그와는 미술관 접수창구 앞에서 정오에 만나기로 약속되어 있었다.

"어머, 제가 너무 오래 기다리시게 했나보죠?"

지사토가 놀라며 뒤를 돌아보았다.

"아니, 약속했던 것보다 먼저 떠나는 비행기가 있어 일찍 왔기 때문에, 당신을 찾을 겸 일본실 쪽을 훑어보고 오는 중입니다. 아직 20분 정도 남았으니까 천천히……"

이키는 인도실 쪽으로 가려 했다.

"아니에요. 이렇게 함부로 다가서지 못할 만큼 완벽한 아름다움을 갖춘 작품을 보고 있자니, 저의 길이 얼마나 먼 것인가를 새삼 느끼게 됩니다."

지사토는 길게 한숨을 쉬며 말했다.

출구 쪽으로 걸으면서 이키가 조용히 미소를 띠고 말했다.

"당신은 정말 열중하고 있더군요. 솔직히 항아리보다 곁눈 하나 팔지 않고 열중해 있는 당신의 모습에 더 감동을 받았습니다."

"어머, 그랬으면 빨리 불러주시지 않고……"

그런 모습을 보이고 있었는가 생각하자 얼굴이 붉어지는 느낌이 들어 지사토는 살짝 이키를 흘겨보았다. 일요일이라 이키는 일에서 해방되어 지사토를 안내해 주기 위해 뉴욕에서 날아왔다. 그는 밝은 표정으로 물었다.

"조지타운의 친구분과는 쉽게 만나셨습니까?"

워싱턴에서 지사토를 돌보아준 친구는, 지사토가 처음으로 도예 신인전에 출품했을 때, 함께 신인상을 받은 여성 도예가였다.

그녀는 도치기(板木)현의 마시코 가마에서 연수받고자 일본에 온 미국인과 결혼하여 지금은 조지타운의 작업장에서 현대 도예에 열중하고 있었다.

"그녀가 워싱턴으로 이주한 후 5년이나 만나지 못했는데 무척이나 반겨주었어요."

지사토의 대답을 들으며 미술관을 나온 이키는 다음 일정에 대하여 설명했다.

"그럼, 우선 교외의 앨링턴 묘지로 가죠. 그다음에 돌아가는 비행기 시간까지 워싱턴 기념비, 링컨 기념관, 백악관 등 아직 구경 못한 곳을 되도록 여러 군데 안내하겠습니다."

지사토가 뉴욕에 머문 동안은 평일이었다. 그래서 거의 만나지 못했던 공백을 메우려는 듯 이키는 안내할 곳을 설명하며 택시를 잡았다.

앨링턴 묘지 입구는 야구장과 같이 큰 문이 늘어서 있었다. 그 안으로 들어가서부터는 차표를 사서 전동차를 타야만 했다. 그 넓이가 워낙 넓어서 걸어서는 다 돌아볼 수 없다.

'TOURMOBILE'이라고 적혀 있는 버스를 연결한 것 같은 전동차에는 아직 제철이 아니라서 관광객의 모습은 적었다. 다만 묘에 참배하기 위해 꽃다발을 무릎에 올려놓고 앉아 있는 상복 차림의 가족과 해병 제복을 입은 젊은 군인이 눈에 띄었다.

전동차는 언덕을 깎아 다진 묘지 사이의 꾸불꾸불한 길을 천천히 오르기 시작했다. 남북전쟁 이래 여러 전투에서 전사한 장군의 묘도 있고 무명전사의 묘도 있었다. 조금씩 물이 오르기 시작한 잔디밭에 흰 묘표(墓標)가 끝없이 몇 줄씩이나 늘어서 있었다. 마치 사방으로부터 하얀 묘표가 한곳으로 몰려드는 것 같았다.

지사토는 창문 유리에 얼굴을 바싹 댄 채, 말없이 상하좌우로 몰려오는 듯한 묘표를 바라보고 있었다. 케네디 대통령의 묘로 가는 모빌 스톱에서 차를 내리고 나서도 계속 말이 없었다.

해병대 군인들의 뒤를 쫓아 계단을 올라가서 편편한 언덕 위에 섰다. 주위에는 산울타리가 둘러쳐져 있었고, 넓은 돌을 깐 묘지 한중간에 검은 묘석이 땅에 박혀 있었으며 그 위로 영원히 꺼지지 않는 불길이 미풍에 약간 나부끼면서 오렌지 빛깔로 타오르고 있었다. 해병대 군인들은 구김살 없이 쾌활하게 떠들며 기념촬영을 하고 있었다. 이키는 문득 그들의 젊은 생명이 언제 묘석으로 바뀔지 모른다는 생각이 들어 그들을 차마 쳐다볼 수 없었다. 그는 지사토와 함께 구릉으로 내려와 묘지 사이의 좁은 길을 따라 걸었다. 자동차 안에서 보았을 때에는 어느 묘표나 모두 같게 보였지만, 가까이서 보니 저마다 조금씩 모양이 다르고 곳곳에 꽃이 꽂혀 있었다.

주위의 다른 것보다 한결 크고 새것인 대리석 묘표 앞에 지사토는 움직일 줄 모르는 양 우뚝 섰다. 이키는 그녀의 어깨 너머로 거기에 새겨져 있는 글을 읽었다.

CLOVIS ETHELBERT BYERS
LIEUTENANT GENERAL
UNITED STATES ARMY
NOVEMBER 5, 1905—OCTOBER 13, 1969

LIEUTENANT GENERAL(육군중장)이라는 단어가 지사토에게 아버지 생각을 불러일으킨 모양이었다.

"불과 반년 전에 돌아가신 분이군요……"

지사토는 기어들어가는 소리로 중얼거렸다.

"여기엔 각 주의 대표인 8만 5천 명의 병사가 잠들어 있다고 들었습니다만, 베트남 전쟁에서 전사자가 급증하여 주위의 언덕을 또 깎아 다지고 있으니까……"

이키가 말했다.

문득 지사토의 눈에 눈물이 글썽거렸다.

"이키 씨, 아버지는 그때 꼭 자결하셔야만 했나요?"

이키는 대답할 말을 잃고 잠시 머뭇거리다가 천천히 말했다.

"아버님의 자결에 관해서는 할 말이 없습니다. 나도 제2의 인생은 그르칠 수 없다는 생각을 갖고 종합상사에 들어왔으면서도, 돌이켜보면 후회되는 일이 더 많습니다……"

이키의 뇌리에는 12년 전 치열하던 FX전이 깊이 새겨져 있었다.

"이키 씨는 너무나 자기 자신에게 엄격하세요. 오빠처럼 중이 되어 결핵으로 각혈까지 하면서도 굽히지 않는 인생도 있긴 하지만 어떤 의미에선 피투성이 기업 속에서 버티어나가는 것이야말로 얼마나 처절한 일인가 하는 생각이 들곤 합니다."

"하지만 말입니다. 패전의 기억이 있는 우리들 군인 출신은 그만한 책임을 느끼며 살아가지 않으면 안 됩니다. 나는 살아가는 동안 어떤 우여곡절이 있어도 적어도 제2의 인생만은 그 책임을 다하며 살아가야겠다고 스스로 결심하고 있습니다."

이키는 눈앞에 펼쳐진 수천수만의 흰 묘표에 고루 시선을 보내며 말했다. 그것은 지사토에게 들려주는 말이라기보다는 자기 자신에게 다짐하는 말이었다.

워싱턴을 떠나 뉴욕의 래거디어 공항에 도착하니 오후 8시였다. 제트기로 불과 1시간 거리였으나, 워싱턴에 비해 이곳은 기온이 상당히 낮았으며, 밤하늘의 별이 소름이 끼칠 만큼 차가운 빛을 뿜고 있었다.

이키는 지사토의 보스턴백을 들고 택시 정류장의 줄에 섰다.

"추운데요. 아까 낮의 앨링턴 묘지의 따뜻했던 날씨가 거짓말 같아요."

지사토는 어둡고 차가운 밤하늘을 우러러보며 털가죽 코트의 깃을 세웠다.

"감기라도 든 게 아닙니까?"

"아뇨, 괜찮아요. 그보다도 차가운 별들이 비치는 이 밤하늘은 어렸을 때, 아버지 부임지인 하얼빈에서 봄이 돌아오길 기다리면서 보던 하늘과 똑같아요……"

지사토의 가슴에는 앨링턴 묘지에서 그리던 아버지의 모습이 여전히 남아 있는 모양이었다.

택시를 타고 프리웨이를 달려 맨해튼으로 들어섰다.

이키는 이처럼 한가롭게 지사토와 지낼 수 있는 것도 오늘이 마지막이구나 하는 생각이 들었다. 내일 사토이 부사장이 출장오기 때문이었다. 지사토를 호텔까지 전송하는 중에도 이키는 내심 그대로 헤어지기가 못내 아쉬웠다. 그러나 레스토랑도 클럽도 모두 휴업하는 일요일의 뉴욕에서 그녀와 함께 있을 아늑한 장소는 오직 자기 아파트밖에 없었다.

그런 생각이 들자 그는 지사토에게 손을 내밀고 싶은 충동에 사로잡혔다. 그러나 더 이상은 지사토와 두 사람만의 시간을 갖는 것은 피해야 한다고 자신을 꾸짖으며 눈앞에 나타나기 시작한 센트럴파크의 숲을 바라보았다. 센트럴파크의 동쪽으로 피프스 에비뉴를 따라 남쪽으로 7, 8분 가면 바르비종 플라자호텔이다.

"저어, 이키 씨의 아파트는 어디쯤 되나요?"

"남동쪽으로 좀 더 가야 합니다. 지리적으로는 당신이 투숙한 바르비종 플라자에서 정동쪽 이스트 강변입니다."

"그럼, 가깝군요. 괜찮으시다면 저 이키 씨가 살고 계시는 아파트를 잠깐 구경하고 싶어요."

이키는 대답할 말을 찾지 못해 잠시 당황했다. 그러나,

"좋습니다. 자기 자신이 만든 도자기를 뉴욕에서 만난다는 것도 제작자로서는 흥미있는 일일 겁니다."

하고 자기도 모르게 말해버렸다. 그리고 운전사에게 이스트사이드 아파트로 가도록 행선지를 변경시켰다.

아파트 로비에는 언제나 있는 제복 차림의 수위가 없었다. 이키는 속으로 안도의 숨을 내쉬며 지사토를 엘리베이터에 태웠다.

37층에서 내려 열쇠로 방문을 열었다. 들어가서 이키는 중앙식 난방의 스위치를 넣고 창문의 커튼을 걷었다.

지사토는 코트를 벗고 창가로 다가가더니 별빛을 받아 은빛 잔물결을 이루며 흐르는 강물을 가리켰다.

"저 강이 이스트 강인가요?"

"그렇습니다. 일전에 식사한 레스토랑 앞의 허드슨 강보다 강폭은 좁지만 상류는 같아서 캐나다의 몬트리올로 통합니다. 한겨울에는 꽁꽁 얼기도 해요."

방은 아직 추웠다.

"방이 훈훈해질 때까지 뭘 좀 마시죠. 술잔은 부엌에?"

"아닙니다. 당신은 손님이니까 그냥 소파에 앉아 있어요. 이 거실에서 자주 비즈니스 파티도 열고, 또 회사 사람들을 초대하기도 해요. 그래서 홈바를 만들어 놓았습니다."

이키는 그렇게 말하며 보통 때는 닫아놓는 실내 바에서 술잔 두 개를 꺼내고 브랜디를 따랐다. 지사토는 양손 손바닥으로 술잔을 데우면서 넓은 거실을 한 바퀴 둘러보았다.

"이키 씨의 살림집은 아파트라기보다는 호텔 같군요. 너무 넓다고 할까, 모든 것이 너무 잘 갖춰졌다고 할까, 항상 흙에 묻혀 사는 저에

게는 좀처럼 아늑하단 느낌이 들지 않네요."

사실, 가구와 집기류는 모두 무게 있는 유럽식이었으나 거기에는 사람의 따스한 손길이 느껴지지 않아 어딘가 싸늘한 공기가 감돌고 있었다. 이키는 브랜디를 조금씩 마시면서 쓸쓸한 신변에 대한 화제를 돌리려는 듯이 물었다.

"뭐, 귀국할 때까지만 그대로 견디어내야지요. 그보다도 지사토 씨 언젠가 작업장에 도기 굽는 가마를 만들고 싶다고 했었죠. 이젠 만들었습니까?"

지사토는 눈초리가 길고 큼직한 눈을 빛내며 말했다.

"조금만 더 노력하면 될 거예요. 저희들 도예가들은 개인전에서 작품이 팔린다든가 하는 일은 거의 없죠. 그래서 생활을 위해서는 도리 없이 잘 팔릴 물건들을 만들거나 도예 교실의 강사로라도 뛰어야 하는데, 저는 원래 재주가 없는 편이라 자금계획이 자꾸만 늦어졌어요. 하지만 그 덕분에 가스 가마가 자꾸 개량되어 장작을 때는 재래식 가마에 못지않게 좋은 것이 만들어졌어요. 오사카의 개인전이 끝나고 틈이 나면 봉당을 하나 헐고 작업장을 넓혀 가마를 설치할 공사를 시작할 거예요."

언제나 도예를 말할 때면 그녀의 표정은 싱싱해 보였다. 이키는 다시 한 잔, 지사토의 술잔에 브랜디를 따랐다.

"방 하나를 또 헐어내려면 니시징의 숙부님과 한바탕 실랑이를 벌여야겠군요."

이키의 염려에 지사토는 장난스럽게 웃으며 말했다.

"제 문제는 단아미 씨와 약혼을 취소한 그때부터 체념하고 계시기 때문에 예전처럼 까다롭게 반대하진 않으세요. 죄송하단 생각이 들긴 하지만 이제 자유로운 기분입니다. 그래서 이렇게 마음 내키는 대로

불꽃 351

미국에 올 수 있는 거죠. 그런데 제 항아린 어디 두셨어요?"

그녀는 눈 가장자리를 살짝 붉히면서 물었다.

"옆방 서재에 두었습니다. 서재라곤 하지만 식사 이외의 일은 모두 거기서 하는 지저분한 방이라서 숙녀에게 보이긴 꺼려집니다만, 일전의 서툰 춤과 마찬가지로 당신한테는 잠깐 보여드려도 괜찮겠죠."

이키는 그렇게 말하며 브랜디 잔을 든 채, 지사토를 서재로 안내하고 불을 켰다.

지사토는 조심스럽게 서재로 들어갔다. 그리고 곧 자기가 만든 청자 항아리가 책상 옆 장식장에 놓인 것을 발견하고는 그 앞에 서서 촉촉이 젖은 눈으로 쳐다보았다.

"이처럼 가까이에 놔주셔서 정말 기뻐요. 되도록이면 앞으로도 계속 이렇게 곁에 둬주셨으면 해요."

"물론입니다. 프릭미술관에서 당신이 한 말을 흉내 내자는 건 아닙니다만, 일본에서 이리로 돌아온 후, 밀린 일로 쩔쩔매는 중에도 집에 와서 이 단지를 보고 있으면 마음이 차분해집니다."

"3년 전, 이것과 같은 노리쓰구 청자 항아리를 만들 때 갖고 싶다고 하셨죠? 그때 완성되면 드리겠다고 약속했었는데, 기억하세요?"

"그러나, 후에 실패작이라고 주시지 않았죠."

"실패한 것이 아니었어요. 하지만 그 당시 저는 여러 가지 문제로 마음이 흔들리고 있어서…… 이키 씨를 잊기 위해서 보내드리지 않았던 거예요. 그러나 무의식중에 다시 같은 것을 만들었어요. 그래서 일전에 도쿄에서 개인전을 열 때 내놓았는데 이키 씨가 사주셨죠. 게다가 이렇게 멀리까지 가져오셔서 가까이 보아주시니……"

처음으로 듣는 지사토의 고백이었다. 이키는 격해 오는 마음을 억누를 수 없었다. 그는 브랜디 잔을 책상에 놓고 지사토의 볼에 손을 뻗었다. 지사토는 순간 몸을 떨었으나 끌어당겨지듯 다가왔다. 이키의 뜨거운 입술이 닿자 격한 감정을 누르지 못하고 이키의 목에 양팔을 감았다. 억제했던 격정이 둑을 터뜨리듯 솟구쳐 그는 미친 듯이 수줍어하는 지사토를 요구했다.

날이 새기 전, 이키는 죽은 아내를 꿈속에서 만났다.
처음으로 부부동반하여 나간 해외경제인 환영 리셉션이었다. 요시코의 잘 어울리는 연보랏빛 외출복 차림의 얌전한 태도는 사람들의 호감을 사고 있었다. 그러다가 서로 떨어지게 되어 찾아보니 사토이 부사장에게 무엇인가를 힐책당하는 모습이 눈에 띄었다. 급히 요시코의 곁으로 다가갔더니, 사토이는 힐끗 이키를 쳐다보고 사람들 속에 묻혀 버렸다. 요시코의 눈엔 눈물이 괴어 있었다. 왜 그러느냐고 물으니 '회사에서 사토이 부사장에게 너무 거역하지 마세요……' 하고 슬프게도 호소하며 그대로 떠났다. 이키는 자기도 모르게 '요시코' 하고 부르며 뒤를 쫓아가려다가 자기 목소리에 놀라 잠이 깨었다.
다만 그것뿐이었으나 꿈은 형언하기 어려운 충격을 생생하게 남겨 주었다. 꿈속의 리셉션은 아마 요시코가 죽기 직전, 진장장에서 열린 오스트레일리아 경제사절단의 환영 파티였던 것 같다. 요시코는 머리를 트레머리로 빗고 연보라 바탕에 여름풀 무늬를 선으로 그린 일본 옷을 입고 있었다.
그녀는 친일파인 호주 재계인사의 부인으로부터 '겐지모노가타리'의 무라사키 노우에처럼 아름답다는 칭찬을 받았으며, 또 다이몬 사장도 '이키 군은 정말 좋은 부인과 지내니 행복한 사람이야'라고 말했었다.
이키는 제2의 인생으로 종합상사원의 길을 걷기 시작한지 10년 만에 드디어 아내의 고생이 헛되지 않았음을 절실하게 느꼈었다.

그리고 업적이 부진해진 지요다자동차의 정보수집문제로 사토이 부사장의 불만을 사서 요시코의 면전에서 면박도 당했었다. 꿈속에서 요시코가 슬픈 얼굴로 자기를 바라보고 멀리 떠나는 것을 부르다가 잠이 깰 만큼 커다란 충격을 받은 것은 자신의 자책감 때문인 것 같았다.

진잔장의 파티가 있는 지 며칠 뒤 요시코와 함께 아오야마 병원에 입원 중인 전 관동군 참모차장 다케무라 소장에게 병문안을 갔었다. 그리고 돌아오는 길에 신호등이 있는 곳에서 헤어진 요시코를 뒤에서 불렀다. 바로 요시코가 뒤를 돌아보는 그 순간 질주하는 트럭에 치여 그녀는 죽었던 것이다.

아내가 교통사고로 죽게 된 것은 그때 자기가 불렀기 때문이라는 자책감이 이키에겐 여전히 사라지지 않고 남아 있다. 그리고 그때 요시코를 부른 것은 마침 다케무라의 병실에 와 있던 아키츠 지사토에게 자기의 마음이 끌리고 있음을 눈치 챈 것 같아서 아내와 함께 차라도 마시면서 그런 떨떠름한 마음을 씻을 생각에서였다.

그럼에도 불구하고 이키는 어젯밤, 광적인 충동에 이끌려 지사토를 안아 몸을 포개고 말았던 것이다.

그대로 하룻밤을 지내고 지사토는 이키 옆에 조용히 잠들어 있다. 방은 여전히 어두웠으나 윤곽이 뚜렷한 지사토의 얼굴이 희끄무레하게 보였다. 그녀의 길고 검은 머리카락이 명주실 다발처럼 시트 위에 흩어져 있었다.

이키는 앞으로의 자기와 지사토의 관계를 생각했다. 지사토에게는 자기가 첫 남성인 모양이었다. 삼십대 중반의 처녀를 자기 품에 안았다는 것은 큰 기쁨을 주었으나 어떤 형태로든지 그녀의 장래를 지켜

주지 않으면 안 된다는 의무감도 뒤따랐다.

이제 날이 새고 몇 시간만 지나면 지사토와 헤어지게 된다. 자기가 뉴욕에서 근무하고 있는 한 이제부터는 어느 한쪽이 뉴욕이나 일본으로 가지 않고는 만날 수 없다. 그러나 하룻밤의 정사로 끝내버린다든가 하는 것은 여태껏 쌓아온 세월의 연륜으로 보아 있을 수 없는 일이다. 그것을 어떤 형태로 끌어가야 할지 이키는 짐작할 수도 없었다. 지사토의 몸이 움직이며 반쯤 열린 속눈썹 속으로 이키를 보더니 간밤의 일이 생각났는지 부끄럼을 타면서 고개를 숙였다.

이키가 말했다.

"잘 잤소?"

"벌써 아침이……"

지사토는 사이드테이블에 놓인 시계가 6시 5분을 가리키는 것을 바라보았다. 헤어져야 할 시간을 생각해서인지, 지사토는 시무룩한 음성으로 말했다.

"훨씬 전에 일어나셨나 보죠? 깨워주지 그랬어요."

"피곤할 것 같아서, 그리고 잠든 얼굴에 그만 정신을 빼앗겼지."

이키는 그렇게 말하며 지사토의 목덜미에 팔을 감고 부드러운 머리카락을 애무했다.

"다시 이렇게 만날 수 있을까요?"

지사토는 진실이 가득한 눈으로 바라보았다.

"만나고 싶지만, 다음에 내가 귀국하는 것은 5월 말 주주총회 전이 될 테니, 그때까진……"

"제가 오사카의 개인전이 끝난 후 다시 찾아와도 괜찮겠어요?"

"그럴 수 있다면 와줘요……"

똑바로 돌진해 오는 지사토의 불길 같은 열정에 끌리듯 대답하고 이키는 그녀의 풍만한 가슴을 안고 세차게 입술을 눌렀다.

지사토도 이키의 등으로 팔을 감고 몸을 휘감아왔다.

간밤에 이키의 애무에 어색하게 응하고 몸이 굳어 있던 그녀였으나, 하룻밤 만에 별리의 시간이 다가온다는 애절함이 이렇게까지 여인을 변모시키는 것일까, 놀랄 만큼 뜨겁게 불타올라 대담하게 이키를 맞아들였다.

마침내 두 사람의 몸은 풀리고 조용한 숨소리가 정사의 여운을 남기듯이 서로의 귓전에 들려왔다.

날은 완전히 밝았다. 아침 햇살이 몇 줄기 창문으로 비쳐들고 있었다. 이제 이키는 출근준비를 해야만 할 시간이었다. 지사토는 침대에서 일어나 방을 나갔다. 이윽고 욕실에서 샤워소리가 들렸다.

이키가 지사토의 젊고 부드러운 몸을 떠올릴 때, 문득 오늘 오후 뉴욕에 도착할 사토이 부사장의 얼굴이 뇌리에 스쳤다. 만약 그가 자기와 지사토의 관계를 알아챈다면 치명상을 입을 수도 있다. 절대로 그런 사태에 빠지지 않도록 조심하고 한편으로는 지사토의 마음을 상하지 않게 하면서 계속 만난다는 것이 얼마나 어려운 일인가는 대강 짐작할 수 있다. 그러나 50대 중반을 넘어서 알게 된 정사의 농밀함에 이키는 이미 강한 집착을 느끼고 있었다.

이키는 옷을 갈아입고 거실로 들어갔다. 지사토는 벌써 옷매무시를 갖추고 보스턴백의 정리를 끝내 놓고 있었다.

"아침이나 들고 가지······"

이키가 말했다. 지사토는 머리를 뒤로 단정하게 빗어올린 얼굴로 그를 마주 보았다.

"짐도 다시 챙겨야 하고, 뉴욕에서 신세를 진 사카모토 씨에게 인사도 해야 돼요. 그러니 호텔로 일찍 돌아가지 않으면 11시 비행기를 놓치게 돼요"

"보스턴 비행기라면 여기에서는 하루에도 여러 번 뜨니까, 좀 천천히 가면 어떻소."

"하지만, 저쪽 공항에 마중 나와 주시는 분의 사정도 있으니까요. 갑자기 예정을 바꾸면 미안해서 어떡해요."

"그건 그렇지만, 그 마중 나오는 사람도 단아미의 제자라는 사람이오?"

이키는 단아미 야스오가 마음에 걸려 물었다.

"아니에요. 그곳은 평론가 사에키 하루히코 선생의 제자로, 보스턴 미술연구소의 객원교수로 계신 분이에요."

지사토는 밤색 스웨터 차림으로 일어섰다.

"당신이 미국에 있는 동안엔 보스턴은 물론, 로스앤젤레스, 샌프란시스코에서도 되도록 연락을 하겠지만, 뭔가 곤란한 일이 있으면 망설이지 말고 전화해요. 만일 회사로 걸었다가 내가 없으면 가이베 가나메라는 사람에게 용건을 말해도 돼요. 그는 내 심복부하로 당신이 여기 와 있는 것도 알고 있으니까 말이오."

이키는 그녀의 여행길이 갑자기 걱정되었다.

"고마워요. 그럼, 늦을 것 같으니 저는 이제······"

지사토는 아쉬움을 뿌리치듯 말했다. 그녀는 코트를 이키에게 건네주고 등을 돌리고 섰다. 어느덧 코트를 입혀주는 것이 두 사람 사이의 습관이 된 터였다.

"아래층까지 바래다주겠소."

함께 나서려고 하자 지사토는 등을 돌리고 선 채로 말했다.

"그렇게 하지 않으셔도 돼요······ 전 일본에서 무턱대고 당신께 달려왔는데 이제부터가 두려워지네요."

그녀는 손잡이를 잡았다. 이키는 그녀의 손을 자기 손으로 덮으며 뉴욕과 도쿄의 거리가 이렇게 아득하다는 것을 비로소 깨달았다.

뉴팬암빌딩 45층에 있는 아메리카 깅키상사의 사장실에서는 듀퐁, 엑슨, US 스틸 등 큼직한 기업들의 고층 빌딩이 한눈에 들어온다. 이키는 그곳의 한 빌딩을 향해 쏘는 듯 날카로운 시선을 보냈다. 바로 포크사의 뉴욕 사무실이 있는 건물이었다. 곧 도착할 사토이 부사장과 함께 내일 디트로이트의 포크사 본사에서 지요다자동차의 자본제휴의 교섭을 하기로 되어 있었기 때문이다.

이키는 힐끗 시계를 보았다. 정오를 막 지난 시각이었다. 좀 전에 사토이 부사장을 마중나간 가이베로부터 비행기가 30분 연착한다는 연락이 왔다. 그러니까 사무실 도착 시간은 2시 가까이 될 것이다. 사토이 부사장과 같이 오는 쓰노다 업무본부장은 앵커리지에서 디트로이트 행 비행기를 타고 한발 먼저 디트로이트에 들어가 있었다. 이런 점으로 보아 사토이와 쓰노다의 열의는 짐작할 수가 있었다.

인터폰이 울리더니 사토이 부사장을 태운 차가 지하주차장에 들어섰음을 알렸다. 이키는 곧 엘리베이터를 타고 사토이 부사장을 맞으러 내려갔다. 사장의 경우는 공항까지 마중 나가고, 부사장의 경우는 사무실 현관까지 마중 나가는 것이 깅키상사의 관례였다. 그러나 이키는 사토이를 지하 3층 주차장까지 마중 나갔다.

사토이 부사장이 탄 차가 정확하게 이키 앞에서 멈추었다. 가이베가 먼저 내려 문을 활짝 열었다.

이키가 인사를 건넸다.

"기다리고 있었습니다. 비행기가 늦는다는 연락을 받고 걱정했습니다만 무사히 도착하셔서 다행입니다."

"여이 이키군, 지하까지 마중을 나와 주다니 황송하구먼. 가이베 군처럼 머리 회전이 빠른 사람이 나와 주었는데도 말일세."

사토이는 사이드벤트의 다갈색 양복을 맵시 있게 차려입었다. 그는 흐뭇한 표정으로 이키가 안내한 엘리베이터로 들어서며 말했다.

"자네도 완전히 뉴욕 사람이 된 모양이군. 일본에 있을 때보다도 여기 있는 편이 젊어 보이네."

"그러고보니 오늘은 평소보다 더 활력이 넘쳐 보이십니다. 아마 사토이 부사장님께서 오셨기 때문일 겁니다."

사토이의 서류가방을 든 가이베도 붙임성 있게 맞장구를 쳤다. 그 말에 이키는 지사토와 지낸 일을 눈치 채고 하는 말 같아 움찔했다.

"어쨌든 부사장님의 넓은 안면에는 새삼 놀랐습니다. 좀 전에 공항에서 만난 미국인과 허물없이 인사를 나누시던데 그 사람이 바로 국무성의 아시아 태평양 국장이라니 말씀입니다."

가이베는 층 번호판을 보면서 사토이를 더욱 기분 좋은 화제를 꺼냈다. 45층에서 엘리베이터가 멎자 총무, 재무 등 각 부의 부장급 6, 7명이 마중 나와 대기하고 있었다.

"여어, 모두 바쁠 텐데 마중 나와 주어 고맙네."

사토이는 외국인처럼 호들갑스러운 몸짓으로 일일이 악수를 나누고 응접실로 향했다. 그러면서도 그는 은근히 사내 분위기를 살폈다. 확실히 이키가 아메리카 깅키상사의 사장으로 부임한 뒤로는 전에 없던 싱싱한 활기와 터질 듯한 긴장감이 팽배되고 업적도 눈에 띄게 좋아진 터였다. 사토이는 본사 부사장으로서의 만족감과 동시에 이키에게 눌리는 듯한 감정이 일었다.

응접실에 이키와 단둘이 마주 앉자 그는 본사의 부사장다운 여유를 보이며 현지 회사의 사장을 위로했다.

"이키 군은 어디에서 무엇을 하든 남에게 뒤떨어지는 것이 없구먼."

"부사장처럼 해외경험이 많으신 분께서 그런 말씀을 해주시니 영광입니다. 그보다도 일본에서 오시면 아주 건강한 분들도 일단 호텔에 들어 잠시 휴식을 취한 후에야 사무실로 나오십니다. 그런데도 마치 도쿄―오사카간 비행기로 오신 것 같은 경쾌한 모습으로 사무실로 들어오시는 부사장님께는 그저 탄복할 뿐입니다."

"아니네. 젊었을 때부터 세계를 뛰어다녀왔고, 명색이 상사원이라면 그 정도가 아니고는 따라갈 수 없지 않겠나. 텔렉스로 알려두었듯이 쓰노다 군은 한발 앞서 이미 디트로이트로 직행했다네."

"저희들은 하나와와 야쓰카를 디트로이트로 보내어 쓰노다 업무본부장의 지시를 받아 세세한 사무를 처리하도록 명령해 두었습니다."

"두 명이나 보냈다니 고맙네. 쓰노다 군은 출발 바로 전까지 여러 가지 의견조정과 자료정리로 쫓기고 있었네. 워낙 외부에 누설되지 않도록 사내에서 극비로 하고 있는 단계니까 말이네. 여기서는 어느 정도의 극비조항으로 삼고 있는가?"

"저 말고는 디트로이트에 가 있는 하나와와 야쓰카, 그리고 가이베 군만 압니다. 아까 마중 나와 있던 부장급에겐 이번 출장의 주된 용무는 시카고의 US스틸에 가시기 위한 것이라고만 말해 두었습니다."

"그래, 다른 회사의 움직임은 어떤가?"

"아직 아무데서도 눈치 채지 못하고 있습니다만 도쿄상사의 사메지마 상무만은 단단히 지켜보아야 할 겁니다. 제가 이 문제로 디트로이트의 포크 본사에 처음 갔을 때, 다행히도 저쪽은 알아차리지 못했습니다만 공항에서 마주쳤었습니다. 워낙 동물적인 후각에다, 도쿄상사는 포크·도와자동차 합자의 자동변속기회사에 한몫 끼고 있으므로,

포크와의 교섭은 가능한 한 빨리 처리해야 할 것 같습니다. 그런데 그 후 일본 쪽에선 무슨 달라진 움직임이라도 있는지요?"

"아니, 뭐 별다른 움직임은 없었네. 다이산은행측은 어떡해서든지 하루라도 지체 않고 지요다자동차를 포크에 붙들어 매서, 이 이상 굴러 떨어지는 것을 막아 담보나 확보하는 데만 정신이 팔려 있다네. 당사자인 지요다자동차측은 여전히 예전 3대 메이커로서의 자존심이 남아서 누적투표 청구권을 갖지 못하도록 포크의 지주 비율을 4분의 1 이하로 눌러야 하고, 중역파견을 응하지 않겠다느니 하는 등 잠꼬대 같은 말만 되풀이하고 있네. 어쨌든 우리 상사의 입장은 포크와 지요다를 결혼시키는 중매역만 재주껏 해내면 되는 거니까……"

그렇게 말하고 사토이는 던힐 담배에 불을 붙여 물었다. 그는 계속해 포크사와의 교섭에서 가장 문제가 되는 지주비율 문제를 물었다.

"이키 군, 지주비율에 대한 자네의 예측은 어떤가?"

"포크사는 처음부터 50퍼센트를 요구해 왔습니다. 그러는 것을 하나와와 야쓰카가 몇 번이나 디트로이트로 가서 그래서는 일본 MITI의 인가를 절대로 얻지 못한다고 설득했죠. 악명 높은 통산성에 대해서는 자기들도 알겠으나 소수의 발언권을 확보할 수 있는 3분의 1, 즉 33.4퍼센트가 최하한선이고 그 이하로는 절대로 양보할 수 없다는 것입니다."

"그런가. 상대가 로터리엔진을 갖고 있는 도와자동차라면 또 몰라도 지요다자동차로는 그 정도가 아니고선 응하지 않을 테지. 만약 지주비율을 거기까지 양보한다 해도 중역파견으로 공격해 올 거야."

"그 점은 각오해야겠지요. 분명히 포크측은 회사경영의 중요한 자리에 중역을 파견하겠다고 요구해 올 것입니다."

이키가 냉정하게 분석했다. 사토이의 테없는 안경이 번쩍 빛났다.

"문제는 바로 그걸세. 중요부문에 중역이 파견되면 포크측에 알려지면 곤란한 지요다자동차의 빈약한 매상액과 쪼들리는 경영내막이 알려지게 될 것 아닌가? 그러니까 기술이나 기획과 같은 부문에 파견하도록 설득하고 한편으로는 지요다자동차의 월 생산 1만여 대의 신예 설비가 자랑인 아쓰키 공장의 매력을 크게 전면에 내세워 보세. 하여튼 그런 문제는 내일 디트로이트에서 있을 우리 합동회의에서 구체적인 결론을 내리기로 하세. 그 점에 대해서는 내게도 약간 생각이 있네."

사토이는 불과 1시간 전에 뉴욕에 도착한 사람이라고는 믿어지지 않을 만큼 빠르게 말하고

"그건 그렇고 이제부터 뉴욕의 영사관과 금융계 사람들에게 인사를 다녀야겠네."

1초라도 아껴야겠다는 듯이 말했으나 사토이의 안색에는 지친 기색이 겉으로 드러나 보였다.

사토이와 이키가 디트로이트 메트로폴리탄공항의 게이트를 나서자 먼저 와 있던 야쓰카가 마중 나와 있었다.

"부사장님, 뉴욕에서 기계를 담당하고 있는 야쓰카 이사오입니다. 쓰노다 업무본부장은 어제 무사히 도착하셔서 호텔에서 일을 보며 기다리고 계십니다."

야쓰카는 시원스럽게 인사를 하고 나서 잰걸음으로 차를 가지러 갔다.

잠시 후 야쓰카가 워싱턴 콘티넨탈을 운전해 와서 정면에 세웠다. 이어서 프리웨이를 달리기 시작하자 사토이가 이키에게 물었다.

"야쓰카 군은 처음 보는 얼굴인데, 언제 입사했나?"

"1959년 입사해서 도쿄 본사의 철강부에 4년 근무했고, 그 뒤로 줄곧 여기서 석탄, 기계 등 주로 하드웨어를 담당하고 있습니다. 그는 대학 때부터 상사원이 될 계획을 가지고 공부한 괴짜입니다."

"학생 시절부터 상사원이 될 계획을 짜다니 과연 괴짜로군. 자네, 사실인가?"

사토이가 흥미롭다는 듯이 말을 걸자 야쓰카는 천연덕스러운 목소리로 자기소개를 했다.

"예, 대학에 들어갈 때부터 상사원이 되기로 정하고 경제학부에 들어갔습니다. 영어회화 레슨도 받으러 다니고 또 이웃의 국민학교 중학교 학생들 틈에 끼어 주산학원에도 다녔지요. 그래서 1년 만에 닛쇼오 검정의 3급 자격을 땄습니다. 그리고 3학년 때의 여름에는 쓰다 영어학원이 주최한 여름철 영문 타자 세미나를 들었습니다. 여학생만 있는 데서 유일한 남학생으로 수강했었습니다. 3학년 여름에는 자동차 운전면허를 땄으며, 4학년부터 열심히 공부하여 재벌계의 연공서열로서가 아니라 능력에 따라 큰일을 할 수 있다는 깅키상사의 채용시험에 합격했습니다."

"쓰다 학원은 우리 와이프의 출신학교라네. 지금도 동창회 간사를 맡고 있는데 상사원이 되기 위해 여자들 틈에서 혼자 타자를 배웠다는 얘기를 들으면 기뻐할 걸세."

사토이는 기분이 좋은 듯 말을 이었다.

"그래서 이번 포크사 건도 그런 식으로 추진시켰다는 건가?"

"물론입니다. 적어도 해외주재원이라면, 해외주재가 결정된 그 순간부터 뭔가 한 건 올리겠다는 결심이 필수입니다. 그러니까 3대 메이커 특히 포크사의 대일 전략을 조사토록 당시 이키 업무 본부장한테서 텔렉스가 들어왔을 때에는 춤이라도 추고 싶었습니다. 그런 심정으로 디트로이트 정보를 수집하고 다녔습니다."

야쓰카는 이키가 말릴 겨를도 없이 지껄여댔다.

"허어, 이키 군은 업무본부장으로 있을 무렵에 벌써 그런 지령을 뉴욕에 내리고 있었는가?"

사토이는 빈정거렸다.

"하지만 부사장님, 그때부터 3대 메이커는 호시탐탐 일본시장을 노리며 일본에 사무소를 설치한 컨설턴트에게 일본의 자동차업계 실정을 자세히 조사시키고 있었던 모양입니다. 그런 때에 업무본부로부터 지시가 왔으니 맹렬한 투지가 솟아나, 상사원의 보람이라고도 할 수 있은 포크사와의 제휴교섭에 참가했습니다."

야쓰카는 신바람이 나서 지껄이며 더욱 차를 가속시켰다.

차는 공항에서 30분 만에 디트로이트 시내의 폰샤르트 호텔에 도착했다. 근대적인 호화로운 호텔로, 사토이 방으로 잡은 10층의 스위트룸에서 마지막 마무리를 지을 합동회의가 열리기로 되어 있었다.

방에는 쓰노다 업무본부장과 하나와 시로가 테이블에 자료를 펴놓은 채 일을 하고 있었다.

"수고하는군. 순조롭게 돼가나?"

사토이가 물었다.

"뉴욕측에서 모은 정보와 법률가의 의견 같은 것을 맞춰 보고 있는 중입니다. 이키 씨, 여러 가지 풍부한 자료를 준비해 주셔서 감사합니다."

비록 말은 공손하지만 쓰노다는 아메리카 깅키상사로부터 도쿄 본사가 주도권을 넘겨받았다는 자부심으로 인사했다. 53세의 나이에 그는 벌써 이마가 벗겨지고 젓가락처럼 몸이 말라 나이보다 늙어 보였다. 한차례 런던 지사에 파견나간 일을 제외하고는 오로지 관리 부분만을 맡아 왔다. 그러던 터에 이키가 아메리카 깅키상사로 부임하자 2대 업무본부장으로 발탁되었다. 그는 대세를 판단하는 데에는 누구보다도 빨라서 차기 사장으로 유력한 사토이에겐 옆 사람의 낯이 간지러울 만큼 철저하게 정성을 쏟았다.

"부사장님, 아까 포크사에 확인전화를 했더니 포크 회장과 플래트 집행부사장은 오전 9시부터 오후 2시까지를 교섭을 위한 시간으로 잡고 있다고 했습니다."

"그래, 다섯 시간이나? 그럼 곧 회의를 시작하지."

사토이는 스스로를 격려하듯이 일동을 둘러보고 테이블에 앉았다. 그러고는 롤렉스 손목시계를 풀어 앞에 놓았다.

사토이와 쓰노다가 만든 도쿄 시안과 이키, 하나와, 야쓰카가 만든 뉴욕 시안은 몇 시간이나 논의를 거듭해도 미묘한 점에서 일치를 보지 못했다.

사토이는 룸서비스의 커피를 계속해서 몇 잔 마신 다음 말했다.

"어쨌든 포크사의 지주비율이 몇 퍼센트까지 된다는 식으로 말하는 것은 우리 상사가 판단할 문제도, 지요다자동차가 결정할 문제도 아니며, 최종적으로 일본 통산성이 결정할 일이야. 우리의 과제는 포크와 지요다 쌍방을 어떻게 재주껏 접근시켜, 얼마나 신속히 제휴를 단행할 수 있느냐 하는 것일세. 그러므로 포크는 최저한 중요의결 거부권을 행사할 수 있는 3분의 1, 33.4퍼센트가 아니면 가치가 없다고 주장하고 있으며, 지요다는 점령당할 것을 우려해 25퍼센트가 아니면 응하지 않겠다고 꼬리를 감추며 서로 지주비율을 고집하고 있는 현시점에서 우리가 그런 문제에 진지하게 참여해봤자 시간낭비야. 그래서 나로선 포크와 지요다 본체끼리의 자본제휴는 일단 철회하고, 그 대신 양쪽 모두 50 대 50으로 출자해서 새로운 합자회사를 설립하자는 쓰노다 군의 구상을 포크사에 제시해 보는 것이 좋을 것이라 생각되네. 또 통산성은 기존 업체와의 제휴는 까다롭게 규제하지만 신규에는 그렇지 않으니까 적절한 방편일 걸세."

이키는 강하게 난색을 표명했으나,

"아니야, 쓰노다의 구상에 나는 대찬성이네. 통산성이 외자의 출자 비율에 대해 까다롭게 구는 것은, 공장, 회사의 토지의 가격 하나만 보더라도 일본의 기존 업체는 매우 싸서, 외자의 하찮은 출자금으로 기업의 실체를 빼앗길 위험성이 있기 때문이네. 하지만 신규 회사를 설립하게 되면 평등한 부담률이니까 외자규제에 저촉되지 않고, 또 포크와 지요다의 체면도 유지되지 않겠나."

사토이의 주장에 쓰노다도 기운을 얻은 듯 와이셔츠 바람의 여윈 몸으로 바싹 다가앉으며 의기양양하게 역설했다.

"하긴 그런 점도 있습니다만, 포크가 일본 진출에 있어서 무엇을 가장 확보하고 싶어 하느냐 하면 바로 공장용지입니다. 지요다의 공장 같은 건 아무리 공장설계나 생산라인이 최신이라지만 그것은 엠페러나 레베카를 만들기 위한 설비입니다. 그것으로 포크의 콤팩트 카, 또는 포크·지요다가 공동으로 개발하는 차를 생산한다는 것은 극단적인 표현을 빌자면 토지 위에 서 있는 설비 따위는 모두 치워버리고 포크 독자적인 설비를 가설하는 것이 합리적일 것입니다. 지요다의 아쓰키 공장은 항만에서 멀어 생산된 차를 수출하려면 수송상의 입지조건으로는 불리합니다. 그 대신 현재 공장이 서 있는 대지는 여분이 남아돌 만큼 충분하여, 아직 개발되지 않은 구릉지대가 10만여 평이나 되니까 부지의 넓이로서도 부족하지는 않을 것입니다. 더구나 배후에는 가와자키, 요코하마 등 풍부한 노동력 공급지가 있으니 말입니다.

한편 우리 상사측에서 보더라도 새로운 자동차 공장이 생겨난다면 공장건설, 설비가설의 중개라든지, 자동차 자재인 강판도 잘만 하면 1백 퍼센트 우리가 납품할 수 있는 상권을 확보할 수 있다는 이점이 있습니다."

"확실히 그것은 우리 입장에서 보더라도 매력 있는 제휴방법입니다만, 포크사와 지요다의 격차를 생각한다면 합자회사가 발족된다 해도 순식간에 포크에게 먹혀버릴 염려가 있습니다. 그 점은 어떻겠습니까?"

야쓰카가 솔직하게 우려를 표명했다.

"저도 쓰노다 상무님의 착안에는 의표를 찔렸습니다만, 포크가 도와자동차, 도쿄상사의 3사 합작으로 만들고 있는 자동변속기회사처럼, 말하자면 한 부품을 생산하는 새 회사 설립이라면 또 몰라도 완성차의 신규 합자회사가 제아무리 법적으로 가능하다 해도, 현실적으로는 허가될 턱이 없을 것이란 의구심이 듭니다. 더구나, 무엇보다도 먼저 새 회사를 설립할 경우, 일반 단순노무자라면 또 모르거니와 기술자를 어떻게 모을 수가 있겠습니까?"

하나와는 단정한 얼굴을 들고 물었다. 말투는 겸손했지만 뚜렷하게 의문을 제시하고 있었다. 사토이는 한 손으로 가슴 언저리를 쓰다듬으며 말했다.

"그래서 자네들은 아직 젊다는 것일세. 나나 쓰노다 군도 그런 문제는 모두 고려해 보았네. 하지만 일을 성사시키기 위해서는 정공법만으로는 안 되며, 여러 가지 수단을 써야 할 때도 있는 걸세. 바로 거기에 중개역인 우리 상사의 존재 의미가 있는 것이야."

"이해력이 부족해 대단히 죄송합니다만 저로선 어딘지 부사장님 말씀에 이해할 수 없는 점이 있습니다만……"

하나와는 단정한 얼굴에 머쓱한 표정을 지으며 거듭 말했다. 옆에서 쓰노다가 대답했다.

"요컨대 말일세, 포크와 지요다를 한 테이블에 앉혀 맞선을 보게 하자면, 포크 측엔 3대 메이커로서의 위신을 세워줘야 하고, 지요다측에겐 기업 본체를 먹히지 않을까 하는 공포심을 제거해 줄 그런 사전 준비가 필요하다, 이런 말일세. 그렇게 해서 서로 얘기를 나누고 낯을 익히기 시작하면 그들의 요구를 관철하기 위해서 어떤 형태로든 제휴의 성공률은 꽤 높아지지 않겠나? 포크로선 오직 일본을 소형차의 생산거점으로 확보하고 싶은 일념뿐이고, 지요다는 도산 직전에서 국내 업체에게 항복하기보다는 세계적인 기업과 제휴함으로써 땅에 떨어진 일본 자동차업계에서의 3대 업체라는 기업이미지를 되찾아야겠다는, 말하자면 그 두 기업은 '일념의 사이'인 셈일세."

이키가 물었다.

"그럼 지요다는 그 새로운 합자회사 설립안에 대해 어떤 대답을 하던가?"

지나치게 마른 쓰노다의 얼굴에 약간 주저하는 기색이 떠올랐다.

"아니, 이 안은 지요다의 어떤 실력 있는 중역에게만 밝힌 극비사항입니다. 그 중역은 이 안으로 협상에 응하겠다고 했으니까요."

그는 개운치 않은 뒷맛의 여운을 남기듯 대답했다. 이키는 가득 찬 재떨이에 담배를 비벼 끄고 나서 다그쳤다.

"그러면 모리 사장과 다른 사람의 의견은 타진하지 않았다는 얘기로군. 어떤 한 중역이라니, 어느 분인가?"

"그것은 아직 좀……"

쓰노다는 우물거렸다.

"무방하지 않은가. 여기서 이키 군에게 말해 두는 편이 좋겠네."

사토이는 그렇게 말하고 나서 무테안경을 빛내며 계속 말을 이었다.

"실은 아직 극비에 속하는 사항이네만, 모리 사장은 이번 회기에 물러나기로 거의 내정되어 있다네."

이키는 일본을 출발할 때, 하네다공항 근처의 호텔에서 지요다의 기술담당 중역인 오마키 상무를 만났다. 그러나 모리 사장의 사임에 대해서는 한마디도 듣지 못한 터였다.

"외자제휴가 막 시작되는 참인데 사임이라니 갑작스럽군요. 뭐 특별한 사정이라도 있나요?"

"너무 중요한 국면이니만큼 우유부단한 모리 사장으로서는 감당치 못할 거란 얘기겠지. 그 후임에는 영업담당인 무라야마 전무의 승진이 거의 내정되어 있지."

무라야마 전무는 사토이의 대학 동기로, 그 두사람이 손을 잡으면 지요다의 제휴는 더욱더 이키의 권한 밖이 된다.

"그렇다면 사장 경질에 따른 중역의 대폭적인 인사이동도 있겠군요."

이키는 마음의 동요를 자제하면서 물었다.

"이렇다 할 만한 대폭적인 이동은 없는 모양이네. 하기야 무라야마 군이 사장이 되면 오늘의 결단이 내일에는 벌써 흔들리는 그런 일은 없을 테니까 안심하고 교섭할 수 있네."

"그러나 누가 사장이 되건 간에 긴 안목으로 장래를 내다보면, 포크와 지요다의 제휴는 잔재주를 부리는 것보다는 당당하게 맞붙는 정공법으로 교섭에 임해야 하지 않겠습니까?"

"이키 군, 이건 장사예요. 결정적인 수단이 되는 것은 구체적인 하나하나의 항목에 대한 흥정이라네. 그리고 이런 국제적인 대형 상담의 교섭은 자네보다는 경력이 있는 나한테 맡겨두면 되네."

사토이는 위압적으로 억눌러버렸다. 그렇게 의견이 서로 엇갈린 채 합동회의가 끝났을 때는 벌써 자정이 넘어 있었다.

이튿날 아침 오전 9시, 사토이 부사장을 비롯한 깅키상사 일행은 외벽이 모두 유리로 된 포크 본사의 VIP 전용 회의실 '글래스하우스'에서 포크 회장, 플래트 해외기획담당 집행 부사장, 마셜 극동담당 부사장과 마주 앉아 있었다.

포크 회장은 느릿하게 다리를 꼬고 앉아, 개성 있는 얼굴을 정면으로 들고 사토이 부사장을 보았다. 그러자 사토이는 통역 없이 회담의 도화선에 불을 댕겼다.

"일본 출발 때, 지요다자동차의 모리 사장으로부터 위탁받은 메시지를 우선 전합니다. 모리 씨는 전통 있는 포크사와의 제휴가 실현되기를 크게 희망하고 있으며, 이를 위한 최대의 노력을 아끼지 않겠다고 합니다. 또 이번 깅키상사에 위임한 교섭에 의하여 제휴의 기본적인 합의가 이루어진다면 즉시 미국을 방문해서 구체적인 상담을 하고 싶어 합니다. 그리고 지요다자동차의 주거래은행도 모리 씨의 의향에 호의적이며 일본 쪽의 수용태도 역시 양호합니다."

포크 회장은 말없이 고개를 끄덕였다.

"그것은 우리로서도 매우 반가운 상황입니다. 그러면 지요다자동차 측의 제휴조건은?"

플래트 집행부사장은 거침없이 본의제로 들어갔다. 포크측의 발언을 이키에겐 하나와가, 쓰노다에겐 야쓰카가 동시통역의 속도로 재빨리 전했다. 사토이는 다시 통역 없이 말했다.

"지요다가 가장 바라는 제휴는 트럭 부문을 제외한 승용차 부문과의 제휴이며, 포크사의 출자는 20퍼센트까지라고 합니다."

그는 교섭의 기술상 처음에는 낮은 수준을 제시했다. 이에 대하여 플래트는 노골적으로 놀란 표정을 지어 보였다.

"승용차 부문하고만, 게다가 지주비율이 겨우 20퍼센트라니. 그것은 이키 씨와 처음 회담했을 때 전혀 말도 안 되는 조건이라고 대답해 두었습니다만, 사토이 씨는 그에 관해 전혀 모르십니까?"

"물론, 보고를 받아 알고 있지만, 지요다자동차가 가장 원하는 조건이 20퍼센트 이하라는 것은 변함없습니다. 그러나 우리도 귀사가 그 비율에 불만임을 잘 알고 있으니까 지요다를 적극 설득하는 한편 일본 정부의 의향을 타진해 보았습니다만, 역시 20퍼센트 이상의 외자에는 큰 난색을 보이더군요."

포크는 금방 못마땅하다는 표정이 되어 날카로운 말투로 물었다.

"사토이 씨가 타진한 일본정부란 어느 범위를 말하는 것이오?"

"외자제휴에 직접 발언권이 있는 곳은 통산성의 노른자위인 기업국, 통상국, 중공업국입니다. 그들은 포크와 우리나라 최대 메이커인 아이치자동차와의 제휴라면 몰라도 지요다와는 기업격차가 너무 크기 때문에 20퍼센트 이상의 출자를 인정한다는 것은 지요다의 장래가 너무 불안하다며 크게 경계하고 있습니다."

"그 말엔 이의가 있습니다."

플래트가 가로막았다.

"우리는 지요다와의 제휴에 관해 뉴욕컨설턴트그룹의 도쿄 사무소를 통해 일본 정부의 자동차산업정책을 조사시켜 보았습니다. 그 결과 국제파인 통산대신 미야자키 씨, 경제단체연합 회장인 나가이 씨 또 외자문제위원장인 노야마 씨가 종래의 보호정책수정을 고려할 용의가 있다고 하는 모양입니다."

순간 사토이는 말문이 막혔다.

이키가 말이 막힌 사토이를 대신해 하나와의 통역으로 말했다.

"분명히 일본 통산성의 외자정책에는 미묘한 변화가 오고 있습니다. 그렇지만 유럽에서의 당신네 3대 메이커의 진출 방법이 너무 가혹했기 때문에, 유럽과 같은 혼란이 일어날 경우를 지나치다고 생각될 정도로 심각하게 걱정하고 있습니다. 그러니까 전번에도 말씀드렸듯이 3대 메이커의 해외진출은 곧 점거라고 하는 일본 국내의 뿌리 깊은 여론과 정부의 의구심을 제거하는 방법을 무엇보다도 우선해서 생각해야 할 것입니다."

"이키 씨의 주장은 타당성이 있지만, 우리는 독자적으로 지요다의 경영상태를 5년 전까지 소급하여 조사했습니다. 그 결과, 실태는 지난번 그쪽에서 제출한 유가증권 보고서의 내용보다도 나쁘다는 것이 파악되었습니다. 그런 회사와 우리 포크사가 굳이 자본제휴를 하는 이상 과반수는 포기한다 하더라도 하다못해 중요의안에 대해 소수의 발언권이 확보되는 3분의 1 이상, 즉 33.4퍼센트의 지주비율이 아니면 곤란합니다."

마셜 극동담당 부사장이 힘으로 밀어붙이듯이 세차게 말했다. 그러나 지요다의 진짜 경영상태에 대해서도 일본과 미국은 결산방식이 크게 달라 주거래은행조차도 내부에 사람을 파견치 않고서는 파악하지 못하는 것이다. 그럼에도 불구하고 포크측은 끝까지 강경한 태도였다.

포크 회장은 여송연에 불을 붙이고는 단호하게 잘라 말했다.

"우리 포크사가 일본에 진출함에 있어서는 일본측 파트너는 단단한 회사, 강한 파트너이길 원하오. 포크사는 항상 1류로서, 2류, 3류와의 제휴에는 응할 수 없소. 우리가 원하는 제휴란 아이치, 닛신과 대등하게 도전할 수 있는 것이어야 하며 또한 파트너십도 있어야 하오. 그럼

에도 시장점유율이 불과 1퍼센트 내외인 지요다와 제휴함에 있어서 51퍼센트는 체념한다 하더라도 트럭 부문을 포함한 본사와 대등한 50퍼센트, 아니면 33.4퍼센트 이상이 아니면 안 되오."

노골적으로 감정을 나타내는 포크 회장의 강경한 기세에 깅키상사 측은 기가 죽었다. 그러나 이키가 명확하게 말했다.

"지요다의 트럭부문은, 전쟁 전부터 트럭의 80퍼센트를 차지한 우리나라 최고의 디젤 엔진으로, 국내 판매분과 해외수출 대수에 있어서도 최고이며, 높은 수익을 올리고 있으니까 매력을 느끼는 것도 당연 합니다. 하지만 지요다도 트럭 부문만은 순혈주의(純血主義)를 지키려는 강한 의지를 지니고 있습니다."

"그렇다면 끝까지 트럭 부문을 떼어 놓는다는 얘기가 아닌가. 그럼 회담 30분 만에 교섭은 결렬되는 셈이군."

포크 회장은 다소 위협적으로 말했다.

"아닙니다. 그 점에 대해 우리는 포크사도 만족하고 지요다측도 받아들일 만한 새로운 제안을 준비하고 있습니다."

상대를 끌어당기듯 사토이가 재치 있게 말했다.

"허어, 사토이 씨가 우리를 만족시키고 지요다측도 받아들일 만한 안을 가지고 있다고요? 어디 좀 들어봅시다."

아직 50세 안팎이었으나, 포크 회장의 심복참모로서 해외 전략 부문의 최고 담당자인 플래트가 바싹 다가앉으면서 말했다.

포크 2세는 소문에 듣던 대로 머리 회전은 빠르지만 감정의 기복이 매우 심했다. 플래트 집행 부사장은 얼핏 보기엔 차분한 영국 신사처럼 앉아 있으나, 조금이라도 포크사에 불리한 점이 있으면 결코 놓치지 않겠다는 냉정함이 그의 갈색 눈에 감돌고 있었다. 마셜 부사장은 지요다 자신의 제휴 교섭임에도 불구하고 지요다의 중역은 한 사람도 출석하지 않고 깅키상사가 도맡아 교섭에 임하고 있는 점에 의문을 품고, 깅키상사가 얼마나 비싼 중개료를 청구해 올까 하는 점을 경계하고 있는 모양이었다.

사토이는 플래트를 쳐다보며 말했다.

"나의 안이라는 것은, 출자비율에 문제가 있는 지요다 본체와의 제휴안은 보류하고, 쌍방 50 대 50의 합자회사를 새로 설립한다는 것입니다. 일본의 MITI는 기존 메이커가 외자에 점거당하는 것을 막기 위해 여러 가지 규제를 엄격하게 만들어 간섭을 합니다만, 기존설비를 쓰지 않는 신규 합자회사에 대하여는 개입할 법규를 갖고 있지 않습니다."

플래트가 대답하기에 앞서 포크 회장은 입에 물고 있던 여송연을 바꾸어 물고 다짐하듯이 물었다.

"말하자면 그 제안은 3년 전, 우리 포크사가 도와자동차와 손잡고 자동변속기합자회사를 설립한 것과 같은 취지로 완성차의 신규회사를 만들면 된다는 거로군."

"옳은 말씀입니다. 귀사는 3대 메이커 중에서 가장 빨리 독일의 폭스바겐, 일본의 카로나, 레드버드에 대항하는 소형 생산에 착수해, 그제 1호인 마링은 3대째나 4대째를 찾는 복수차 보유층이나 젊은 층에 호평을 받고 있지만, 가격이 일본차에 비해 높습니다. 인건비가 비싸기 때문에 소형차를 미국 국내에서 생산하는 것 자체가 좋은 방책이라고 할 수 없습니다."

합자회사 설립을 몰아세우듯 재치 있게 말했다. 플래트는 표정을 움직이지 않고 말했다.

"그러기에 우리도 일본에 소형차 생산거점을 만들려는 것이오."

"처음 단계는, 일본 정부나 다른 메이커를 자극하지 않도록 월 생산

5천 대 자본금 30억 엔 정도로 시작해야 할 줄 압니다."

"마셜 씨는 이 규모를 적당하다고 보십니까?"

잇따라 플래트가 마셜에게 물었다.

"자본금을 비교하자면, 아이치의 40분의 1, 지요다의 10분의 1 이하의 규모니까 우선 됐다고 하고, 문제는 어디에 공장부지를 확보하느냐는 점입니다. 여하튼 일본의 땅값은 비정상적으로 비싸니까 말입니다. 그리고 비록 자본금 30억의 합자회사라고는 해도 새 회사에의 대부, 채무보증 등 실질적으로 방대한 부담이 될 자금에 대하여 현재 아주 약해진 지요다가 견디어낼 수 있을는지 대단히 의문스럽습니다."

마셜이 조심스럽게 지적했다.

"마셜 씨가 지금 지적하신 두 가지 점에 대하여 대답하겠습니다. 지요다자동차는 아쓰키 공장에 13만 평의 유휴지를 소유하고 있어서 당초대로 월 생산 5천 대 정도의 공장이라면 부족하지 않을 것입니다. 그렇게 되면 지요다 측은 공장부지의 현물출자라는 형태로 포크사와 손을 잡을 수 있습니다. 그 이후의 단계에 있어서 지요다의 역부족은 우리 사와 귀사가 협의하여 점차적으로 수정해 나가면 될 것으로 압니다."

쓰노다는 미리 준비한 영문 메모를 보면서 '귀사와 협의하여'라는 점의 함축성을 강조했다. 그러나 포크측에는 통하지 않았다. 포크 회장이 핵심을 찌르듯 다그치고 나왔다.

"지요다의 역부족이란 구체적으로 어떤 점이며, 그 점에 대해 깅키상사는 어떤 협력을 우리에게 보증한다는 거요?"

쓰노다는 당황하며 야쓰카의 통역을 들은 다음 사토이와 상의한 끝에 말했다.

"합자회사 설립에서 공장부지의 확보와 함께 중요한 것은, 우수한 기술자와 노무자의 확보입니다. 그 점을 위해 지요다의 승용차 부문의 설비에는 손을 대지 않더라도 엔지니어와 숙련공은 상당한 인원수를 이적시킬 수 있습니다. 남는 문제는 새 회사의 자금조달입니다. 본체가 극히 약체인 만큼 새 회사의 자금조달은 세계적 대기업인 포크사의 신용을 근거로 받아야만 하고 금융계에 대한 작용은 충분히 협력해 드리겠습니다."

포크 2세는 세목마다 고개를 끄덕이고는 어디까지나 트럭부문을 노리는 듯 가차 없이 요구해 왔다.

"또 한 가지 중요한 점을 약속해 주기 바라오. 우리의 소형차 생산회사는 미국과 일본 시장에 할당량을 넓히는 것은 물론 장래에 동남아시아, 중국 시장을 공략할 거점으로 하고 싶소. 따라서 지요다자동차가 신규 합자회사에 기술자, 숙련공을 보낸 뒤, 승용차 부문에 있어서는 더 이상 만들 차가 없어졌을 때 소형트럭 전문공장으로 만들어 주었으면 하오. 그리고 트럭부문과의 제휴문제도 순조롭게 이루어질 수 있도록 지금부터 깅키상사가 포석해 주시길 바라오."

사토이는 승낙했다. 그러나 이키는 굶주린 사자에게 미끼를 던져주는 것 같은 이런 방법에는 묵묵히 있을 수가 없었다.

"포크 씨, 만약 귀사의 라이벌과 일본의 승용차 메이커 사이에 본체끼리의 제휴가 이루어질 경우에도 포크사는 신규 합자회사로 출발하기 원합니까?"

포크는 날카롭고 사나운 눈을 번득였다.

"우리 사의 라이벌? 유나이트 모터스나 그랜슬러가 일본의 메이커와 그런 이야기를 하고 있다는 거요?"

"그것은 모릅니다. 하지만 귀사가 이렇게 지요다와의 제휴를 구체적으로 검토하고 있는 이상 3대 메이커의 다른 2개사도 움직이기 시작했다고 보는 것이 타당합니다."

이키가 확신에 찬 목소리로 말했다. 플래트가 물었다.

"그럼 이키 씨는 유나이트 모터스나 그랜슬러가 3분의 1 이하의 지주비율로도 참가할 것이라고 보십니까?"

"장래야 어떻든간에 그것이 일본 시장에 나서는 최선의 형태라고 한다면야 3분의 1 이하로라도 우선 출자하여 우호관계를 맺는 방식을 취할지도 모릅니다. 50 대 50의 신규 합자회사는 포크사의 경영방침을 거의 1백 퍼센트 발휘할 수 있겠지만, 앞으로 고조될 내셔널리즘을 생각한다면, 그 나라의 국민감정에 맞는 진출방식을 택하는 것이 궁극적으로 이익을 올릴 수 있는 지름길이라고 생각됩니다만."

포크는 고개를 가로저었다.

"그것은 유나이티드 모터스나 그랜슬러의 사고방식일 수는 있어도 포크사는 그렇지 않소. 물론 우리는 일본의 국민감정, 지요다의 의사를 존중하기는 하지만, 디트로이트 본사에서 컨트롤이 가능한 방법을 관철하는 것이 우리의 경영방침이오. 조속히 지요다의 아쓰키 공장과 그 유휴지를 보고 싶소."

"언제든지 보여드릴 용의가 있습니다. 다만, 일본의 매스컴은 외자의 움직임에 굉장한 관심을 보이고 있어 외자와 제휴할 듯한 메이커의 주변에서 계속 정보를 수집 중입니다. 그러므로 극비리에 일본을 방문해 주십시오."

사토이는 떠밀듯이 말했다.

사토이 부사장 일행이 뉴욕의 월도프 아스토리아호텔로 돌아온 것은 오후 10시 전이었다. 사토이 부사장은 장시간 교섭으로 피곤한 기색이었다. 그러나 거의 자기주장대로 포크사와의 교섭이 진전되어 흥분을 느끼고 있는 모양이었다.

동행한 쓰노다 업무본부장과 하나와, 야쓰카는 교섭내용을 정리하기 위해 공항에서 직접 사무실로 갔다. 그리고 사토이와 이키, 공항까지 마중 나온 가이베 등 세 사람은 호텔의 사토이 방에서 밤참을 들면서 다이몬 사장으로부터 걸려올 전화를 기다리고 있었다.

"늦는군. 사장은 10시가 지나서 건다고 말씀하셨다지?"

디저트를 들며 사토이가 가이베에게 재차 확인했다.

"네, 디트로이트로부터 부사장님의 지시를 받고 곧 오사카 본사에 전화를 걸었습니다. 그랬더니 사장님은 홋카이도의 토지 건으로 출장 중이신데 여기 시간으로 밤 10시가 지나서 사장님 쪽에서 전화를 거신다고 했습니다. 이제 곧 걸려올 것입니다."

가이베는 한시라도 빨리 다이몬 사장에게 포크와의 교섭 결과를 알리고 싶어 하는 사토이의 마음을 달래려는 듯 말을 이었다.

"아무튼 디트로이트로부터 포크사 전용 제트기로 돌아오신 것에 놀랐습니다. 과연 사토이 부사장님이시구나 했습니다."

"아냐, 정말 놀랐네. 기내엔 회의용 방이 있는데 그 안에서 3시간의 비행시간 동안, 뉴욕 판매회의에 나갈 중역들이 줄곧 회의를 하더구면."

"말로만 듣고 있던 포크의 기내회의는 사실이군요. 그렇지만 역시 회사 비행기로 보내준다는 것은 사토이 부사장님의 교섭솜씨에 포크 회장이 경의를 표한다는 뜻일 겁니다. 안 그렇습니까? 이키 상무님!"

디트로이트에서 돌아온, 이키와 사토이의 마음이 잘 맞지 않음을 눈치 챈 가이베는 자꾸 분위기를 부드럽게 바꾸려는 듯이 말했다. 이키는 냅킨으로 입가를 닦으며 맞장구를 쳐주었다.

"그러고 보니, 회담 때의 태도나 떠날 때 비행기를 내준 것을 보면 포크 회장도 사토이 부사장님과 마음이 맞는 것 같은 태도이던데요."

"그래? 나도 신사인 척하고 속을 털어놓지 않는 플래트보다 포크 회장처럼 감정의 기복이 심하고 때로는 위협적으로 말할망정 솔직하게 대하는 사람이 마음에 들어요. 어쨌든 오늘의 회담은 아직은 성공적이라고 보아도 될 것 같네."

갑자기 사토이는 들뜬 목소리로 말했다.

"나중에 다른 회사에서 이 소식을 들으면, 그 사토이 부사장, 하며 꽤나 억울해하겠군요. 부사장님, 전 잠깐 3, 40분 동안 이 근처 호텔에서 열리고 있는 파티에 얼굴을 비치고 곧 돌아오겠습니다."

분위기가 겨우 부드러워진 것을 확인하자 가이베는 일어났다.

"좋아요. 그 무렵이면 쓰노다 군들도 이리 올 테니까 실컷 마시기로 하세나."

"좋습니다. 오늘밤은 정말 맛좋은 술이 되겠습니다. 그럼 잠깐 실례하겠습니다."

가이베가 방을 나가자 전화벨이 울렸다. 사토이가 직접 수화기를 들었다.

"아, 사장님 전화를 기다리고 있었습니다…… 네, 그렇습니다. 역시 포크는 지주비율 3분의 1 이하, 제휴 부분은 지요다의 승용차 부문뿐이란 제의는 처음부터 완강히 거부하여 교섭 30분 정도에서 결렬 될 지경에 이르렀습니다. 그래서 통산성의 외자규제에 저촉되지 않는 50대 50의 신규 합자회사 설립안을 내놓았습니다. 그들도 여기엔 대단한 흥미를 보여, 어쨌든 다음 달에 비밀조사단을 일본에 파견한다는 데까지 합의됐습니다. 네? 이키 군의 생각을 거친 끝에?"

사토이는 의외라는 듯 반문하고 힐끗 이키를 쳐다보더니 더욱 강한 어조로 말했다.

"이키 군은 이론이 있는 모양입니다만, 여기에 대해서는 쓰노다 업무본부장과 또 현지 담당자 2명이 참가하여 먼저 합동회의를 하여 충분한 토의를 했습니다. 그런 의견을 조정해서 제가 교섭한 것이니까 괜찮지 않겠습니까? 그럼, 상세한 보고는 귀국해서…… 네, 사장님께서 그렇게 말씀해 주시니 보람을 느낍니다. 네, 그럼……"

"어떻습니까? 사장님은 매우 기뻐하고 계신 모양입니다만."

"음, 아주 만족하신 모양일세. 특히 포크사의 조사단 파견이 신속한 데 놀라고 계셨네."

이키가 다시 말했다.

"그런데 부사장님, 나는 50 대 50의 신규 합자회사 안에 대해서는 아무래도 이해하기 어려운 점이……"

사토이는 화가 난 듯이 말했다.

"내겐 내 방식이 있다고 어제 포크 회담을 하기 전에도 말하지 않았나? 또 내 생각에 참견할 작정인가?"

"천만에 말씀입니다. 반대를 하다니……"

"그럼, 잠자코 있게나. 도대체 자넨……"

사토이의 말이 끊어졌다 싶었는데 갑자기 그가 소파의 팔걸이에 고꾸라졌다.

"부사장님……"

이키가 곁으로 가서 그의 몸을 일으키려고 하자,

"쓰노다 군을…… 불러주게……"

하고 고통스러운 듯 말했다. 이키는 곧 전화를 들고 사무실의 다이얼을 돌렸으나 좀처럼 나오지 않았다. 그 사이에도 사토이의 얼굴은 점점 새하얗게 질리고 소파에 앉아 있을 수도 없는지 방바닥으로 스스로 미끄러져 내렸다. 이키는 전화기를 내려놓았다. 사태가 심상치 않음을 알고 이키가 말했다.

"부사장님, 의사를 부르겠습니다."

"필요 없어. 의사는 필요 없어…… 쓰노다 군을……"

고통으로 얼굴을 일그러뜨리며 허리띠를 풀려고 했다. 그는 거듭 필요 없다고 했으나 이미 망설이고 있을 처지는 아니었다.

이키는 전화를 들고 프런트 매니저를 불러 구급차를 부탁했다. 곤란하다는 투였으나 강한 어조로 명령하고 깅키상사 사무실에도 연락을 해달라고 덧붙였다.

이키는 고통스럽게 호흡을 하는 사토이의 넥타이를 풀고 바지의 허리띠를 느슨하게 늦춘 뒤 손목의 맥을 짚으려 했다.

그러자 사토이는,

"구급차…… 필요 없어. 아서, 아서……"

하고 방바닥에 엎드린 채 손을 저었다. 그것은 마치 남에게 알리기 싫은 질병을 숨기려 하는 것 같은 태도였다.

"부사장님, 무슨 약을 가지고 계시죠?"

"약 같은 거 없어. 병이 아냐. 피로…… 아프다, 가슴이……"

곧 호텔의 종업원과 들것을 든 구조원이 밀어닥쳤다. 그들은 사토이를 담요에 싸서 들것에 옮겼다. 곧 지하주차장에서 대기하고 있던 구급차에 사토이를 싣고 이키도 그 구급차에 뛰어올랐다.

두 명의 구조원 중 한 사람이 재빨리 산소마스크를 사토이의 입에 댔다. 나머지 한 구조원은 그의 혈압을 쟀다.

차는 사이렌을 울리면서 메디슨에비뉴를 달렸다. 운전사가 무선으로 병원 이름을 호출했다. Mount Sinai Hospital이라는 병원 이름이 이키에게 들렸다.

마운트 시나이 병원 구급환자 전용 출입구에서 들것으로 병원의 이송차로 옮겨진 사토이는 곧 옆의 진찰실로 운반되었다.

구급차의 무선전화를 받고 대기 중이던 응급환자 담당의사는 몸을 새우같이 구부리고 괴로워하는 사토이의 맥을 짚어보면서 국적을 물었다.

"재패니즈?"

그러는 사이에도 두 명의 간호사는 재빠르게 사토이의 와이셔츠를 벗기기도 하고 혈압계의 벨트를 팔에 감기도 했다.

"일본에서 온 비즈니스맨입니다. 호텔에서 이야기를 나누던 중 갑자기 가슴을 쥐어뜯으며 소파에 쓰려져 신음하기 시작했습니다."

"연령은?"

"58세……"

레지던트는 이키의 대답에 고개를 끄덕였다. 그는 바로 눕지도 못하고 신음하는 사토이의 가슴에 청진기를 대어보았다. 이어 혈압을 재기 시작하는 순간 그의 표정이 굳어졌다. 곁에 있는 수화기를 들고 빠른 말씨로 무언가를 지껄이기 시작했다.

심상치 않은 의사의 기색에 이키는 긴장했다. 그러나 자기보다 영어가 능숙한 사토이가 눈치 채지 못하도록 일부러 큰소리로 기운을 북돋아주었다.

"부사장님, 조금만 더 참으면 됩니다. 여긴 뉴욕에서 제일 수준 높은 병원이니까 이젠 걱정 없습니다. 쓰노다 군들도 곧 옵니다."

사토이는 고개를 약간 끄덕였다. 하지만 이어 괴로운 표정으로 고통을 호소했다.

"빨리 편해지게…… 해주게…… 가슴이 아파…… 괴로워!"

"의사도 알고 있습니다. 기운을 내세요. 조금만 참으시면 됩니다."

이키가 사토이의 손을 잡고 되풀이해서 안심시키고 있을 때 수화기를 놓은 의사가 말했다.

"환자에게 말을 시켜선 안 됩니다."

의사는 이송차를 밀고 온 흑인 간호사에게 계속 명령했다.

"이봐, 봅, 이 환자, 심장질환 집중치료실로 옮기게. 위에선 받아들일 준비 오케이일세."

"의사 선생, 생명엔 위험이 없겠습니까?"

"최선을 다하겠소."

의사는 말을 아꼈다. 이키는 불길한 생각을 떨쳐버리며 사토이를 따라서 5층 간호사실로 올라갔다.

"9호 병실로……"

그 순간 이키는 자기도 모르게 숨을 삼켰다. 간호사실을 중심으로 전체를 유리로 칸막이를 한 10여 개의 병실이 반원형으로 늘어서 있었다. 그리고 침대마다, 흰 가운을 입은 환자들이 흉부나 수족에 기구를 달고 생체실험이라도 받는 듯이 누워 있었다.

대체 여기가 무엇을 위한 병동인지 짐작도 못한 채, 이키는 사토이의 이송차를 따라 9라고 표시된 유리상자 같은 병실로 들어갔다. 곧 뒤에서 30세쯤 되어 보이는 레지던트와 그보다 나이 어린 인턴 의사가 들어와 사토이의 맥박을 세고 혈압을 재고 심전도의 클립을 왼쪽 가슴에 달았다.

이키가 초조한 마음으로 물었다.

"의사선생, 괜찮습니까?"

"혈압이 70까지 내려갔으니 위험하군요."

의사가 말했다. 그는 심전도계로부터 나오는 그래프를 2미터쯤 되는 곳에서 잘라내 빨리 읽어보았다. 그러고는 간호사에게 산소마스크를 대도록 명령했다.

불꽃 383

"Give him oxygen!"

계속해서 인턴에게는 빠른 말로 강심제와 부신피질 호르몬 정맥주사를 지시했다.

"Isoproterenol 1cc., Cortisone I. V."

곧 인턴은 약품함에서 지시된 앰플을 꺼내어 주사했다. 그동안 레지던트는 다른 앰플을 꺼내어 반대쪽 팔에 주사했다.

"환자……는 언제쯤이었습니까?"

점적(點滴)이 시작되자 레지던트는 이키에게 몇 가지 묻기 시작했다. 그러나 거의 알아들을 수 없었다. 겨우 하트어택이라는 말로 심장발작임을 직감하고 놀랐다.

갑자기 유리 저쪽에 쓰노다와 가이베, 하나와, 야쓰카의 놀란 모습이 보였다. 겨우 병원을 찾아내어 달려왔을 것이다. 병실로 들어오려 하자 간호사가 안 된다고 제지를 했다. 그것을 보고 이키가,

"영어에 능통한 사람이 있으니 한 사람만 들여보내 주십시오."

하고 부탁했다. 레지던트의 양해 아래 이키는 가이베를 불러들였다. 그는 들어오자마자 사토이를 지켜보면서 물었다.

"조금 전까지도 괜찮았는데, 도대체 어쩌다가 이렇게……"

"심장 발작으로 위험한 상태인 모양이야. 난 병상 설명을 알아들을 수 없으니 여기 함께 있도록 하세."

"아닙니다. 저도 의학 용어는 잘 모릅니다. 하지만 이렇게 좋은 병원으로 오게 되었으니 다행이로군요."

가이베도 이키와 함께 산소마스크를 쓴 사토이의 얼굴을 내려다보았다. 그러자 인기척을 느꼈던지 사토이가 힘없이 눈을 댔다.

"부사장님, 쓰노다 상무도 왔습니다. 모두 힘을 모아 최대한으로 노력할 테니까 안심하십시오."

이키의 말에 사토이는 안심했다는 듯 고개를 끄덕이고 곧 눈을 감았다.

"의사 선생, 환자의 용태는 어떻습니까?"

가이베가 방금 청진기를 거두고 간호사들에게 지시를 마친 레지던트에게 물었다.

"심한 발작은 진정되고 혈압도 조금씩 오르고 있습니다. 위험은 피한 것 같습니다."

심장질환 집중치료실에 들어온 지 30분이나 되었는데도, 레지던트는 신경을 곤두세우고 있었는지, 안도의 한숨을 내쉬며 밖으로 나오라고 눈짓했다.

복도로 나오자 유리에 얼굴을 대고 지켜보던 쓰노다 들이 레지던트를 둘러쌌다. 그러나 레지던트는 이키와 가이베만을 간호사실로 불러들이고 물었다.

"부인은?"

"비지니스 관계의 여행이기 때문에 오시지 않았습니다. 우리는 일본에 본사가 있는 무역회사의 사원들입니다. 환자는 일본 본사의 부사장이고, 이키 씨는 뉴욕 오피스의 사장, 나는 부사장입니다."

가이베는 미국인이 알아듣기 쉽게 설명했다.

"환자의 발작은 아마 협심증 발작으로 보입니다. 그러나 확실한 것은 내일 피검사 결과가 나와 봐야 알 수 있습니다."

레지던트는 협심증이란 병명의 스펠을 적으면서 말했다. 가이베는 병명을 이키에게 통역하고 나서 물었다.

"피검사 결과 더 나쁜 사태를 생각해야 할 경우도 있습니까?"

"심근경색이면 큰일입니다. 심전도에 나타난 것으로는 그럴 위험은 별로 없다고 봅니다만 당신들 중에서 환자가 전에도 이런 발작을 일으켰었다는 것을 아는 사람이 한 사람도 없습니까?"

그는 이상하다는 듯이 물었다.

"도쿄와 뉴욕에 떨어져 있다고는 하지만 우리들은 계속 왕래를 하고 접촉도 많습니다. 그러나 부사장이 심장이 나쁘다는 말을 듣지 못했고, 이곳에 같이 출장 온 사람도 처음 당한 사태라고 놀라고 있습니다."

"이렇게 심한데 지금까지 아무도 몰랐다는 것이 이상하군요. 그런 만큼 환자에겐 오늘의 발작이 큰 충격이었을 겁니다. 진정제를 놓았으니까 곧 잠이 들 겁니다. 오늘밤엔 또 발작이 일어나지 않을 것이라 생각합니다만 만일의 경우를 위해 여기서 가장 가까운 거리에 있는 분의 주소와 전화번호를 간호사에게 알려주십시오."

이키가 말했다.

"그러나 환자는 여행 중이므로 잠이 깨면 불안해할 겁니다. 허락하신다면 복도 벤치에라도 한 사람 남겨두었으면 합니다만."

"이곳은 24시간 치료 시스템을 갖추고 있어 그럴 필요까지는 없습니다만 우리에게 폐를 끼치지 않으신다면."

"그리고 또 한 가지, 이런 상태라면 입원기간은 어느 정도로 생각하면 될까요? 그에 따라 일본의 가족에게 연락할 시기를 생각해야 하니까요."

"그렇군요. 단순한 협심증이라면 5일간, 심근경색의 경우엔 최소 2주 내지 3주간은 움직일 수 없습니다. 하지만 그것은 모두 내일의 검사결과에 달려 있습니다."

"알겠습니다. 잘 부탁드립니다."

이키는 정중하게 부탁한 뒤 야쓰카를 남겨놓고 병원을 나왔다.

호텔로 돌아와 뉴욕 영사의 자택에 전화를 걸어 사태를 설명했다.

또 사토이의 주치의를 마운트 시나이 병원에서 심장병에 가장 권위 있는 의사에게 담당시킬 방법을 물었다. 동시에 일본인으로 이 병원에 유학하고 있는 의사를 수소문해 달라고 부탁했다.

방으로 들어오자마자 가이베가 말했다.

"심장병은 정말 무서운 병이군요. 제가 이렇게 놀라긴 처음입니다. 너무 놀라서 본사에 연락하는 걸 잊고 있었군요. 일본에 전화를 거시겠습니까? 다이몬 사장은 계속 도쿄 본사에 계십니다."

그는 유리 칸막이의 심장질환 집중치료실에 들어 있던 사토이의 모습에 아직도 흥분해 있는 상태였다.

"음, 내가 걸겠네."

이키는 다이몬에게 국제전화를 걸었다.

"여어, 이키 군인가? 오늘은 수고 많았네. 포크 건은 아까 사토이 군한테 들었네."

"그게 아니라, 사토이 부사장이 아까 심장발작으로 쓰러져 입원하셨습니다."

"뭐? 발작으로 쓰러졌다고……"

다이몬은 너무 놀라서 말을 잇지 못했다.

"사장님과 통화를 한 후 갑자기 발작이 일어나 구급차로 병원에 입원했는데 위기는 넘겼습니다."

"그래서, 병세는 어떤가? 괜찮겠는가?"

"입원한 마운트 시나이 병원은 심장으로는 세계에서 손꼽히는 병원입니다. 숙직 담당의사의 의견은 대체로 협심증이라 생각된답니다. 하지만 심근경색의 가능성도 있으므로 내일 피검사 등 여러 검사를 한 후에 진단을 내릴 겁니다. 협심증인 경우에는 5일 내지 1주일, 심근경색의 경우엔 2, 3주간 입원을 해야 한답니다."

불꽃 387

"사토이 군에게 심장병이 있다는 얘긴 금시초문이군. 돈이 아무리 들더라도 상관없으니 최선을 다해 주게나."

"그래서 좀 전에 영사에게 전화를 걸어 그 병원에서 심장병에 가장 권위 있는 의사가 치료를 맡도록 해달라고, 또 이런 때엔 일본인 의사가 있는 것이 좋을 것 같아 이 점도 부탁해 두었습니다."

"그런가. 잘했네. 아무리 영어에 능통한 사토이라도 병으로 쓰러졌을 때에는 일본말로 말할 수 있는 의사가 있는 편이 마음 든든할 테니까 말일세. 그리고 사토이 군의 부인에게 연락은 어떻게 했나?"

"쓰노다 군은 1초라도 빨리 연락해야 한다고 합니다만, 내일의 검사 결과를 보고, 또 사장님과 의논한 후에 하라고 말렸습니다. 그동안은 가이베 군의 부인에게 간호를 부탁할 생각입니다."

"그렇게 하는 것이 좋겠네. 확실한 진단도 나오지 않은 단계에서 연락을 하면 공연히 부인에게 걱정만 끼치고 혼란만 일으킬 거야. 만일 심근경색으로 장기입원을 해야 한다면, 내가 사토이 군의 부인에게 연락하기로 하지."

다이몬의 목소리도 침착을 되찾고 있었다.

"사장님, 포크와의 교섭 내용의 보고와 조사단을 맞을 준비도 해야 하니까 쓰노다 업무본부장은 내일 뉴욕을 떠나보내 귀국시키고 싶은데, 괜찮겠습니까?"

"음…… 내일 비행기로 귀국시키게. 사토이 군 문제는 의사의 확실한 진단이 나오면 전화해 주게. 어쨌든 최선을 다해 사토이 군이 무사히 일본에 돌아올 수 있도록 잘 부탁하네."

다이몬은 다짐을 주듯 말하고 전화를 끊었다. 다이몬의 말에도 사토이를 제2의 실력자로 점찍고 있으며 지금의 깅키상사에는 사토이가 필요불가결한 인물이라고 여기는 마음이 진실로 나타나 보였다. 다이몬의 이런 말소리를 들으니 이키는 사토이를 구할 수 있었던 것이 다시금 무척 다행스러웠다.

이튿날 아침, 마운트 시나이 병원의 심장질환 집중치료실에서 눈을 뜬 사토이는 자기의 상태에 잠시 아연해했다.
병원의 흰 가운을 입고 누워있는 모습이 생체실험을 받고 있는 듯한 한심한 기분이 들었다.
유리문이 열리는가 싶자 블루넥 셔츠의 깔끔한 간호사가 들어와 사토이의 얼굴을 들여다보았다.
"편히 주무셨어요?"
"잘 잤소. 이 심전도계와 산소흡입기는 이대로 달고 있어야 합니까? 내 심장은 이미 거울처럼 잔잔해졌고 통증도 전혀 없는데."
"그건 조금 후에 의사가 와서 결정할 겁니다. 채혈을 해야 하니까 팔을 내미세요."
간호사는 사토이의 팔에서 굵은 주사기로 20cc쯤 채혈해서 두 개의 시험관에 나눠 넣었다.
사토이는 어젯밤에 이어 오늘 아침 또 채혈을 하여 푸른 반점이 생긴 팔에서 피가 나오지 않도록 누르며 깊은 한숨을 지었다.
아무리 생각해 보아도 분해서 견딜 수가 없었다. 다른 때도 아니고 하필이면 이키와 단둘이 있는데 일찍이 없었던 격심한 발작을 일으켰으며, 그 고통에 진땀을 흘리며 기어다니는 모습을 보였잖은가. 게다가 이키가 구급차를 불러 병원에 입원까지 시켰다.
이럴 줄 알았으면 일본을 떠나기 전에 도쿄성인병센터의 내과 과장으로 있는 고등학교 시절의 친구가 하란 대로 틈을 내어 검사를 받아야 했었다. 만일 그렇게 했다면, 죽음의 공포마저 느낀 어젯밤의 발작은 미연에 방지할 수 있었을지도 모른다.

포크와 지요다자동차와의 제휴를 자기 손으로 성공시키기 위해 심상치 않은 몸의 이상을 느끼면서도 매일 밤낮의 쉬지 않은 격무로 더욱 상태가 나빠진 것이다. 그러나 돌이켜보면 그것도 뉴욕이라는 국제 경제사회의 중심지에서 자꾸만 역량을 쌓고 자기를 바싹 추격해오는 이키를 떼어내기 위한 힘에 겨운 일이었다.

사토이는 얄궂은 우연에 입술을 깨물며, 몸이 약해진 탓인지 다시 잠에 빠져들었다.

얼마나 잤을까? 사토이는 침대 바로 옆에서 인기척을 느끼고 눈을 떴다. 어젯밤부터 계속 진료를 맡고 있는 레지던트가 맥을 짚고 있었고 주위는 아주 환했다.

"기분이 어떻습니까?"

레지던트는 이렇게 물으며 가슴에 청진기를 댔다.

"아주 좋습니다."

"점점 좋아지고 있습니다."

레지던트는 고개를 끄덕이며 회복되고 있다고 말하고 유리문 저쪽으로 신호를 했다. 바라보니, 유리 너머의 복도에 이키와 쓰노다가 서 있다가 신호를 받고 안으로 들어왔다.

"부사장님, 회복되고 계신 것 같아 정말 다행입니다."

이키는 어젯밤 잠을 설친 듯 창백한 안색이었으나 진실로 기쁜 듯이 말했다. 옆에서 쓰노다도,

"일본에서부터 계속 모시고 있었으면서도 몸이 아프신 줄은 몰랐습니다. 면목 없습니다. 좀 더 세심했더라면 이렇게까지는 안 됐을 텐데……"

하고 죄송하다는 듯이 말했다.

"아니야, 나야말로 어젯밤엔 자네들한테 폐를 끼쳤네. 덕분에 이젠 말끔히 나았으니 그렇게 심각해하진 말게. 나는 오후에라도 퇴원할 생각일세."

"부사장님, 그렇게 무리한……"

쓰노다가 황급히 말리자 이키가 말을 받았다.

"심정은 이해하겠습니다만, 어쨌든 어젯밤엔 발작을 일으켰습니다. 이제부턴 무사히 일본으로 돌아가셔야 하니까 신중을 기해 주십시오. 사실은 이 병원 심장혈관 연구소에 나니와대학 제1내과에서 유학 온 오타 선생이 있다는 것을 영사관 근무 의사로부터 들었습니다. 그래서 그 선생한테 연락해서 앞으로는 일일이 충고를 듣기로 했고, 또 어느 의사에게 치료받는 것이 가장 좋겠는가를 의논했습니다. 오타 선생이 이 병원은 심장 관계에서 세계적 권위를 갖고 있답니다. 그래서 좋은 의사도 많지만, 최고라면 유대인 프리드버그 교수라더군요. 제가 병원측에 이 교수의 진찰을 받고 싶다고 교섭해 보았더니 다행히 오늘은 교수가 회진할 차례라더군요. 9시부터 회진이라고 하니까 곧 오실 것입니다."

말을 마치자 이키는 손목시계를 보았다. 사토이는 어제 한밤중부터 오늘 아침까지 짧은 시간이었음에도 이만큼이나 조치를 취해 준 것이 고마웠다. 그러나 그 조치가 완벽하면 할수록 빚을 진 듯 착잡한 기분이 되어 잠자코 있는데, 얼핏 보아도 유대인임을 알 수 있는 몸집이 큰 의사가 레지던트와 4, 5명의 인턴과 함께 들어왔다.

머리카락은 적지만 55, 6세쯤 되어 보이는 프리드버그 교수는 들어오자마자 이키들에게 밖으로 나가달라고 말했다. 그리고 매부리코의 얼굴을 사토이 쪽으로 돌리더니 말했다.

"도쿄에서 오셨다면서요? 뉴욕 못지않게 바쁘다고 하더군요."

이미 사토이의 차트를 보고 알았는지, 출장 중에 쓰러진 환자의 기분을 풀어주려고 뉴욕만큼이나 바쁜 도쿄를 화제에 올렸다. 그는 사토이의 옷을 열게 하고 왼쪽 심장부에 청진기를 대고 세심하게 진찰하기 시작했다.

프리드버그는 청진기를 귀에서 떼내면서 문진을 시작했다.

"두세 가지 묻고 싶은데요. 우선 언제부터 이런 발작이 일어났는가를 가능한 한 자세히 기억해 주십시오."

사토이는 흰색의 천장을 쳐다보며 기억을 더듬었다.

"최초의 발작은 금년 1월이었습니다. 비즈니스 파티에서 돌아오려고 회장에서 한 걸음 나선 순간, 갑자기 가슴과 팔 언저리에 중압감을 느꼈습니다. 가슴이 답답한 증세는 5분쯤 후에 진정되었습니다만, 그러고 나서 몇 시간 동안 일종의 허탈감이랄까, 불안감이 남아 있었던 것으로 기억됩니다."

"그럼, 다음에 일어난 것은 언제입니까?"

"3주일쯤 전에 그것도 밤의 접대가 끝나 손님을 배웅하고 방에 들어온 순간…… 이번과 같은 정도는 아니었습니다만 가슴께가 아프고 구토를 할 것 같았습니다. 사실 이런 발작이 일어나기 훨씬 전부터 명치가 자주 아팠어요. 위궤양이나 암이 아닌가 하고 무척 걱정했습니다. 하지만 그것이 심장병일 줄이야……"

"어젯밤 발작이 일어났을 때는 어땠습니까?"

사토이는 그때 일을 떠올렸다. 호텔 방에서 부하들과 식사를 마치고 일본에서 걸려온 전화로 통화를 했다. 그 후에 비즈니스 얘기를 할 때, 자기의 방식에 반대인 듯한 이키의 의견에 화가 치밀어 불쾌해진 직후였다.

"프리드버그 교수님, 내 심장은 얼마나 나쁩니까? 병명은?"

사토이는 빨리 병명을 듣지 않고는 불안해서 견딜 수 없었다.

"심전도, 피검사, 또 두세 가지 문진 결과를 종합해 보면 협심증 발작으로 진단됩니다. 하지만 한마디로 협심증이라고 해도 그 발작의 정도, 유인에 따라 여러 타입이 있습니다. 당신의 경우엔 일 관계의 압력과 발작의 인과관계를 인정할 수 있으니까 정신적 긴장으로 유발되는 협심증 발작인 것 같습니다."

사토이는 자기들 또래는 비교적 가볍게 여기는 병명을 듣고 안심하여 물었다.

"분명히 협심증이라면 약만 먹으면 곧 발작이 멎고, 보통 건강체와 별다름이 없지요."

의사와 환자의 대화를 듣고 있던 인턴들은 의아스럽다는 듯 사토이를 쳐다보았다.

프리드버그는 어깨를 움찔거리며 말했다.

"당신들 일본인들은 암에는 지나치게 신경과민이면서 심장병에 대해선 지식이 없나보군요. 협심증의 발작이 일어나면 경우에 따라서는 죽음이 임박한 듯한 공포감조차 느끼는 격통이 느껴집니다. 왜냐하면 심장의 관동맥에 돌발적인 수축이 일어나서 혈류가 멎고 그 말초 조직이 산소 결핍상태를 일으키기 때문이지요. 가벼운 발작은 1, 2분 안에 멎지만 10, 20분씩 계속되는 발작을 몇 번 되풀이하면 폐쇄된 혈관 영역의 심근이 괴사하고 따라서 심근경색으로 옮겨갈 위험이 있습니다. 만약 심근경색이 일어나면 격통은 1시간 이상 계속되기도 합니다. 그리고 지금까지의 자료로는 이런 발작을 일으킨 환자의 반수가 8일 이내에 사망하고, 설사 그렇게 심하지 않은 경우라도, 평균 수명이 발작 후 5년 내지 10년이라는, 어떤 의미에선 암보다도 무서운 병입니다."

"설마 암보다 무서운 병일 줄이야……"

사토이는 믿을 수 없다는 듯이 말했다. 프리드버그 교수는 근엄한 표정으로 고개를 흔들며 말했다.

"암과 심장병의 결정적인 차이 중 하나는 이겁니다. 암은 몸에 생기기만 하면 많은 경우 환자가 제아무리 요양을 잘하고 최고의 치료를 받더라도 죽음을 면치 못하는 운명적인 것이지만, 협심증이나 심근경색의 경우에는 환자 스스로가 의사가 지시한 대로 규칙적인 생활을 하면 오래 살 수도 있다는 거죠. 이런 의미에서 협심증이나 심근경색 환자는 자신이 사느냐 죽느냐를 스스로 선택할 수 있는 병입니다."

그 한 마디가 차츰 현실성을 띠고 사토이에게 다가왔다.

"규칙적인 생활이라면, 가령 나 같은 경우에는 어떤……"

"당신은 무역회사의 중요한 지위에 있고, 언제나 해외여행을 하고 있는 모양입니다만, 해외출장은 가능한 한 삼갈 것, 일하는 분량도 종전의 반쯤으로 줄이고, 부사장이란 지위에서 물러나 규칙적인 생활을 할 수 있는 지위로 옮겨가는 것이 바람직합니다. 당신의 심장에 가장 해가 되는 것은 정신적 스트레스, 시차가 있는 외국과의 비즈니스에 의한 불규칙하고 힘겨운 생활입니다."

"그러나 나는……"

사토이는 말을 잇지 못했다. 차기 사장 자리가 자기를 기다리고 있다. 그것을 눈앞에 두고 일부러 한직으로 나앉다니 말도 안 되는 소리다. 게다가 해외로 자유롭게 출장도 다니지 말라니, 그런 상사원은 이빨 빠진 호랑이나 마찬가지다!

"하지만 당신은 이미 심장질환 집중치료실에 있을 필요가 없으니까 보통 병실로 옮기겠습니다. 내일 다시 진찰하러 오겠습니다."

사토이가 강한 충격으로 말을 못하고 있으니까 프리드버그는 기운을 북돋아주고 나가려 했다.

"교수님, 저는 언제까지 병원에 있어야 합니까?"

"일본까진 15, 6시간 비행기를 타야 하니까 5일 내지 1주일 입원해야 합니다. 지금부터 당신의 인생에서 최우선적으로 걱정해야 할 것은 일이 아니라, 고장 난 심장을 망치지 않도록 얼마나 극진하게 다루느냐 하는 것입니다."

프리드버그는 말을 끝내자마자 인턴을 거느리고 병실을 나갔다.

혼자 남은 사토이는 멍청하게 천장을 바라보았다. 흰 천장은 유리 너머로 들어오는 아침 햇살에 눈부시도록 희게 보였으나 그의 마음은 그믐밤처럼 캄캄하고 답답했다. 그의 눈은 병에 대한 공포와 초조감으로 가득 차 있었다.

문을 노크하고 이키와 쓰노다가 다시 들어왔다.

"방금 교수로부터 진찰 결과를 들었습니다. 5일 내지 1주일 입원이라니 안심입니다. 그의 개인 환자가 되면 일반 내과병동이 아니고 피프스에비뉴에 면한 구겐하임 파빌리온 방에서 조용히 치료받을 수 있다더군요."

"뭔가? 그 구겐하임 파빌리온이란?"

사토이는 여전히 천장에 시선을 고정시킨 채 무뚝뚝하게 물었다.

"구겐하임이 기증했기 때문에 그런 이름이 붙은 특별 병동입니다. 저명한 의사의 특별 환자는 이곳에……"

이키의 설명에 사토이는 퉁명스럽게 대꾸했다.

"나는 그런 곳으로 옮길 생각이 없네. 지금 퇴원할 테니까, 수속이나 밟아주게."

"그런 무모한 일을…… 어젯밤 다이몬 사장님께 연락드렸습니다.

그랬더니 대단히 놀라시며 어떤 일이든 사장 결재로 오케이할 테니 무슨 수를 써서라도 병을 치료하고 무사히 귀국하라고 하셨습니다. 그것은 사장님의 명령입니다."

이키는 차분한 목소리로 다이몬의 말을 전했다. 사토이는 그 말에 사장을 향한 강한 신뢰감이 용솟음쳤다.

그러나 일본에 갈 포크사의 조사단을 생각하니, 한가하게 병실에 누워 있을 수만은 없었다.

"쓰노다, 자넨 어떻게 할 것인가?"

"실은 사장님의 명령으로 저는 오늘 오후 비행기로 한걸음 먼저 귀국합니다. 그런데 부인께서 이쪽으로 오시게 할까요, 아니면……"

쓰노다는 사토이의 기분이 상하지 않도록 눈치를 살피며 말했다.

"집사람한테는 알리지 않아도 돼. 설마 내가 쓰러졌다는 것을 도쿄 본사나 아메리카 지사에 알린 것은 아니겠지?"

"아닙니다. 이 일을 알고 계시는 분은 다이몬 사장님뿐으로 다른 사람들에게는 전혀 알리지 않았습니다. 입원이 2주 내지 1개월이 될 경우에는 어떻게 해야 할까 하고 대책을 강구하고 있었습니다만, 5일 내지 1주일이라니까 어떻게 해서든지 덮어둘 수 있습니다. 그리고 입원 중의 음식이나 잔심부름은 가이베 군의 부인이 모두 맡아주었습니다. 또 치료에 관해서는 프리드버그 교수와 충분히 의견을 소통할 수 있도록 아까 말씀드린 나니와대학의 오타 선생께 매일 들러 주십사고 부탁해 놓았습니다."

이키가 책임지겠다는 듯 단호하게 말했다.

"하지만 곧 포크사의 조사단이 일본으로 떠날 거야. 언제든지 웰컴이라고 약속한 이상, 예정을 연기할 수는 없잖은가?"

"아닙니다. 그것도 제가 한 번 더 디트로이트로 가서 예정을 변경하도록 해보겠습니다. 만약 예정변경이 불가능하더라도 일본으로 돌아가시는 것은 그렇게 늦어지지 않을 것입니다."

이키의 말을 듣고서야 겨우 입원을 계속해야겠다고 결심했다. 장래의 야심이 큰 만큼, 생명에 대한 공포감도 강한 사토이였다.

병원을 나온 이키는 에비뉴공원의 아메리카 깅키상사의 사무실로 돌아왔다. 가이베가 기다리고 있었던 듯이 들어왔다.

"용태는 어떻습니까?"

"프리드버그 교수의 진찰 결과, 협심증 발작이니까 5일 내지 1주일 입원하면 된다더군. 걱정했던 심근경색이 아니어서 안심이야."

"정말 다행이군요. 그런데 이제부터가 걱정입니다. 오늘 아침, 맨 먼저 시카고와 로스앤젤레스 지사에 사토이 부사장의 예정이 변경되었으니까 새로 결정되는 대로 연락하겠다고 텔렉스를 보냈습니다. 그랬더니 시카고 지사장이 전화를 걸어 내일 화학회사 사장과 골프 약속을 해놓았는데 어떡하면 좋으냐고 들러붙어서 혼났습니다. 또 도쿄 본사의 도모토 전무가 급히 부사장과 연락하고 싶다며 전화를 했더군요. 꽤 급한 일인 듯, 시카고로 떠나기 전에 이야기할 게 있다며 다시 전화하겠다고 했습니다. 입원이 5일 내지 1주일이나 되면 서툰 은폐공작은 할 수 없을 것 같습니다."

가이베가 난처하다는 듯 말했다.

"음, 어젯밤 전화로 다이몬 사장님은 사토이 부사장의 병은 끝까지 비밀로 하라고 말씀하셨네. 하지만 미국에서 연락이 되지 않는 곳은 없고, 병을 감추면 오히려 의혹만 커질 뿐이지. 그러니까 소란스럽지 않도록 병명을 바꾸는 거야. 아직 쌀쌀한 뉴욕이나 디트로이트를 돌아다니다가 감기에 걸렸다고 하지. 열이 나서 무리를 했다가는 폐렴이 될지도 모른다고 하면 부자연스럽지도 않고 4, 5일 정양이라는 날짜와도 맞으니까."

"알았습니다. 또 골치 아픈 문제가 있는데 극비의 입원비입니다."

"그 점은 다이몬 사장께서 사장결재로 처리하시겠다고 했네."

"아, 그렇군요. 그럼, 저는 호텔에 가보겠습니다."

가이베가 나가자마자 전화가 울렸다. 본사의 도모토 전무였다.

"이키입니다. 예, 그 일입니다만, 실은 부사장님이 어젯밤부터 감기에 걸려 38도의 열이 있어 주무시고 계십니다. 물론 의사의 진찰을 받고 항생제로 열은 내리고 있습니다만, 진찰 결과 무리를 하면 폐렴이 될지도 모른다고 했습니다. 그러니 따뜻한 방에서 정양하는 게 좋다는군요. 예, 지금은 호텔에서 주무십니다만 하루, 이틀 사이엔 전화도 어렵습니다…… 아닙니다. 체력적으로 어떻다는 것이 아니라 일에 열중하는 기질이어서 열이 있는 몸으로 간단하게 완쾌될 것도 오래갈 것 같아서…… 이곳은 아직도 쌀쌀하거든요."

도모토는 침착한 이키의 설명에 더 의문을 갖지 않고 완쾌되면 연락주기 바란다고만 말했다. 안도의 숨을 쉬면서 전화를 끊었을 때 하나와가 들어왔다.

"때가 때이니 오늘 로스앤젤레스 출장은 연기할까요?"

하나와는 로스앤젤레스의 항공기 메이커인 록히드사에 출장을 가기로 되어 있었던 것이다.

"아니야. 자네의 출장까지 연기하는 것은 부자연스러워. 자네는 예정대로 출장을 가게나."

이키는 즉시 결정을 내렸다.

* 제4부로 이어집니다.

눈물젖은 우동 한그릇으로 체험하는 가난의 미학!

우동한그릇

정서가 메마른 시대,
감동에 목마른 시대의 필독서!

구리 료헤이 / 최영혁 옮김 / B6 양장본
140쪽 / 값 9,800원

가난에 찌든 시대를
살았던 어른과
가난을 모르고 살아온
신세대가 함께 읽어야 할
눈물과 감동의 이야기

이어령 전 문화부장관은
〈속・축소지향의 일본인〉에서
왜 〈우동 한그릇〉을 주제로
일본인의
의식구조를 파헤쳤을까?

법정 스님은
〈새들이 떠나간 숲은 적막하다〉에서
왜 이 책에 수록된 〈마지막 손님〉에
찬사를 아끼지 않았을까?

- 문광부 책읽기운동 추천도서!
- YWCA선정 우수도서!
- 각급 학교, 기업체 단체주문 쇄도!

청조사 서울특별시 성북구 안암동 4가 41-3번지 청조사빌딩 402호 | www.chungjosa.co.kr
Tel. (02)922.3931~5 | Fax. (02)926.7264 | chungjosa@hanmail.net